暴风雨中的爱情

罗祖田　著

加拿大国际出版社

Canada International Press

书名：暴风雨中的爱情

作者：罗祖田

出版：加拿大国际出版社 www.intlpressca.com

电子邮件：service@intlpressca.com

ISBN：978-1-990872-06-8

EBook ISBN: 978-1-990872-07-5

Book Name: Love in the Thunderstorms

Written by: Zutian Luo

Published by: Canada International Press

www.intlpressca.com

Email: service@intlpressca.com

ISBN: 978-1-990872-06-8

EBook ISBN: 978-1-990872-07-5

作者的话

拙作小说《暴风雨中的爱情》，为原名《中国——一个家庭的命运》的完整版本。1986 年在安徽文艺社出版长篇小说《中国——一个家庭的命运》（上集）41.5 万字，责任编辑张保真。百度，谷歌可搜索到此书。当初安徽文艺出版社是作为重点书出版的。时任安徽文艺出版社社长的梁长森曾为此书写长达 7 页的评论文章《历史必然的写照——评长篇小说<中国——一个家庭的命运>》，并发表于《江淮论坛》杂志 1987 年第一期（谷歌及知网可查）。此书副本现存美国国会图书馆和耶鲁大学图书馆。

作者现在已将上集浓缩改写成 16.5 万字，增加下集 11 万字，合计 27.5 万字。浓缩、改写是为了适应时代的快节奏阅读。

此作从构思到今日定稿，历时近 40 年。本意是创作一部中国的《悲惨世界》，不期与《百年孤独》不谋而合，虽不敢指望一样获得世界文学殊荣，但作者的确希望作品能有相当生命力。

作者把故事发生地放在湖南湘潭，是为了反映毛泽东乃至中共红朝时代，并不代表黄兴后的湖南人反专制的新情感。它所反映的是大江南北令人心酸的国家社会主义强横模式，实质上乃皇国旧传统与法西斯行为的结合，可谓之中国精神。作品虚写百年，实写从大革命到文革疯狂的特定时期，突出了大革命后中国精神包括湖南情感从彷徨、扭曲走向没落和堕落。此特定时期将决定这块古文明之地或走向没落后再奋起从此融入世界，风暴的深远意义随时间流逝将得以越来越凸现，因而值得和需要用文学反映。是 70 年红朝时代所谓文学乃至港台文学不曾反映的能穿越时空的主题。

　　在艺术上，作者自以为下了功夫。书中主要人物形象的塑造、描写、有原型也忠于了史实，主角田懿这个形象有可能感染读者，同时体现了追求现代价值的理想：对纯真爱情的歌颂，对情义诚信的推崇，对民族精神精华被摧残的抨击。

作者简介

作者罗祖田，原为株洲桥梁厂工人，1986 年在安徽文艺出版社出版长篇小说《中国——一个家庭的命运》（上集）41.5 万字，当初安徽文艺出版社作为重点书出版。此书现为美国国会图书馆和耶鲁大学图书馆馆藏书。

此书下集因为描写的是新社会（1949 后）发生的事情，无论如何在中国都通不过出版审查，无法在中国大陆正式出版。很快迎来 1989 年，作者愤而停笔，又于 1992 年办了病退，之后一直从事小微实业。在办工厂失败后，作者转做室内外装修的设计与施工。从 2015 年学会了翻墙后开始在海外网站上试着写点东西，2018 年后主要为《民主中国》撰稿至今，算得上认真，文章偏重思想。其中在《纵览中国》、《议报》、《民主中国》三网站组织的《中共一百年，从历史看未来》征文中获一等奖。拟将《九谈红朝改革开放》，编辑成书。

目　录

引子

　　日复一日，年复一年，湘江北去，汇入长江，融于海洋。

　　湘江不同寻常，源自天地造化，南岳七十二峰孕育了她儿女的风骨，二妃泪洒斑竹，凝结了她儿女的柔情。她原本不慕尘世浮华，自有群山青翠，绿水长流，更有《离骚》吟唱。多少个世纪过去了，她仍宛如深闺处子，自顾思念着心中的情郎，构织着缠绵悱恻的小日子。世事不由人意，强横总是有理，加上北风阵阵草木萧杀，不容湘江不起波涛。而自江面上跑开了小火轮，犁开道道深沟，翻起滔滔白浪，伴以新语宏论，湘江两岸，突然间爆发了洪荒之力，一时间却又把个新奇事物看花了眼，弄晕了头，也就平添了一幕又一幕悲欢离合。

第一章

　　湘潭十五总后街木屐会上，有栋醒目的三间青砖大瓦屋，住着田梅生父女二人。老人身躯魁梧，颇有点儿深山古刹长老风范，目光深邃，不喜多言，年逾七旬，原是个多面手，年岁大了专事行医度日。女儿名田懿，小名春花，原是江边不时可见上的一个遗弃女婴。这号命悬一线的女婴或因父母无力抚养，或因祖父母重男轻女。这女婴被老人抱回家后视为己出，五岁识字，七岁习武，今年又开始了习医。其间偶得闲空，老人便牵着女儿去江边散步，常讲一些远古神话故事给女儿听。女儿喜提问，老人耐得烦。不尽的舐犊之爱换来了无限的赤子之情。左邻右舍，又怜悯又羡慕这对父女。

　　今年开春后，长沙、湘潭一带闹起了米潮。民国已经十二三年了，奈何从古至今，未闻哪个官府不曾无情地打压闹事者和参与者，此次也不例外。

　　云田镇南端一带小山包脚下，点缀着一座座低矮破旧的茅草房。几天前，镇上平息了一场抢米风潮。事由大同小异，米行囤集居奇引发不满。官府抓了七八个人，却让为首分子逃脱了，那是个从宝庆府过来的外乡人，据说是蔡大将军同乡。他娶了一个张姓女子，也有人说是入赘张家，因为张家还有个未成年的妻弟。他识得一些字，镇上新兴的小学堂缺人手，他便做了低年级的国文教员。本来小日子勉强过得下去，那姐弟俩朴实又勤劳，但天有不测风云，女子尚未坐满月子，儿子夭折，自个还落一身病。日子怎么都撑不下去了，年轻的教书匠卑词求赊两升米，遭拒绝又遭奚落后愤而闹事。他不该这样干。如今，他逃之夭夭顾不了病中的妻子，他的妻子绝望了，前天夜里悬梁自尽。又是一出人世间屡见不鲜的家破人亡惨剧。

日头已偏西，张汉泉仍趴在姐姐坟堆上无声抽泣。亏了几户农家和两户学生娃的家长，凑了一点钱，把姐姐下葬了。他们走了，走前对少年好心地提醒了一句话：待在乡下不是办法，去城里碰碰运气吧，兴许能找份工作糊口。

张汉泉仍旧泪流不止，不能理解命运对他家如此不公，父母因劳累和贫病交加而去，他后来好不庆幸来了个好姐夫不嫌弃他家穷，还教他识字。如今，姐姐已不能复生，姐夫是否脱离了凶险？他也想到了自个的以后，是呀，得离开乡下去城里碰碰运气了。可是，他连进城后的路怎么走都弄不清楚。

一个高大的身影出现在张汉泉面前，张汉泉茫茫然看着陌生老人，大脑一片空白。

田梅生久久地打量着少年，叹口气道："我来镇上办点事，你家的情状，我都晓得了。你愿意的话，现在跟我走吧，兴许我能帮你找份学徒工作。"

张汉泉的眼珠儿开始活动，看见了老人眼里的悲悯。他又哭了，给老人郑重地磕了三个头。之后，他奔跑回了破茅舍，找出一套衣裳。他不要那个一贫如洗的家了。

路上，老人不说话，少年也不说话。少年不知道说什么好，老人领他怎么走，他就不消问得只管走。经过一处路口，老人停住步，买来两个饼子，说："我们还要走上一阵子。你把它吃下去，听话啊。"

少年直哽咽，感觉老人就是自个的慈祥爷爷。

时已黄昏，仍不见老爹爹回家，田春花每写上一页天天必做的课文，便忍不住走往门外朝巷口探望一番。今天她的课文是自习几首唐诗。打她记事起，老爹爹每月必出一次远门，说是去定购药材和收帐，但只要说定的时间未归，女儿便不免隐隐心慌。到底见着了老爹爹，田春花便小跑着奔了过去，边跑边喊："爹，爹呀。"

象以往一样，老人牵着女儿的手，第一句话就是："课文练习了吧，爹要检查的啰。"

田春花扬起头，小辫子一甩一甩，笑道："今天还多抄了两遍。"

瞅着眼前父女情深，张汉泉好不羡慕，很有点儿自卑。他的窘态被田春花看在眼里，觉得有趣，便眨巴着大眼睛送去个鬼脸儿，马上又忍俊不禁。这一笑，让张汉泉牢记了一辈子。

晚上，当着斜对面的龙二婶子和不远处的黄铁匠的面，田梅生朝张汉泉道："湘潭是个小城，其实省城也差不多，工作难找。你去学泥瓦活和木工活手艺，先安顿下来，怎么样？"

张汉泉仍旧很拘束，道："我听你老人家安排。"

田梅生又道："你不必紧张。往后，你有空就过来。过会我送你去师父家，你喊他王师父，他做过我的徒弟。你放心，只要你肯干肯学，他不会亏你。刚才，我和你铁匠叔说了你的事，他也说只能是这样。"

龙二婶子插话："孩子，你晓得你碰上了么子人吗？"

黄铁匠道："做人要诚实，做事莫偷懒。田老爹喜欢的就是这号人。"

张汉泉唯唯。

两个月后，张汉泉脸上的哀伤便少多了，湘潭历来泥木两行不分家，是以张汉泉要学的东西很多。王师父手艺过硬常常手把手传授技艺。每当有人问徒弟的来历，他总是忘不了说上一句："田爹带来的人，有什么好说的？。"其实，他半是迷信田梅生懂相术，看人准，半是喜欢张汉泉的勤奋好学。那年月，学徒干得再好一年也难见上几块光洋，王师父第二个月就给了张汉泉一块大洋。偶尔，他还主动提出，趁今儿活少，你去看看叔爹。他认为张汉泉给田梅生喊叔爹更合适。

这是张汉泉巴不得的事儿。其实，他已经晚间去看过叔爹几次了。有两个白天顺路也跑去田家看上几眼。他喜欢田家的温情，乐看几个小顽童围着那父女俩吵着要干草吃。而只要看见田梅生围着两排大药柜子忙碌，听一声田春花甜甜地喊声哥，他就浑身是劲，抢着干活儿。田家还真有不少活儿，分拣药材，碾药材，挑水，清扫，上门板，干不完的活。

过两天就是端午节，龙二婶子给田家送来了十几个粽子和咸鸭蛋。晚上，待张汉泉干完活，田梅生吩咐张汉泉坐下来，又叫女儿剥粽子和鸭蛋。之后缓缓地道："我已经给你师父捎去话了，往后每隔三两天你就过来，索性来这里吃晚饭。我看出来了，你对医书医术有兴趣，我来教你，你和你妹妹一块学，你愿意吗？"

张汉泉兴奋不已："好哇。"

田春花问："哥，你念过几年书？"

"一年半私塾，姐夫也教我识了一些字。"

田梅生道："底子薄了点，不怕，只要你肯用功。"

这天晚上，回王师父家的路上，张汉泉已如脚底生风，一个念头忽然浮现，田梅生父女仿佛不是凡人，而是神人。

自从有了这个念头，张汉泉越来越感觉田梅生是个谜。他早就成了半个田家的人，不再拘束，偶尔还笑着和田春花斗两句嘴。但是，有些事他还不敢放胆去做，有些话他也不敢多问。一次，田梅生又出远门了，说是又要三天才归。田春花忽揉揉碾药材的张汉泉，道："哥，你要是跟我打架，你蹴不到我，更打不过我，你信不信？"

张汉泉故意虎着脸道："瞎讲。我跟王师父七八个月了，拿斧头的手，手劲早练出来了。"

"我们试试看？"

"不试，人家会说我欺负你，再说，我怕伤着你。"

田春花笑个不停，立马摆出一个姿势，喊道："我们打耍架。来呀，你打得我到，我连喊你十声哥。"

张汉泉来了性儿，冷不防扑了过去，却不曾挨着田春花，反倒自己一个趔趄。

又一个晚上，张汉泉和田春花复习国文课，抄写"离离原上草"这首唐诗。田春花忽说："哥，你知不知道这首诗还有一层意思？"

张汉泉很不解，说："明明是讲野草，怎么还有别的意思？"

田春花直笑，说："有，就是有。"

"你快告诉我？"

"就不告诉你。要么，你喊我先生……"

"先生，先生，好先生，行了吧？"

田春花笑得更欢，凑近张汉泉耳根道："爹讲的。原上草另指坏人坏事，贪官污吏，总是没个完。"

张汉泉恍然大悟："是哩，是哩。"又问，"爹懂得多，会教国文课，所以没送你去大学堂，是不是这样？"

田春花很认真："这事我就不知道啦。"

又一个夏夜，趁田春花去了厨房，张汉泉壮起胆儿道："叔爹，你会武艺，对吧？你过去打过仗？"

田梅生淡淡地："你听谁讲的？"

"我猜的，因为妹妹会武功，肯定是你教的。"

田梅生不语，望着星空。

张汉泉再道："叔爹，什么时候得空了，也教我两手？"

田梅生却道："你啊，不学也罢。"

张汉泉好不失望。

"其实"，田梅生望着张汉泉，"你妹妹也就学了几套防身术。这世道，做人难，做女人更难，我又不能陪她一辈子，也是出于无奈。你呀，你要学的先是谋生技艺，再就是一门真本事。你听我的话。"

张汉泉恍然大悟似地，却又愈发看不透田梅生。他想起了很多理解不了的事儿。

原来自打几十年前湘军成大气势，屡打胜仗，军头们便把一船又一船的财宝偷偷地运回了湖南，消息一传十，十传百，不由人不眼馋。从此，湘人性子野了，胆子大了。黄兴又刮起了新湘风，激活了热血，唤醒了才智，也发酵了不少人的野心。谭嗣同被砍了脑壳，很多湖南人为之愤慨，同情那个浏阳人，很蔑视朝庭。有时人掉文，此奇观仿佛欧洲大航海到文艺复兴的情况再现。反正街头巷尾，每每能见着各业人士议论不休。所议多为时政：洋人厉害，但不可怕，咱中国人多，吐沫星子就能淹死他们。大中国强盛的时候，他们在哪里？社会主义好处多啦，北京怎么啦，广州又闹新花样啦，为湖南总出新潮大人物而自豪。那些新潮大人物，总是能扯出一长串名字。有天晚上在田家门口纳凉，围着七八个街坊，王师父也在其中，议论的是南北开战。多数人意见是南方兵打不赢，依据是北方占地利，从来大军征伐由北而南，犹如滚滚洪流居高临下。不同意见是没见项羽领着几千江东子弟兵，打败大秦百万雄师。又说早些年闹拳民，什么义和团，一帮稀泥巴糊不上壁的乌合之众，很多北方人都被孔教弄成了白痴加怂货，不说打仗了，做生意都不如南方人，由此可见北方兵不足惧。自海风浩荡，中国的希望便在南方不在北方了。当然南方的地方文化各有特点，因而处事不一样，例如湖南蛮子和四川锤子就特别，他们本是一体，湖广填四川嘛……张汉泉本来也就姑妄听之，明白自己太嫩可不敢作声。但当众人争论不休，皆希望年岁大阅历多的田梅生发表高见，张汉泉也就虔诚地看着田梅生。

田梅生却不肯开口，被追问多了也就淡淡的来上一句："五月不是看禾时。"

夜深人散，张汉泉便去帮田春花上门板，忍不住悄声道："叔爹好怪。"

田春花一下子不高兴了。

张汉泉急道："我的意思，叔爹心思摸不透。"

田春花说："我哪晓得。"

转眼到了民国十五年，张汉泉提前两个月出师了，王师父常派他独自去干活儿。活儿多的月份，他居然能挣下六七块大洋。他哪见过这多钱啊，干活劲头愈足。不过，他往田家跑的次数更多了，一来有了自己可支配的时间，二来他对医术近乎痴迷，深信学到家了便叫真本事，还有就是三天不见那对父女便心儿不踏实，他多么想与田懿一样喊田梅生为爹。

自张汉泉到来，田家愈成街上楷模。是因多数日子，邻里见着田家很晚仍亮着灯，田梅生在灯下耐心地指导两个孩子的学业，不容邻里不动容。人心终究向善。邻里投来的敬重羡慕眼光，日子一长，两个孩子也感受到了，感觉日子充实、幸运。

大街上也越来越热闹，听说是孙大元帅生前的决定，国民党与共产党合作了，要北伐。湖南闹起了工人运动和农民运动，说是为穷苦工农讨公道。城里人都知道，国民党的前身是同盟会。同盟会是由黄兴，孙文，章太炎三派合成。城里人皆以黄兴是湖南人而骄傲，说他创建民国功劳最大，品德高尚。他不屑做袁大总统的官，也不肯人身依附孙大元帅的事迹，另有常德人宋教仁的品格，被传得绘声绘色，皆成了世人眼里的奇男子。但也不乏其人纳闷儿，同盟会和国民党闹了好多年了，已经闹出了一个民国，赶跑了皇帝，袁世凯这条孽龙也伸了腿，咋还闹呢？因为广州和北京现今都叫民国，民国同民国闹不就是争权吗？争权不就是成王败寇吗？而共产党却是个新鲜，既然它说是为工农讨公道，似乎也有诚意，很多人便仿佛三伏天迎来了雷阵雨，感觉很凉爽。张汉泉常被新鲜事弄得心头痒痒，恨不得两天当作一天过，快点成人，快点把真本事学到手，日后好派上用场。

其实张汉泉已发育成了一个英俊小伙子，天气一转暖，他干活时常脱去上衣，胸前两块肌肉开始鼓起来，很惹姑娘们的眼睛，但他自个儿不觉得。

田懿也快出落成了一个大姑娘，日渐显得妩媚，一样自个不晓得。她不喜铅粉，两只大眼睛仍旧天真无邪，配上一张鹅蛋脸，宛如立于一泓清水之上、欲放未放的带露荷苞，很惹人怜爱。她早就把张汉泉当亲哥哥，就象张汉泉早把她当作了亲妹妹一样。自有了这个哥哥作伴，她笑容更多更灿烂。

田梅生的脸上开朗多了。偶尔听着他们拌两句嘴，忍不住还笑笑。在邻居们眼里，女儿当然还是老人的掌上明珠，张汉泉如今就如同老人的亲儿子。

清明节过后一天，田梅生正教两个孩子针灸术，龙二婶子找上门，道："伢子，哪天有空来帮下忙，我家桌子、凳子都给修修，灶台也塌了一块。该要的工钱，你讲个数。"

张汉泉道："我后天过来。钱，我能要吗？"

龙二婶子走后，田梅生道："龙婶子守寡十几年，不容易，幸亏家里有点底子，还过得去。我每次出门，都是龙婶子照看你妹妹。你不贪钱，做得对。"

这天半下午，张汉泉提着工具径直去了龙家，进屋就干起活来。他先修灶台，为了不影响做晚饭，接着修桌椅。修桌椅要对榫，慢不得又急不得，偏巧龙家大门朝西晒，他便脱下褂子，任由背上汗水直冒。龙二婶心疼地叫他歇会无妨，不一定今天非得把活儿干完。他笑答他不累，天黑前一定要干完活，因为明天一早还要跟王师父一道去另一家打衣柜。

太阳快落山时，田梅生来了龙家，有心看看张汉泉的手艺到没到家。他向张汉泉指点了两个小细节后，便和龙二婶子聊了起来。

"又要拜托你照看几天姑娘。"

"你放心去，这次又去省城？"

"对头，坐船走。"

田懿也过来了，隔老远就喊："爹，快吃饭啦。"走到张汉泉身傍，催道，"哥，快点做哎，吃饭啦。"

张汉泉头也不回，道："快了快了。要么，你们先吃，别等我。"

田懿小声告道："哥，煎了你喜欢吃的鲫鱼。"

"好，好。"张汉泉大声道。

田懿蹦跳着走了。

龙二婶子望望姑娘，又看看张汉泉，眼光有了异样，凑近田梅生笑道："蛮合适的，招上门算啦？"

田梅生笑而不语。

龙二婶子又道："早几天铁匠说起这事，我还没想过这一层，心想姑娘是你的心头肉，又长得漂亮，我可不敢乱说媒。铁匠说你早看出来了这伢子心眼正，是根好苗。又说男大当婚，女大当嫁。他说的在理。"

　　田梅生小声道："不急吧，再看看他们自个的意思。"

　　龙二婶子的神秘劲儿和末了的两句话，却被张汉泉看见了听见了，顿时心跳个不休。他从来没有也不敢朝这号事儿上想，乍听以为龙二婶子发了疯。他原以为田梅生会不高兴。久不见动静才敢偷偷儿瞄一眼田梅生，却又赶紧收回目光，感觉脸上烧得厉害。

　　只听田梅生小声喊道："汉泉，我先回啦。"·

·

　　张汉泉倒是很快干完了活，收拾工具时却磨蹭起来，闹不准该不该去田家，心头一阵狂喜又一阵害怕，有点不敢相信生活是真的。夕阳没了影儿，只听田懿在远处喊开了："哥，你还没干完活啊？"

　　张汉泉装作没听见。

　　田懿又叫起来："哥，爹问你还要多久？晚上，我们还有课。"

　　张汉泉慌慌应道："来啦，来啦。"

　　这天夜里，张汉泉翻来覆去睡不着觉。他已能肯定龙二婶子不是开玩笑，也寻思他做田梅生的儿子也好做女婿也好并不犯规。他又很有点儿自卑了，感觉配不上识字比他多又长得端庄的田懿，特怕田懿眼高，可是一想到他和田懿可能结合，便又心儿乐开了花。

　　第二天晚上，张汉泉没敢去田家。他不知怎地，出了两次门又都打了回转。今天晚上，他不能不去了，因为田梅生交待过他和田懿，要把一些药材搬到阁楼上去。张汉泉进得门，田懿就怨道："你也来了，快去吃饭，饭菜热在锅里。"

　　张汉泉第一次有点不敢看田懿的眼睛，慌慌地道："怎么会不过来，还有活儿要干。"

　　"下午，我就把活都干啦。"

　　"你好犟，我肯定会过来嘛。"

　　"昨天等你一晚上，你没过来呗。"

　　"昨天，哦，收工晚了点……"

　　"你骗人。"

　　"没有，没有。"

　　"就是骗人。你看你讲话声音……"

　　张汉泉突然来了勇气，借着油灯打量着田懿，不期四目相遇，田懿马上低下了头。

　　张汉泉也赶紧收回目光。

　　田懿一只手捏住衣襟边，小声道："哥，我要去龙婶子家啦。"却又不动。

　　张汉泉也舍不得走，他仿佛不识得田懿，好想仔细地看上田懿几眼。

　　田懿红了脸道："要么，你去上门板，你睡这里。我，走啦。"

　　这一夜，张汉泉又没有睡安稳，他感觉到了田懿喜欢他，但是拿不准田梅生那一关能否过去。他还感觉到了一身燥热，后悔胆儿太小，嘴巴笨。

田梅生又回了家，似乎一切如常。张汉泉开始心如猫瓜子挠，盼着龙二婶再去找田梅生鼓劲儿。他不知道龙二婶子早就去找了田梅生。原来，龙二婶子已经问过田懿，哥哥好不好？田懿反问，谁说我哥不好？龙二婶子又问田懿，你心里喜欢汉泉么？田懿羞红了脸，死活不开口，末了笑笑就跑了，龙二婶子是过来人，便马上告诉田梅生。田梅生说，他早看出了眉目，当然随他们的意。

一天晚上，张汉泉说："叔爹，我攒了四十块大洋了，没得地方放。明天我拿过来放家里，好吗？"未待田梅生开口，他赶紧补上一句，"因为，现今只有你们才是我的亲人。"

田梅生道："你就交给田懿保管。"想想又道，"要点个数，写个收条。"

"不嘛，"张汉泉急道，"不相信你们，我还相信谁？"

田懿直夸："哥，你好舍得做事。"

张汉泉直憨笑。

这天夜里，张汉泉睡得很香，他为自己的真情得到了肯定、为自己的小聪明得逞、为得到了田懿的夸奖而高兴。

端午节又快来了，一天晚上授罢课，田梅生很郑重地说："后天，你们随我去省城一趟。走亲戚，去看一个姨妈。姨妈想见见你们。"又朝张汉泉道，"田懿喊姨妈，你也喊姨妈，莫乱喊。"

田懿惊道："我还有姨妈？哪来的啊？"

田梅生嗔道："看你傻的，天上掉的呗。"

三人齐笑。

南门口靠河边一条小巷子的独间屋里，住着于婆婆一个人。她头发全白，衣着却合体，屋里拾掇得干干净净。她做着针线活，不时望望门外。

田梅生还在大街上就买了一袋米，叫张汉泉扛着，又割了几斤肉，买了一些菜蔬，叫田懿提着。三个人还在门外，于婆婆就迎上来，喜道："来啦，快进来。"

田懿抢着喊："姨妈，"张汉泉跟着喊。于婆婆愈喜，打量一番这个，再端详另一个。朝田梅生道："挺好的，挺好的。"

田梅生接过茶水，说："洋船耽搁了一阵子。大街上好热闹，在游行，我们也看了一会。你等急了吧？"

于婆婆道："怪不得，我晓得肯定出了点事。"

屋子小，张汉泉和田懿站不是，坐不是。田梅生道："你们也难得歇歇，去撒撒野吧，记得回来吃饭。"

田懿乐得一蹦好高，推一把有点儿迟疑的张汉泉："笨蛋，快走。"

　　天断黑，张汉泉和田懿才跑回于家。田梅生被一位街坊强拽着吃酒席去了，那家曾受过田梅生恩惠，治愈了多年的腿疾，只收了少许钱，盛情难却。饭菜早上了桌，姨妈催他们快吃饭，田懿仍喜孜孜地说个不停，道踩高跷最好看，那个"劣绅"被一根粗麻绳牵着，戴顶三尺高帽，鼻子涂了白灰，自个边走边喊："我是土豪劣绅。"又道游行队伍里有许多女学生，挥着小旗喊口号，什么"工农兵团结起来，建设新国家"等等，姨妈听得都不耐烦了，嗔道："看你爹把你惯的，成了疯丫头，快吃饭。"

　　张汉泉朝田懿送去个鬼脸儿道："听见了吧，疯丫头，快吃饭。"

　　姨妈饭量小吃得少，早早放下了碗，不时看看这个又看看那个，忍不住问："伢子，田懿好不好？"

　　张汉泉脱口而出："好啊。"

　　姨妈又问："田懿漂不漂亮？"

　　张汉泉憨笑道："漂亮。"又做个鬼脸儿，补一句，"还是个小才女，就会欺负我。"

　　姨妈直笑。

　　田懿一下子红了脸，桌底下一只脚轻轻地踢了过去。

　　田梅生很晚才归。天热，两老两小便去了后门纳凉。天边一钩镰月，江边渔火点点。于婆婆叹道："天下又不太平了，不晓得这次……"

　　田梅生良久才答："终是个两难，什么事都不能过头，又都挡不住。"

张汉泉听得似懂非懂，道："打倒土豪劣绅，城里乡里都高兴。"

"你也高兴，是吧？"

"当然。"张汉泉马上回道，"有钱有势的人，只要心地好一点点，我的姐姐、姐夫也不至于……"

田梅生长长地叹了口气。

入睡前，于婆婆很郑重地说："汉泉伢子，田懿姑娘，姨妈来挑明。上次你们爹来征求我的意见，今日领你们来，就是要我看看。我看见了你们般配，不过这事也不在急上，今年先订个婚，明年办酒不迟。你们爹讲了，趁他还动得，多教你们一点本事。你们，听见了吗？"

两个晚辈都低下了头，小声道："听见了。"

于婆婆又道："凡事多听听你们爹的，他经的事多，你们还不晓事。外面的热闹，不去看做不到，少去掺合。你们别听不进去，以后，你们就会知道这里面的厉害。"

田梅生接过话："姨妈是实情话，谁也不希望自己的亲人遭罪。"顿会又说，"不过世道终究在变，老辈人的话，并不都对。往后呐，你们看了新鲜，要多动点脑筋。"

接下来他自言自语似的："我还是那句话，田懿听过多次了，以后啊尽能力做点实事，力争身子清白，莫迷恋名利场，是我对你们的期望。"

于婆婆再道："汉泉，话都挑明了，你不要再叫叔爹，叫爹。"

张汉泉很激动："见爹的第一面，我就愿意叫爹。没爹的话，我也不知道现在会怎么样？"

翌日，田梅生又放了两个孩子半天假，故意板起脸道："再去疯个半天，明天回了家，就不兴疯啦。"

第三日回家的路上，田懿说："爹，姨妈一个人过好孤单，把她接湘潭来？"

张汉泉说："要得。"

田梅生不答，脸色严峻，透出难以察觉的痛苦。

第二章

　　国民革命的口号天天响彻大街小巷，北伐军的先头部队进了湖南，这些广西猴子兵打仗很厉害，放话说要打到武汉去，打到南昌、南京、上海去，还要占领北京。湘潭城不大，产业工人少，工人运动不太红火，乡下的农会闹得特凶，天天都有消息传来，哪里的恶霸被出了谷，游了垄。就连铁匠和龙婶子都忍耐不住，隔三岔五跑来田家报告新消息。其中有个消息是韶山冲的毛润芝在广州做了大官，这个新闻使张汉泉一下子想起了不知下落的姐夫，暗忖他莫非也逃去了广州。

　　前些天，龙二婶提起农会总是笑笑，认为斗争确有劣迹的恶霸地主应该，现今一提农会就阴了脸，很反感把地主家的小老婆和闺女也押去游街示众。"什么农会，砍脑壳会。"她骂道，"农会口口声声有权杀人，不是砍脑壳会是什么？"

　　铁匠说："共产党教唆的，会闹上个无法无天的，哦，最坏的是俄国老毛子。现今街上人都晓得了，共产党认了人家干爹，干爹给钱嘛。"

　　田梅生每次听后脸色都极严肃，但不开口，极少给时间让田懿出去待上半天，同时要求张汉泉收工后尽快回家吃晚饭，饭后与田懿一道听他授医课。田懿偶尔撒娇喊累，是因张汉泉三天两头带回来新潮报刊，他们都爱读，心儿跑往了外面，但不敢让老人独个儿忙碌，如今闹工运闹农运，打架斗殴的事儿陡增，伤痛患者多了起来。

一天断黑时分，王师父急急奔来田家，告道舅老表在坪石采石不慎被滚石砸了腰子，在当地治了半个月不见成效，今被抬回家，指明要师父去救救他。

田梅生识得那个石匠，二话没说就叫张汉泉揹上药箱，陪他去走一趟。

那个石匠家住九总，紧挨江边。从石匠家出来，夜已深。年岁不饶人，田梅生走路很吃力了，张汉泉只能陪着老人缓缓行走。临近十二总，巷子深处突燃起火把，伴着大呼小叫："抓住他们，抓住他们，杀人啦，莫让他们跑了。"

田梅生和张汉泉很快就猜出个大概。两个月来，不断地有大户被农会整得熬不住，纷纷往上海、武汉跑，头脸小的就逃省城，再不济的也要躲进湘潭，看来，某个躲进湘潭的土豪被纠察队发现了。至于杀人是怎么回事，他们就猜不准了。

"看看去。"田梅生果断地吩咐。

巷内火光处，围着一堆人，好事者仍在涌来，地上躺着一个浑身是血的军人。人们七嘴八舌，果然被田梅生猜中了，那个又给跑掉了的土豪被当兵的发现了，他们原来是一个乡的。军人去抓那人，那人的两个儿子持刀就朝军人砍来，军人掏出手枪，却卡了火。眼下，军人在地上痛苦地扭动，手臂身上全是血。人群中有人识得田梅生，马上大叫："让开、让开点，有救啦，田老爹来啦。”

田梅生吩咐张汉泉：“快，先止血。”

片刻后，他又道：“伤得不轻，抄近路，先背回家去。”

一家三口人忙了个多时辰，才把那负伤军人安顿妥当。军人的血衣被剪开，换上了张汉泉的衣裳。原来是个稚气未脱尽的青年军官，因为只有军官才佩手枪。

“他是湖南人，弄不好还是本地人。”张汉泉告诉田懿。

“何以见得？”

“那边人讲的，说他认出了恶霸，所以……”

田梅生道：“不要管他是哪里人，是什么人，我们不能见死不救，这点要切记。”想想又道，“我要去歇歇啦，汉泉，你从今天起，就睡家里，诊所忙的话，你就不去做工啦。”

翌日，来了两个青年军官，告道负伤的军官名叫栾和文，确是湖南人，但不属于广西过来的第七军，应是其他队伍先行入湘的人员，负有其它任务。他们询问了栾和文的伤情后，认为就在田家治疗可能更合适。关于栾和文负伤的情况以及治疗费用，他们会联系友邻队伍作处理。

栾和文昏迷了一天一夜才苏醒，护理工作主要交给田懿。老人嘱咐女儿，不要怕花钱，多买点鸡蛋、乌鱼、精肉等营养品。田懿不便做的事，就喊张汉泉。

　　几天后，栾和文就和这一家人处得很亲热。他主要是失血过多，身子虚，刀伤不致命。田梅生认为，静养个十几天就行了。

　　一天午后，张汉泉坐在栾和文床边，郑重其事："栾排长，我想向你打听一个人？"

　　"只管问。"

　　"你都告诉了我们，你家离城里也就四五十里路，你是去年春天去广州报考的军校，是黄埔四期，对么？"

　　"你讲嘛。"

　　"广州的湖南人肯定不少，路程不太远嘛。我不知道你们军校的湖南人多不多？"

　　"多啊。"

　　"有个人，他是我的姐夫，当然，我姐姐走了三年，姐夫是闯了祸逃跑的，一直没有下落，不知道他……"

　　栾和文也来了兴趣。听罢张汉泉的叙述，他说："你说你的姐夫叫王银山，我们军校没听说过这个人。我们快结业时，来了个政治教官叫王明山，给我们讲过两次课。年龄、外貌和你讲的有点象。但姓名不对，他是哪里人，家里什么情况，我不知道。人家是教官，我是学员，不敢乱打听。我没说假。"

　　眼见张汉泉很失望，他宽慰道："或许他就是你的姐夫也说不定。因为很多犯事的人，逃跑过程中都改了名，所以……不管怎么说，我归队后一定帮你打听，有了好消息就会尽快想办法告诉你。"

　　田懿接话："那就拜托栾哥啦。"

　　栾和文忙道："哪里话。你一家人的恩，我还一点没报。小事，小事。"

　　这次交谈后第三天，栾和文的队伍上来了人。一位团长，一个随行勤务兵，还有一个新的县政府民政科长。原来，他们接替了广西军队的驻防，成立了新的县政府。团长表彰了栾和文的勇敢行为，代表驻军和县政府感谢田家。那个民政科长拿出了两百元大洋，作为酬劳。

　　田梅生坚决不肯收下这么多钱，道他不是不要钱，但求合理收费。末了他吩咐田懿收下一半大洋。团长大受感动，主动提议，就在田家山墙边搭盖一大间房，扩大诊所规模，也是利民之举。他将从队伍上派工兵，带材料来完成此事。

　　几天后，便有一个班的工兵开着卡车过来了。麻石路面窄，卡车掉不了头，材料运到工地要走上好远的路。他们自带干粮，说是长官严令不得扰民。田家只能随意，但茶水总得奉上。与这帮年轻士兵在一起，张汉泉和田懿愈觉日子过得快。

　　此事轰动了附近几条街。一时间，田梅生的威望达到了高峰。年长的街坊素知田梅生非投机取巧，更多的是称赞国共两党合作好，国民革命伟大。

　　房屋盖顶时，那位团长又来了，是来检验质量。

田梅生和团长说了一通话，团长终于点头认可。田梅生的意思，房屋交付时，他一定要办上几桌酒，犒劳一下士兵们，如团长赏脸肯来则好不过，如有可能还请把已归队的栾排长和那个科长一并领来。他强调酒席首先是办两个孩子的订婚礼，届时会请左邻右舍、亲朋好友都来热闹一番。因为他料定自个撑不了几年了，两个孩子为他带来莫大慰籍，他们其实年龄还小，没社会生活经验，哪一天他倒了，还得请众多街坊和地方官不介意两个孩子的某些过失。所以，请团长批准他请一次客。

团长说："你老人家把话都说到了这个份上，我只能遵命。"

天公作美，连日阴雨后迎来了大晴天。酒席就摆在新建房子的外面，田梅生坚决不收任何人的礼物，但收下了团长的队伍和县政府联名送的一面锦旗。田梅生解释不能收受礼金的理由，是房子等于捡来的，人不可太贪。同时声明，房子属于暂时借用，产权归公。黄铁匠、龙二婶、王师父俨然代理人自居，张罗着人员接待和大小杂务。张汉泉和田懿换上了新潮衣服，颇有点新式学堂学生样儿。铁匠坚决不让田梅生操劳，宛如半个父亲，席间领着两个孩子去每一席都敬了酒。原定办上十五六桌，后来添了四桌。有一桌就是些混混儿。他们属于不请自来，放了两挂鞭炮，嚷着田爹为街上争了脸，他们不能不来。年岁大的人不喜看他们，说他们的特点就是"白天惟愿牛斗架，夜里盼着火烧天。"

不过，团长一番演讲使街坊们不再关注那些无产阶级。团长强调国民革命首先是工农兵的事业，一定要继承总理遗志，广东的几个军马上会开过来，谁反对工农谁就是反对革命。又说苏联了不起，共产党是国民党的好兄弟，等等。其实，团长身份不同罢了，演讲并无新意。他的演讲只是进一步牢固了听众的感觉，中国大变，不可阻挡。

几个年长者陪伴田梅生，居然有一人倚老卖老地说什么，几十年前长毛进湘潭说的也尽是漂亮话，天京一进，就变了，什么洪天王，就是洪魔王，又引出个满口仁义道德，其实杀人不眨眼的曾剃头，长江两岸，白骨累累，姑且看之、听之。他总结道："我们湖南新派人物，我只认黄兴，可惜天不佑他，所以我相信田哥那句话，五月不是看禾时。"

田梅生今儿高兴，话比平日多："既然叫人，人就不能再把自己当牛马猪羊。牛马猪羊的命运是感化不了屠夫的。若人间太不公，也得争一争，总得表现一下血性。毫无血性，不叫办法。当然总是走老路，也不是办法。黄兴带了个好头。我留意了一下，他把做人做事摆在了做官的前面，十分难得。可是独木不能擎天啊，靠一个人不行。"又说，"如今时兴批孔夫子，模仿西洋技巧西洋章法，俄国人的做法也在吃香，叫人有点看不懂啊。只能走着看。新调子未必都靠得住，但是我们的老调子唱了多少代人了，唱出什么名堂来了？"

又一个喜怀旧的老人兴致大发，讲起了三百年来历史，先道清军在湘潭屠城，就在办酒席这块地方，杀了几十人，又道老长毛在湘潭与绿营兵激战，固然水战失利，老长毛的血性还是没得讲。末了说可惜天国失败了，假如天国胜利了，中国早就太平，也就犯不着孙黄再举事以及今天北伐……

田梅生的看法仍旧与众不同，他说："朝庭该亡，太平天国一样该亡。"

他的话引来众人齐愕然。

田梅生坚持已见："太平天国的根子就在它那个天国天堂。人间的事几千年了尚且摆不平，一代人时间拿什么进天堂？说话，做事，一过头，就算无歹心，迟早会要变得不好收拾。"

他再道："我看大人物口里的天国天堂，无非是学了前朝大人物的样，就是个装神弄鬼，为了让我们老百姓死心塌地跟他们跑，信不得啊，信不得。"

栾和文差点儿没赶上吃酒，去码头接了一个客人，把客人也带来了。客人是栾和文表弟，其实只小月份，名焦成贵，才从省城过来。他在省城念书，要去美国留学，此次回乡下找父母要钱。年轻人凑一起马上就嘻嘻哈哈成了朋友。张汉泉和田懿很羡慕焦成贵能去美国留学，焦成贵却说我若生在你们这号开明家庭，心满意足了。他直言相告，父亲是个财迷，又守旧，放他出去念书是盼他日后做大官，若非母亲慈祥，又须父亲掏钱，他都不愿多见父亲一面。

"我喜欢弄机械，以后做个工程师。"焦成贵信心满满，"中国一定要结束洋钉啊、洋灰啊、洋油啊、洋火啊的历史。中国的圣贤都是老古董，这还是客气话，因为他们专教后人如何人治，如何治人，早不合世界潮流。”

栾和文说：“所以我们要来革命，替你们科学救国，教育救国，实业救国扫清道路。”

他们在田家足足待了两个时辰，分手时，焦成贵恳切地说：“以后我们要做长期朋友，我相信你们也会有出息。”

张汉泉和田懿异口同声：“我们认定了你们是好朋友。”

入夜了，田梅生接过女儿递上的茶，忍不住又打量一番新屋，灯光下，墙壁雪白，几件国漆家俱发出幽光，来上七八个病人都有地方可坐，他很满意。忽地，他皱起了眉，手抵胸口，又发了老毛病。他有半年多没发过病了，赶紧服下自制的药丸，许久才缓过神来，却又淡淡笑道：“今天是累了点，高兴嘛，没事。你们莫急，莫怕，我再活几年没问题。”

像以往那样，张汉泉和田懿仍有点不放心，便一左一右，陪着老人。见老人确实缓过神来，张汉泉道：“爹，有个话我听不懂，你说朝廷该亡，太平天国一样该亡，可是孙大元帅和革命党说太平天国了不起？”

田梅生神态比白日更严峻：“你们记住爹一句话，管他什么天王、皇帝、革命党，都是肉眼凡胎，我们并不比他们缺了胳膊少了腿。我们做人不要霸道，我们也不接受他们的装神弄鬼。”

张汉泉一下子觉得自己成人了，尤其迎来了久盼的狂喜。

夜已深，张汉泉照例又搬櫈子，拿门板，搭床铺，准备睡觉。田懿在一旁帮手。田梅生忽道："不要搭铺了，你们，睡里面大床上，我睡外面。"

张汉泉和田懿闻言莫不微微一惊，田懿先进了里屋，待到张汉泉进来，便插上门锁。张汉泉便喘着粗气儿，放胆抱住田懿，仿佛猪拱食一般，吻遍了田懿半边脸，田懿一样急促地喘着气儿，双眼闭着，浑身酥软得没有了骨头一样。

中秋快要来了，天气已转凉爽，田家业务依旧红火。革命军和县政府对田家的抬举，起到了很佳的广告作用。主要还是工农运动已是如火如荼，暴力事件层出不穷，最多时一天的刀伤骨折者有十几例，凡需要自个掏腰包的患者，皆希望来田家，把田家三口人忙得团团转。

这天又是忙到掌灯才吃上晚饭。老人饭量越来越小，吃了小半碗饭就端起了茶杯，想想说："你们明天去省城，陪姨妈过节，我就不过去了。"

田懿道："早几天不是讲好了，我们都过去，歇几天业。"

田梅生道："关门不好。几个病人，我对付得了。"

张汉泉道："爹，你和田懿去，你去歇几天。一般性外伤和伤筋动骨，我有把握，不会丢我们家的脸。反正，我不同意留你一个人累。"

田梅生喝口茶又道："这样吧，春花一个人去，过罢节就回来，多带几块钱去，给姨妈。路上要小心毛贼，你怕不怕？"

田懿笑道："我还没见过毛贼什么样哩。"

翌日一早，田懿去了省城。

第三日早起，田梅生忽对张汉泉道："我总感到眼皮子跳，她们不会出什么事吧？"

谁知不多一会，有人报信来了。报信人是个小伙子，专程自长沙来，也不知他如何来的。他问明是田家后就掏出一张纸条，

上面是田懿的字："爹，快来，姨妈不行了。春花。"

田梅生大惊失色，忙唤张汉泉："快收拾一下，我们走，你姨妈不好啦。"

整整一个礼拜，这一家子才回来。田梅生几乎是被张汉泉和田懿一左一右搀扶着到家的，他已判若两人，胡子老长，双目无神，进屋就倒在床上，不肯吃饭，只喝茶。张汉泉和田懿又急又怕，又不知怎么办才好。他们已经看出了一点门道，两个老人不会是一般性亲戚关系，可是一见田梅生伤心样儿，又不敢表现疑惑。

田梅生这次花了大血本，买了一口上等棺木安葬

于婆婆，坚持要葬在长沙、湘潭交界处一处向东的山坡上。做了两天道场，结算清了逝者的房租，依风俗把逝者生前的一切用品都给烧了。立了一块碑。张汉泉和田懿看得真切，棺木入土时，田梅生眼角淌下一颗泪珠。

夜渐深，一阵剧咳后，田梅生在张汉泉搀扶下半坐起来，田懿赶紧送上一杯热茶。铁匠和龙二婶子闻讯后早早就过来了。田梅生望着两个老邻舍点点头，示意他有话要说。

田懿感觉到了什么，哇地一声哭了起来，紧紧地抱着老父亲。田梅生抓住爱女一只手，忽然神助一般，语气坚定："啊，莫哭，莫哭。"又朝张汉泉道，"坐爹身边来。"再朝铁匠和龙二婶道，"几十年了，我们不是亲人，相处如亲人。你们听听无妨。"

屋里静极了，只有田懿的小声啜泣。田梅生凄然一笑，道："我今年七十七岁，够长寿了，比西太后命长，那三个大清皇帝，更不能同我比寿。我来湘潭已快三十年，这屋，是前朝一个秀才的，他愤慨于甲午战败，妄议朝政，下了大牢，死在牢里。都说这屋子闹鬼，没人敢住，死者家人都怕，我不怕，用了点点钱就盘过来了。这些年不少人说我德高，济世帮人，背后原因只我自己知道。我是一个有罪的人，赎罪而已。前几天走的孩子的姨妈，就毁在我手上，她一走，我就恐惧了，眼前若隐若现一个人，是于妈，我欲呼于妈，无从言语，更感无颜。不说了，不说了，我和她的恩恩怨怨，已经写在信纸上，以后你们就都知道了。"

　　他朝老邻居又道："我走后，拜托你们多看顾我的两个孩子。他们还需引导，马上就是乱世，天晓得以后怎样？"

　　听了这话，张汉泉泪如泉涌，使劲儿咬住嘴唇不发出声。田懿更是哭成了泪人儿。再一阵剧咳后，田梅生声音小了，断断续续："你们是自个愿意好上的，爹随了你们意。爹是懂一点相术，但至今看不透人世。爹惟愿你们，有个好结局。爹惟求你们，做人要真诚，要正直，不为乱世新鲜诱惑。再就是，把我葬在你们姨妈一起。"

　　凌晨时分，田梅生合上了眼睛。

　　在铁匠的主持下，田梅生安葬在于翠苹的旁边。

第三章

　　从极度哀伤之中终于缓过神，田懿从抽屉里找出了田梅生写下的他的故事。

　　田梅生原名田澄，武昌人，三岁时随父母、兄嫂、姐姐，随天王队伍沿江东去。他三岁便记事，曾快乐了几年。天国队伍分男营女营，夫妻也须分居，禁令森严。城里和军营里，圣诗，彩旗，扑天盖地，人人赞美天父、天兄、天王，宣讲五王八万岁。无人怀疑天堂生活不远，眼下一些不方便算不了什么。他不懂男女之事，虽极难再见父、兄一面，但有母亲、嫂嫂、姐姐疼爱，便满足了。大祸天降，洪、扬争权，自相残杀，东王手下几万将士皆莫名其妙被砍头。那时，他已去了男营，做了童子军，逃得一命，却再也见不到母亲、嫂嫂、姐姐了。

　　天国从此一蹶不振，翼王带兵走后，士气再也回复不到西征、北伐时的水平，湘军凶悍实由此衬托而来，从此一降一升，反差愈大。最后的日子来了，那个嘴上高喊男子皆兄弟，女子皆姐妹，骨子里把每个人当牛马，当工具的天王，服毒之前仍旧满口鬼话，当然他此时讲人话也没有用了。天国将士能够怎么办呢？恨王爷们，于事无补，投降清妖，晚死几天而已，大多数人只能跟着感觉走，听天由命。

　　田澄参加了天王府保卫战。此前，他已参战二十余次，因年岁小，多是跟在老兵后边呐喊、助威、搬运物资。其实，天京城破后就不存在保卫战了，也就几千老弱病残作徒劳的抵抗，况且腹中早就是糠菜野草，哪来力气作战？那天，田澄自己也不知怎地，眼里只有仇恨，甚至惟求战死，也不知哪来的力气，居然杀死一名敌军。那死者的同伙迅速赶来，一脚就把田澄踢倒在地。他分明不解恨，竟不用刀砍杀田澄，只顾狠命地用脚踢，要活活踢死田澄。田澄的胸痛顽疾，就是那时落下的。突然，那湘兵丢下田澄，跑了。原来，天王府烧起了大火，湘军醒悟过来，个个发财心切，什么都不顾不管了，抢财宝去了。

夜降临，天京城里到处是火光，混乱不堪。田澄趁乱逃到长江边，求生的欲望驱使他把一段木头绑在身上，顺流而去。他没有目标，只求离开天京越远越好。他记得，他下到江里不多一会，便双眼一黑。

田澄睁开眼时，已身在江边一间草房里，身边守着一位农妇和一个很瘦弱的小姑娘。见田澄睁眼，小姑娘忙唤一位道长，口称师父。那道长端详田澄良久，说了一句："看他的命吧。"接着那妈妈狠劲撬开田澄的嘴，道长将一粒黑乎乎药丸强塞进去，灌一口水，吞下药丸，田澄又昏了过去。

田澄再次睁眼，身边仍守着那位妈妈和小妹妹。田澄感觉到了又渴又饿，才张了张嘴，便有散着香气的米粥滋润了喉咙。没多久，道长又来了，道："这孩子命大。"又道，"病根是落下了，伤药也会跟随他一生。"

　　田澄一躺就是二十来天，从那位妈妈口里得知，此地离天京并不远，也就三四十里地。他漂流到了江边，困在几块礁石间，被路过的她们救下来的，因他身上还有点儿热气，便喊来了精通医道的道长。他们一看田澄的装束便明白了大概，赶紧给他换了衣裳。这些天，他们好不紧张。谢天谢地，搜捕长毛的朝庭兵丁没有找来这里。他们认为，多半是湘军和地方团丁产生了错觉，凡漏网的长毛只会朝南跑朝西逃，不会往东走。那妈妈说："你这叫瞎窜，偏生捡了条命。"

　　那位道长每天都来。一天黄昏，那妈妈噙着泪道："孩子，你打算去哪里，家里可有亲人？"田澄明白，他们为了救他已尽了最大努力，既然危险仍在，他也不忍心再拖累恩人。他该走了，但往何处去呢？此生如何办呢？他不知道。

　　田澄决意今夜就走，走哪里算哪里。他无所回报恩人，心想宜将实情相告，便一五一十，将家世和盘托出。末了道："妈妈、姐姐、嫂嫂，八年前就被自己人砍了头，爹爹战死在安庆，哥哥战死在芜湖。老家武昌是什么样儿，我不知道。以后，听天由命。"

　　那位妈妈和道长听得惊讶不已，之后去灶房待了一会儿。从灶房出来，道长说："你莫走了，从今以后，我们是一家人。"

　　两个月后，田澄方尽知缘由，悲痛更惊讶。当时，他说出爹妈的名字、圣职、老家在武昌哪条街时，那位道长和那位妈妈便连连打量他，难以相信。原来，道长姓于，与田澄父亲是街坊又是朋友，都是举家随天王队伍东去天京的。那时候，天国队伍，水陆两路，浩浩荡荡，旌旗遮日，何其壮观，谁能料到日后？于家世代行医，医术精湛，进天京后于爹很快成了御医，专门侍候那些个王爷王娘。天京内乱那天夜里，他幸亏在天王府不在东王府，也就躲过一劫。于爹一生以救人为天职，这场杀伐让他受不住了，又加早已看不顺眼王爷们的骄奢淫欲生活，十分后悔参加这场造反。但后悔何用？一天深夜，他携妻出了城，隐藏于郊外。他做了道士，实为掩护，安排妻子做了农妇，女儿晓晓，是此时出生的，小名叫晓晓，取小巧谐音。之所以隐居于天京郊外，心里还是盼着天国胜利，人就是这么怪。而今，希望彻底破灭。朋友一大家人，仅剩田澄，他们夫妇狠不下心了。为防万一，田澄随于爹去道观做了打杂的道士。

　　天下渐趋太平，很少有兵丁来道观骚扰。这得益于于爹医术高明，人缘好，远近闻名，当地民团无人怀疑他曾是天国御医。又因湘军大裁撤，湘军对搜捕漏网长毛不热心了。但是，于爹仍难抛惴惴不安之心。乃因外行看不出来，内行只要看上两眼田澄身上的刀伤枪伤痕印，便知田澄曾干过什么事。一天，于爹作出决定，举家西去。不去武昌，因为早没家了，也不安全。去湖南投友，因为当年太平军只是途经湖南，长沙从未被太平军占据过，只要隐姓埋名，口风紧，料无大碍。但不管怎么说，田澄须改个名字。

田梅生随于爹于妈和小妹妹，在长沙小吴门，坡子街，南门口搬了几次家。于爹告诫田梅生，少说要过二十年，朝庭才会淡忘太平天国。因而他们这号家庭，不宜在一个地方住太久，跟街坊混得太熟，那样的话容易露马脚。

一晃五年过去，田梅生从于爹手里习得不少真传。小妹妹也十四五岁了，换在别人家到了谈婚论嫁的年龄，可是晓晓从小身子单薄，乍看像个十二三岁小姑娘。这期间，田梅生很勤奋，深得二老喜欢。一次，他无意中听到了于爹于妈的对话。于妈说："只能由我们作主，给孩子找房媳妇成个家。"于爹说："不是来过两个媒人，怎么讲？"于妈又说，"这孩子不爱听这事。我看他只想报仇，准备了去死，所以……"于爹叹道，"这怎么行？这样不行。"于妈再道，"有个媒婆讲，你家里有个现成的，你们作主，拜个堂不就成了？"

田梅生很犯愁。他怜爱赢弱温顺的晓晓，却是纯粹的兄妹之爱。于妈说得对，他最大的愿望是天下烟尘再起，他情愿赴死，要什么媳妇啊。可是，当真于爹于妈作这个主，他也不能拒绝，他忍心让二老伤心么？

不久，于爹走了，患的是伤寒。于爹虽是名医，那年头也治愈不了伤寒。他活了五十几岁，比多数人寿长。祸不单行，半年后，于妈也卧床不起了。临咽气那会儿，她枯槁的手抓着田梅生的手道："好生照顾妹妹。你不愿娶媳妇，也要尽做兄长的责任，帮晓晓找个好点人家。"田梅生扑通跪下地，哭道："于妈，我听你的，我会照顾好晓晓。"

安葬于妈之后，田梅生又过了几个月平常日子。诊所已无患者登门，是因人们信不过年轻的田梅生的医术。为了维持生计，他去过码头上搬运过木材、大米，还用剽学的瓦工手艺，不时接点零活。朝庭兴起了洋务，中兴来了，减了点税赋，市面多了生气，只要肯干，日子不算太难。再说，家里还有点点底子。每天，晓晓早早起来为他准备早饭，晚上又做好饭菜等着他。一天夜里，田梅生狠狠心，爬上了晓晓的床。他紧紧抱住晓晓说："今儿起，我是你男人。我会好好待你，我认这个命。"晓晓也哭，把他抱得更紧。

但是几月过去，田梅生就变了一个人。他又不满足平淡的小日子，天天盼着哪里起大事。他深信，这个朝庭不会改恶从善，由得它的欺骗，后人没有宁日。他坚信反抗这个朝廷合天道合人道，就冲那个康乾盛世的另一面来说，几十里地见不着一所乡塾，大江南北见不着几所学堂，朝廷分明是要把几万万人先变成睁眼瞎，再变作猪狗牛羊。这样的土地上，除了主子和奴才，出得来一批批大写的人么？他认定，腐儒们鼓吹的和草民们欣赏的康乾盛世，乃是这块古老土地的福寿膏，遗祸不会止于三百年，然而，没人听得进他的话。为此只要有人起事，能够变天，现在他才不管起事人是人还是鬼，哪怕只能报他一家五口人的仇。然而，岁月分明越来越静好。长沙的大街小巷，酒肆茶楼，人们议论的已是洋务的美丽远景，朝庭的励精图治。生活愈是这样，田梅生愈不甘心，竟然看什么都不顺眼了。他开始喝酒，很快又迷上了赌博，一发不可收了。

那是一个秋雨绵绵之夜，田梅生奔进屋，便要晓晓把家里仅有的一点钱拿给他，他要去板本。晓晓死活不肯，哭着，抱住他的腿。他心软了，不要钱了。他喘了几口恶气，冲进厨房，抄起菜刀就走。他察觉到了赌桌上有人做手脚，合伙坑他，他要用另一种方式把输掉的钱讨回来。

晓晓又死死地抱住田梅生，哭得异常伤心，一口一声你出了事，我靠谁呀。但是，田梅生红了眼珠，狠命地将晓晓一把推在地上，大步走了。

田梅生果然出事。他和两个出千的混混干了起来，砍伤了其中一人，招来了巡捕。他心虚，深恐被查究出身世，趁着赌场混乱，一脚踢翻了一名巡捕，破窗而逃。他逃脱了追捕，但也不能回家了。

田梅生不敢回家，潜去江边躲了一天。翌日用身上最后一点零钱，安排一个小叫花子去探望晓晓。得来的消息是晓晓大哭着去寻他，不见回家来，却有公差在他家门外转。

田梅生好悔，但后悔何用？他不认为晓晓会出大意外，兴许去于爹的友人家了，寻思只有先去哪里躲个一两年，挣点钱，再瞅个机会回长沙接晓晓。

两年间，从岳阳到武昌的几个大点码头上，皆留下过田梅生打零工打短工的身影。但他渐渐不再是全为银钱而打工，那些码头工人、排上船工、纤夫等等，不满现实者大有人在，有袍哥、天地会、白莲教，不过都有自个的小圈子，外人须有一定来头特别表现才会被接纳。他们的共同点是皆买昔日长毛的帐。田梅生的长毛经历光靠吹牛是不足以服人的，当那些人确信他是块真料子，他居然成了秘密团体的骨干。他往来于各个码头，先是信使，后是小头领。时日一长，他得以知悉各个码头的一些机密与新策划，那些个策划不外乎对官府恶吏暗杀、绑票。他不同情恶吏，但对盗匪行径尤其伤及无辜很不齿，有违他的追求。但他仍然珍惜这份他视为神圣的工作，很卖力，名气随之传开。但是，他们轻视了朝庭的能耐。一次前往宜昌去联络会党的途中，他和几个天地会成员悉数被捕。之后，他们流放去了新疆，他的刑期十年。

人世间的重刑犯皆大同小异，无论反政府者还是杀人越货者，真正听信政府改过自新者少之又少。十年流刑，无论酷暑下挖沟开渠，还是协助征西的左宗棠大军搬运辎重，田梅生内心决不服输，深信这个世道不合理，长此以往，后辈人出不了头。他只有一点不能不认命，晓晓现在何处，过得怎么样了，他们何时重逢？他两眼茫然。

田梅生可以大胆地行走在长沙街上，已是逃离长沙二十几年的事了。此前，他干了一件他为之羞耻的大蠢事：他再次成了天地会一名头儿，竟幻想用另一种方式改变这个不合理的世道，便是投书巡抚衙门，晓以大义，祈盼巡抚大人善待贱民，最好与朝庭决裂。他着了魔，深信都是人，是人就会讲理，能够少流血换来新生活，乃是最大的善。一天，他居然收到衙门回信，邀请他面见巡抚。他好不激动，然而迎接他的是兵丁，是暴打，是大牢……

　　总算可以大胆地寻访晓晓了，但长沙早就没有了家，两间屋子本来就是租的。问遍了老街坊，皆摇头告道不知晓晓下落。多数人也就敷衍他。他明白原因，街坊们仍旧看不起他，还怕连累自己。他象无头苍蝇一样在曾经居住过的地方转来转去，倒也多少探听到了一点传闻。或说晓晓早嫁了人，或说晓晓被几个赌徒挟持拐卖去了烟花之处，那个被田梅生砍伤的赌徒家里有点势力，要出口恶气，因为有商户在江西南昌的窑子里见过她。

　　直到此时，田梅生才警觉自己负罪不轻，自甘沉沦本身也是罪过。多少个夜晚，他望着天穹，不愿苟活人世，又不甘心死去。他对于神圣的反清复明事业也渐渐冷了心。启因于他渐渐鄙视那些个会党头目的品行极其不端，相比天国的王爷们也就是小巫见大巫。而当年那场翻天覆地，他一家献出了五条命，两条命乃清妖夺去，另三条命却丧于天国之手。依此看来，天国得势，又当如何？反清复明不就是用一个朝庭换一个朝庭。由此他得出一个痛苦的结论，凡是鼓吹天国天堂生活的人，不论他是什么人，都是决然不应相信的。这个痛苦的结论从此使他的心情痛苦有增无减，却也使他似乎脑子开了点窍。生命执着于生生不息，人间热衷于盛衰荣辱，为了什么啊？为什么生命的繁衍本能那么顽强，只能有一个解释：生命的意义在于关怀后代与不可知的未来，而不是已知的过去与各种富丽堂皇。

北方依旧岁月静好，南方不再广起烟尘，海风扑面，也夹有腥味，生活也就照例皇恩浩荡。圣贤之所以叫圣贤，在于天朝远胜一应夷狄。三纲五常，三从四德，美轮美奂。然而大多数人总是饥寒交迫，天灾一来，便是难民扶老携幼，惨不忍睹。能活上五十岁就叫高寿。遍地睁眼瞎，只能混世无从理喻，义和团应时而起，此为比拜上帝会更可怕的瘟疫。这样的世道能改变吗？田梅生不知道。他知道的是，依常情常理，生性懦弱的晓晓若还活在人间，他们多半还有重逢一天。另者，他后半生该赎赎自己的罪了。他认定，他需要退出江湖，躲避昔日的会党，乃因这块土地从不缺官，缺的是干实事的人，况且自身负罪不思改正，不配谈反对不公。

北京的举子们公车上书那会儿，田梅生落户湘潭了。他不乐意落户长沙，那里让他伤心。他也不希望住地离长沙太远，认定晓晓某一天会在长沙出现。

大清朝终于覆灭，田梅生第一个在街上燃放了鞭炮。民国，民之国，他感到新奇，但听了舒服。"世道真变了？"他在心里问自己。同时涌现了找到晓晓的不灭念头。

他果真寻觅到了晓晓。

既回到湖南，田梅生不能不去于爹于妈坟上烧刀纸。坟墓杂草深可没人，一看便知几十年里无人光顾。第二年、第三年清明节，田梅生仍未发现另有人来上过坟。第四年，他惊喜万分，看见了香烛残迹，那一定是晓晓来过，晓晓回了长沙。他的直觉告诉他，晓晓多半住在沿江一带。

那是一个阳春天上午，他又漫步走来南门口一处菜场，忽眼前一亮，不远处一位妇人提着菜篮往巷内走去，太象晓晓走路的姿式。他又惊又喜又怕，急忙尾随上去。他拿不很准，离别快三十年了，认错了不免尴尬。妇人进了一间小屋，许久未出来。他在门口徘徊，到底忍不住跨过门槛，喊道："喂，请问有人吗？"

里面灶屋传来回话："谁？"

"过路的，讨口水喝。"

良久，妇人出来了，手指门口小桌上白茶壶，淡淡地道："你自己来。"

话音才了，他们四目相遇，都愣住了。

"你是……"晓晓激动不已，说话不出了。

田梅生硬咽着，强笑着，连声说："老天有眼，老天有眼，我们到底……"

晓晓却渐渐平静下来，说："你坐，坐。我猜你会来找我，没有想到今天……"

她强笑笑，拭一下眼角，又不笑了。

田梅生一时不知如何开口，望着晓晓。

晓晓低下头，道："谢谢你还记得我，既然来了，就在这里吃中午饭，刚好我买了条鱼。"

田梅生结结巴巴："晓晓，你不知道这么多年……真的，我从没敢忘记你。"

"不说也罢。"晓晓语气转冷，"过了的事，不说了。你还在，我也活着，这就够了。"

田梅生无法得知于翠苹三十来年怎么过的。他原想问个清楚，转念不敢再问。他想象得出来，于翠苹遭罪不轻，兴许眼泪早就流干了。但是，有几句话他非说不可。

饭后，于翠苹问："你住哪里，家里有些什么人？"听罢田梅生相告，她久未吭声。

田梅生说："你也是一个人，去湘潭吧？"

于翠苹摇头道："我不想动了，我不能不回长沙，是因这里还有父母坟墓。你啊，也老了。我呢，早就不是你想象中的晓晓，没必要非得捆在一起。那个晓晓，早死了，不死不行。如果你每年过来看看我，适当帮帮我，我就满足了。我还能动，从小就会做针线活，暂时养得活自己。听你讲了那么多，你也苦，我不恨你。真的，我早就不恨你了，都是命。"

田梅生跪在了于翠苹面前，边哭边求于翠苹去湘潭。于翠苹也哭，但是不松口。

田梅生最后写道："你们的姨妈不肯来湘潭，是为了顾全我的所谓好名声。又说她和我这一生，都是命。她说的可能对。"

第四章

　　春节又快到了，今年的年味要比往昔淡。年货还是要办的，哪怕穷，年前也得割上几斤肉，购点粉条、豆腐干等蔬菜，再置办点香烛鞭炮，供大年热闹几天。但办这些事的人已很少见得到青壮年，他们几乎都在革命，都有组织撑腰。各行业工会、农会、学生会、妇女会、纠察队等等。只要集合起来十几个人，便是一个会宣告成立。此为公认的共产党的创举，湖南已成它的天下。是因湖南全境已经光复，北伐战线推进到了湖北和江西。湘江上仍不时见到运兵船，但队伍都是经过，不是驻扎，没有几个兵的地方政府不敢惹毛共产党。稍有见识的人皆知，人家的后台是苏俄，广州政府巴结还来不及。不过，各种各样的会拥护共产党主张全都不假。因为依得共产党主张，比如店员新的法定工作时间是八小时，包括中途吃饭与休息，薪水比往日涨了一倍多。能够多拿钱少干活，傻冒才会不干。

　　新生活不容张汉泉和田懿不心儿痒痒。进入腊月，他们心儿痒痒愈发厉害。新闻天天有，蒋总司令和汪兆铭被说成天纵英明，他们的情场故事尤其令人津津乐道，有人说他们英雄爱美女，美女爱英雄，也有人说他们无非祖坟冒烟了。而湘潭才子杨度的那首救国歌，又被翻了出来，到处传诵。那首歌竟然说中国若是德意志，湖南就是普鲁士，于是有人十分大胆地提出湖南应该独立建国，韶山冲的毛润芝就把这话儿写成了文章。现在乃是三湘四水，稍有点能耐的年轻人都想着闯世界，干大事。但是他们又纠结，田梅生的遗言很明显地另有用意，他们读了不下十遍，那不是文字，是血泪。现实生活已临困境也是回避不得的，是因田梅生一去世，诊所生意便一落千丈，再现了田梅生有过的处境，病人信不过没年纪人的医术，连抓药的人都去了别的店铺。两个老人的去世，使家底已剩无几，总不能不吃饭啊。

一天，田懿说："我也出去找小工做。"

"不行"，张汉泉不同意，"我多找点活干，哪怕我们吃苦一点，心思还是要放在学业上，这是正道。"

"现今这么热闹，你静得下心？"

"我们再看看。"

一天晚上，张汉泉朝又来转转的铁匠说："明天我去找王师父，他现在做了县总工会的副委员长，我得入个会，现在要入会做事才有保障。"

"去吧。"铁匠只能支持，"一条啊，别做积极分子，莫得罪人。"

"我只认干活。再说我们晚上有功课，那是我们的正业，不能丢。哪有做积极分子的闲空？"

"对头，现在呐，闹过了。将心比心，往后谁敢做老板？做老板是要担风险的，你不管人家的难处，恨不得老板和工人的收入一样，不然就叫剥削，叫谁想得通？所以呐，现今是打仗顾不过来，我看政府以后会整治的。"

龙二婶子和田懿从里屋里出来，接话说："我听说了，你王师父变了一个人。一个多好的人，当了官就……我替他担心。"又道，"铁匠兄弟你正好来了，田懿说，只剩二十几块钱了，她呢，还没有那个，她想开春再正式办酒，你看呢？"

田懿插嘴："其实已经办过酒了，街上人都知道，不要再办了吧。反正，年前我们都没心情。爹在，不觉得，爹一走，功课都落下来了……"她有点说不下去了。

龙二婶子道："哪能不办大婚酒？人家不会多讲你们什么，都新潮了嘛，会笑话你们爹，还会怪我和铁匠不是真心看顾你们。酒席不光要办，还要办体面点，该添置的东西得添置。以后连生几个娃，就怕没能力了。得赶在你怀上孩子前面办，挺个大肚子出现在婚礼上，现在还不时兴。开春就开春吧，汉泉多干点活，多挣点钱回来。"

铁匠道："也行。记得啊，大年三十晚上，我过来，要么你们过去，我就一个人，你们陪陪我。"

翌日一早，张汉泉便去了县总工会找王师父，他已经两个月没见着师父，果如外面人所言，王师父已判若两人，象个政府官员了。他听了徒弟来意后，说："当然要参加工会，工会才会承认你的各项权力，这个很重要。你要积极，你年轻，前途无量。要跟共产党走，你是穷人出身，共产党为穷苦工农办事，你怎么能跟人家唱反调？听我的没错。"

张汉泉也说了他的一些担忧："外面人说，你们闹过头了，甚至说你们是利用工农争权力，说什么从古到今，家家一样。"

"不奇怪。"王师父说："那些人要么旧脑筋，要么反革命。你做过我的徒弟，我得提醒你。为什么你要积极，因为田家不算穷苦工农，田家当然没有剥削人，田家也没有受别人剥削，所以你也属于小资产阶级。以后要在新社会有出息，除了工农阶级，其它阶级的人就看个人表现。"

张汉泉闹不明白他怎么成了小资产阶级，但他听话听音，小资产阶级不是个好阶级。

自进工会，张汉泉便架不住新鲜，也是回报师父的情，便常去帮师父做点杂活。王副委员长自是求之不得，是因他的难处不为外人知，自个又不宜对外人诉苦。最大的困境是经费太少，要革命，便参加者多多益善，但不给好处便会冷场子。总是用未来的好日子来激励干劲，对大多数已明世故的工人不起大作用。比方说交会费，没几个人乐意。向上面打报告要钱，常常不见下文，因为广州是个穷政府，军饷尚且常拖欠。共产党的经费主要靠苏俄，但苏俄的钱并不好要，你不干出它希望的大业绩，它便不肯拨大钱，要来的钱一定要经各级头头的手，发放时论亲疏以及截留是常事。都是人啊，都知道钱是个好东西。王副委员长就没有见过多少经费，偶尔还要垫上点儿老本。革命仍要干下去，他想退出来都不行了，那等于先前的付出全打了水漂。他只能希望多几个徒弟这号舍得做事的人，带领工会会员对老板们多发狠，讲不得什么将心比心了。"革命不容易啊"，这是他常说的话，是他的心里话。

从师父口里，张汉泉也长了一些见识。王副委员长着重讲了苏联，列宁和斯大林啊，特别伟大。那里已在建设社会主义，社会主义是人世间最正义，最有前途的事业，将来全世界都会走苏联的路子，社会主义的前面，就是共产主义的天堂。天堂生活就是从此吃穿不愁，不受富人白眼，没有官府欺压，天堂的最高境界是按需分配。

新鲜词儿的权威性不容置疑，因为它来自苏联。因此王副委员长身上也开始有了神秘色彩。不过，王副委员长也碰上过尴尬。

这是一个雷阵雨天，十来个工会会员困在屋子里，一时无聊便胡侃。一人忽问王副委员长："共产主义按需分配，是不是需要什么就分配什么？"

"对。"王副委员长很肯定。

"太好啦，我需要三个漂亮妹妹陪我上床，会分配么？"

王副委员长愣了，一屋人全笑了。

那个调皮鬼又说："天堂肯定有堂主，有大堂主，二堂主，三堂主……漂亮妹妹只有那么多，堂主们按需分配了，我不信轮得上我们小鱼小虾？"

一屋人愈乐，随之起哄：

"我不要三个，有两个够了。"

"做梦去吧。"

"是呀，给我们，堂主们会答应？"

王副委员长便笑骂："少胡闹，美死你们几个色鬼。"他其实很不高兴，感觉权威受损。

张汉泉每次回家都会把新鲜事新鲜话讲给田懿听，今天又是一样。另告："今天师父有点怪，讲了两次，说我只要参加共产党，就可以报名去苏联学习。苏联有个很大的学校，专门培养世界上的共产党骨干人员。苏联还有个什么情报局，没见那个周恩来，才二十几岁，早一步登天啦，还说有文化的工人比学生更受欢迎……"

田懿问："你想去，答应了？"

张汉泉笑道："这是大事。我告诉师父，我要跟你商量，我不能没有你。我不该多说了一句话。我说，我不喜欢按需分配老婆，我这话的意思是站在师父一边，没想到师父一下子阴了脸，骂我一辈子都不会有出息。"

田懿说："你答应嘛。以后做大官，去上海、广州、武汉，再娶个洋妞，过神仙日子。"

张汉泉瞪田懿一眼。

田懿笑笑，忽认了真："若是去学医，我不拦你。没见你师父变了。照你师父讲，以后我们也是歹人，阶级不好嘛。我看见了，好多二流子、痞棍，吃香啦。人家革命呗，你可不要学他们样，我们不掺和这号革命。"

张汉泉很认真："我一听天堂两个字就感觉不对味，师父的见识不能跟爹比。行，我听你的。"

"不过"，田懿又说，"你师父对你不孬，你也不要太抹他相。"

泥木工会有近两百号人，很多人手艺过硬，看在王副委员长的面子上，未对张汉泉摆老资格。他们几乎全不识字，但小算盘打得可精。他们拥护工会拥护国民革命，全因现今没人敢赖工钱，他们一点也不热心开会听形势报告，不是交头接耳就是打瞌睡，参加游行是因为有补助。就在几天前，泥木工会还闹出一件大事儿。一位小店主翻修房子，泥木工会派去了八个人，结帐时产生了纠纷，本来各退一步便没事了，但三个工人得理不让人，小店主被激怒，声称要去县工会论理。泥木工会索性把小店主抓起来游了街。小店主的儿子咽不下这口气，找来几个混混把那个最积极的工人饱揍了一顿。事儿越闹越大，小店主的老爹也有保护儿子过关的意思，竟投江自杀了。消息传开，工会名声很不好听了。

一天快收工时，王副委员长把张汉泉叫了去，态度严肃："工人觉悟普遍低，有人属于稀泥巴糊不上墙，但不能因此污蔑工会。这叫否定共产党和国民革命。我了解泥木工会，里面数你文化高，你要帮帮师父，也是锻炼自己。"

张汉泉怯怯地说："人命关天，逼死人还是应该去认错，去赔偿人家。"

王副委员长只当没听见张汉泉的话，继续说："你脱产算了，做组织委员兼宣传委员。具体工作就是召集他们开会，讲形势，拥护国共合作。"

张汉泉忙道："我不行，干不了。"

王副委员长老大不高兴："边干边学。你看那个栾排长，也不满二十岁。"又丢来一句重话，"你有点不识好歹，我一直想培养你参加共产党，你跟共产党干才有前途，你懂不懂？我们后面有苏联，再把工农抓在手里，就一半江山靠得住了。你会说，现在共产党没几个人，这恰恰是好事。待到人一多，好位置轮你有份哎？"

张汉泉仍旧怯怯地道："你不是再三说，共产党不是为自己，是为工农讨公道？"

王副委员长狠狠地瞪来一眼："蠢货。你听着，别把心思都放田懿身上，出息点。"

张汉泉回家后又告诉了田懿，田懿说："你该干活就干活，我不稀罕你做官。不过，你莫顶撞王师父，你欠了人家的情嘛。"

王副委员长和张汉泉达成了妥协，每天脱产半天，工钱由泥木工会支付。一月下来，张汉泉就有点吃不消了。他还想和田懿一起静下心来读医书，做不到了。田懿心疼他，每天都是早早起来，先去后门外空坪里练一套拳腿，再回来弄好饭菜，洗脸水都送到他面前。但是有一天，田懿还是大发了一通脾气："天天回来这么晚，你心里还有没有我？"

　　田懿发气是受了铁匠影响。几乎每隔一天，铁匠晚饭后就会来田家转转，只要没见着张汉泉，他就不高兴。"你得劝劝他，"他对田懿说了不止一两次。"我看他现在有点中了魔，性子会野的。"就连大年三十晚上，本来不兴说不愉快的话，他仍忘不了敲打张汉泉。

　　当然他是迂回着说，他说他最佩服田梅生的毅力。当初街坊里有几个人争着给田梅生说媒，那会儿还没有田懿，有个很标致的寡妇想过来，田梅生硬是不松口，现在他明白了，田梅生前半生已经对不住于婆婆。不敢再伤于婆婆的心，难说不是这一点，于婆婆慢慢儿原谅了田梅生。"你们的姨妈，"他叹着气说，"是怪可怜的。你们的爹，是对她不住，要负责任。"

　　三月初，一个络腮胡子中年人和一个白净脸年轻人找来田家，中年人姓胡，年轻人姓杨，是县纠察大队的小头目，他们说，现在革命形势大好，江苏、浙江、福建都已光复，武汉政府计划进军中原，但后方也出现了新情况，一些反革命势力从水下冒出了水面，治安问题变得严重，警局力量不够。县纠察大队决定再组建一支分队，由他俩负责。他们看中了田家新建的屋子，希望租借一段时间，作分队队部。既然房子基本空着，或租或借都会有点收入，不是坏事情。又说，消息是王副委员长提供的，当然，决定权在田家，因为房子建在田家山墙边，本来就占用了田家很大一块宅基地，又是当时驻军出资，非当时驻军出面，县政府也不能从田家手里强行收回房子。

田懿拿不定主意，也不懂复杂的产权问题。张汉泉一样茫然。他们先去征求铁匠意见，铁匠说，借用就借用，给钱就收下，不给也别要，但对方要出具文书。"因为"，铁匠强调，"天晓得这天会如何变？对付地头蛇，咱惹不起，躲得起。"

很快，纠察大队第五分队的牌子就挂起来了。纠察队就十几号人，有一杆汉阳造步枪，余皆为大刀和梭标。白日里纠察队员出出进进，夜里留两人值班。大雨天气或无突发情况，队员们就在屋里胡吹海聊，偶尔也玩牌，比手劲。那个胡子队长喜喝酒，常发酒疯，又哭又笑，总会引来小孩子看热闹。白净脸副队长常吊书袋，显得很有学问，爱扯明清小说的男女偷情故事。田懿不太喜他，因为他看见田懿就色迷迷笑。不过田懿路过队部大门忍不住 也会朝里面瞄去几眼，终究习过武，想见识那些人有哪些真功夫。

副队长和另两个油条队员不识田懿心事，以为田懿对他们感兴趣。每当田懿路过，他们就挤眉弄眼，直至很下流地品评田懿如何性感，特眼红小木匠艳福不浅。

"田妹子好经看。"

"瞧她两条胳膊，莲藕一样，直想吃上一口。嘻嘻，跟她上床……"

"早跟小木匠睡一起了。她爹没办法，怕出丑，才赶紧办酒。”

　　张汉泉仍旧每天归来晚，吃过饭收拾一番卫生便想休息，但隔壁常喧哗，又不便去阻止。没奈何，也就常去隔壁瞅瞅。一来二去，就熟悉了。副队长总是恭维他和田懿，他们虽说明知多是奉承话，听了也舒服。

　　清明节到了，张汉泉头天就请了一天假，一早就和田懿去了山上。这是第一次扫墓，田懿久久不舍离去。他们跪在田梅生坟前，田懿说：“爹啊，我们会年年过来看你和姨妈。”张汉泉说：“爹，我们晓得你的苦心。你放心，我们不会分开。”他们回到家，时已半下午，忽见栾和文和焦成贵提着大包礼品从隔壁走出来，原来栾和文父亲病故，他们当天还要赶回乡下。、

　　田懿忙不迭要去大街上买菜，被栾和文拉住。焦成贵告道，栾和文升为连长了。栾和文警觉到了异常，得知田梅生已仙逝，不胜伤感。他告道他托了几个军校同学多方打听，现在可以确认，那个教官王明山，就是张汉泉的原先姐夫王银山。栾和文属第一军序列，王教官属第四军序列。第四军大部份在湖北，王教官多半也去了湖北，因为军校也迁去了武汉。当然，王教官仍在广州也说不准，广州终究得有队伍留守。他们之间没有联系。战事激烈、频繁，他们职务低，所以没法联系。“十有七八”，栾和文末了说，“王教官是个共产党，因为四军里面共党人员最多。”

　　不肯吃饭，茶还是要喝。期间，栾和文说，这次从江西回湖南，会要待上一两个月，因上峰给了他一项

采购军需品的任务。他争取参加张汉泉和田懿的大婚礼，到时再痛快地聊聊天。忽有所思，悄声告朋友，注意点安全，有些事少掺合。

田懿抢着问："栾哥，你是说，好象会出天京事变那号事件？"

栾和文一时听不明白，道："天津，我们的队伍离天津还远哩。"

张汉泉解释，家父的生平深深地刺激了他和田懿，所以他们很怕历史重演。

栾和文许久才压低声音道："你们知道就是了，莫去外面讲。国共合作怕难长久。你们讲的太平天国的天王、东王，本来是一家子，一家子尚且如此，何况国民党与共产党本来就是互相利用。当然，我也是今年才感觉到这一点。队伍上已经军心不稳了，因为太多的军官都有家底，有家底的人才念得起书啊。这两年，农会在乡下狠斗地主，却叫地主的儿子在前线领兵打仗，保卫农会工会，讲不过去啊。是的，有些土豪劣绅该整，不能把有点田的都当土豪劣绅。我爹就不是土豪劣绅。我家的田，是慢慢攒下的。平常，我家一样很难见上鱼肉。双抢时，我爹我娘还生怕长工、短工吃不好。不让人家吃好，人家哪有力气和心情帮你干活？这上面，共产党总是乱讲一气，太不尊重事实。这样干已经不像话了，招募的一些流氓地痞下手又毒。现在我对共产党看不惯了。"

张汉泉嘿然无语，临别时，田懿说："栾哥，焦哥，我还是那句话，我们认你们是真朋友。"

晚上，张汉泉自信地说："我也感到不很正常。师父确实变了，说话、做事，过了头。人命关天的事，哪能无所谓？我志向不是做官，做个好郎中，陪你一辈子，让爹放心，就够了。我们没惹事，不怕。"

一天晚饭后，张汉泉和田懿去了隔壁，想借两张最近的报纸看看。副队长一人在摆弄那支汉阳造，忽说："张老弟，想请你帮个忙，送份公文去河西，一般人送，我不放心。"

"你这里不是还有个人吗？"张汉泉不太情愿。

"他家里有点急事，我叫他回去了。"

张汉泉看看天，说："那就快点拿来，我还要赶渡船回来。"

张汉泉匆匆走了。

田懿看着报纸，多坐了一会，正待起身，副队长忙拿出一盒点心，请她品尝，她不肯伸手，但也未多心，说："才吃罢饭，你留着，夜里吃。你们也蛮辛苦。"

副队长可怜巴巴："我是特意留着给你的……"

田懿说："谢谢。"话一了，赶紧走了。

副队长却追来了田家，双手捧着点心，嘻笑道："田妹妹，田妹妹，我没别的意思，就是请你陪我说说话。"

田懿有点慌道："请你自重点。"

副队长倚靠在门板上，委屈地道："你这是干什么呀，你犯不着嘛？我怎么也不比你那个小木匠差。"

田懿已是一脸通红，走近副队长，小声道："队长哥哥，求你啦，不好看。"

副队长笑笑，一样小声："给我亲一口，我就走。"

田懿拉下了脸，恼道："我就是喜欢小木匠，关你什么事？我喊一二三，你再不走，莫怪我……"她当真喊出了口，副队长仍只当没听见。哪知三字话音一落，田懿猛一掌推来，副队长趔趄着跌倒在几米外了，那盒点心，散落一地。

副队长爬起身，赶紧灰溜溜地回了队部，仍嘴硬："你会后悔的。"四十年后，他果然这样做了。

张汉泉个多时辰方归，见田懿一脸愠怒，忙问怎么啦？田懿告以详情，见张汉泉动了怒，赶紧又说："他别想拢我身，我手重，他吃了大亏，你就不要追究下去了。不过，你以后不要再去隔壁，当心他报复你。"

张汉泉总觉得心堵，翌日去县总工会汇报完工作，便把王副委员长拉到一边，说："师父，请你出个面，把我家隔壁的副队长调走，他混蛋。"

王副委员长问清原因，也发了气，说："你做我徒弟之前，田懿该是我的师妹。就冲这点，我就要建议党组织处理这号人。被田懿丢出快一丈远，真丢人。还丢了共产党的脸。"

张汉泉又道："田懿的意思，不要大做文章，他并没有碰到田懿，还吃了亏。别让人家太做不起人。"

王副委员长嘲笑道："他色胆包天，夜路走多了总会撞住鬼。他拢得了田懿的身吗？田懿还算是给足了他面子。"

不知怎地，副队长被调去河西才一天，第五分队就传开了他的丢脸事儿。胡子队长对张汉泉大笑道："兄弟，你也得当心，你的老婆这么厉害，哪天你老婆把你一脚蹬下床，再一掌把你打出门。"

中旬的一天，一个惊人消息迅速传开，蒋总司令在上海清党。武汉和长沙出的报纸称之为大屠杀，叛变革命，扬言要讨伐。群情激愤，大多数人认为两党合不来当然可以分手，用机关枪杀人终究不对。不少人是事后诸葛亮，说什么早就看出来了都不是东西。这下好了，结仇了，不会有完了。

消息紧几天，又松几天，难辩真伪。或说蒋介石成不了大气候，武汉的汪兆民才是正统。或说支持蒋介石的江浙大老板多是财迷，比不得两广人和两湖人的革命精神。或说广西的李白站在了蒋总司令一边，第七军可不好惹。或说苏联支持的武汉很快就会东征讨蒋，等等。

张汉泉和田懿也不免忧心忡忡，又认为没做什么亏心事，不怕半夜鬼敲门。一天夜里，田懿忽紧紧抱住张汉泉，说她怕。她说她做了个恶梦，好象梦见了天京内乱的人头滚滚场面。又说她快两月没来那事了，多半怀了上娃儿。往后，她们家就不只是两条命，是三条命了。

张汉泉半是宽慰半是自信，说他做的事哪能算事，大不了今后退出泥木工会，白天只认干活，晚上用功习医。上辈人的悲剧，不会重演。"你也经常看报纸，"他说，"总统和皇帝，到底不一样。"

但田懿今天很反常，说："你帮师父再跑一两个月的腿，应该也还清了他的人情，以后就不要再跟他跑了，好吗？"

未待张汉泉回答，她又说："我们应该同情穷苦工农，穷苦人太多了嘛，我们就是苦出身嘛。但是，我越来越看不惯工会，农会的做法，残忍。下午我过河去，看见农会打死了两个人，都是被人用锄头挖死的，脑浆都出来了。怎么下得了手啊？怪不得早就有人骂农会是砍脑壳会。我不敢再看，我们不走这条路。"

张汉泉忙答："要得，要得。"

进入了五月，张汉泉仍没敢退出泥木工会，怕王师父骂他太怂。王副委员长越来越忙，总是参加各种会议，号召工友们站稳阶级立场，不要怕反动派。"你越怕反动派，反动派越猖狂。"这话，他成天挂在嘴边。

一天，县总工会召开大会，各个行业都来了人，场面可不小，声讨国民党内右派叛变革命。开完了会议还要游行。会上王副委员长作报告，声称国民党内的右派自上海挑事，又在各地搞事，手段凶残，大株连，不由分说，等等。张汉泉遵照王副委员长指令，先发传单，又领头呼喊口号。他声音洪亮，一下子就让其它行业的人认识了他。其实，他不过是照本宣科，碍住师父情面应付差事。但别人可不这样看，认定他是王副委员长的一个得力小助手。

张汉泉终于向师父讨来了几天假，理由是田懿怀孕了，他们要办酒。不打算打新的衣柜了，不过旧家俱也得再刷一道漆，墙壁也得再粉刷一遍，争取用一个礼拜干完活。

田懿果然怀孕，闻不得油漆味，住在了龙二婶子家。一天夜里，张汉泉干完活，洗罢澡，正打算上床，门口响起了咚咚脚步声，田懿、龙二婶、铁匠急慌慌地奔进门。

铁匠跺着脚，带着哭腔："报应，报应来了。你得快跑，跑得越远越好。还来得及。拖到明天，你就……"

龙二婶子急急插话："栾连长捎来的信。他担了大风险，他朋友多，看见了名单，你师父列在头排，你的名字在中间，都划条红 X，抓住可以就地镇压。栾连长交待，那个调走的副队长第一个检举了你，你的罪名是积极分子。栾连长说看这阵势，你一定要逃，你不躲上个一两年不能回来。没理由可讲。"

张汉泉呆若木鸡。

田懿一把抱住张汉泉，泣不成声："我害了你，不该放你进工会，不然……"

铁匠急得直转圈，一把拉开田懿，恨道："是他害了自己，害了你。谁叫他跟那姓王的跑？姓王的明明变了，还跟他跑，不怪自己，怪谁？什么都别说了，快去给他准备两套换洗衣服，拿点钱在身上，赶紧走，有船坐船，有票车坐票车。栾连长还交待，一定要出湖南。"

张汉泉醒过神来，却道："我先去一趟师父那里……"

铁匠怒道："关你什么事？"

龙二婶子说："你铁匠叔会打发人去报信。他躲不躲得过，看他的命。"

田懿找来两套衣服，把二十块银圆塞了进去，包裹扎实，突瘫坐地上，双手抱住张汉泉的腿，忽又呕吐起来。铁匠道："汉泉，快抱她去后门口，她闻不得油漆味。"

龙二婶子却说："是反应，怀上娃娃的反应。她还求我，两口子一起走，死活在一起。这样子，她能走么？"到了后门口，田懿感觉好受了一些，便问张汉泉准备躲去哪儿？张汉泉回道可能先去广东，最可能去江西，去找王明山。田懿认为靠谱，再三叮嘱，落了脚就想办法捎信回来，让她放心。又道有龙婶子和铁匠叔，张汉泉不要多牵挂她。再道万一仍不能回湖南，到时候她会抱着娃儿赶去一家人团圆。

话儿没个完，铁匠再催："走吧，走吧。"

张汉泉觉得是该走了，一抬脚，看见田懿又哭，只得抱住田懿，强笑道："莫哭啦，我会回来，一定会回来的。”又朝两位亲人般邻舍泣道，“看我爹的份上，请你们照看田懿。”

　　瞅着张汉泉消失在黑夜里，铁匠连声自责：“我有责任，我有责任，我该拦他……”忽有所思对田懿说，“有人来问他哪去了，你就说你们吵了一大架，他赌气跑了，莫松口啊。”再嘱龙二婶，“你就这样作证，都记住啊！”

第五章

张汉泉逃往了广州。

希望很快落空，但也不是毫无收获。军校仍有留守人员，几番探问，他得以进一步确认王明山就是他姐夫，不但活着，而且做上了营级军官，去年就随队伍北伐了。现在何处？就都讲不知道了，另一个收获是他庆幸赶紧逃出了湖南，广州的报纸上仍旧天天有湖南的消息，称为马日事变。张汉泉算算日子，他若晚走一天，就很难逃出湖南。三十五团先在长沙动手，很快周边县市效仿，到处设卡，被杀的人远比上海、九江等地清党杀的人多，几天就抓了成千上万人。张汉泉认定，这就不是什么清党了，是大株连，是滥捕滥杀，这和天京事变中的滥杀无辜没有两样。他对再去江西找寻王明山都提不起劲儿了。

张汉泉切实感受到了生活的复杂，卷入社会运动后凶险莫测。他很悲愤，但他何其渺小。眼下的人身算是安全了，从报纸上看得出来，广东和湖北仍旧讨伐反革命，但湖南几天前一样如此，可见报纸变脸快。重要的是他得生存下去，形势好转就回家，或到时候想办法把田懿接出来。

问题严重，一天比一天紧迫。张汉泉知道家底，过罢大年，田懿手上只有十块大洋。这几个月他就交了十三块钱给田懿，脱产半天应得到的工钱，王师父总是说经费紧张再等等，现今还说什么呢？田懿把家底全给了他。他是坐票车南逃的，原以为能找着王明山，他还住了几天店，低档店也少不得便宜钱。另外，为了不丢掉所学，他买了几大本医书和一点医疗器材。现在，他身上只有五块大洋，需要数着铜板过日子。

去哪里找个能待上一两年，同时能挣份工钱的活儿呢？张汉泉走遍了大半个广州的大街小巷，一无所获。他开始露宿公园、江边，一天只喝两顿稀饭。一天，他和珠江边一位摆稀饭摊的老头儿聊了起来。

"老伯，听口音你是湖南人？"

"衡阳的。"

张汉泉向那人请教，广东哪地方找得到活干，工钱少点就少点，希望能包住。他说他有力气，会干泥木活，还能帮人诊治一些常见的小病伤痛。

老头儿一连说了三个难。道："你看看江边上多少人溜达，里面什么样的人都有，好多是你这号没年纪的，为什么？找不到工作啊。这年头，你们没年纪的要吃饱饭，以后有点出息，只有去当兵。"

张汉泉嘿然无语，他不情愿去当兵，明白进了队伍就由不得自己，会丢掉所学，他和田懿就很可能被拆散。他受田梅生影响，已看不得国民革命的凶残内斗。他开始悔恨自己不该拿不下面子，明知师父变了仍跟着师父跑。

翌日早晨，张汉泉身不由已来了珠江边，正待走往那个稀饭摊，忽见江边上围了一堆人，那是一群天天守在此处，等待顾主的找活干的零工，便本能地先凑了过去。果然，一位四十来岁，穿扮得体的妇人要两个零工去她家干活，明言要会瓦工活，她可以提供工具。那堆人一下子气馁了，忽有人朝妇人道："你等等，我去喊我哥来。"妇人道："我还有事要办，只能等你一小会，你哥在哪里？"那人道，"我们顶多半个时辰就赶来。"妇人闻言便抬脚道，"明天再说吧。"眼见机会难得，张汉泉顾不得许多了，凑近妇人，急道："我去，我保证干得你满意。"妇人打量张汉泉两眼，认可了。就在妇人分开众人，张汉泉欲跟上之际，突然眼前一黑，栽倒在地。原来，那个准备去喊他哥来的小伙子忿不过，又欺负张汉泉明明是个外省人，半块砖头砸在了张汉泉的后背上。

张汉泉许久才睁开双眼，身边已无一人，不远处那位卖稀饭的老头儿不时看他一眼，张汉泉估摸着只是点轻伤，他挺得过去，想不通的是生活如此无情。但是，他向谁诉苦喊冤呢？他只能强忍泪水，爬起身，朝稀饭摊走去，肚子早饿得咕咕叫了。

张汉泉喝第二碗稀饭时，老头儿凑了过来，道："看在老乡面上，我再给你指一条路。你先听好，你待在广州没多大意思。广州这么大，当然找得到活儿，都被当地人包下了，各有各的地盘，你不拜码头，进得去吗？所以，你不如……"

张汉泉急着听下文。

老头儿再道："那条路嘛，走通的人好像不多，但还是有人发了小财。现今是民国，好像保障多了点，你真有点本事，可以去试试，就是下南洋，下西洋。反正，出海以后机会要多一些。"

张汉泉听明白了，不愿多去想，仍旧担心万一一去不返，就见不着田懿了。他在广州又胡撞乱窜了几天，每过去一天，身上铜板就少了一点。突然间，武汉、江西，还有西北，全都反共清共了，报纸上列数的共党罪状，很多，有板有眼。有一条罪行是勾结苏俄，那可是叛国卖国罪。有一点不容张汉泉不信，共党失败了，想来王明山也会凶多吉少，他最后一条路也堵死了。

张汉泉真正心急心慌。他狠下心，出海去试试。

张汉泉去了香港。

香港那会儿的市容，建筑尚比不了广州，一些地段的边境管理形同虚设，但是这里没有清共。张汉泉从路边检来的报纸上得知，他又走对了一步棋，及时离开了广州，果然广州也开始了清共。他居然以为命运在暗中帮助他，预示着他去海外可能碰上好运气。

尽管如此，他还是希望能在香港找份工作。但他胡乱转了两天，就变了念头，他讲不来粤语，那一口内地腔才讲上两句话，人家就不想理睬他。身上只有半块银元了，他必须当机立断。他可不愿做遭人白眼和呵斥的乞丐。

张汉泉终于在一个街角处见着几个招工去海外的小广告。

　　他认真地比较了一番，挑了一个聘用期为两年的地方找了去。广告上有具体地址，倒是不太难找。那地方给他印象太深，他终生记得。一阵大风刮来，尘土飞扬，纸屑乱舞，不远处就是海边，极目是破旧渔船，砖头、树枝、铁皮搭盖的简易棚子，时已近午，日头太毒，人不多。

　　招募处设在一座骑楼下边，两张条桌并列，几十人围着。

　　身穿花格短袖衬衫、瘦精精的黄富昌唾沫星子横飞："名额不多啦，后天就出海啦。要去的，抓紧时间。"

　　他喝口茶，又叫："看见了吧，现钱，三十块大洋，安家费，当场兑现。不就是两年吗，两年就回来，挣上个三两千大洋回来，娶媳妇，买几亩田没一点问题……"

　　他拿起一块银圆，放嘴边吹吹，又放耳边听听，再叫："全世界都知道啦，香港银元，比袁大头吃香，是真货，没得假啊。喂喂，你讲什么，看告示啦。你不识字，好，好，我告诉你，你们是去美国。美国，知道吗，世界上最好的地方，富得地上流油，哪象中国，家家穷得叮当响。人家缺人手，我们才有了机会。什么，什么？哈哈，小兄弟啊，你有点不懂事啦。现在民国啦，有政府保护你们，不是先前啦。我们，还要签合同，办护照，不会有人欺负你们。当然啦，我们也不能犯法，反正，没有人强迫你们，一切自愿……"

　　张汉泉挤进人群，看看黄富昌，看看桌上一码又一码银圆，又看看周围人。他身边是位四十来岁汉子，身子骨不健壮，相貌斯文。张汉泉本能地感觉这人可以说上话，瞅个空，轻轻搡那人一把，小声道："先生，你也想去美国？"

　　汉子望上张汉泉一眼，无恶意，但也没搭理张汉泉。

　　张汉泉诚恳地再道："先生，我从湖南过来，不懂规矩……"

　　汉子没让张汉泉往下说，道："你想去碰运气？"

　　张汉泉点点头。

　　汉子道："出番人都会这一套，象演戏，不可全信。但话又说回来，没得活路了，等死也不是办法。"

　　张汉泉直点头，第一次听说了出番人三个字。

　　汉子再道："把自己卖了呗。不卖怎么办？"说罢，他不再理会张汉泉。

　　这会儿，三个小伙子在签名簿上写上了名字，按了手印，马上就每人领到了一码银元。黄富昌高叫："三位小兄弟，进去休息啦。"他话音一了，他身边的一个妇人便朝领了钱的三人直招手："这边走，这边走。"

　　张汉泉越看眼睛越花，脑子也乱了。他身边的汉子嘴角抽搐了一下，象是咬着牙关作出了决定。果然，汉子跨前两步，一把抓住桌上的毛笔。张汉泉看见，汉子写下了阳伍芝三个字，那字写得工整，只有识字多的人才写得出来。

张汉泉心一横，再次轻轻搡一把汉子，道："阳先生，等等我。"他也抓起了笔。

进入骑楼是个很大院子，停着两部汽车，几个大汉正卸下物件。院子后面是一长排房间，大多数房间已住满了人。张汉泉跟随阳伍芝，被那位妇人领去了第二间房。房里已有十几人分作三堆，多半盘腿坐在地铺上闲聊。看得出来，他们多属于一块出来的，尚无排外倾向。妇人朝阳伍芝和张汉泉道："马上开饭啦。下午，有人过来，跟家里汇款啦，发信啦，买日用品啦，由专门的人替你们办。都要抓紧时间，还要养足精神，养好身体。"

午饭菜是粉条、豆腐炖肉皮，管够。许久没吃上饱饭，张汉泉吃了三大碗。他看见阳伍芝吃了大半碗饭就不吃了，不禁为阳伍芝的饭量小和身体差担忧起来。

饭后第一件事是写家信。张汉泉写了三页半纸，不敢细说一路上的辛酸，怕田懿伤心。除了写他的思念外，着重讲了出海的盘算，相信通过努力可以搞点名堂出来，除非苍天待他特别不公。他留下两块钱，其余钱都汇给了田懿。书写信封时，他迟疑了许久，末了写上黄铁匠收，转田家。

一下午，张汉泉和阳伍芝都没歇着。那些人里面有几人识得阳伍芝，给他喊先生，原来他们是一个乡的，原本无来往。他们顶多会写姓名现在央求阳伍芝写家信，都表现得很恭敬，阳伍芝不便推脱，便把一些人往张汉泉身上推。张汉泉同样不便推脱，却没有想到无形中建立了自己的地位。

黄昏来临，室内蚊虫多，又湿热，几个看门汉子允许劳工们在院子里纳凉。张汉泉听得懂几句粤语了，但仍旧只和阳伍芝谈得上路。他们互相简略地叙述了生平。张汉泉不曾说假，觉得都到了这个地步无须隐瞒什么。他相信阳伍芝所言也都是实情话。原来，这位性格耿直的私塾先生来自惠州乡下，家有五个儿女，妻子天天都只知向他要钱。他不是不理解妻子的难处，但过日子开口闭口总是要钱也使他受不了。他去海外做劳工当然是为了多弄几个钱，寄回家让几个孩子生活得好点，也有躲开妻子清净两年的意思。他长叹道："生活，我服了，我还敢讲什么斯文哟？"

张汉泉最关心的是此行是否有诈，总想多听听阳伍芝的看法。阳伍芝本不愿多谈，也是读出了外省人的真情，便道："我们就是猪仔。一两百年，多少猪仔下南洋、下西洋，因为太穷了。我们不会是最后一批，以后还会有，可能名字儿有点变。说到底，中国的大人物太有能耐。不说太远的事了，没意思。猪仔里面，也有一些是犯了各号事的，有人名声很不好，不出去不行。你可能不知道洪门，以后我再跟你讲。为什么很多很多猪仔出了海也没得出息，与自身素质太差也有关系。你嘛，我已经知道你的情况了。你出来躲段时间，很对。凡事不怕一万，怕万一。你糊里糊涂做了屈死鬼，太不值。朝朝代代，屈死鬼还少吗？你这次教训深呐。也不好多说你，你还不懂那些个党都是什么玩意，又拿不下面子……现在嘛，到什么山上唱什么歌。你要作好各种准备，包括不知道怎么死的。不过，你也不要太害怕，你年轻，识字，会手艺，还懂点医，这就是本钱，不定真会混出名堂。我只能告诉你这些。"

张汉泉呐呐："我就是放心不下田懿，她一家人待我太好，我太喜欢她。"

阳伍芝却决然道："这事没得办法。"

阳伍芝的一席话，让张汉泉安心多了。他不再多想未来，只顾想象着田懿收到信和汇款后，多半会哭上一场，但也会默许他的决定。他计算日子，再过上几个月，田懿就做妈妈了。有铁匠叔和龙婶子在，田懿的日子不会太难过。间或，他还替王师父耽忧，不知王师父怎么样了。由此他很感激栾和文够朋友，心里感慨此生不知道还能不能再见栾和文。

张汉泉不知道，这些劳工也无一人知道，他们领到手的安家费，是一个诱饵和圈套。出番人和几个马仔是这样运作的：所有劳工的家信，都要拆开检查，藉此掌握劳工的家庭情况，分门别类。多数人的家信与汇款会发出去，少数人的家信则是焚烧，汇款扣下。为什么要让多数人的家信和汇款发出去，因为他们会要收到回信，这就证明出番人没有私吞汇款和烧毁信件。那么其他人久久收不到亲人的回信，肯定要查究，那你们查究好了，不信你们能飞回中国。再说了，别人能收到家信，你收不到，只能说明家里出了什么问题。就这么简单。

这样的把戏并不算高明，因为不可能持久。然而，类似把戏当年可谓屡试不爽，不知坑苦了多少人。

张汉泉，注定了会要与田懿中断音讯。

第三天启月星还挂在天上时，急促的哨音响了，伴着黄富昌的尖嗓门："集合啦，集合啦，各人把各人的东西拿好，准备上路啦。"

院子里十来个汉子各举着一个火把。火光下，黄富昌屁股上的一支小撸子枪很扎眼。每个房间的劳工排成一队，共计十一队，二百七十六人。查验罢人数不少后，黄富昌发表了一通行前讲话："从今天起，包括我在内，大家都是过了河的卒子，只能进不能退啦。实在要退出，想变卦，也是可以的啦，交一百二拾块现洋来，你走人好啦。你们知不知道，光是给你们办护照，公司就为每个人垫付了八十块大洋。英国佬，一样只认钱，话又说回来啦，这世界哪里不是有钱好办事。好，长话短说啦，我们都是出海去讨生活，不吃苦中苦，怎为人上人？所以啊，大家振作起来，应该高兴才是，别他妈的舍不得中国。中国有什么好？好的话我们也不用出去的啦。最后讲一点，我嘛，叫黄富昌，以后就是你们的总管。到了船上，每一队要选一个队长。小事情，找队长，大事情，由队长找我，一句话，我们都是中国人，要互相关照。没别的啦，出发。"

天已微明，坑坑洼洼的路面很不好走，队伍拖了几百米长。隔不了一会，便传过来黄富昌和某个打手的喝骂声："东张西望的，看什么看，皮发痒啦？"

"别它妈的害怕踩死了蚂蚁。"

天边现出了鱼肚白，队伍走了约摸两里地，在一排渔船边停下来。黄富昌喊口令，一个房间一个房间的劳工轮流登船，之后驶向大海，驶向一艘总管说的"海神号"货轮。货轮舷梯旁，美国船长胸前挂着望远镜，黄富昌挥手朝他高喊"哈罗。"

劳工们登上船就被几个白人水手驱赶下到底舱。底舱很大，就是空气污浊，堆了不少箱子，每只箱子皆包装严实，空白处仍可容纳两三百人。

劳工们一来便热闹了，间或还有笑语欢声，但很快就气氛一变，有人恶语相向，有人破口大骂，原来太多的人都想占个好位子，原有的以房间为单位的秩序一下子荡然无存，取而代之的是同乡关系决定取舍，同乡关系与另一伙人起了争执就成了近乎械斗关系，道理不管用了。

张汉泉紧随阳伍芝一下到底舱，便也起了冲动，想去抢占个好位置，却又一眼看见阳伍芝靠在梯子旁，冷冷地看着眼前，一动不动，他蓦地明白了什么，深为自己的冲动羞愧。还好，黄富昌在两个马仔陪伴下赶了过来。

出番人用手绢捂着鼻子，看见舱底的混乱局面，顿时破口大骂："丢你个老妈，难怪人家把你们当牲口啦。谁他妈的再闹事，抓起来，丢海里喂鲨鱼啦。"

舱底渐渐复归安静，黄富昌的脸色好看了点。在他的严令下，恢复了以原来房间为单位的位置划分，又指定了各支小队伍的队长人选。第二号房间也就是第二小队的队长人选非阳伍芝莫属，他也默默地表示了从命。

张汉泉被阳伍芝特意叫来身边，睡在一块。他告诫："你的事，我知道就行了，再莫告诉别人，还是要当心祸从口出。"

张汉泉衷心感谢这位忘年交，忽道："美国应该很大，总管一直没说我们去美国哪个地方？"

阳伍芝反问："这事重要吗？"

张汉泉默然。就在这时，汽笛长鸣，轮船起航了。

"开船啦，开船啦。"底舱里好几人叫了起来。

张汉泉突然发了呆，泪水止不住往下掉。泪水苦，他心更苦。

第六章

　　张汉泉一走再无音讯。最初几月，田懿不是太担忧，多数时间还庆幸张汉泉逃得及时，很感激栾和文仗义相救。这期间，她流产了，又得了一场病。变故和打击来得这么快这么重，随着身体好转，她才慢慢适应。

　　她对外面的大事儿提不起兴趣了，除非那事儿与她的亲人相关。隔壁的纠察队早已不复存在，她亲眼看见里面有两个爱咋乎的队员给抓走了，不知吉凶。她把那屋拾掇了一下，租了出去，多少添点收入。来找她看病的人仍旧极少，来抓药的人反倒多了一些。不消说，这里面有田梅生的因素。现今生活复归平静，街坊们茶余饭后所议多是市井事儿。附近的街坊，很同情田懿的遭遇。他们知道，小木匠其实是个很厚道又肯帮忙的小伙子，不可能干出很出格的事儿，顶多算是跟着王师父一时误入了歧途。那位王副委员长经铁匠派人报信后却不肯逃离，半是疑报信夸张，半是不肯做共党的逃兵，结果吃了花生米。恐怖气氛已去，一些真相渐渐出来：当初确实抓捕了很多人，被杀者也就一两百人，大多数积极分子只是坐牢，如果小木匠不跑，肯认罪，不至于丢命。但现在说这些有什么用呢？街坊们谈不上对共党有好感，认为有些人被杀也是罪有应得，但都认为王副委员长死了有点可惜。此人死后，警察曾登田家门两次，不曾难为田懿，田懿一口咬定没有人通风报信这号事，张汉泉一去不归，是因两口儿吵了一大架，他觉得入赘田家没面子才走的。警察不可能尽信她的话，也不会尽信龙二婶的作证，是那位原先的民政科长，现今的警局大队长没有对此事认真。他说："这案子就算啦。摆明了他们打了架，田姑娘有功夫，小木匠没打赢，丢了脸，加上犯了事，不肯回来了。"不过，街坊们普遍相信，田懿年轻轻的等待小木匠一两年有可能，不可能就此守寡。

田懿几乎每天近午时分都会去铁匠铺，给铁匠洗洗衣服，做顿午饭，偶尔也陪铁匠喝口米酒。她去铁匠铺另有想法，因铁匠人缘好，常有街坊来聊天，她希望能听见可能与张汉泉有关的消息。晚上，她又去龙二婶家坐上一会，再回家研习医书。她相信张汉泉只要不出意外，走到天边也不会忘记她。

这样的日子过了半年，又过了大半年，田懿到底撑不住了，最怕张汉泉死于非命。一天午后，她对铁匠说："叔，我想去找他。"

铁匠不假思索："瞎讲，没半点线索，去哪里找他？"

"我去江西。"

"你有线索了？"

"不。"田懿含泪道，"我想他没地方可去，十有七八找他姐夫去了。他姐夫不是个共党么，现今共党又在江西闹开了。你该听说了，我们湘潭又出了个吃了豹子胆的角色，叫彭德怀，在平江搞了暴动，报纸上都说他领着队伍逃窜去了江西。兴许……"

　　"不行，不行。"铁匠不松口，"你这叫凭想象办事，哪有你这样寻人的？不管怎么说，你得再等个一年半载，当初就讲了的，他出去要躲上个两三年。只要政府仍不放过他这类人，他怎么敢回来？回来送死？"

　　又是一年过去了。张汉泉仍如石沉大海，田懿愈发焦虑，街坊们再也见不上她的灿烂笑容，仿佛变了一个人。小市民总爱关心别人的隐私，仍有人怜悯她，更多的已是难以理解她的固执，看她的眼光有了异样。

　　一天，龙二婶子把田懿喊了去。

　　龙二婶子有点结结巴巴，道："快三年啦，怎么说也该有个信儿过来，按讲伢子不会忘了你，那就太没良心……可是，可是，总是这样下去，不是路啊。"

　　田懿已经不耐听这话题，反倒宽慰龙二婶子："到处兵荒马乱，几年通不了信也是常事。我不相信他会出大意外，他厚道，人不蠢。反正，我心里只有他。可能是命吧，命中注定我俩有场大磨难。"

　　"这些我都晓得。"龙二婶子迟疑道，"闺女，你知道的，我和铁匠，都快把你当作自己的亲闺女了。不过问你的事，往后我们去了阴间，有点不好见你爹。"

　　"你说就是。"

　　"其实铁匠也有这意思，他知你心眼实，性子其实刚烈，不敢当面对你讲。街上总有人议论你，倒也不是歹意。唉，汉泉伢子是不孬，我也不信他会变心……明说吧，你等了他三年，对得他住了，总不能五年、十年、二十年等下去。你不比我，你没个娃儿，老了没个靠，咋办？现今你还年轻，还有，你流产的事儿，我和铁匠没告诉外人，没人晓得，你看是不是……"

田懿似听非听。

龙二婶子再道："有人托媒来了，人家不计较你们早就睡在一起，还有人愿意过来，只要你点头。我和铁匠商量过，回了话，叫他们不急。我说得明白，田家家教不同于一般人，田梅生的女儿不会轻易……话又说回来，终究都是人，吃五谷杂粮，又没碰上好世道。所以啊，你先心里有个数。"

田懿道："谢谢婶子，我心里早有数了。"

"要得，要得。"龙二婶子只道田懿动了心，笑了起来。

过了几天，铁匠也和田懿说起了这事儿，他不象龙二婶子那样啰嗦，道："龙婶子告诉我了，她说你的意思是再等上个一年半载，要得，就照你的意思做，我们不逼你。"

这当儿，一个消息在街坊间传开：张汉泉逃去了江西，干上了共匪军。乌合之众当然成不了大事，被政府军追剿得连连失败，东躲西藏。战场上死人不太多，多半被抓后送往了各地的反省院，就是监狱，民国到底不是朝庭，只要不再顽抗就给予宽大处理。张汉泉只是条小鱼，被判了八年刑，押往了波阳县一个农场，不知道他会不会悔改。他若不悔改，以后的麻烦就会很大。乱世就是这样，人命如纸。

这风很快传进了田懿的耳朵，说得有根有据，有板有眼，不容她不认真。她哪里知道，那些传话的人也不知道，这风是假的，故意放出来的。放风者是个从福建过来的小商人，年已三十，家有妻小，很想在湘潭再建个家室。他听说田懿的事儿后，借口去铁匠铺看了看，一眼就看上了田懿。他认为他的条件配得上田懿，托过媒人探过龙二婶子的口风。龙二婶子不便把话儿说死，他觉得大有希望。但等待几月仍不见准信儿，他没了耐心。他也没什么歹念，放出此风，无非想叫田懿早点死心。他没有把张汉泉的事儿编得太过严重，是担心弄巧成拙，这样的小伎俩偏生骗住了田懿。

一天晚上，田懿请铁匠随她去了龙婶子家，开门见山："叔，婶，我要走了，去江西，找我男人。"

那俩人吃惊不小。

田懿决然地补上一句："请二位老人家不要阻拦我，我决定了。我，活要见人，死要见尸。"

两个长辈你看我，我看你。良久，龙二婶子道："怕是使不得。不是说汉泉伢子干上了匪，抓了起来，江西是匪区，太危险。就算你找到了他，你也救不了他，你反倒成了赤匪家属。你再一身清白，也说不清楚啊。"

田懿惨笑道："自闹北伐，就一直是各说各有理。我不管它们叫什么党，是不是匪，不关我的事。我就是去找我男人，犯了哪家王法？孟姜女送寒衣，人家秦始皇还没讲她犯法哩。"

铁匠长叹一声，示意龙二婶子少开口。他低头想了好一会，问田懿："你打算怎么个找法？"

田懿信心很大："不瞒你们二位长辈，我准备了几个月。有可能，我回不来了。找到了他，我当然跟他在一起。他万一那个了，我再回来。我找了主，把房子卖了，或典出去，做路费，人家在凑钱。说他人在江西，我信。他一走，我就知道他多半会去江西找他姐夫。现在，已经有信儿了，他关在波阳。我去邮局问了，波阳是个县，不大。一个县能有多少个反省院？不难打听。我去过两封信，一封寄给那边法院，一封寄给那边警察局，都没给我回信。我猜是人家摆衙门架子，不怨人家。不回信，反倒让我信了有这事，他就在那里。路途不是太远，就是走路去我也不怕。我是去寻找亲人，不会去惹事。万一碰上两三个不安好心的家伙，我也对付得了。"

"你卖了房子？"铁匠有所不悦。

"还没谈定。那个人讲，最好半租半典，三年为期。三年内，房租减半，利息照算。三年期满，不赎房子，就归他了。两清。一百五十块钱，足够我来回路费。如果他真在那里，还要坐几年牢，我就多留点钱给他。我一路打零工，也回得了湖南。反正，你们莫多担心。"

铁匠又低下了头，沉思着。

许久，他抬起头，语气坚决："要得，总算有个信儿，是该去落实落实。落实了，心里就有数了，往后日子才好规划。但是有一条，你不能一个人去，我得陪伴你。我身上还有几个钱，不会给你添累。刚才，我还记起来了，我有个远房亲戚，姓汤，住在樟树镇。去波阳，要路过那里，兴许他能帮我们一点忙。"

田懿迟疑道："叔，你五十多岁啦，路上熬不住的。你不比我，我年轻，你莫去。"

龙二婶子插话："你还在干活，也是强撑着。你陪她去，我放心她，可又不怎么放心你。"

铁匠不假思索："就这么定了。两条，一，我不支持卖屋。二，我们走了，龙婶子请你记住，不管谁问起，你就说我带田懿走亲戚去了。她心里苦了几年，我也累了一辈子，出去散散心。"

民国十九年秋高气爽的一天，铁匠和田懿天麻麻亮就出门了。出门不久，铁匠忽对田懿说："路上，你喊我叫爹，会省点麻烦。"田懿笑笑，大声喊："爹。"

江西的匪情才不是官报讲的那样轻松，票车在江西境内就时常停开，不过铁路沿线因有重兵驻守，生活不甚反常。铁匠和田懿不关心这些大事，一心想着赶路，没得票车坐就步行。半个月后，他们看见了赣江。

过了赣江就走了一半多路程，田懿仍旧信心满满。一路上住店歇宿，她听见了很多传闻，都说闹匪最凶的地方在江西南部大山里。两个共匪大头领一人叫毛泽东，是个洪秀全式的考不上功名的落魄秀才，却是田懿的老乡。另一人名朱德，原先做军阀，参与了南昌暴动，是个四川佬。田懿和铁匠本来左耳听，右耳出，但另一个传闻就不容他们不上心。原来赣东北地区也不太平了，波阳正在那一带。因此，她需要多设想一些不利因素。

在江边等渡船时，田懿说："爹，对面就是樟树镇，到了你亲戚家，我们歇几天。我看见了，你老是强撑着。我都好累，何况你。刚才我又算了路程，那边太平的话，我们十来天就能赶到波阳。不怕，那边不太平，我们就用上一倍、两倍时间，你说呢？"

铁匠道："要得，去了歇上几天。"他表达了相当疲劳的意思，却没有明示他已经支持不住了的身体状况。他不忍心扫田懿的兴。

樟树镇汤记客栈老板汤非池，也就二十年前来湖南采购一批货物见过铁匠一面。那会儿湘潭仍称小南京，酱油啊、豆豉啊、雨伞啊、木履啊，很出名，受欢迎。他在樟树镇经营一家客栈，另开了一大间杂货店，算得上小有头脸的人物，他早就把铁匠这个远亲给忘了，见面时差点认不出来。听铁匠说只是路过，顶多歇个三五天，忙道欢迎。晚间，当铁匠告知此行目的，他惊讶不已也感慨不已。

"要照我们生意人的眼光看，你这叫多管闲事，干赔本的买卖。"他说，"说到底，你们就是一个邻舍关系，你没做对她家不住的事，问心无愧。不过，你帮人帮到了这一步，我也不能再泼你冷水，你们不就是住几天就走吗，你们就不要考虑店钱、饭钱。我忙，今天夜里还有一支队伍来，镇上下来了通知，要求大小客栈接待。所以，我白天不能陪你们，我也不把你们当客，我们吃什么，你们吃什么，怎么样？"

铁匠表示太感谢了，忍不住又问："波阳那边很不太平？"

店老板答："刚才就透了风给你，今夜又有支队伍过来，来队伍做什么，剿匪呗。队伍来得越多，越说明剿匪不顺利。樟树镇都快成兵站了，位置重要嘛。当年长毛石达开就在这里大败过曾国藩的湘军，哦，扯远啦。你问波阳那边情况，不太平。不过，也不是成天杀过来杀过去，赤匪狡猾，总是来无影，去无踪。你们嘛，一定要看路走，见热闹快点躲。万一见了大队伍反倒不用怕，不管那边的大队伍，都一样，一般不乱来。就怕碰上兵痞，两边都有兵痞，我们见了他们都怕得要死。"

铁匠没有再问。亲戚的话，早就不是新闻，他只是需要证实一下。

田懿睡得很晚。她和铁匠洗了个热水澡，换了套衣裳，再把两人换下来的衣裳洗干净。连日来太疲劳，又说定了歇几天，她一觉醒来已日上三竿。

田懿洗漱完毕，便去铁匠卧房。门仍关着，她轻轻敲了几下，未见反应，心想让铁匠多睡一会无妨，便退回自己房。约半个时辰，仍不见铁匠出来，她不得已又去敲门。许久，铁匠开了门，只说他不饿，想睡一上午。

田懿一时无事，便围着客栈转了转，看了看地形。客栈也就两层，沿江边而建，后门左右皆有出路。万一出路皆被堵死，枯水季节还可渡江逃生。此为田梅生教授她的一条逃生要领，她一直记在心里。街上有士兵巡逻，田懿推测镇上或有兵营。

近午时分，田懿又去了铁匠房间。门已开，铁匠仍卧床上，脸色乌青。田懿大惊失色，忙用手探往铁匠额头，发现烧得厉害。铁匠神志清醒，强笑着只是受了凉，不要紧。田懿心略安，终究懂医道，不敢太大意，马上抓药去了。

中午，铁匠喝了半碗稀饭，又服下退烧汤药，吩咐田懿加床棉被后，沉沉睡去。

夜来临，铁匠坚持着自个下了床，又喝下大半碗稀饭，道感觉好多了。田懿一直守着他，他赶田懿几次赶不走后，便聊起了他和田梅生的往事。有些事，是田懿不知道的。他告诉田懿，那时候田梅生每月总要出一两次门，日久天长，街坊们就察觉到了田梅生在省城有个老相好，因为有一次一个街坊在火宫殿外面看见了田梅生陪着一个妇人。"我还是那句话，"他感慨，"你的爹，是有点对不住你姨。所以，你也不要多怪龙婶子和我劝过你，要你考虑再嫁人这个事。我们不敢保证汉泉伢子有了大出息，会不会象先前那样舍不得你。世道一变，人也会变。人啊，最把握不住的就是心。"

田懿道："你老人家总说我爹对不住我姨，不全是那样的，我爹对我姨没有变过心。我有感觉，他更不会对我变心。他是真心喜欢我，是真的。"

田懿很晚才回房里睡觉。鸡叫二遍时，她赶紧起床，去了铁匠房间。门虚掩，这是她特意布置的。铁匠再度发高烧，喘息不止。她也再度大惊失色。不大一会，她恐惧了，意识到了铁匠不象是受了凉，更象伤寒。

铁匠果然患了伤寒。

田懿深信自己连累了铁匠，但事到如今说什么也迟了。她只能尽一切努力搭救铁匠，祈求老天开眼。她宁愿不去波阳了，只求铁匠能转危为安，她能把铁匠送回家。她庆幸身上还有钱，不惜请来镇上名医。然而，一个多月后，钱花了很多，人还是走了。

田懿大哭不止，如同田梅生的去世让她伤心欲绝。汤老板的脸色一天比一天难看。铁匠咽气后，他冷冷地问田懿："你怎么忍心让一个老人陪你跑路？现在怎么办，你说？"

田懿马上跪在地上，哀求汤老板，买付好点的棺木，就地安葬铁匠，她付钱。

汤老板最怕的是田懿趁乱逃跑，把付烂摊子全扔给他。田懿这样一表态，他也只能认晦气。丧事一毕，他就恨不得田懿马上滚，他一分钟都不想见这个扫帚星。

田懿却找上汤老板，说道若非汤老板大恩大德，她哪有能力很快就让亲人入土为安。又说，她算了算帐，她理应再付拾块银元给店家，但她身上仅余八块钱了。她不能付钱了，一来不够付，二来她还要去波阳，纵然省吃俭用也会要花点钱。再说见着了亲人，亲人在那种地方，她终归要买点物品，再给上两三块钱。怎么办好？她想了一个方案，她在店里帮工两个月，折抵工钱。汤老板若信她不过，她也可以把仅余的八块钱先交上，但求汤老板两月后把八块钱退还她。她泣道："你放心，我说到做到。"

汤老板一度以为听错了话，忙道："就照你说的办吧。"忽又叹道，"你若是个男子，也算是条汉子，有情有义。这样吧，你就帮忙干一个月吧。"

元旦来了。

午后，田懿就在江边洗床单。碧清的江水映着她的脸，她隐隐一惊，发现自己变了个人，脸色憔悴，头发蓬乱，大眼睛不见了神采。她想起来了，自铁匠叔走后二十几天了，她没有好生吃过一餐饭，睡上一个好觉，没洗过头，没照过镜子。想着过几天就一月期满上路，这个模样儿怎么去见亲人，她又伤心又隐隐激动。歇息了一会，她手捧江水，痛快地洗了个脸，梳扰了一番头发。

十几条运兵船从下游驶了近来。田懿在湘江上见过运兵船，但从未见过这么多这么大的运兵船，不由得多看了会儿。大约个多时辰，船上的队伍上了岸，她也洗罢了床单。她回到客栈，晒罢床单，便把那些队伍的事儿抛往了脑后。多年以后她才知道，南昌的鲁主席调了十万大军，分几路围剿朱毛红军。进入樟树镇的队伍是其中一路，休整完毕就开赴赣南山区。

几条大街上全是大兵，客栈也住进了大兵，里面还有军官。他们个个都显得旁若无人，似乎这次打仗他们准会旗开得胜。田懿感受到了这种气氛，但关她什么事呢？她只顾干活儿，尽可能躲开大兵走路，实在躲不开就赶紧陪上笑脸，心想千万别给汤老板惹上不痛快，最后几天出什么乱子。

大街上的店铺纷纷上起了门板，田懿可以回房间歇息了。这会儿，汤老板站在楼梯口朝她直招手，语气温和："过来，你上来。"待到田懿走近，他低声道，"包厢里有三个军官，咱惹不起，你跟我一起去陪陪酒。"

田懿不悦道："我不会喝酒，我也不认识他们，怎么陪？"

汤老板仍旧低声，语气却重了："不会喝酒，话也不会讲？你就陪他们吹吹牛。他们没别的，有点闷得慌，待他们喝醉啦，你就出来。"

想着过几天还要拿那八块钱上路，田懿默认了。

包厢里三个军官已经喝起了酒。一盆炭火就放在桌子下面，屋子很暖和，眼见店老板带着田懿进来，一个军官忙道："来，来，随便坐。"

　　汤老板率先坐下来，田懿见状，傍着汤老板坐下去。

　　另一个军官拿来两只小碗权当酒盅，送到店老板和田懿面前，道："没别的，就是高兴一下。"他边说边手指中间一位端坐着的军官，"这位是我们长官，今天升了营长，所以……"

　　汤老板忙站起，朝那位营长双手一揖，道："难怪，长官好年轻，年轻有为，前途无量。"

　　营长仍旧端坐，吩咐那个拿碗的军官："倒酒，满上。"

　　那位军官先给店老板倒酒，倒了半碗被店老板挡住，说："抱歉抱歉，小的不胜酒力，下面还有客，随意随意。"

　　军官接下来给田懿倒酒，田懿却把碗倒扣，语气恳切："谢谢老总们，我，实在不会喝酒。"

　　营长打量着田懿，板起脸道："这样不给面子哎，一个只喝一点点，一个一点不肯喝，不好吧？"

　　汤老板甚是惶恐，忙道："哪里哪里。"一边说一边把倒扣的碗拿起，"田姑娘，喝点点不碍事，还能暖和身子，大冷天……今天长官高升，看得咱起……"

　　田懿急道："那就倒一点点。"又朝营长道，"请长官包涵，小女子真的不会喝酒，喝点米酒，头也发晕。"

　　营长马上不依不饶："米酒就不是酒。原来你喝得，装什么装。"

田懿哑了口。

汤老板嗅出了气味不正，不敢多待留，忙端起碗，一饮而尽，抹抹嘴巴，拱手道："失敬，失敬，小的失陪啦。"话一了，他溜之夭夭。

营长换上笑脸，问："小姐不像是江西口音？"

"我，湖南人。"

"长沙的？"

"不，湘潭的。"

"哎呀呀"，营长作惊诧状，"毛泽东的老乡，了不起。"

田懿不知作何答。

营长再问："你怎么来江西啊？"

"走亲戚呗。"

"江西现在是什么地方，走亲戚有点不是时候吧？"

田懿略想想，正色道："我有点听不懂长官的话。毛泽东，他关我什么事？走亲戚不是时候？我一个小女子，不惹事，去哪里都应该受到法律保护。民国，不就是民的国嘛。"

首先开口的那个军官击掌道："厉害。"转朝营长道，"我没说错吧，这小娘们有气质，不可多见。"

营长哈哈笑道："没错的，小娘子哎，适才是故意开玩笑，冒犯，冒犯，有幸相识，请喝酒。"

田懿看一眼大半碗酒，胆怯了，不肯动手。

那三人异口同声："喝，喝呀。"

　　田懿再次正色道："三位长官，实不相瞒，小女子是戴孝之身，家父不久前就是在这里去世的。你们都是美意，抬举我，我也不便太扫长官的兴。这样吧，我喝下这酒，请放我一马，让我走。"说罢，她端起碗，一饮而尽。然而就在她转身欲走时，她呛酒了，剧咳起来，眼睛开始发花。

　　营长一个眼色，就近的军官猛一拳击在田懿太阳穴上，田懿倒了下去。

　　营长嘲笑道："不识抬举，还想跑？你们，先把她抬起来送我房间去。"

　　江风从窗口的缝隙处钻进屋子，寒意侵人，田懿苏醒了，却觉头痛欲裂，许久才睁开双眼。她什么都明白了，无比悲愤，紧张地思索着对策。

　　门口响起了门搭子声响，田懿急忙爬起身，坐在床边，冷冷地看住喝得走路不稳的营长走了进来。营长淫笑不已，先反手插上门销，一边解皮带一边朝田懿道："你是何苦，偏要敬酒不吃吃罚酒。我们睡吧，我不会亏待你。"

　　田懿站起来，双手一揖，哀求道："请长官放过我，让我走。"

　　营长把皮带连同手枪、佩剑挂在墙上，边解棉衣扣子边道："既来之则安之，脱衣服，准备睡觉。"

　　"长官，小女子难以从命。"田懿仍旧哀求。

　　"少废话，别惹老子发毛。"营长已逼近田懿。

田懿退半步，语气转硬："长官，闹开了，对我们都不好看。"

营长手指田懿，厉声道："脱衣服，上床。"然而他话音才落，田懿猛一掌击来，飞起一脚，他便一连两个趔趄倒在了门边。几乎是同时，田懿奔往墙边，那皮带、手枪、佩剑，全在她手里了。

营长酒醒了大半，爬起身，一时竟愣愣地看着田懿。

田懿声音不大但决然："把门打开，让我出去。"

营长唯唯："失礼，失礼，小的喝多了，该死……"他点头哈腰，却不动弹，眼睛盯着皮带、手枪、佩剑。

田懿悟出了营长的恐惧所在，那些东西就是他的性命，但她如何敢相信营长拿回武器后会认输。她有点不知道怎么办了。就在这当儿，营长扑了过来。营长已复胆壮，他看见了田懿不会使枪，连皮套里的枪也没有抽出来。

田懿后退两步，营长紧逼两步。他已豁了出来，不把武器夺回不会罢休。他的狂野使得田懿隐隐心慌，本来就无意使出杀手也不敢使出杀手，僵持下去又不是办法。田懿只能招架了。

房间小，田懿退无可退，只得跳在床上，皮带却被营长死命拽住。田懿愈急，松了手，再飞起一脚，将营长踢翻，之后一掌打开窗户，纵身而出。

跳窗的田懿落脚后，稳稳神便朝左边顺墙根遁去。才抬脚两步，枪声响了，营长发了狂。

枪声招来了十几个巡逻大兵，田懿也就奔走了百来步，便被几个兵围住。她反倒不急不怕了，手指客栈窗口，恨恨不已地喊道："上面有狗。"

不多一会，营长也被几个兵押往了客栈门外，惹来了一大群人看热闹。汤老板也在其中，连声向一个兵头解释："误会，一定是误会。请弟兄们屋里坐……"那兵头没理会店老板，喝道："带走，都送军法处。"

天大亮，田懿睁开眼睛，仍觉头脑昏昏沉沉。她记起来了她被几个兵押进这间囚室，铁门就关了。囚室别无他人，地上铺着厚厚一层稻草，有两床破棉絮。靠了它们，她居然放心睡了，一夜未醒。因为她心里无鬼。

田懿盼着快快开门，有人来讯问。她想象着顶多两个时辰，她的事儿就能了结。兴许，汤老板还会来接她。

田懿仍旧深恨营长，也有些许慰籍。她亲眼看见营长的武器没了，肯定被收缴了。营长被大兵押着，一路上耷拉着头，不敢多瞅她，想必十分懊悔。田懿相信营长定会受到惩处，强奸民女罪名可是不轻。

田懿感到了腹饥，也感到了寒意。她放眼门外，变天了，院子里飘起了雪花。田懿没奈何，继续缩在棉絮里。

终于铁门响了，一个年轻大兵喊道："出来。"

田懿跟随大兵拐过两道弯，走进了一间炭火已生旺的办公室，办公室里，一位军官边烤火边看报纸。田懿遵照大兵指令，在远离炭火的一张木椅上坐下来。那个军官丢开了报纸，先朝大兵道："你代作记录，准备工作。"然后，他望向田懿道，"你干什么的？"但话音才了，他和田懿四目相遇。几乎是同时，他和田懿都惊得站了起来。

"是你……"栾和文一声喊。

"栾哥"，田懿话一出口，便哭了。

栾和文手忙脚乱，先请田懿坐过来烤火，再吩咐那大兵："快去伙房，做份面条，多放几个鸡蛋。"

许久，田懿仍悲喜交集，激动得说不出话。栾和文连连劝慰："不急，不急。先烤火，待会吃过饭我们再好好说话。到了我这里，都讲得清楚，你什么都别怕。"

田懿吃罢早饭，又喝了半杯热茶，神情平静下来。那大兵很识趣，不见了影儿，她更加没了顾忌。她一五一十，先叙述了三年来的家庭变故，来江西寻亲的打算，再说了铁匠的不治而去，昨夜差点儿遭兵痞侮辱。

栾和文听得怒目圆睁，愤愤骂道："岂有此理。就是这帮败类，败坏了党国和国军的名声，无形中帮了共党大忙。这个混蛋也是碰上克星，以为你好欺负，更想不到撞我手上，看我怎么收拾他。"

田懿反倒劝起了栾和文："栾哥，你莫太生气。那个兵痞，是可恶。不管我怎么求他，放让，他非要……看来他欺负人惯了。话又说回来，你太仗义，太耿直，也要提防有人报复你。我不懂你干的事，但我也听说过，官场也有难处的时候。"

栾和文消了点气，问："他，真在波阳？"

"拿不很准。反正，他在不在那里，我一去就清楚了。"

"你这叫轻率，太过意气用事。"栾和文责怪道，"你看看你才走了一半路，就接连出了多少事？江西很乱，你该有数。好啦，我不多说你，可能是你的痴情感动了老天，让你碰上了我。我本不该告诉你，现在这些剿匪队伍，杂牌多，对中央常三心二意。在这里成立军法处，有几个目的……派我来这里负责，授了权的。正因为我现在有点权，你一家人又是我的恩人，我今天就给你办，查询波阳那边，有没有汉泉兄弟这个人？先把这事情落实下来，我们再说下一步。"

田懿喜道："太好了，太好了。栾哥，以后，我和小张怎么感谢你啊？"

栾和文也笑："这两天，你就安心住下。那个客店，你莫去了，我会派人去，把你的行李和押金都拿过来。谅店主不敢不给，我还要查查他是不是合谋害你。事不宜迟，现在我就去办你的事情。"

田懿享受到了贵宾待遇。栾和文特意为她安排了一间房，勤务兵在房里生了一盆炭火。勤务兵以为田懿大有来头，很殷勤，弄得田懿都不能适应。从勤务兵口里，她得知栾和文为官正派，又有能力，深得上面赏识，早就在中央军里升任团长了。此次属于临时派用特别任务，专事整肃军纪，权力很大。田懿不便多打听，盼的是栾和文快快送来丈夫的消息。

下午，栾和文来房间坐了一会儿，得知田懿对他的生活安排很满意后，告道："你得多住两天。很不巧，碰上元旦，那边政府机关放假休息，汉泉兄弟的下落，得后天才能查清楚。"

田懿忙道她能理解，她也只能这么说。

第二天下午，栾和文又来田懿房里聊了很久，他先告诉田懿，他基本上查清楚了，那三个军官有预谋，店老板其实心领神会，依律可以对军官们处以极刑。但是，他虽权力不小，暂且还只能把他们关起来，赏他们一顿军棍。要剥夺他们军职或送军事法庭，还须征求他们所在部队上峰的意见。因为系统不同，这里面的复杂关系不是几句话讲得清的。当然，那一顿军棍，打得他们哭爹叫娘，也不失为替田懿出了一口恶气。他特别提到了那个营长，那人姓竺，有背景，多半与一个秘密组织有关系，所以姓竺的敢胆大妄为。这事，他正在查证。

接下来，栾和文从他挂电话费了老大劲说起了政府机关效率低下的问题，由此大发了一通感慨。大意是这些年来国家建设总算步上了正轨，各省工业化都在起步，国家前景不是一般地看好。偏偏那么多官僚主义，尤其共产党为了一党之私叛乱，所以党国清共、剿共很正确，如果让共党得逞，中国会不得了。他举例，生在民国起码腿长自己身上，可以到处走，嘴巴可以说话，搞学问的人不用怕政府，苏联就不一样了，人活着像牲口。他以为当年他报信让张汉泉逃命，是他应该做的，有恩不报非君子。但站在党国立场上，他也得劝告朋友，以后张汉泉一定要站在政府一边，不可以干反政府勾当，等等。

田懿唯唯，岔开话题，问栾和文是否有了成家打算，另外焦成贵怎么样了？栾和文答，焦成贵早去了美国，但他们也很少联系。关于个人问题，他又讲起了大道理："我没想过这事。总理遗嘱，革命尚未成功，同志仍须努力。所以……"

田懿已经怕听大道理了，只能硬着头皮听，末了笑笑道："你说的对。见了他，我会劝他从今以后拥护政府。我们本来就心不大，不像你雄心壮志。只不过……"

栾和文倒也识趣，大笑："我跑题啦。我们好不容易朋友相见，不该扯得太远。"

第三天午后，军法处大院里忽人声嘈杂，几十个大兵忙着把大小箱子往两部汽车上抬。田懿看在眼里，未上心，仍盼着栾和文快露面。

栾和文终于出现，脸色极严肃。

他告道：总算接通了那边电话。长途，声音不甚清晰，他费了好大劲才弄明白。波阳县确有个劳动营，地处鄱阳湖畔，名九龙滩劳动营，又名反省营，实为监狱。监狱很大，分男区，女区，当然男犯占了绝大多数。男犯人里面还真有个张汉泉，但籍贯、年龄不符。籍贯是湖北，年龄二十六岁。刑期十年，是被俘的共匪兵小头目，参加共匪军前做过窃贼。去年越狱逃跑了，不过不多久又在河南郑州落网。

田懿很失望，道："年龄、籍贯不对，也有可能故意说了假，但我的小张我了解，他决不会做窃贼。"

栾和文却说："走投无路之际，偷几个红薯、瓜果的，也难免。你犯了事，一算老帐，当然会说你是窃贼。另者，到处都有官僚作风，中国人又爱好人一好百好，人一坏百坏，所以有些评语、结论当不得真。"

田懿眼里又放出光，道："栾哥，只好拜托你再挂几个电话，问清楚。"

栾和文躲开田懿眼光，好一会儿才道："我，无能为力了。"

田懿又是多年以后，才知此时栾和文的苦衷。原来，就在昨天，剿匪军的一支主力师，被匪军的彭德怀、林彪、黄公略部包了饺子，师长张辉瓒也做了俘虏，噩耗传到南昌，鲁主席哪里还敢逞能，没了队伍他算什么呢？他只能命令迅速撤退，全线后撤。

栾和文不可能告诉田懿这一切，只能故作轻松道："军情总是瞬息万变，身为军人，服从命令是天职。我马上要走了，你的事，我再交待你几句。”

田懿本能地感受不妙，只能静听。

“还要委屈你在这里待几天。”栾和文豁出来似地道，“那三个混蛋，翻供了。说你是匪谍，窃听军情，姓竺的才开枪。此事非同小可，我不能一手遮天。我当然相信你，但……请你理解我。我已经交代过地方法庭，务必秉公执法，尽快还你清白，再办那几个混蛋诬陷罪。另外，我准备了一点钱，到时候法庭会给你，你作路费吧。还有，见了汉泉兄弟，代我向他问好。就这样吧，你多保重。”

田懿目瞪口呆。

接到撤退命令，临时军法处随之解散，那三个军官都回了原部队。那一顿军棍，让他们怎么都咽不下这口气，随着栾和文坐上汽车，溜之大吉，田懿便被解送地方法庭。军官们托话给法庭，若姑息养奸，他们会上告南昌。法庭共有五个法官，他们当然说得几句大清律和民国法律的术语，判案能力充其量胜任得了调解、裁决民间小纠纷，比方偷牛啊、偷情啊。世事变化太快，尤其闹上了赤匪，使他们怨不绝口，是因工作量徒增，薪水却未增。一些军方交办的案子，连小小油水都见不上，于是他们的办法便是一概草草结案。田懿的事儿，他们并非看不出冤情，凭经验就能看出其中有诈。但是冤枉一个外乡女子，总比得罪三个现役军官来得后患小。况且，谁也不敢百分百断定外乡女子不是匪谍，万一是真的匪谍怎么办？因为有一点他们不能理解，田懿办完丧事后竟然主动要求留在客栈做工顶债，她有的是机会一跑了事，真有这么实心眼的人吗？总之，最后的结果是田懿犯下了匪谍罪，判处十年徒刑，解往了九龙滩劳动营。

听到判决，田懿嚎啕大哭。

田懿，终于去了她日夜想去的地方。

第七章

　　此时的张汉泉，一样是劫数中人。

　　三年前，海神号在大海上航行了近一月，终于看见了远方地平线上出现的黑点点。随着一个声音响起："到啦，美国到啦。"甲板上劳工们欢呼声骤起。

　　欢呼声后面更多是辛酸。从来如此，这才是真正的生活。这批近三百劳工被赶进底层货舱，便不容他们不承认自己成了货物。空气本不流通，几百人吃喝拉撒全在里面，愈使空气污浊，令人窒息，他们便由货物变为了牲口。这还是好的。船行不久，不少人晕船了，只能就地呕吐，舱里狼藉不堪，使得不晕船的人也忍不住作呕。船近赤道时，突发热病，虽然出番人很快采取了措施，发了药，并且和美国船长交涉后，允许劳工们可去甲板上透透气，因为死了人于他一样是损失，但节奏晚了一拍，共有五具尸体扔进了大海。他们临终之际想了些什么？他们的亲人多年后获知他们死讯时作何感想？于这个世界也算事么？活着的人只能自己安慰自己：总算大难不死，不定会有后福。劳工们信念不灭，部份归功于出番人。那几具尸体扔入大海之际，乃劳工们情绪最低落之时，不少人后悔出海了，认为留在国内做乞丐倒在路边，或杀人越货被砍头，都比这种死法强，出番人也是无奈，他在国内也就是个混混，欠了很多赌债，要靠这批劳工赚上一大把，不能总以凶恶手段示人。他的话歪打正着，居然触及到了真理。

　　他召集劳工们开了一个大会，先检讨了自己的失误，未能及时解决劳工们种种实际问题。接下来便是再一次大谈要吃得苦中苦，才能成为人上人。他说美国原先是块蛮荒之地，全靠欧洲流亡者和各种各样讨生活的人，才变成了今天样儿。当年横渡大西洋的穷苦人，待底舱和葬身大海者不在少数，他们实际上都是创建了美国的无名英雄。他末了说："你们也是英雄，不要自己看不起自己，我还是那句话，中国有什么好？人家美国人几百年就干出了大名堂，我们中国人干了几千年反倒日子过得这么苦，他妈的北京政府也好，南京政府也好，敢说这不是事实？所以啦，大家伙要向前看啦。"

　　阳伍芝认可出番人的大道理，他是这批劳工中唯一的教书先生，已在劳工中无形中建立了威信。他在会上说："总管也是实情话，不要后悔了，后悔有何用？不过，总管也不要总骂中国，人嘛都还有个感情问题，谁让我们生在那块地方呢？另外，我们去了美国地盘上，人家怎么看我们，总管也该多告诉我们一点真相，我就听说了人家有个排华法案。我想强调一点，我们要向前看，同时自尊自重。"

　　有个真相很快就出来了。劳工们见到的不是美国本土，是美国的一块海外领地，地名西萨摩亚。十几年前，最大的岛上发现了优质铜矿与金矿，很快便进驻了几家矿业公司，一直缺劳工。这批劳工进入的公司，名叫泛美铜业公司，公司已处于扩张期。劳工们的主要工作，就是打炮眼，炸矿石，修路，协助铲车把矿石装运在专用铁轨上的车皮里，运出去，劳工们从未见过大型铲车、斗车，一部车顶得上一二十个劳力，不容工人们不啧啧称奇。远处冶炼工厂里，白人生活区里，劳工们不可以去，只能在划定的地盘上活动。去附近海滩边邮局发信、汇款，须持总管路条。岛上有巡警，严重犯事者的处罚相当重，一般是判无偿劳役，时间长短不等。在岛的另一端，是另两家矿业公司地盘，劳工一样多是来自世界各地的有色人。华工们对来的不是美国本土曾有过怨言，有受骗的感觉，但也很快就想通了。因为你就是个卖苦力挣钱的，只要美国公司发钱，其它事儿并无多大意义。

张汉泉比多数人想得开。他跟着阳伍芝，感到生活不缺目标。一个叫阿贵的十五岁小厮在船上就认他作哥，没事就围着他转，使他生活多了温情。他一再勉励自己："反正就两年。"另者，他懂医，船上发热病，就是他最先警觉告知队长们，再由队长们急告黄富昌，热病才未蔓延。这可不是小事，不由活着的人不感谢他。劳工们来岛上第一件事就是伐木盖木棚，架床铺，打灶。这个内地佬不但都会干，而且干得不孬，愈使那些只会干农活的劳工不能不服他。还有他是仅次于阳伍芝识字多的人，自上岛后便无人不晓。

就连出番人每来工地都会多看张汉泉两眼。一次，他还特意跟张汉泉多讲了几句话，他说："小兄弟，凭你这手段，你在国内过得下去啦。"

　　"想出来看世界呗。"

　　"你不会因为犯了什么事吧？"

　　张汉泉警觉到了什么，反问："你看我象什么人？"

　　"这个不好说啦。"黄富昌笑道，"你莫多心啦。"

　　阳伍芝也认为张汉泉多心了，说："我不讲，没人知道你的事情。你该不会信我不过吧？"

　　来岛上第七天，张汉泉就给田懿写信。他原想收到回信再写信的，但忍耐不住。这封信他又写得很长，仍旧很少谈生活的苦，主要抒发思念之情。他甚至嘱咐田懿要把月子坐好，说好朋友阳伍芝告诉了他，坐月子对女人很重要。

　　这封信发出去后，张汉泉这一夜睡得十分香。

　　但是这样的日子很快就不复再来。

　　来岛上近三月时，很多工人便收到了家信，最多时一天就有十五封信到了工人手上。阳伍芝是其中之一。他不象其它工友看过家信就喜于言表，仿佛没有这回事一般。这天临睡前，张汉泉踌躇许久，小声问道："嫂子应该收到了安家费？"

　　阳伍芝点点头，不肯多言。

　　张汉泉只能庆幸田懿不是阳伍芝妻子那号人，他算日子，十天半月后能收到家信，就是很快的了，路程远了一千多里。他能肯定的是，田懿会在第一时间给他回信。

这段日子是那些收到家信的工友快乐的时光。上岛第三天，每个人就预支到手一笔生活费，下次结算工钱时扣除。工钱三个月一结，此为出番人单方面决定。理由是公司的规定，他也没有办法。工人们没有什么大异议，甚至认为半年结算一次也无妨，只要说话算话。到眼下为止，他们认为黄富昌虽然狡猾，还算守信用。这期间，沃克董事长来工地视察过一次。他高高个头，架副金边眼镜，俨然大学校长。他招眼球，他的女秘书一样招眼球，是因她的眼神善良同时翻译水平高。遵照董事长指示，黄富昌把十来个队长召来，开了个现场会。董事长先表示华工干得不孬，许诺随着公司业务扩大，利润增加，工人薪水还能增加。接下来重点说了两点，一是他是实业家，有不同于一般商人的经营理念。他认为泰罗制是现时科学结晶，但不是无缺陷，忽略了挖掘劳动者的无形潜能。二是黄总管一定要安排好工人生活，不得无端处罚工人和克扣工钱。如果发生影响工作的群体事件，首先总管要向公司作出合理解释。那些个队长听不懂什么叫泰罗制，连阳伍芝也不懂，但他们都听懂了董事长后面的话，无不庆幸碰上了一个通情理的美国老板。劳动任务基本上计件，不是计时，因而工人们常有时间去海里冲冲浪，在礁石间捕捉小鱼儿，甚或捕猎野羊、野猪和山鸡，也就经常引来笑语欢声。离工棚不很远处有块小山包，常有工友来此处观日落，沐浴海风，遥望地球另一边的家乡，有乡愁也有舒适。

　　自从有人收到家信，很快多数工人收到了家信，却有近五十人不见家信来，不由这些人不心焦。张汉泉自不例外。原因何在？无人说得清楚。此种心焦非当事人体验不出其痛苦，它使人茶饭不思，疑惑重重，干什么都提不起来精神，直至精神萎缩和颓废。

　　所幸此种心焦才开始，范围也不大，希望仍在，他们互相安慰，兴许是某个邮班出了意外。

　　但是黄富昌宣布的一件事就不是意外了。终于迎来了首次结算工钱的一天，象以往一样，黄富昌由两个马仔陪伴。先召集队长们开会。按照他的计算，工人们需要再干上三个月，才能领到工钱，因为安家费，办理护照费、船票，预支的生活费，等等，都心须扣除。由于事先没交待这一切，队长们无法回去说服工人们，其实连自己也说服不了。但又正因事先没有交待这一切，黄富昌愈发振振有词："你们可以去全世界打听打听啦。干活当然要给工钱，你们自个花费掉的钱就不是钱？只想进，不想出，好笑啦。"

　　末了，黄富昌很恼怒地同意去向公司借支一部份款子，再预支一点钱给工人们，以便寄回家去。他威胁队长们："别惹毛了老子，老子拍屁股走人啦，你们去找美国佬好啦。"

　　阳伍芝的心情糟透了，不能寄钱回家，或者钱寄得很少，他就甭想在信上见到半句安慰话。

　　张汉泉心情坏仍首先是见不着家信。他已无心看医书，开始变得魂不守舍。但愈是这样，他愈是每隔上十天半月就写上一封信。他居然以为，总会有一封"漏网"的信到达田懿手里。这次预支的一点工钱，他也随信汇了回去。

张汉泉仍不知道，另外四十几个收不到家信的工友一样仍蒙在鼓里，他们的信，全化为灰烬，他们的汇款，皆被出番人与邮政点的秃顶老头儿扣下，平分。那是公司指定的华工寄信汇款的邮政店，黄富昌来岛上第五天，就与秃顶老头儿达成了密议：哪些人的信不可以发，汇款要扣下，二五分成，严守秘密。

第二次结算工钱的日了又来了。这一次，工人们的账上仍旧每人欠着总管的钱，从二十几美元到四十几美元不等。

第三次结算工钱时，工人们总算吁出一口气，欠款还清了。

第四次结算工-钱的日子又到了。这一次，每个工人都领到了应得的一份工钱。工钱当然要拿，但无人笑得起来。因为头一年付出的血汗，基本上还了欠款，还有一年，但届时扣除船票和其它必不可少的费用，还有什么钱带回国？当初想象的挣个三两千银元回国，娶媳妇，买几亩田，至此方知是镜花水月。不过，出番人却给多数人带来了新希望。他告诉工人们，他已同公司董事长签署了一份新合同，原有的两年劳务合同期延长为五年。两个理由：一是公司对得住华工，工资高，准时付，公司发展时期，仍缺人手，我们也需要对得住公司。二是只有这样，才能使每个人实现挣笔大钱的愿望。"说到底"，他道，"出门不就是为了挣钱，我是为了你们好啦。"

一个人从人群里跳了出来，他是张汉泉。他狂怒又悲怆，大叫："我只干两年，在香港讲定了的，签了字的。退一步说，你凭什么代表我们，为什么事先不开个会？"

黄富昌一直冷笑，待到张汉泉稍稍平静，冷冷地道："你急什么，老子话没完。为什么事先没开会，是犯不着啦。因为这个事上不会强迫啦。不愿意干的人，都站出来，明天就解除合同。但是，解除了合同就跟我没得关系啦。你们自己去公司办个人护照吧，自个回中国吧。别忘啦，在香港给你们办的是集体护照。这个手续，太麻烦啦。你们，自己考虑啦。"

张汉泉傻了眼，无言可答。眼下他身无分文，连公司大门也没进过，怎么回中国？散会了，工人们陆续散去。阳伍芝走近张汉泉，叹道："认了吧。"阿贵插嘴："哥，你一个人，斗不过人家。"

半夜时分，阳伍芝起床小解，忽不见了张汉泉，忙唤醒阿贵，小跑着去了海边小山头上。

张汉泉坐在石头上，望着远方，木头一样。

阳伍芝默默地傍住张汉泉，叹口气，不言语。阿贵站着，闹不懂张汉泉今天的反常。

张汉泉嚎啕大哭起来，双手紧拽头发。他已经给田懿汇过四次款子，写过十三封信，皆石沉大海。他一天都不想待下去了，恨不能一步跨回中国，看看田懿到底怎么样了。

一连几天，张汉泉晚间必去海边，去了就坐在石头上眼望远方发呆。阿贵颇有点担心张汉泉出意外，阳伍芝却说不碍事："由他去，他心里苦，你不懂。"

其实阳伍芝也未必真懂张汉泉的心情。这天晚上，一场大雨过后，空气格外清新。张汉泉去了海边山头上，阳伍芝领着儿子般的阿贵，尾随而去。他们默默地坐了许久，阳伍芝打破沉默，感叹不已："听说黄河一带的人管妻子叫婆姨叫婆娘，叫屋里头的，你们湖南人多半管婆娘叫堂客，体面的叫法是内人，不管叫什么，都说明了女人地位比男人低。所以应该将心比心，尊重女人，我一直是这样看孩子的娘。我没有想到的是，有女人不领情，反倒要骑在男人头上才解气，我家就是这个情况。我常想，若有下辈子，我可不敢再娶妻生子，免得互害。我羡慕你，命好，碰了个好女人，不过你也对得住她了，老天爷可以作证。但愿她会等着你，不变心。你也要防一手啊。"

张汉泉感觉到了朋友有了厌世心，却不知如何劝慰，反倒勾起了伤心事。他道："阳兄莫要这样，你家大嫂，我猜她也是穷怕了，一群儿女，要吃要穿，多么不易。不过，她也过了点……我家那位，你难得相信……我从未见她眼睛里有杂质，偏又一个不服输性格，我了解她，她为了我什么事都可以做出来，叫我怎么放得下心？不过，我心情恶劣另有一重原因。"

　　他接着说："那天晚上开会，我跟出番人吵起来，原以为一定会有很多人帮我讲话。明摆着，出番人一次又一次单方面逼我们就范，就是冲我们太好欺负来的。我们，人在矮檐下，不能不低头，但若连是非都不过问，就是自己的事了。我有点寒心，越想越怕，只恐血汗流干，此生也见不到亲人了。"

　　阳伍芝反问："你的话有道理，但你一样有所不知，已经不止几个人担心回不去了。可是，闹有用吗？我们就是猪仔。美国老板，你以为他真会站我们一边？"

　　张汉泉低下了头，望着地面。

　　张汉泉病了一场，心病占了一半。当他再进工地时，一下子好像苍老了十岁。除了阳伍芝和阿贵，他不愿意与其他人讲话。工地上重大工伤事故尚未发生过，但砸伤手脚的中小工伤事故经常出现。事故一出，当事人便会被人扶着抬着去医院。这种事儿只要队长在场，巡警不阻拦，但一定会影响工作进度，消耗医院资源。日子一长，多数队长都知道了，女翻译奉命严责了黄富昌几次，公司不能接受此种现状。黄富昌不敢不听，一时间又拿不出好办法，除了责令各个队长督促安全生产外，有段时间还自己跑工地。但于事无补，因为没有哪个工人乐意出工伤，虽说公司规定工伤期间仍有基本工资，但没得了超额任务的工钱。此外，迄今仍有人不服水土，谁也不敢担保自己不生病，岛上毒蛇常出没，总之是劳工出满勤的情况越来越少。张汉泉原想为黄富昌分分忧，因为自信有些病患与工伤，只要有药，他完全对付得了。他有意无意中且发现了几味草药，对防治毒蛇有相当作用。他的难处是去哪里弄快速见效的西药呢，医院会认他一个猪仔吗？一个阴暗心理也油然而生，他巴不得看见出番人天天难堪，在美国人面前难交差，因为关他什么事？

此种幸灾乐祸心情居然支持了张汉泉打算混日子的信念。一种说法早在华工中流传，现在传得人人皆知。便是五年岁月算不得什么，因为你只消把自己想象成十年期以上的重刑犯，便想通了。比照那类人，五年就如同做客。又说，坐大牢者皆是两头难过，头一年和最后一年难熬，中间的日子大头不是太难过，神情一麻木日子就过得快，谁说这不是真理呢？

不过张汉泉可以对别人冷漠，做不到对阳伍芝和阿贵也冷漠。阿贵要满十六岁了，这个孤儿要庆祝一下，也想回报一下阳伍芝和张汉泉待他如父兄般的关照，一个礼拜天，竟然一个人去了海边。他先从邮政点附近的百货店购了食品和酒，随后便去捕捉鱼虾。小厮心情好，贪心了点，为了多捉几条鱼，忘了时间。返回时抄近路，经过的是一片极少人踏足的乱石堆，被一条蝮蛇咬了脚踝。这种蝮蛇毒性不算太强，但若延误了时间仍能致命。阿贵未经过此场面，又慌又怕，只能忍着痛朝工棚小跑，幸而见着了四处寻找他的阳伍芝和张汉泉。

张汉泉不敢怠慢，急忙打开酒瓶清洗伤口，就近采来草药嚼烂敷住伤口。他对疗效尚无十分把握，连工棚也不敢回去，便和阳伍芝陪着小厮去了医院。他欣喜的是，阿贵脚踝处的红肿消退了大半，医生告道没危险了。

这事儿很快传遍了工棚，不久，黄富昌也知道了。

接下来又发生了一件事。几个工人酗酒，酒后斗殴，一人脱了臼，痛得大哭大叫，此人是阳伍芝同乡，阳伍芝不希望此人去医院，因为这号事儿求医是要缴全费的，不能出工不但工钱全无，而且让出番人知道了必召来臭骂，故而求助于张汉泉。张汉泉不能拂阳伍芝面子，只用了一会儿，就把事儿解决了。这种事儿，于他早就算不了什么。但当那几个闹事者向他道谢时，他突然想起了他在珠江边被砖块砸晕过去的往事，恨意顿生，竟冷冷地抛下一句话："就此一次，以后别找我。"

又是一个明月之夜，阳伍芝要求张汉泉去海边坐坐。

阳伍芝现在吸烟了，因要省钱便只吸劣质烟。他坐下后先点燃一支烟，一吸烟就咳。张汉泉明知不起作用，仍得劝告朋友要保重自己。

阳伍芝道："要死就死吧，命啊。"

"你几个孩子少不得你。"

“不是很要紧了，大女儿快出嫁了。最小的儿子也能帮他娘干点活了。”

“你又收到了家信？”

“千篇一律，就是钱，钱，钱。”

一阵沉默后，阳伍芝忽显得轻松，道：“喊你出来，今晚就谈你的事，你先冷静，听我讲完。”

阳伍芝断断续续说了很多。他说，劳工的整体素质差，是事实，令人痛心，这情况只恐一两代人都好转不了。为什么中国人弄成了这样，题目太大，不是他回答得了的。他只能说，同属苦难中人，没有能力便罢，若有点能力，能帮他们一点就帮一点，不要鄙视他们。他们的苦楚，外人知道多少？就不久前酗酒斗殴的几个人来说，他们心里还是很感激张汉泉。况且还在船上时发生的热病事件，张汉泉就立了一大功，都胸里有数，只是无力回报罢了。

张汉泉自觉脸上火辣辣。

阳伍芝重点不在此，他认为张汉泉要振作起来，先自救，自救有前提，得让这个社会对你另眼相看。他已获得确实消息，很快会有几百马来劳工来公司，此事说明两个问题，一是公司仍在扩大生产，二是董事长对黄富昌的管理能力越来越信不过。很可能当新的劳工来到，会建立一个工人医院，如果劳工能够自己提供医生，公司求之不得，医院多半选址公司医院旁边，那里有一排废弃车棚，能省大笔费用。黄富昌需要表现，又一定会舍不得花大钱聘请白人医生，因此张汉泉应抓住这个机会。

阳伍芝的结论是，张汉泉不比他，他已作了哪里黄土都埋人的打算。既然张汉泉如此年轻，总是把田懿讲得那么好，就更应该自救。做了医生，如果还有造就，张汉泉就能成为白领人士，就有了条件早日跳出苦海。真个有了那天，张汉泉能够自由往返中国，便应把他们的情况报告政府。如果他们遭一次又一次欺骗、玩弄，张汉泉还应恳求祖国政府出面搭救。"说到底"他叹道，"祖国政府是娘，是娘啊。"

张汉泉如梦方醒，不禁热泪盈眶。他欲言谢，但觉得用什么样的语言都不免言轻。

回工棚路上，阳伍芝再问："你还在写信，汇钱？"

"一个月没写信了。"

"算来两年多了，肯定哪里出了问题，不然早就……你不必写了，不要汇钱了。国内啊，那么多来信上总看得出来一些眉目，还在打仗。打吧，打它个五百年。"

半个月后一天，黄富昌特意召见了张汉泉。

出番人和颜悦色，道："我早看出来你小子会有出息，可惜我能力小，帮不了你。那次，你不对啦，怎么能当着两百多人的面……不说啦。你懂医，现在董事长都知道啦，我极力推荐了你，好机会啦。去吧去吧。以后混得怎么样，看你自己努力啦。"

张汉泉心里骂，口里连连道谢。

黄富昌又告："董事长安排了他的漂亮秘书，就是那个女翻译见你，要懂规矩啦，那号女人不是我们可以瞎讲话的啊。要办些什么手续，你的待遇，由人家安排，我无权过问。好啦，穿上了白大褂，记得请我喝酒啦。"

女翻译由一位白人小伙子陪着来了工棚，自告她名爱丽丝，小伙子是她男友，现为助理工程师。她为张汉泉能去做医生很高兴，但也认为张汉泉需要在业务上提高自己，因为中医不为英语世界的人认可，例如张汉泉展示的针灸术，她感觉新奇也疑惑。当然，张汉泉若能就地取材治疗一些病患，公司没有理由不欢迎，可以节省资源。张汉泉眼下只是试用期，试用期半年，服务对象主要是工人，没有处方权，只有转为正式医生后，其它事儿才能提上正式议程，主要是新的薪酬标准，新的身份认同，新的劳务合同。

明天就要离开工棚了，下午，张汉泉买了许多香烟和食品，交给每个队长一份，请代他向工友致意，特意说了几句自责的话，说自己心态一度近乎冷酷，工友们有些困难他应该帮忙却冷漠处之。晚上，他拉上阳伍芝和阿贵又去了那块石头上，带上酒和菜。他衷心地感激那两人给他的帮助与慰籍，又告以自己的计划：治疗跌打损伤乃至一些外科小手术，中西医可以结合起来。如有可能，他会虚心地努力向白人医生学习。他一定要学会英语。有空余时间便继续去山上寻觅新的草药药材，相信医院和公司会给他提供一些方便。他认为努力几年，向公司申请回中国探亲是可能的。他本来想说出来，忍住了，便是他深信他见到了田懿，田懿一定会不顾一切奔过来，抱紧他，又怨，又哭，也会笑。他还有一句话想说出来，一样忍住了，那就是他一生都忘不了一位老人，他相信没有田梅生，他只会在苦难中沉沦再沉沦。毕竟，苦难于人，总是无底的深渊，当然也是奋进的阶梯。

第八章

　　民国二十四年初秋一个下午，闽赣两省交界处的武夷山区，由北驶来一支卡车队伍。队伍共计十五部卡车，一部吉普，由十几名男女狱警押解近百名女犯人转监。转监事儿为古今皆有，大抵是原来监区人满为患，需要转移一批囚犯去新监狱，这支队伍来自九龙滩劳动营。天下已经太平，一年多前赤匪军队便已全线西窜，仿苏俄模式建立的国中之国被摧毁，现今残部去了陕、甘一带，他们谓之北上抗日，尔后又说是长征。灵泛人自有灵泛词儿。在政府这方面，江西战事确已结束，剩下的事儿就是打扫战场，肃清残匪，重新建设。

　　这支队伍已经行走三日，离前方目的地只有一天路程了。路况太差劲，途中不免辛苦，但狱警们有怨言也有慰藉，年轻人在一个地方过久了枯燥日子，渴求新鲜亦是人之常情。这一路上，便总有几个男女狱警打情骂俏，或哼唱着情歌儿，当着女犯人的面，她们就既是恶煞又是贞妇。那些个女犯人，则多半精神木然，也只能是听天由命的心态。

　　领头的吉普车在一条小河的三孔石拱桥边忽然停下来，原来此前一场暴雨，冲垮了桥面，冲毁了部份桥基，吉普车勉强能驶过，卡车就不行了，必须搬运大石块垫上桥面，牢固桥基。事发突然，狱警头儿不由得大皱眉头，直呼倒霉，但是只能自行解决困难。他们不缺人手，但女狱警哪里干过这种活儿。司机不归属他们管，调不动。让女犯来干，既不放心，又不能保证她们出力气。主要是无工具。干这种活儿，锄头、铁锹、扁担、萝筐少不得，最好还有一两个里手作指挥。

他们七嘴八舌，末了决定，通过保长让河边村庄的乡民来干，大不了多给两个工钱。他们马上行动，约半个钟头后，来了二三十个男人。这些男子中青壮年只几个，余为老弱病残，是因很多青壮年几年前都被扩红走了。他们预计，少说也要一个时辰才能保证通车，要价还高。一个一脸横肉的女狱警不禁骂道："赤佬抢钱啊。"

秋老虎的日头仍旧好毒，司机们不约而同去了村庄里。此村名刘家祠堂，不下一百户，村前几十株合抱粗的大樟树，树荫下好不凉爽，村后一片竹海，直达后山。一会儿后，被晒得冒汗的狱警们也去了村庄，同时把女犯人通通赶下车。女犯人有一半属于两人共一只手铐，很明显是些不很服从管教的角色。她们过河时，莫不停下来，洗脸，捧水喝，任狱警如何骂，如何催。之后，她们遵照吩咐，在樟树间半躺半坐下来，她们几乎个个衣衫褴褛，蓬头垢面，惹来了一大群少见多怪的乡童瞧新鲜。

这支队伍的头儿便是那位一脸横肉的女狱警。她吩咐两个男狱警去督促桥面施工后，便躺在村民送来的竹躺椅上叉开双腿享受起来，做梦也没想到屋后竹林里藏匿着一支共匪军的游击队伍。当那两个男狱警回来向她报告，再过上半个来钟头就可以上路时，一支队伍从竹林里钻了出来。他们穿着国军衣服，几支短枪，二十几条长枪。为首的黑脸汉子大声喊道："弟兄们，讨口凉茶喝。"

无人怀疑对方有诈。不过一个男狱警仍然本能地喝问了一句："喂，你们干什么的？"

"四十二师搜索队。"又是那黑脸汉子大嗓门。

"吓老娘一跳。"头儿从竹躺椅上爬起身，话虽粗鄙，脸上却也堆着笑。人家终究是正规军。然而她马上傻眼了，黑脸汉子的一支驳壳枪对准了她。

显然是窥伺了许久，作出了计划。游击队员迅速行动，先把狱警和司机控制住，都捆了个结实，严令保长不到天黑不准替他们松绑。打开女囚犯的手铐。去吉普车上搜查战利品，居然搜到了近千块大洋。之后将汽车点燃。与此同时，黑脸汉子没好气地直催女犯们："快逃，从后山跑。"

但是女犯们仍磨磨蹭蹭。黑脸汉子悟出了什么，马上命令手下发给她们每人三块银圆。又根据十几个女犯人的愤怒控诉，将女狱警头目就地正法。至此，女犯们才有人喊着："红军哥哥，谢谢啦。"之后四散而去。黑脸汉子随即召集队伍，发出命令："转移。"

就在这时，一个女犯走近了他，急促地问："长官，向你打听一个人，他是我男人，他还有个姐夫，早就是共党……"

但是黑脸汉子没让她说下去，呵斥道："走

开。"

女犯仍不愿走开，虽不再开口，却一脸怨恨。

黑脸汉子又看了女犯一眼，突朝手下吩咐："再给她三块钱，叫她快跑。"话一了，他一挥手，小跑着隐入了竹林。

这个黑脸汉子，正是张汉泉的姐夫王明山。那个女犯，是田懿。

田懿不再耽搁，也朝后山跑去。

太阳开始落山，田懿漫无目标地奔跑到一道小山岗上，不得不在一块大石头上坐了下来，大口大口地喘息，那些女犯，全没了影儿。

事发突然，田懿感谢冥冥之中神意相助。她不再怀疑她和其他女犯是被红军救了，却又好不迁恨那个黑脸汉子不通人情。她哪里知道王明山的苦衷。他早就在红军队伍里做上了师级军官，却又连降几级，成了个营长。并且，他还被剥夺了随主力队伍转移的资格，被命令留在闽赣山区打游击。他必须服从命令。但服从命令是一回事，心堵又是一回事。他之所以如此，全因对他的党的领袖和政策常有不同的看法。今天的行动，幸亏对方是些不对称的狱警和司机，若对手是正规军，他决不敢冒失。他自信对那批女犯做到了仁至义尽，不可能再在她们身上耽误时间。

阵阵山风拂来，田懿头脑清醒了许多。她估摸着她跑了二十多里山路，但此处是什么地方，她往哪儿跑才能完全脱离危险，胸里全无底。腹中也饥了，不可以长耗下去。她不由得又感谢起了黑脸汉子，多给了她三块银元。身上有了六块银元，也是一个底气，得找一户山民弄点吃的了。

田懿站起身，仍觉一身绵软，不由自主地又坐了下去。心想歇就好生歇会儿。山风更大，夕阳不见了。她脑海里浮现了四年来的幕幕往事。

田懿被分配在女犯集中的二大队三中队，紧挨大队部，生产任务就是种菜，饲养家畜家禽，专供狱警及家属享用。这些活，劳动强度不小，但技术含量低，掌握要领并不难。田懿习过武，体质强，无惧劳动，惟不服如此命运。的确，她不同于众多女犯，那些人以匪属和反抗家暴过度者为多，她认为她纯属无辜。头一年，她前后共写了九封申诉书，诉说她的遭遇。那些申诉书，难免重复与啰嗦，但其情悲切，能令铁石心肠也变软。但是，这样的申诉书注定了无下文。据说过去如此，现在如此，将来一样如此。是因监狱属于执行机关，无权否决判决机关公文。如今属于人民共和国家，人民共和国家新的司法条文上规定了犯人有权申诉，监狱有义务将犯人的申诉材料往上转，并且不允许打压申诉人。但条文是一回事，实际操作又是一回事。监狱当真那样做，判决机关准骂娘，因为变成了监狱与法院过不去。就象上级法院一般不推翻下级法院的判决，甭管是否荒唐，因为不那样就成了窝里斗一样。都是党国官员，怎么着也得顾全大局。田懿又是幸运的，那个颇具现代法制思想的中队长当然不会重视她的申诉，但也只是压下来不上报并未追责她不认罪。

　　第二年始，田懿识趣了。她开始把一切都看作命。她目光变得呆滞，每天完成劳动量就习惯性坐在地头无聊地看着蚂蚁忙碌。她不再经常默默地流泪，烙印在她心中的故乡和亲人，也褪了颜色，因为想起那一切只会令她痛苦不堪。她的日渐麻木，使她的日子好过多了。逢年过节，瞅着其它女犯的苦中作乐，她也会笑上一笑。

　　田懿没有想到，她的日渐麻木反倒给了她好运气。此次转监，原本十年刑期以上者不在此列，要求的是刑期不超过八年或已被证明服从管教者，对于后者的掌握尺度就因人而异了。田懿如果不是只认埋头干活，她就摊不上这次转监。

　　自由了，自由也逼迫田懿必须考虑新的生活。她那霸蛮性格的一面又显露出来。"一定要找到他。"她对自己说，"他决不会忘了我。"

　　田懿认为眼下要紧的是寻找到一户农舍。她把那几块银圆放稳妥，站起身来，忽有所悟，就地板倒一株杉树，左扭右扭，又用石块狠砸，虽双手被杉树刺扎得血肉模糊，但也有了一件武器。月亮爬上了山头，借助北斗星，她朝北走去。

　　月亮时隐时现，松涛阵阵，黑魅魅的山间显得凶险莫测，田懿顾不了这些，但也提醒她仍在危险之地。她断定这几天兵丁会搜山，不可能对红军袭击狱警、放跑囚犯这号大事儿不闻不问。她需要提高警惕，加快脚步。

月上中天，田懿来到了一片山坡上的空旷处，忽一个踉跄，原来被一根葛藤绊住了脚。她喘了几口气，索性就地坐下。脚疲、身软、口干、腹更饥，困意也来了，但求生的欲望告诉她只能歇会儿，不可以倒下，她只能一次又一次使劲儿揪扯眼皮。

突然间，田懿发现前方草丛里闪动着两粒鬼火，再看左右，也是如此。她蓦地明白遇上了野狼，迅速站起身，抓紧杉木棒。

果然是三头灰狼，正悄悄地从三个方向朝田懿逼近。这群畜牲，居然懂得人的战术。

正面的大灰狼在离田懿不远处停下步，两侧的狼有样学样，田懿察觉到了身后暂且无狼，略为心安。

三头狼见田懿无反应，又逼近几步。双方相距也就十来步了。又是一阵对峙。看来，狼不惧田懿，有点儿惧那根木棒。几乎是同时，三头狼发起了进攻。

田懿闪身躲过了大灰狼，杉木棒扫向了另一头狼的前腿，只听牠一声惨叫，败下了阵。就在这瞬间，田懿验证了她爹告诉她的，腿是狼的致命弱点。那条杉木棒，疾风般又扫向了另一头狼。不过，这次杉木棒未能击中狼的腿，而是击中了狼的头，又是一声惨叫。

这两声惨叫使大灰狼错愕了一下，却也以更凶猛的姿势从侧面朝田懿扑过来。田懿再次闪身让过，却让杉木棒不偏不倚扫中了大灰狼的后腿。

大灰狼一下子蹲在地上，无力再腾跃，想逃了，却迎来了杉木棒的阵阵痛击。狍嚎叫着，挣扎着，抽愰着。那两头狼，不见了影儿。

田懿确信大灰狼已死，方敢收手，她撑着木棒，喘着粗气。她恨狼群凶狠，却又莫名地对死狼闪现怜悯，终不得已对自己说："快走，再来上几只狼就糟啦。"

田懿下到了一条山沟里，觅着了一处泉水，喝了个饱。渴解了，腹愈饥。她屏神静气，隐约间听见了山那边的狗吠声。她抓起木棒朝山那边走去。

她迷路了。她原以为泉水边有路，走着走着到了一处断崖，没路的地方茅草、树丛、刺荆总是又深又密，手脸被划破，衣裳被撕烂。她退了回来，重新觅路，绕了一个大圈，竟然又到了断崖边。就这样，她从山沟到山腰，从山腰到山沟，折腾了三四次，仍未觅着通向山那边的路。

亏得天亮早，当东方露出鱼肚白，田懿发现了通往山那边的路就在不远处。她苦笑笑，柱着棒子走去。但她实在没了力气，只能走走歇歇。她难堪的是，身上衣裳已成破布条，几处地方露出了皮肉，这个模样儿如何见人？

翻过了一道山梁，便是下坡路，田懿感觉轻松了点。突然间，她听见了什么，赶紧躲进一处荆刺丛生的草丛里。一会儿后，人声愈来愈大，愈来愈近，果然来了一队搜山的保安团丁。谢天谢地，这群人也就应付差事，其中还有人怨气不小："他妈的这叫大海捞针，这么大的山，去哪找……"

田懿听得真切，悬起的心放了一半下来。但是，她不敢再走山路，只能绕着路走，尽可能让自己隐身于树高林密之处。走着走着，她露出来的脚趾头踩上了一个刺包，痛得她流出了眼泪，然而她马上又惊喜不已。原来那是一个已成熟掉落在地的板栗包，草丛里还可见上几个，而这一片山坡全是粗可合抱的大粟树。

田懿足足用了一个时辰，吃了一个饱，却又再也控制不了困意。她挣扎着爬上一棵树，在宽大的树杈间躺下来。她顾不得可能的危险了。

田懿醒来时，已是半下午。她感觉口渴，但体力、精力也基本复原。山林静极，惟闻鸟鸣。她感到危险过去，寻觅一户农家的念头更强烈。她稍作谋划，她需要洗一个澡，换套衣裳，吃两餐饱饭，再睡一个好觉。她本能地摸下身上，那六块银圆仍在。忽然间，她脑海浮现一个念头，她担心再蹚上歹人，认为北上郑州，宜绞平头发，换上男装。当想到她将以男儿面目见着张汉泉，张汉泉不一定马上认出她，不由得苦涩地笑笑。随着这一笑，她心里还浮上两分骄傲，因为这么多年了，她身子仍旧清白，兵痞与恶狼，都没能奈何了她。

太阳快落山时，田懿小心翼翼地走近了山咂里一户农家。那里住着三户人家，为分家后三兄弟。胡姓老父仍健壮，常打猎，住在大儿子家，大儿子有点聋哑。

二儿子两年前被扩红走了，从此没了音讯，媳妇是表兄妹成婚，从未出过远门，一切听从公爹安排，家里很多农活靠那两家帮忙。小儿子完婚不久，也有点智障，也就未被强行扩红，媳妇其貌不扬但勤劳朴实。田懿先走进的便是小儿子家。此前，她躲在草丛里观察了半个来时辰，认为那是几户朴实山民。

新媳妇一度不敢接纳田懿，赶紧唤来公爹。田懿声称她来江西寻亲，不识山路，路上又碰上狼，所以弄成这样。她希望在这里歇上两天，主人再给她提供点干粮，她付钱。老头儿也就随便问了问，便安排田懿去了二儿子家。不过，老头儿显然不太相信田懿的自述，晚饭后忽又告诫田懿，万一来了团丁盘问，一定要一口咬定因家里遭灾，所以前来投奔他这个娘舅。又说，田懿歇两天脚没得关系，江西闹了七八年，与红军有牵连的人家太多，红军有枪，扩红有名额，他家三个儿子必须去一个，不去的话，人家就会派兵守在你家里，天天跟你吵，逼你拿钱顶名额，不怕你不松口。所以"匪属"并非没得难言的苦衷，政府总不能眉毛胡子一把抓，都给定罪吧？现今红军大败，仅余残部骚扰，政府尚且不再重视此事，地方上也就睁只眼闭只眼。虽然如此，客人久留他家也是不妥。

第三日上午，田懿千恩万谢告别了胡家。她欲留下两块银圆，老头儿只让二媳妇收下一块钱，却为田懿做了足够吃上三天的锅巴饭团，两只熟山鸡，一茶杯腌菜，另加上儿子留下来的一套男装。

　　离双十节还有几天，田懿赶来了郑州。她是从汉口江岸坐敞蓬货车到达郑州的，无需花钱，一天多时间就到了目的地，从江西山区到汉口，用了二十几天，主要是步行。自离开江西，她就有意让绞平的头发显得凌乱，让脸上存留点灰尘。她信心不减，深信在郑州能获知丈夫的确切消息，只要丈夫仍在人世，她就无论如何也要夫妻见上一面。她的信心居然与女扮男装相关，她个头高，从来身体结实，乍看俨然大男子。她不知道的是支持她信念不倒的还有一个因素，乃是胡姓三家山民对她的厚待。兵荒马乱，民间仍存真情，说明生活仍值得热爱。

　　但是这个风沙之城实在不值得她多去看上几眼。她的目光只在两个地方停留了一阵子，一是郑州列车编组场的空前规模，是她未曾见识过的。二是客车站广场上围聚的关外来的大学生，不时唱着九一八的悲惨歌曲，让人不难想见他们的苦难岁月与悲愤心情。

　　田懿先去了警察局，是因她在九龙滩就知道了政府抓人，判刑乃至枪决都有一套程序。她陪着笑脸，奔走了六七个部门，总算找着了存放卷宗的部门。管理卷宗的男警官例行公事问道："你们是什么关系？"她以为见着了希望，一冲动竟脱口而出："他是我男人。"这就笨拙到家了。那警官打量她几眼，再问，"你到底是男还是女？"田懿涨红了脸，一时说话不出，只听警官一声吼，"神经病，滚。"

　　田懿急忙忙又往法院赶，这次吸取了教训，找着了要找的部门后，马上申明要找的人是她哥。法院文书翻阅了一大册名单，冷冷告道："没你说的这个人。"

　　田懿慌忙急告："不会假的，不会假。多半，我哥留了一手，多报了年龄，报了假籍贯，求求你再查查……。"

　　文书按照田懿所述，又查阅了一遍名册，道："从江西波阳越狱的这个章海泉，是个惯犯，在我们这里继续犯事，上个月被枪毙。你可以看看，是不是这个人？"

　　田懿双眼睁得老大，一连看了三遍，忽觉天旋地转。她含含糊糊地道声谢，转过身。她隐约听见文书补上了一句话："法院大门外张贴有布告，你可以再去看看。"

　　还需要验证什么呢？田懿悟出了这场玩笑可是开得不小，五年来她居然深信不疑。她在法院转角处颓然坐下来，两眼茫然，大脑一片空白。

　　许久许久，田懿眼珠儿才慢慢转动。精神支柱已倒，她仿佛一身骨头散了架。她不敢想象再满世界奔波，连回千里之外的故乡都不敢再想象，她在心里哭泣，怨老爹，也怨张汉泉，为什么一个要收养她，另一个要爱她？

　　田懿到底手撑膝盖，站了起来。她要出城，去找一个尼姑庵出家。她服输了，不敢再与这个社会较量。她又仍不服输，因为她不愿就这样去寻短见，要死还不容易么？她要看看可恶的苍天还将怎样变幻。

田懿去的方向是花园口。

此时已是半下午，忽然间，西北方向乌云滚滚，朝东南扑来，太阳很快隐没，天地一片灰濛濛。此为中原地区常见的下黄灰，偏让田懿撞上了。最初一会儿，田懿好不恐惧，从未见过此阵势，以为是诅咒苍天招来了报应。未待她多想，便是狂风怒号，天地更加昏暗。她只能朝一团黑糊糊的地方奔去。

那是个不小的镇子，地名中山铺，想必是纪念国父改的名。镇南端住着七八户人家，叫胡家油坊，眼下榨油时节未到，油坊冷清，但夹在油坊中间的豆腐店仍生意红火，是因明儿一早要赶出两锅豆腐，供镇上韩大户为小儿子办订婚酒使用。豆腐房忙碌着四五人，一头蒙眼的驴子拉着磨，蹄声得得。下黄灰，店子不得已关上门，掌上灯。这当儿，田懿不请自进。

"请问大伯，"田懿哀哀问道，"附近可有尼姑庵？"

豆腐店掌柜听得疑惑不已，反问："你一个小子，问那地方干啥？"

田懿恨自己总是学不会撒谎，忙道："我有个小妹……"

"咱附近没有尼姑庵，镇上倒是有个禹王庙。"掌柜的一边说一边上下打量陌生人，"你哪来的？你的小妹妹呢？"

"她，她在外面。"田懿慌忙搪塞，急忙退出。

禹王庙就在镇中心，那号地方总是不太难找的。高高的石阶上，庙门紧闭。田懿踉跄着奔过来，连上台阶的力气都没有，她就地坐下，心想喘口气，调整一下情绪，盘算着如何开口，然却大脑不听使唤，双眼一黑。

李子园离镇上也就大半里路，以李子树多而命名，住着二十来户农家，有两家富裕点，余皆一年就有半年瓜菜代，村西头两间茅房，住着杨友堂和老母杨四老太。这杨友堂年过四十，仍是单身。他其貌不扬，人可不蠢，嗜赌如命，居然常打小胜仗。他当然想娶房媳妇，但附近甭说姑娘就是寡妇也不肯嫁过来。这天下午，他又去镇上赌牌九，手气顺，刮黄灰时赢了三块多钱。好不容易待到风小了，他找个借口溜之大吉。

杨友堂心里高兴，走近禹王庙时，哼起了《捉放曹》。他隔老远就看见了庙门口趴着一个人，那关他什么事。忽地，他转了念头，四下瞧瞧，毫无动静，便走了近去。他看了一会，看清楚了那是个大男人。他又想走路了，有点担心比他高大的这人忽然站起来，他不是对手。但他到底没走，越看越觉得这人已经昏死过去。他先用手摇摇那个人，无反应，终于放心。他迅速行动，急忙去那人口袋里掏摸起来。很快，他摸到了一块银圆和几十个铜板，心愈喜。他盼望收获多一点，便继续在那人身上翻找。就在这会儿，他大吃了一惊，发现了是个女人。

　　杨友堂转惊为喜。此类事儿在此地早就屡见不鲜，谁家捡回一个落难的单身女人，尤其外地女人，便理所当然属于谁家了。当然，这样的女人还要能生育，能为男家传宗接代，还守妇道。杨友堂深信不疑是老天安排，赶紧跑回村里，喊来一个本家小伙子，两人把假男子半抱半拖弄回了家。

　　夜已深沉，被灌了半碗姜汤的田懿在破床上苏醒了。她看见旁边坐着一个满脸皱纹，面目慈祥的老婆婆，老婆婆正吩咐一个男人干着什么，昏暗的灯光下还有人在说话。她想起来了她在庙门口昏了过去，明白自个被救了。她万分感激救命恩人，却身不由己，又昏了过去。

　　屋里的人又说话了。

　　"八成是又饿又冷，加上累，多半还受了刺激，成了这样子。"说话人是杨友堂族叔杨忠田，快五十岁了，见过点世面。他接着说，"中山铺南头的何家大媳妇，油坊胡三的婆娘，西头的崔爱平，那时候都是这样子。当然，这女人好像遭的罪更重，说不定还要治一治。不过，不太要紧了。"说到这里，他望住杨友堂，加重了语气。"你啊，算你懒人有懒命。这号送上门的媳妇，在你是打着灯笼火把也难找。这两天你把屋子打扫打扫，看个日子成亲吧。"

　　"哟，还象个大姑娘。"接话人是闻讯赶来帮忙的杨姓本家冬瓜嫂。"老太，赶明年你就有孙子抱啦。

真有点看他叔叔不出哩……他叔叔，你再说说，咋个让你撞上啦？"

"有啥好说的，"杨友堂眉开眼笑，故作轻松。"那就再说一遍，下午，我去镇上找韩大掌柜，打算借点钱去跑趟买卖。哪知人家小儿子明天订亲，就是在郑州大学堂念书的三小子，女方就是镇上陆举人家，倒是门当户对，不过，好象学生娃不同意，要自由恋爱。我正待退出，韩大掌柜见是我，他知道我会讲几段古，非要我陪媒人说说话。承人家看得起，只好留下来喝两盅。下黄灰，不敢久待。路过大庙，不得了，一个人倒在庙门外，咱咋办呢，不能见死不救啊？"

"友堂"，乐得咧开嘴笑的老太明知儿子准是瞎话，今儿也爱听。嗔怪道，"别嚼舌头啦，快去烧锅，熬点稀饭，待会人家醒过来……可怜哟，也不知道是哪里人，干嘛要扮作男人？"

"老太，俺走啦。"冬瓜嫂说。

"明早记得把你的衣裳送过来，借我家用用。"老太嘱道。

"我也该走了。"杨忠田接口。

杨四老太却暗示他等一等。

待冬瓜嫂出门，老太凑近杨忠田，语气悲怆："他二叔，友堂不成器，这事办得么？人家是外地人，有人家那儿的规矩，我家又穷，人家只怕不会愿意？"

"我想不要紧。"杨忠田道，"不是前世姻缘，不会这么巧。你放心吧，她到了咱这地方，就得随咱地方的规矩。人嘛，得凭良心。友堂不救她，只怕……依我看呐，往后得看友堂啦，要走正道啊。这样吧，明儿你多叫上几个人，都来劝劝人家。"

"要是人家有了男人，你说咋办？"

"不会吧。她有了男人，一个人外面跑什么？"

"要是人家看不上我家友堂，死活不干，你说又该咋办？"

杨忠田感觉到了有点棘手，但不认为真有什么大不了，想了想道："老太，我说得直，这事以后不光看友堂，也看你。娶人家，就不能太亏人家。你老只一个儿子，也不能护短。友堂还是不成器，你老又护短，可就真正没法了。"

"他二叔，"老太哽咽道，"我听你的。其实，我友堂心地有时也挺好，心里也苦。可是，他都进四十啦，你看人家，五官多端正，又年轻，是不怎么般配，可杨家又只一根独苗，会绝后的。"

"老太，"杨忠田凑近老人道，"不要多说了，你家，过了这村就没这店了。只好象戏本上说的那样，先斩后奏。你去我家过夜吧，让他们把生米煮成熟饭。"

"他二叔……"

"只能这样，走吧。"

外间房里的灶口边，杨友堂自顾拨弄着柴火，其实早就明白老母亲和杨忠田商量什么。他恨他们啰嗦个没完，只是发作不得，待到老母亲跟着杨忠田出了门，他急忙关上门。

　　一桩姻缘，就这样结成了。

第九章

张汉泉成功了。

公司早就通过了他的试用期，与他另签了为期五年的正式医生聘用合同。头三年，他还只是名义上的正式医生，享受不到白人医生的各种待遇，哪怕他的业务能力获得公认。这有两个原因，一是世界经济大危机影响到了泛美公司，此时的劳动者不宜向资方提很多要求。二是排华法案在美国尚未被解除。张汉泉需要面对现实，这世界终究只能两害相权取其轻。他只有一个信念决心坚守到底，一旦条件成熟，马上申请探亲假或辞职回中国。

张汉泉做不到忘掉田懿，田懿在他心里扎了根。所不同的是，他不再象初来岛上时常把田懿挂在嘴边，经常丧魂失魄。现在，他基本上不谈往事，把一切都埋在心底。用阳伍芝的话说，他开始成熟。

只是这种成熟的代价何其高昂。五年多来，他平均每天只睡四五个钟头，精力全扑在业务上，扑在学习英语上，扑在学习一切能开阔眼界的书籍上。因严重缺乏睡眠，不注重饮食，人变得又黑又瘦，比实际年龄大了十来岁。不过，这算不了什么，他由衷地感谢爱丽丝偕丈夫对他的友好相待和帮助，尤其爱丽丝弟弟斯特朗从英国来到公司后让他英语大长进。一年来，他们成了好朋友，情谊不亚于阳伍芝和阿贵。那小伙子一样习医，当然习的是西医。他尚无临床经验，才毕业不久，多半还要回国服兵役。几乎每个周末，他都会找张汉泉聊天，海阔天空，从无言词出格顾忌。张汉泉心里承认，若非万里之外的亲人，他可能乐不思蜀。

一个月前，张汉泉终于获知消息，鉴于他为公司服务已八年，工作有成效，他可以申请探亲假了。

得知消息，张汉泉喜不自胜，买了很多烟酒，拉上斯特朗，晚上去了工棚。

工棚的条件现在得到了改善，有了电灯，当然要收费，伙房打了井，水质异常甘甜。一条水泥路直通海边的环山公路。自废除排华法案，工人们的活动范围有了很大扩展，礼拜天骑上自行车，可以溜达十几公里远，去马来人工区看跳舞，此事阿贵最积极，原来阿贵看上了一个马来人姑娘，他们已经约会了几次。

据阿贵说，岛那边另两家矿业公司的工人区现在有了"阿姐阿妹。"此事原不为怪，这种人类最古老的谋生行当总是见缝就钻，不准还会延续一千年。另外还有三流戏班子和歌舞团也登岛了。不过，据说它们一样不得特许，不可以进入每家公司的核心区域，那照例是公司大楼、高档住宅区、教堂、学校、警局、法庭……但这些新鲜对于急着回国的张汉泉都成了一阵风。

阿贵还说了一个事：他见着了山那边的岛上原住民，很土气，狩猎仍用弓箭，但人家的脸上见不着愁容，男女老少在一起常笑声不断。他不敢靠近原住民，害怕被原住民的姑娘逮住，强迫他配种，他说这是女朋友告诉他的，认为女朋友不全是吓唬他。

张汉泉笑道："当然是吓唬你，这也说明她很在乎你。女人都一样。"

这号趣事也加固了张汉泉对田懿的思念。

一年前，黄富昌说是回香港探亲就再也没来了，总管换了他的表弟。海滩边那个邮政点也换了新主人。这两件事与那些从未收过家信的工人的关系，须待一年以后真相才被彻底揭露。原来他们预感到了罪行终有一天会穿帮，及时溜之大吉。新总管对张汉泉何时回中国很上心，今天张汉泉请客，他就不请自来。

天气好，今夜又是月光皎洁，海风凉爽宜人。在阳伍芝提议下，十几人去了海边的小山包上。

总管身份摆在那里，他也就当仁不让致起了词，他举起酒杯，道："对我们这支华工队伍来说，今天聚会的意义不同寻常。来，我借花献佛，首先为张先生能够第一个回国探亲，干杯。"

接下来，他演说似地说了一通真假各半的套话：人生总是有苦有甜。当初出海之际，没几个工人不是被逼得走投无路。正好他表兄黄富昌通过关系与泛美公司搭上了桥，促成了一桩互惠互利的劳务工程。之后，形势变化不遂人意，例如那场世界经济危机，来得没一点预兆，公司本来是要辞退这批华工，是黄富昌苦苦哀求董事长，公司才收回成命。那会儿，华工真丢了饭碗，后果很严重。有些人会连回国的船票都买不起，两手空空怎么回国面见亲人？所以，工人们不能只看见黄富昌和公司的严厉一面，还应看见另一面，现在好了，干满了十年，工人们都可以申请探亲假。他不能不说，比照国内的生存状况，这批华工都不亏。说到底，这是现代化的力量。

终归是不请自来，新总管倒也识趣，喝了几杯酒便推说有事告辞了。张汉泉作为东道主，不能不起身送他几步路。新总管似有所思，问张汉泉要不要他表兄在香港的地址？如果张汉泉途经香港，他表兄一定会给张汉泉接风，提供某种方便。张汉泉半真半假，表示感谢。其实，他是探口风，打听张汉泉行程，以便信告黄富昌。

张汉泉回到座位上，一位队长提议，每人唱一首家乡的歌。此议获得一致通过。于是，大伙儿都把目光望向德高望重的阳伍芝，希望他带头。阳伍芝很兴奋，要求大家先让他吸支烟，那些人便又把目光投向张汉泉。原来，阳伍芝患肺痨大半年了，是张汉泉诊断出来的，好几个队长都知道了这事，他只能一再告诉朋友要戒烟。但凡当着张汉泉面，阳伍芝不曾吸烟，今天他提出此要求，又求救似地看着朋友，张汉泉默认了。

每人唱罢一首歌，由张汉泉压阵，唱了几句湖南花鼓戏。之后阳伍芝又点燃一支烟，张汉泉仍装着没看见。阳伍芝虽剧咳不已，仍兴致不减。他断断续续，讲了许多。他以为，新总管有些话不无道理，但金钱不能代表心灵。这批华工，大海上死了五个，这几年又有八个人死在了异乡，其中三人丧命于重大工伤事故，五人患病而去。看这架势，干满十年不定还会死去几人。如果十年又延期，那就更加不好说了。不过，他重点在朋友身上。他说他当初也没看出来张汉泉的坚强毅力，张汉泉不靠这毅力，难成功。他理当为朋友高兴。他希望，张汉泉踏上中国土地，如有可能，尽量多去几个工友的家里看看，特别那些一直断绝了音讯的工友家里，弄清楚到底发生了什么事？他确信，那些与家里断绝音讯的工人获知张汉泉将回国，一定会拜托张汉泉办这件事，张汉泉不但不应拒绝，而且应努力做到。他末了说："这不是简单的同事间的情谊问题，中国需要一大批有担当的人，才可能破除窝里斗和各人只扫门前雪的陋习。"

张汉泉道："我一定努力做到。请各位队长转告，叫凡是断绝音讯的人都把信写好，写清楚地址，交给我。"

聚会很晚方散。回医院路上，张汉泉忍不住问英国小伙子："今天你一言未发？"

斯特朗许久才道："阳，肺病严重，你支持了他吸烟。"

张汉泉也是许久才答："他时间不多了，难得高兴一次，就让他高兴一两次吧。"

斯特朗未被说服："我们作为医生，不可以这样做。"

张汉泉叹口气，不想争论。

张汉泉没有想到，一个礼拜后，他就接到了阳伍芝的死讯。

那是一个清晨，张汉泉刚刚起床，阿贵便在一位队长陪同下匆匆赶来，一边哭一边先交给张汉泉一张纸条。

那是阳伍芝的遗书，上面草草写道："汉泉兄弟：愚兄早知不久人世，何必苟延残喘，徒增痛苦。兄祝你一路走好，请回国后尽可能去看看我的几个孩子。"

张汉泉一下子泪涌眼眶，喊一声"快走"便朝工棚奔去。路上，阿贵简略告知，天快亮时，他起床小解，不见了阳伍芝，大惊，工棚后面一株树下，悬着当年的教书先生，身子已硬。

二百多华工此时都赶来了那株树下。阳伍芝被平放地上，身上覆盖着床单，张汉泉三步并作两脚，揭开床单久久看着老朋友，禁不住泪水淌下。突然间，他发作了，冲着天空狂叫："你太不公平了。多好的人，偏不得安生。"

张汉泉请了两天假，谢绝了几位工友的好意，坚持由他吊墨线，伙同几个人打了一口十二头的棺木。再提议，将阳伍芝下葬在那块山包上，便于死者能遥望万里之外的故乡。是因死者遗书清楚表明，他念记着儿女们。

翌日午后，约三十人参加了阳伍芝的下葬。当一堆土培成坟堆，工友们陆续散去，张汉泉和阿贵仍停立坟前。往事历历，如在眼前，张汉泉忍不住再一次朝天悲呼："你睁眼看看啊，你不该总是让不该死的人英年早逝啊。"

阿贵哭道："叔叔，你就这样走了，汉哥也要回国了，扔下我一个人……"

返回路上，张汉泉问阿贵："你和马来姑娘，有进展么？"

"不知道她家里乐意不乐意？"

"能不能带她来让我看看？"

阿贵说他尚无把握，岔开话："哪天我们去照个相，留个记念。我知道，你这一走，十有八九不会再来了。"

张汉泉不假思索："一定。"

公司信守了承诺，决定批准张汉泉半年探亲假，不带薪，但张汉泉至少还要待上三个月才能启程，因为要办的手续很繁杂。为此，爱丽丝代表董事长，又以朋友身份与张汉泉商议许久。原来，黄富昌所谓给工人们办的护照，全是假的。当初办的不是什么集体护照，都是单人护照，却是伪造的。若用此原护照前往香港，港英当局不会承认。另者，这批华工事实上皆非香港居民，而是中华民国子民，中华民国更不可能承认这号护照。张汉泉要以合法身份回国探亲，现在的变通办法是以华侨身份或美籍华人身份回国，重新办理护照。考虑到某些工人或存在难言之苦，为方便归国顺利通行，探亲人可以更改一个新姓名。而要完成这些手续和文本，得在美国本土办理。美国政府有关部门同样存在官僚作风，因此张汉泉能拿到正式护照，三个月时间算是很快了。

张汉泉能说什么呢？他只能一方面感谢爱丽丝看得起他一个有色人，另一方面在心里痛骂出番人尽玩假。忽然间，他由此还悟出他和那四十几个与家里断绝了音讯的工人，莫非是出番人的诈术，目的就是吞没他们的汇款。然而，他没有证据。他能做的，也就是尽快去告诉那几十人，马上写家信，交给他，他将通过斯特朗，从公司邮政点发出去，杜绝被人扣下信件的可能。

爱丽丝不识张汉泉心事，自顾催促张汉泉拿主意："张，不能考虑加入美国国籍吗？这是一个机会。"

"待我返回公司再说。"

"你是否需要改动姓名。"

张汉泉直点头。他早有此念，为了回到国内省却麻烦。事过八年了，但他不知道回国后有关部门还会不会追究当年的事儿。他仍愤懑，当初他干的那些事儿也叫事么？他决定将张汉泉三字改为张汉田，以此警醒自己不可忘却那对父女。

爱丽丝又说："启程前，欢迎你去我们家再作一次客。我们照张相，是斯特朗的主意。"

张汉泉只能耐心等待护照，也就仍须上班。这家公司医院附属的工人医院，平常也就五人接诊，负责五百余工人的医疗救治。两个主治医生，是张汉泉和另一个白人医生，一男一女两个护士，两班倒。斯特朗仍处于实习期，只上白班。除非出现重大工伤事故，公司医院不派医生过来。

张汉泉不希望徒增工作量，是因大半心思飞往了故乡，连业务都钻研不进了。每每闲暇时刻，他脑海里就浮现田懿，时常想象着田懿象他一样穿着白大褂每天接诊，一个男孩或许一个女孩围着妈妈身边转。每想及此，他就会苦笑笑。谁知他不希望的事儿，偏偏发生了。

那是阳伍芝下葬后第十三天，公司医院的救护车一下子送来了四个重伤患者，全被推进工人医院。显然，他们急需救治是一回事，他们的身价不足以进入公司医院又是一回事。

原来，一支奔波于西南太平洋各地的主演民间歌舞的剧团，半个月前来了岛上。它是岛上另一家矿业公司一位劳工总管联系的，由他提供各种方便，讲定了演出利润由他与剧团团长三七分成。演出很成功，泛美公司马来人总管插进来一脚，于是演唱会又移来岛上这一边。由于演唱会受欢迎，华工新总管也动了心，谁又跟钱有仇呢？演唱会之所以成功，得力于几个姑娘的姿容和演技，一个名叫林阿秀的华侨姑娘的歌喉特甜美，她用马来语、华语唱的南洋民歌赢得的掌声最多。两位总管为了让剧团班主欢心，这天下午租来一部敞蓬汽车，载着剧团班主和三个台柱子姑娘去了环山公路兜风。不料乐极悲生，在一个急拐弯处，车子冲出路面，幸亏没有坠入悬崖，因为车子翻了一个身，被一块巨石挡住了，但仍酿成了车祸。所有的人都不同程度受伤，司机，马来人总管和两个姑娘伤势比较严重。

公司医院临时调来两个白人医生和一个护士参与了救治，身为骨伤科主治医生的张汉泉也要主刀外科手术。虽然伤者基本上是外伤，但都存在骨折情况。那个林阿秀的手和腿皆要上石膏夹板，另有轻微眉骨骨折，最乐观估计也会要躺床上两个多月。

一月后，司机和另一个姑娘出院了，又过了几天，林阿秀的头部也拆绷带了。直到此时，张汉泉才认真地端详姑娘。他看清楚了，这个十八岁的姑娘面目很清秀，天生一个能歌善舞女子，倘若有人提携，稍加深造，不准还能成大名。不过，林阿秀与他又有什么关系呢？

林阿秀入院两月整，一件事引起了张汉泉的关注，为此他叹了几口气。原来，四个人住院的手术费、护理费、生活费，由剧团班主支付 50%，由马来人总管支付 35%，由华人新总管支付 15%。他们倒是交足了费用，但剧团班主领着剧团离开了海岛。这个剧团是与另一家矿业公司的总管签约上岛的，离岛也就无须通过泛美公司。剧团一走，林阿秀就成了弃儿，出院后的去向，要由她自行打理。自得知消息，林阿秀的脸色便阴了下来。

　　这期间，阿贵仍经常来医院。一次，他还领着他的相好来了。姑娘相貌平平，很健壮，对阿贵很上心。这一次，阿贵告诉张汉泉，走前的几天，工人们希望张汉泉去工棚待个三两天，少说有上十人想请客，为张汉泉送行。张汉泉答应了。

　　快四个月了，爱丽丝通过弟弟告知张汉泉，新的护照和身份证件很快就到，张汉泉可以去公司办理探亲手续，支领薪水，包括预定船票。斯特朗提醒张汉泉，不要忘了去姐姐家作客和照相。

　　张汉泉到底迎来了八年来最快乐的时光，天天忙碌不已。他不用上班了，虽然仍住医院里，却把工作全抛往了脑后。有两个晚上，他踫见了已能缓慢行走的林阿秀，也就是朝姑娘稍稍点点头。

　　张汉泉不能不去爱丽丝家作客。爱丽丝的新家住在公司新建的高档住宅区里，是栋四层楼公寓，家居面积不大，却被女主人布置得很温馨。几个人去街上照了几张相后，张汉泉便独自去了港口，打听航班。公司有定期客轮往返美国本土，每月另有航班往返于三宝垄、雅加达再转新加坡和香港。还有少数货轮可以搭载少量旅客。货轮票价便宜，最大的好处是不定期，运气好的话当天购票当天就能登船，不足之处是若中途停靠港口过多，频繁卸货装货，很耗费时间。张汉泉决定，待护照到手再拿主意搭客轮走还是搭货轮走。

　　这天一大早，张汉泉便换上了一套新西装，穿上新皮鞋，去了工棚。路过工地，还去工地看了看。睹物思情，此种高强度劳动，他干了整两年，流了多少血汗。他同情别无技能的工人，不知何日才能结束卖力卖命的生活。由此他想到了田梅生，若非在田家打下良好基础，他怎有今天？有了这念头，不容他不想起田懿，眼睛不由一湿。

工人们团团围住他，祝福他，羡慕他，情真意切。张汉泉向他们保证，一定在工棚待上三两天，好好地叙叙旧。随后，他去了海边阳伍芝的坟前，独自一人陪着地下的老朋友坐了许久。

第二天下午，趁工友们尚未收工，张汉泉又去了阳伍芝的坟上，仍旧默默地坐在地上。忽然间，远处一位白衣女子慢慢走来，乍看那女子宛如画中美人。原来是林阿秀。张汉泉迷惑不解，她来干什么？张汉泉迎上前去，笑道："林小姐，你怎么到这里来啦，你找谁？"

林阿秀未语先嫣然一笑，轻声道："找你。"

"找我有什么事么？"

林阿秀又一笑，脸上的酒窝儿都出来了，道："在医院里一天没见到你，心里空得慌。"

林阿秀的勇敢直白让张汉泉隐隐一惊，更多是好笑，暗忖就算是天降七仙女，他是董永，也不是时候啊。他不忍心让姑娘难受，搪塞道："林小姐，刚才见了你，你和半月前相比，变了一个人。"

林阿秀有点局促不安地微微低下头，但很快又扬起脸，关切道："听说你快走了？"

“也就十来天吧。”

“我们在这里坐会儿？”

张汉泉找了个干净的大石头先坐下来，一见林阿秀紧傍住他坐下，心里不由一慌。他委实没心情也没时间与林阿秀耗下去，想想说：“你的伤好了，恢复得很好，很快，我为你高兴。你不必因此感谢我，那是我的工作。”

他又道：“如果你非要感谢我，那么我也要感谢你，你给我留下了美丽的形象。我回中国后，会记得你。”

林阿秀看着地下，不语。

张汉泉再道：“林小姐，你是不是蹚上了什么麻烦，需要我帮助。比方说，你可以出院了，你的剧团又早就走了，你要离开这里，缺少路费？”

林阿秀摇摇头。

“林小姐，你说话啊，只管说。”

林阿秀仰起脸，淌下一滴泪，道：“你的经历，我都知道了，英国医生告诉了我。你是个真男子，我崇拜你，我想跟你走。”

张汉泉怕听的就是这话。他不是毫无预感，大约二十天前，他就察觉到了林阿秀看他的眼神有了异常。但是，他真正爱慕愿意为之献身的女性，是那号有气质有知识的女性。

林阿秀声音变的急促：“我是华侨，家住雅加达，家里不缺钱。你也许知道一些传闻，南洋华侨姑娘都崇拜英难，崇拜从苦难中奋斗出来的男人。陈璧君追求汪精卫，你肯定知道。我比不了陈璧君，但我……我恨我看错了人，以为他是英雄，结果是个纨绔子弟，弄得我没脸回家，做了歌女。请你相信我，我的心仍是热的，你的事迹感动了我，我没有想到你吃了那么多苦，你该有个人体贴你，愿意跟随你到海角天涯。"

张汉泉被勾起了伤心往事，又仿佛见上知音，不由得紧紧捉住林阿秀一只手。这样的暖心话，除了田懿，未有其他姑娘向他投以柔情。他情不自禁，脑子乱了，很想扑上去，但是，他慢慢地松了手。"

林阿秀靠住张汉泉更紧。

张汉泉低下头，不敢看林阿秀。他痛苦地流下了泪水，声如蚊呐："我们，只好来世。无论如何，她就我一个亲人，我也就她一个亲人，我要回国看看明白。"

"你和国内断绝音讯八年了。"林阿秀紧追一句。

"十年又怎样？"张汉泉突然发了倔劲，叫了。

林阿秀却喜欢这号倔劲，抱住了张汉泉，说："我要跟你走。我愿意认她作姐姐，只要你心里有我。万一那个……我退出来，回南洋。"

"这……不太好吧。"张汉泉仍要拒绝，话到嘴边走了样。

林阿秀倒在了张汉泉身上，火辣辣眼睛望住张汉泉。张汉泉做不到控制自己了，想推开姑娘，手脚不听使唤，反倒热血上涌。他伸开双臂，抱紧林阿秀狂吻起来。多少年了，除了在梦中，他未曾接触过青春女性。他大脑一片空白，一遍遍吻着林阿秀的睫毛、小嘴、两只酒窝，尽情享受着销魂的时刻。

阿贵的声音在远处响起，张汉泉只得起身，牵着林阿秀，去了工棚。

这天夜里，张汉泉和林阿秀同居了。

两情相悦，恨春宵苦短。他们一夜未曾合眼，疯狂的肉欲过后，便是互相倾诉情感，之后又是疯狂肉欲。天快亮时，张汉泉方尽知林阿秀家世。

林阿秀告知：家父林怀忠乃雅加达第二代华侨。两代人苦苦打拼，大小生意都做，攒下了一份算得上可观的家业，在雅加达华人聚集区盖了幢小别墅。她本来有个哥哥，多年前丧生于一场车祸，从此父母更视她为宝贝。由于华侨乡土情结浓烈，荷兰当局很不屑于殖民地民众，不满现实的情绪也影响到了第三代。她在中学阶段便为中国那些反清志士所吸引。华人区有个少年，比她大一岁，喜高谈阔论，人也帅气，使她动心，便跟那人私奔了。谁知半年不到，她从家里偷拿的钱花光了，嘴炮英雄于一天夜里不辞而别，把她扔在三宝垄一家旅店里。她欠着房钱脱不了身，实在无颜写信向父母求救，便做了个天涯歌女。此次车祸住院，她本来已对人生大为失望，未料到认识了张汉泉。

张汉泉相信林阿秀没说假，感于姑娘真情，天亮时分也将自个身世相告。其间他不无痛苦地说："你是个《聊斋》里面的狐仙。我做不到忘记那一个，现在又舍不得丢开你，你们把我砍成两半，每人拿一半去。"

林阿秀狠狠地在张汉泉胳膊上咬了一口，马上又心疼不已，连连亲着咬痕。

张汉泉提出，他送阿秀回雅加达家里向父母认错。他相信，除非林父林母看不上他，否则哪怕只看在他面子上，也会原谅女儿的。林阿秀不愿回家，希望直接随张汉泉去中国。她也相信父母会原谅她，但以为少说还要等上两三年。"最好等我们有了娃儿，"她深情地说，"那时再回雅加达。孩子一喊外公外婆，他们就会消气。"

张汉泉道："傻妖精。就算不肯原谅你，还看我不上，你见父母一面，再跟我私奔一次去中国，不行吗？"

然而，带林阿秀回了国，若田懿还在家乡苦苦等他，或者田懿死活不容林阿秀，又该怎么办呢？张汉泉总是想不出来两全之策，心想只能走一步看一步了。

护照等证件终于到手，张汉泉带上林阿秀，马上去购船票。前往雅加达、新加坡、香港的定期客轮还要等上十几天，却有一艘货轮两天内就启航，预计在三宝垄卸货、装货需要四天，之后直驶雅加达。张汉泉用不容置疑的语气朝林阿秀道："就坐这条船。"

来到岛上八年零两个月后，张汉泉踏上了归程。他西装革履，手提皮箱，身傍一个美貌女郎，形象好不

风光。他当然欢迎这种生活，但他也希望所有人都能过
上有尊严的体面生活。

第十章

　　此时的田懿，却在更大的苦难中挣扎。

　　那天早晨苏醒后，田懿看见了这个家庭极为贫寒。贫寒家庭仍旧肯救她性命，她有什么理由去嫌弃人家穷？她只对一件东西多看了两眼，便是墙上的"天地君亲师位"，那是她的故乡没有见过的，她故乡的多数家庭不兴供桌这一套，有些人家敬神供的也是手执钢鞭的黑虎元帅。忽然间，田懿明白了发生了什么事。顿时，她感到奇耻大辱，恨不能马上死去。她大哭不止，终于哭不出声，眼里的仇恨已不及对人生的绝望来得多。五年来她曾视为骄傲的清白身子遭到趁人之危的糟蹋，并非来自兵痞，而是来自她曾信赖的本应同病相怜的劳苦人家。这是什么世道，这样的生活还值得怀恋？

　　眼见外乡女子一边泪流不止一边渐成痴呆状，杨四老太情知外地女子不能接受既成事实，不由得慌了手脚。她也哭了，不是做作，仿佛亲生闺女遭到了强暴，做娘的伤心欲绝一样。当然，她哭的是她杨家的悲惨往事。她断断续续，诉说着孩子爹在黄河中被洪水卷走，尸首都没见着。那时候孩子才几岁，她从此守寡。孩子十岁时，得了一场大病，莫说就医了，那会儿连饭都没得吃，十家有七家外出逃荒，孩子虽然保住了命，发育大受影响，至今，杨友堂要比常人矮半个头。后来，杨友堂变了，与心里苦有关系啊……

　　四五个婆婆婶婶一齐围着床边，冬瓜嫂也在其中，你一句，她一句，说的是：不管怎么说，先吃点粥，不要哭坏了身子，对自个不好。杨友堂是性急了点，也是高兴坏了，不敢让杨家绝后，不忍心老母亲抱不上孙子。他人嘛心是好的，二话没说，就把人救了回来。命啊，都是命中注定了的，不然哪会这么凑巧？人嘛，不就是吃饭穿衣一辈子。女人嘛，不就是生儿育女，操持家事。等等。

　　这些言不由衷，为亲者讳，甚至口是心非的劝慰，打不动田懿的心，但也不是不能软化田懿的反抗意识。主要是，田懿自己都怕跟这个社会较量了，一身无力，动弹不得，往事不堪细想，一想就头痛欲裂。当再一次看到杨友堂那猥秽的形象，她只能双眼紧闭，心里哭喊她的爹："爹啊，快来救我。"

　　三天里，田懿拒绝进食，醒来哭，哭累了就昏睡。但她每次醒来，都能看见老太守她身边，总是抹眼睛，第三天夜里，她张开了口，咽下了老太喂的粥。她既然不乐意去死，那么一边是奇耻大辱，一边是救命之恩，她不能不兼顾。她并不怀疑杨友堂是出于善意救了她。

　　杨四老太终于放心，悄声告诫儿子："你二叔讲了，再象过去那样，咱家可就没法啦。你要听啊。"

　　杨友堂直点头，难说心灵没有被触动。

　　田懿一躺就是三个多月。其实早就可以下床了，但她只想昏睡，只求天永远不光亮。年关近了，外面有小孩子嚷嚷着过大年了，她才悟出还有个时间。耻辱仍在，但大部份已让位于老太那慈母对待子女的无怨无悔，天天侍候她，喂她粥，替她洗脸，替她擦洗身子。她有过不尽的父爱，有过心心相印的夫妻爱，却也从未体验过绵绵母爱，她反过来对老太的一言一行不忍心了。她终于下地了。

杨友堂却在"新婚"一月后就故态复萌。

现在，他比田懿还要讨厌新生活。他深信田懿铁定属于他后，心思又飞向了牌桌。一想到牌桌上的刺激味儿，他便如猫爪子抓心。他又过起了白天里见不着人，夜里很晚才归的生活。每当赌友们打趣："喂，新娘子捉你来啦。"他还趁机摆摆谱："她咋来的？敢。"

不过，他很快就没有底气摆谱了。也不知是怎么回事，他重返赌场，竟然是赢少输多。他这号人不可能有大本钱，输上几场，就吃不消了。越输越想扳本，末了只能借贷。临近年关，他欠了一身债，其中十二块大洋，是向镇上韩大掌柜借的高利贷。当老母亲要他掏两块钱去购点年货，挑明了说总得让新媳妇吃顿象样的年饭，他迟疑许久才掏出一块钱，却又伴着一句狠话："什么年不年？有钱就过，没钱就不过。"

老太数落儿子："你咋弄哟，你媳妇都下床了，今天扫了地，抹了凳子，你又……你不是保证走正道吗？你肯定是赌输了……你说，这日子咋过？"

杨友堂不能承认天天在外面赌牌，更不敢告诉老母亲借了高利贷。他被数落得烦不胜烦，忽悄声告母亲："我烦，心情烦，你知道原因吗？都是那个扫帚星害了我们。"他本意无非借题发挥，眼下竟觉得自己很无辜。

"你说啥？"老太大惑不解。

"她不是好女人，早破了身。这号人进了屋，我们咋不倒霉？"

老太张着嘴，久久说话不出。她的第一个念头，这可不是好事，不是小事，女人不守妇道就是祸患，咋让杨家给摊上了呢，难怪杨友堂心气不顺。不过，老人家虽说替儿子抱不平，但觉得她能早点儿抱孙子更重要。她伤心地道："友堂，别说了，她能让咱杨家不绝后，咱就不去计较。"

又是一年春天来了，大地开始泛青。杨家也有三亩薄地，种上了小麦，却因杨友堂嗜赌、懒惰，草多苗少。老太心焦，没奈何颠着一双小脚，搬张小凳子，拿把小铲子，去了麦地锄草。田懿实在看不过意，便也提把锄头跟了去。头天，老太仍用对亲闺女的口气问些话，问田懿老家在城里还是在乡里，父母干些啥，她会哪些农活？田懿要么装聋作哑，要么只搪塞，自顾埋头干活。这活儿她在九龙滩早干过，不在话下。她甚至觉得干活好，省得她胡思乱想。不过，她看出了老太看她的眼光有了异样，许久才悟出老太是在观察，她的腹部是否隆起。

一连几天，她们都在麦地里。麦地紧挨一条黄土大路，过往路人很多，很多人会在这里停脚一会儿，认识老太的人就更加不消说了。他们都知道了杨友堂捡了个外地女人，原本这事儿引不起他们兴趣，但当传闻杨友堂所捡的外地女子生得高高大大，五官端正，仅从走路姿式就能看出是个城里人，不定还念过书，他们便心态不怎么平衡了。因为杨友堂算个啥玩艺，偏撞上这等美事，于是想来看个究竟。他们走进麦地里，照例恭维老太人贤慧，积了德，所以上天有好报。当然也免不了找田懿搭讪几句话，但田懿照例只管干活，不搭理人家。

镇上韩大掌柜也来了麦地。他老远就喊："老太，友堂呢？"老太可不敢怠慢这位财神爷，忙不迭迎上来。韩大掌柜说他正好路过，好久没见上杨友堂，所以……老太本能地害怕了，忙悄声相问是不是友堂借了大掌柜的钱？韩大掌柜不具体回答，说不碍事，老乡亲了，别说那些事。他说今天来找杨友堂，是想请杨友堂帮他跑趟买卖，要去山西运批货来，得上十天。是因杨友堂能说会道，强过他家几个木头脑瓜的长工，工钱嘛，他加倍付。老太半信半疑，心里还是高兴。她不便说儿子八成是去赶赌了，只说儿子去黄河边帮工去了，待儿子晚上回家，她会把大掌柜的美意相告。

韩大掌柜的眼睛时不时瞄向外地女子。他也是受了传闻的影响，心态不平衡特意过来一睹究竟的，适才多是借口。他也有外人难知的苦水，虽家大业大，婆娘却是个药罐子，无女儿，三个儿子只一个二儿子让他省心。他有个亲戚在晋军做军需官，他便把二儿子送了过去，混得不错。三儿子在郑州大学堂念书，一年难得回来三次，每次回家总跟父母吵架，因他总说些跟政府作对的话，坚决不答应父母给他定的亲事。年前给他办订婚酒，他也答应了回家，谁知这坏蛋骗走了生活费就变卦，订婚那天影儿都不见。几大桌客人都等着他，直等到太阳落山，把父亲气得跳脚，把母亲气得大哭不止，还把一帮亲戚弄得灰头土脸，把亲家陆举人气得脸色铁青，一身颤慄。再就是大儿子，年过三十，仍孑然一身，就因人生得矮又丑，常发作癫痫病，媒人哪敢登门？眼下，韩大掌柜心里直骂老天不公，心想他家大儿子并不比杨友堂差劲多少，女人进了韩家吃穿不愁，为什么好事儿轮不到韩家？

“老太，”大掌柜问，“友堂命好，媳妇不孬，一看就是个好劳动力。哦，她是哪里人？”

“不知道。问了她，她不说。”

“注意点。”韩大掌柜又说，“得当心养不亲，养不住啊。”

老太最怕听的是这话。她何尝不担心，这种太不般配的婚姻，靠得住么？

杨友堂半夜才归，鼻青眼肿，走路还要用手撑着腰子。老太大惊，忙问怎么挨打了，谁下手这么狠？儿子道是自个不小心跌倒的，不关别人的事。其实，他在牌桌上输红了眼去做手脚，被赌友们揍了个结实。

老太不相信儿子的话，见无大碍，哽咽一通后转了话题，告道上午韩大掌柜来找他的事儿。

儿子道："你咋信他？"

"你肯定借了他的钱。他的钱，好借的吗？到时候你还不起，利滚利，你咋办？"

儿子不吭声。

老太又哽咽了。

"够了。"儿子烦道，"车到山前自有路，我自有主意。"

这娘儿俩的对话和啜泣声，田懿无意中也听见了几句。

田懿不胜惶恐，这哪是家啊，哪是过日子啊？但是，她该怎么办呢。她一分钟都不愿待下去了，可是一想到毕竟人家救了她，她还白吃了人家几个月的饭，她又拿不定主意了。

心一死，容貌也变得丑陋。田懿才二十几岁，乍看已如四十岁。她不再梳理头发，时常脸也不想洗。她仿佛机器人，或者皮影戏上木偶，如果那娘儿俩不喊她，她就呆呆地坐在木凳上，能一坐大半天。吃饭时就把头埋在碗里，专拣差的吃。即使这样，生活仍不放过她。

那是一个午后，外面响起了几个孩子的嚷嚷声，一个货郎摇着铃铛走了过来。货郎照例在杨家门外停住步。希望能卖出点针头线脑。这货郎也才二十几岁，侧影颇似张汉泉。田懿不由自主地撩撩乱发，走了近去，当然大失所望，但她打量货郎的眼神儿却被杨友堂看见了，马上奔过去逼近田懿，手指田懿又吼又骂："咋啦，你看上人家啦？不要脸的贱货，娼妇。"

田懿木然站着，任杨友堂骂。

"进屋去。"杨友堂又吼。

田懿仍未动弹。

杨友堂伸手一巴掌，不偏不倚打在田懿脸上，他眼里喷出凶光，也有为几个月来的不顺日子出了恶气的快意。

但未容他反应过来，田懿一掌把他推出丈把远，倒在地上。

这下闯大祸了。先是杨友堂气急败坏地大喊大叫："快来人啊，野女人打人啦。"接着是老太奔出屋，见儿子倒在地上，马上搋胸顿足，嚎啕大哭，连声大喊："他二叔，他二叔……"一会儿后，杨忠田赶来了，冬瓜嫂来了，还有一群邻舍。杨忠田脸色极严峻，冲田懿冷冷地道："打男人，咱这地方可不兴这一套，反天啦。"那些妇人七嘴八舌，无一人究问原因，无一人同情田懿，众口一词，是女人就该守妇德，在家从父，出嫁从夫，这一带地方还没哪个女人敢这样对待丈夫……

田懿隐隐心慌，从未见过如此群情激愤，不知如何办好。末了，在冬瓜嫂半推半拉下，不无愧疚地进了屋子。她想她出手比杨友堂出手重，是事实。

进入四月，天暖了，麦子开始抽穗。杨家断炊已多日，全靠老太颠着双小脚，从十里地外娘家侄女处借来点粮食。她盼着麦子开镰，一家人早日吃上一顿白面馍馍。这天，她找出一把连枷，吩咐田懿去水塘洗干净灰尘。

田懿提着连枷走到水塘边。塘水清澈，偶尔可见几条小鱼儿游来游去。田懿忽然看见塘水倒映出来的自个身影，不禁大吃一惊，这是田懿吗？她自己都不认识自己了。她象当年赣江边洗床单那样，掬几把清水，洗了个脸。突然，她感到肚子有点异样，有要呕的感觉，惊道莫非怀孕。她流泪了，暗想莫非真要在这里生儿育女，过一辈子。她眼前浮现了杨友堂眼里的诡异凶光，开始怀疑杨友堂救她不是出自善念，只因她是个女人。不过，她一点也没往杨友堂偷盗她身上钱的方面想，以为那一块多钱是在离开郑州法院的路上弄丢了。

田懿第一次自进入杨家认真地思考今后的生活。她已经强迫自己把张汉泉忘了大半，不敢相信张汉泉见着现今的自己，仍会深爱自己，但做不到忘记她的爹。她的爹，会认可她过这样的日子吗？她在心里哭了，却也拿定了主意。她在心里说："仇归仇，恩归恩，我要走得明明白白。"

田懿想过最坏局面，杨友堂纠集村里人，暴力拦阻、追捕、捆绑她。真到了那一步，便什么都不消说了，恩仇，生死，全凭天意裁决。

晚饭后，她请老太在一张高凳上坐下，自己在一条矮凳子上坐下来，状如女儿坐在母亲膝前。之后，她第一次给老太喊了一声大娘。这一声大娘，老太感觉受用更多是悲伤。她抚着田懿的手，说："好闺女，杨家委屈你啦。你想说啥，说吧。"

田懿说得慢，但吐词清楚，如实地告知了自己的身世。末了说："事到如今，是该把话挑明。杨友堂救了我，我相信他是一片好心。你老把我当女儿照护几个月，我忘不了。我不怕苦，不会嫌你家穷，但是，救了我又那样侮辱我，我受不住。我若真是你老女儿，你老也接受不了女儿过这号日子。大娘，我要走，我一定要走。"

老太听傻了，迸出一句话："你要走？"

田懿不忍心见老太太伤心，口气软了点："我先回老家看看。"

田懿自信已披肝沥胆，合乎情理。她有九成把握，这两天养好精神，她就要上路了。随着心情轻松大半，她上床睡了。

天色早已黑透，听得心惊肉跳的老太许久才记起该掌灯了。之后，她去门口探望了三次，终于把儿子等回了家。未待儿子进门，她忙手指远处，示意儿子跟她走。走到一株李子树下，她不放心，又把儿子领到更远的一株李子树下。

"出了啥事啊？"杨友堂很不耐烦。

"儿呀，"老太一开口就哭了。"不得了啊，不得了，她，她全说了。该天杀的，原来她有男人，男人是个政府抓捕的歹人，跑了。她说出来找她男人，在江西被兵痞冤枉，判了十年。什么转监途中，被红军救了。全是胡说，咱就从来没见过什么红军，那就是一群土匪。你看看，你弄回来一个什么凶神恶煞，她还打了你。咱家几代人都是良民，从不敢跟官府作对。她这号人，官府晓得了，会放过她？还有，她喊大娘，不肯喊娘，她的意思很明白，她心里不认你，咱不依她，她随时会走。娘本来想……现今半年多了，也不见她肚子有动静，只怕指望不了她给咱家接上香火。这……咋办哟？"

杨友堂却不激动，道："你怕啥？咱杀了她，丢黄河去。"

"咱不作那个孽。"

"那就明天赶她走？"

"儿啊，你，你就不能学好啊，你学好，兴许她回心转意。"

"娘，你的话，我听。她算个啥，我得依她？"

"儿啊……"

"够啦，我有主意啦。我们喂条狗，也要吃顿狗肉吧。我有办法了。我才从镇上回来，今天就是去办这事。"

"你要咋样她？"

"你甭管。走，回家去。"

杨友堂这次没说假，当真去了镇上，与韩大掌柜达成了一笔交易。

　　他对韩大掌柜明说，他欠的钱，原定端午节前归还，现在看来做不到了。他非赖皮，而是实在无力归还，除非拿命抵。如何办好，他只好送媳妇来韩家帮工顶债，如果大掌柜开恩，让媳妇从此留在韩家也行。因为那外地女人待在韩家要比待在杨家强上十倍，起码吃穿不愁，是桩善举。他算了帐，他借韩家十二块光洋，连本带利，端午节前归还是二十块钱，他的底价是大掌柜再给他二十块钱，就此两清。关于他媳妇是否乐意，他认为不碍事，可能也会哭闹一阵子，那不过是做做样子。她不会撒野，见了这高墙大院只会心里喜欢。就算撒野也不怕，谁不知大掌柜在镇上说一不二，连郑州警察局都有把兄弟，所以……他不是一时冲动，愿立字据，决不反悔。如果双方同意这两天他就把人送过来。他强调，那女人来历不明，不过是来他家落落脚，他有自知之明，强扭的瓜不甜，不如早点送佛上西天。但话又说回来，那女人在他家一躺几个月，李子园人都知道，把他攒下的几个钱花了个精光，现在他要求大掌柜另付二十块大洋，连本都不够。

　　韩大掌柜故意板起脸道："友堂，你咋会这样想？你这样做，别人怎么看你，我不管。但你让我落个买卖人口的罪名，你想坑我啊？"

　　"瞧你说的，我哪敢坑你大掌柜？"

　　"买卖人口，古来都是罪过，况且如今是民国。"

　　"民国怎么啦？只要愿打愿挨，再过两百年，也是常事。”

韩大掌柜转过话题：“你到现在还不知道人家的来历？”

“真不知道，她不说。”

“她不会是犯了什么大案子，来躲难的吧？”

“有点难说。”

“这事……我不干。”

“大掌柜……”

“要么，我再给你十块钱，钱的事，两清。另外，外地女人有了什么新情况，你有义务马上告诉我，让我有个准备。还有，如果她是犯下大案子来躲难的，被政府查出来，我们的协议就作废，一切后果由你负责。”

杨友堂咬咬牙道：“就这样。”

大掌柜心里笑，嘴上仍诉苦：“友堂啊，不是我说你，你心狠哩。不是看在老乡亲份上，我可不敢答应你。当然，你也不必太担心，只要她没杀人放火，犯点平常案子，我这里也摆得平。不说了，先签协议，明天你送人来。”

协议一签，韩大掌柜便奔往内室，将喜讯报告婆娘：“明天就给老大完婚。这事不宜声张，把几个至亲请来就行了。”

不过，杨友堂离开镇上，忽然间也有了点儿后悔。然而，协议可以推翻，钱从何处来？他为自己辩护，秦琼卖马，杨志卖刀，皆因英雄末路，他想他也差不多。当母亲告知外地女子的来历，他又坚定了信念，这样的女人留下来也是祸害。

早上喝罢菜糊糊，杨友堂对田懿说："成天披头散发，像什么样？待会你整理一下，我们去镇上韩大户家帮几天工，抵点债。上午去，晚上回。"

田懿迟疑着。

杨友堂又说："你对娘说的话，娘告诉我了。你说的对，从今天起，我要变一个人，你看好啦。"

田懿问："要去干多久？"自进杨家，她这样跟杨友堂说话不过四次。

"五六天吧。麦子还得十几天开割，正好这段时间空闲。"

田懿跟随杨友堂跨进韩家大院，便一眼看见了大院内人来人往，几个长工忙碌着在东厢房搬床铺桌椅，另有一个丫环在窗棂上贴喜字儿。那关她什么事呢？她没上心，也不可能上心。她随杨友堂进了西厢房，屋内杂乱无章，堆码着许多箱包。杨友堂道："你在这里待会，我去下大掌柜那里，很快过来。"

正屋大堂上，五六个高朋端坐。他们是陆举人；韩家连襟；姓苏的保安团长，据说进过少林寺，确也武艺高强；镇公所副所长；，两位山西商户；镇上中学校董事会董事。韩大掌柜夫妇作陪，老板娘虽是病体，总用白手绢捂着嘴，脸上却也喜洋洋。

连襟天生一副精明相，先开口，问身边的姐姐：

"宝生一定会赶回来？"

韩掌柜代答："会回，一定会回来。昨夜就捎了信过去，他作了保证，他大哥的喜事，不能不到场。他还说了，今儿个要向泰山大人赔礼，诚恳赔罪，再不赌气。"

老板娘面向陆举人，赔笑道："都怪我，把他宠坏了。这不，我狠骂了他几次，把书都念到屁眼去了。陆家千金哪点配不上他，知书识礼，人又长得漂亮，一双小脚包得多好看，多少媒人踏破了门槛，陆家看都不看……"她又咳了起来，手捂胸口。

连襟关切道："姐，你去歇着。宝生还得一会才到家，他回家了，你再过来。"

女主人不肯动，不时眼望外面。

陆举人捋捋几根山羊胡须，道："竖子堪教就好，就好。"又转向众高朋，"我中华文明根基，就在忠孝二字。君为臣纲，父为子纲，夫为妻纲，三纲永立，五常不败，虽有一时国难，不足惧也。"

韩大掌柜看见了杨友堂在门外张望，向众人道："我出去一会，就来。"

两位山西商人不太感冒陆举人的煌煌大言，在一旁交头接耳。校董见状，忙道："大家都是当今社会精英，咱们扯点时事。现在日本人咄咄逼人，学生又给政府添乱，要抗日，共产党嘛居心叵测，这局面有点难办，不知各位有何高见？"

于是众人你一言他一语。有人说跟日本人全面开战是早晚的事。又有人说，说到底是大清国给民国留下了一付烂摊子。还有人说张学良不是个东西，玩女人才厉害，几十万东北军不战而退。但都认为蒋委员长攘外先安内的国策正确，不剿灭共匪军，怎能举国一心抗日。那些学生的抗日主张，实为幼稚，浅薄，不叫爱国，叫害国，等等。

一个长工的声音响了："三少爷回来了，三少爷回来了。"

韩宝生也就二十来岁，生得英武。一见儿子大步走来，做娘的忙不迭站起身，喜道："鬼娃子啊，娘想你哟。快见见陆老太爷，还有你姨父和各位长辈。"

韩宝生强笑着向众人一一问好。问过安便向母亲示意，去里屋说话。

娘儿俩一进里屋，儿子便向母亲要钱："娘，我要五十块钱，现在就要。"

"你咋又要钱？"

"我有正用。"

"你做啥用？你不说，不给。上次你骗娘，害娘听你大大骂了几天。"

"谁要你告诉我大大？你不给，我就不进这个门了。"

"你活祖宗。"做娘的没好气，瞪一眼儿子，"不看你大哥今天喜事的份上，一个子儿都不给你。"

儿子偷着笑时，母亲从箱子里拿了一封银元出来，却板起脸来问："早就想问你，你总是不肯回家，在学堂里干了些啥？”

“没干啥呀。”

“又骗娘，你几个长辈讲，你尽干些犯上作乱的事，是冤枉你吗？是为你好，为咱家好。”

“娘啊，我不过是发点牢骚，我以后改正不行吗。”

“你可不要害你大大，害你娘，害你两个哥哥”母亲近哭音。

儿子直点头，拿到钱，便遵母命回到厅屋陪客。这会儿高朋们正问韩大掌柜，大少爷的新媳妇怎么还没过来，这门亲事怎么事前没一点风声？

韩大掌柜脸上渐显悲戚之色，告罢这桩亲事的来龙去脉，道：“你们感到突然吧，我一样。问题是，这个外地女子，哦，现在我知道了，她是湖南人，是个南蛮子，她已举目无亲，走投无路，杨家容不下她，叫她哪里去呢？象她这样四处瞎窜，不定哪天死在……”

顿会，他又道：“说来说去，我不忍心啊。她来了我韩家，是媳妇也罢，不是媳妇也罢，只要她能给我大小子生个一儿半女，咱就该给她一个名份，日后三兄弟分家也有她一份，你们说对不对？”

保安团苏团长拍下膝盖，竖起大拇指道：“韩兄做得对，这叫慈悲为怀，救人于危难。不过，知人知面难知心，也得防一手。”

这当儿韩宝生不见了。

连襟接口：“这倒不用多虑。镇上，有你苏大团长。郑州警局里，还有我韩哥把兄弟，咱怕啥？”

两个晋商异口同声：“既然人来了，咱看看去。”

韩大掌柜却道不急，望向陆举人。陆举人拖着长音，道：“非常时期，非常之事，宜用非常之法。我不反对。”

田懿在厢房里坐一会，站一会，都等了快半个时辰，终于烦躁。她走到门口，一个长工拦住她，小声道：“你再等一会，大掌柜就会过来。”

田懿又退了回去。这当儿，韩宝生大步跨进屋，端详了田懿几眼，关切道：“大姐，你是湖南人？”

田懿见对方无恶意，点了点头。

“听说你在转监途中，被红军救了？”

田懿又点点头。

“因为什么抓你坐牢？”

田懿扭过脸，突然恨道：“匪谍。”又转回脸，“你该知道，匪谍，历朝历代都是重罪。没被处死，就是当局开恩。”

韩宝生有点不敢正视田懿的冷冷目光，退了出去。

不大会儿，韩家夫妇和一众高朋走来大院中心。韩大掌柜吩咐一个看门的长工：“叫她出来。”

田懿出来了，看着众人，一脸的莫名其妙。她左看右望，分明在寻找杨友堂。

韩大掌柜倒也和声细语："别找了，他拿了钱，早就走了。"

田懿一惊，又一愣，但也很快眼光转动，惨笑道："这么说，那个卑鄙的东西把我卖了，承你大掌柜美意，把我买了下来？"

韩大掌柜阴了脸，道："不一定要把话说得这样重。杨友堂讲了，他娘俩服了你，害怕你，你也不可能在他家待下去。将心比心，那个家，是不值得你久待。你来我韩家，不过是换了个地方。我明说吧，你认命，我韩家有你吃有你喝。我家大小子不比杨友堂差。你不认命，那可不行。"

田懿久久未语，木偶一般。

老板娘朝那个贴喜字儿的丫环道："去，扶她新房去，叫她换套新衣。"

小丫环怯怯地走近田懿，小声道："大姐，去那边房里。"

田懿不理会小丫环，大叫一声："慢着。"她冷冷地扫一眼众人，忽几个纵步，冲来女主人面前。几乎是同时，她一手揪紧女主人衣领，一手亮出了一把明晃晃剪刀，又叫，"老老实实送我出去。"

无人料到这一手。陆举人率先往后跑，女主人杀猪般嚎叫起来："大姐，大姐……"韩大掌柜慌了手脚，不知该如何是好。两个晋商也在往后退。连襟、镇公所副所长、校董团团转，想劝和又不敢。但苏团长先也愣怔了一下，马上便绕到田懿身后，随着他一声暴吼，"岂有此理，"他一脚便把剪刀踢出老远。紧接着，他扭住田懿一只手，另几个见状，迅速冲上来，先把田懿掀翻在地，苏团长又用一根麻绳把田懿的双手反绑。

女主人最是歇斯底里，脱下一只鞋，一连在田懿脸上抽了十几下，仍不解恨，又去寻剪刀，但终被连襟拦住。

众人齐夸苏团长手段高强，不愧从少林寺出来。苏团长拎着田懿的后衣领，于是几个人把田懿拖进了新房。随后，韩大掌柜吩咐两个长工："看紧她。跑了，拿你们是问。"

苏团长拍拍身子，轻蔑地道："这叫恶狗服粗棍。捆她半天，她就老实了。走，咱们喝酒去。"

女主人忽喊："宝生，宝生……"

一个长工怯怯相告："少爷走了，走前说，他再也不进这个门，他为这个家感到羞耻。"

女主人哇地一声，瘫倒在地，未待哭出声，喷出一口鲜血。

天渐暗，韩家总算消停。客人们终觉没趣，下午便陆续告辞。韩大掌柜只来新房看过一眼，便不再来，自顾陪同郎中为婆娘诊病、抓药。他分明被弄得焦头烂额，竟丢三拉四，也怪可怜的。两个长工已奉严令，又见东家人仰马翻，哪敢说个不字，只能紧守房门。

天边乌云由远而近，几声霹雳过后，大雨倾盆直下。天气陡然凉爽，又由凉爽转冷。天，黑透了。

田懿仍旧双手反绑在床腿上，坐在地上。她双目血红，什么都不去想了，一任仇恨燃烧，作出了被打死或同归于尽的打算。

一个黑影从大门外直冲新房，两个长工惊而起立，却发现是三少爷。韩宝生脸色在室内灯光下显得有点狰狞，朝两个长工声音虽小却严厉无比："谁敢叫嚷，我打死谁。快，给她松绳子。"

两个长工迟疑着。

韩宝生又道："一切由我负责。"

长工不敢不从。

田懿站起身，本能地揉着手腕。她还有点不敢相信自己的眼睛，但眼睛里也渐现感恩之光。

韩宝生拉田懿一把，急道："快跑，趁姓苏的恶霸还不知情。你跟着我，我送你一程。"

风雨中，伸手难见五指的黑暗中，田懿紧随韩宝生，高一脚，低一脚，跑啊跑。

风停了，雨也小了，远处天边还出现了光亮。在一座土地庙边，韩宝生停住脚，田懿也站住，两人都大口大口喘着气。

韩宝生先开口："大姐，我看你不是庸俗之辈。你的事，我基本上知道了，没有想到……我问你，你打算怎么办？"

田懿许久才答："只能厚着脸回故乡。"

"你最好坐票车走，早点离开这里。你可有路费？"

田懿不答。

韩宝生掏出一沓银圆，数数，只有七块钱，又去身上掏出一块钱。说："大姐，这是八块钱，你拿着，路上保重。"

田懿哽咽了，不肯要。

韩宝生急道："你一定要拿着。等会，你从那条路走，我不能再送你。我最后说一句，我代父母向你赔罪，国家都到了这个地步，他们居然寡廉鲜耻，你快走。"说罢，他强行把银元塞给田懿。

田懿望住韩宝生，张着嘴，说话不出。稍顷，她抬起脚，跑了起来。

"等等"，忽然间，韩宝生喊住田懿。

田懿止住步。

韩宝生道："还有两句话。我呢名韩宝生，多半会去拉队伍。这世道，只能这样。如果哪天你有了难，我们又有机会见面，你还可以找我。"

田懿听出了大学生的话意，是鼓励她活下去。她想她没有理由给大学生再添负担，点点头，拔腿再跑了起来。

渐渐，田懿看见了黑乎乎的郑州。她不敢放慢脚步，深恐有人追上来。然而，她不识路径，仍不免多跑了几里冤枉路。

郑州火车站售票厅里，买票人少，躲雨水的难民多。田懿冲进来就直奔售票窗口，但是，两个警察出现在她身后，拍着她的肩。警察身后，是那位镇公所副所长，还有两个保安团团丁。副所长冷笑道："你也不想想，是你的腿快，还是我的汽车轮子快。"

第十一章

　　张汉泉乘坐的这艘货轮，翻译成中文为"海王星号"，据称与原先的"海神号"出自同一船厂，外形近乎一模一样，排水量略小，船龄更长，虽刷了新油漆，但从舱内几个隐蔽处的斑斑锈迹不难看出，此船不久将退出海运生涯。

　　张汉泉买了一个等于二等舱的客房。他原本有点不舍得花高价，固然眼下是个小财东，身携六年薪水，但皆是血汗钱，带回国让钢用于刀刃上该多好。但身边跟着林阿秀，他终不免常人皆有的虚荣心。

　　今非昔比，舒适的二等舱，可口的饭菜，水手们朝他投以的羡慕嫉妒恨眼光，皆使他有了不枉出海的感受。天气好的时候，他便领着林阿秀在甲板上散步，观看国际航道上不时驶过的邮轮与货轮，间或也能见上大型军舰和炮艇。他尤喜观赏日落，之后沐浴着海风，把林阿秀搂在怀里，听她唱南洋民歌，往往不到夜深，不愿回舱房。无边的大海，偶尔见上的灯塔，皆使他浮想连翩。偶尔，他也会吓唬吓唬林阿秀，告道千万不要离开他，因为仍有海员迷信旧观念，货船上搭乘一个美丽女郎不是好兆头，惹翻了海神，就会给全船带来灾难。林阿秀其实比张汉泉乘海船有经验，却也每每听着怪诞传说，把张汉泉抱得更紧，爱情的力量总是不可琢磨。

　　船近三宝垄，张汉泉才醒悟他是中国人和此行目的。他庆幸他读了一些书，知道了郑和下西洋曾到达此地，三宝正是郑和别名。此事曾让他大发感慨，认为郑和下西洋比哥伦布航海早了很多年，但是现代工业，航海业还有技术、工艺，皆由白人后来居上，这里面肯定有文章，值得深思再深思，他却说不出来道道。

船抵港口，张汉泉希望林阿秀随他上岸玩上一天，看看景致，购点特产。林阿秀推说夜里受了点凉，不舒服，不肯去。张汉泉只得上岸自行走走，城市无非尔尔，他也很快回到船上。

货轮要在这里停留三天，主要是卸货，只进了少量生活用品。张汉泉不关心这些事儿，盼着快快开船。

终于又开船了。张汉泉和林阿秀忽然嬉闹少了。心情复杂由林阿秀引起。她仍旧有点儿怕见父母，怕遭痛骂，还怕张汉泉因此不受欢迎。"我们直接换船去中国，不行吗？"她又旧话重提。

"这不好。"

"我最怕阿爸把我关起来，不让我跟你走。"

"你就逃出来，跟我再私奔一次。"

"你丢下我一个人跑了呢？"

张汉泉其实答得心不在焉。林阿秀一数回家日子越来越近，他的负罪感就越来越重。过去他没得这感受，现在感受到了情欲的欢娱享受并不及情感的水乳交融来得令人难舍难忘。那对父女在他脑子里扎了根，令他近乎恐惧，总是不知不觉地浮现出他们的音容笑貌和对他的极度鄙夷。他甚至想象，儿子或女儿见了他都会鄙视他。

张汉泉只能在心里默默决定，对阿秀负责，回国的决定不可移易。

然而他仍不能尽数驱逐负罪感，又不能在阿秀面前表现，现在每天半夜，除非风雨交加，出不得门，张汉泉总是偷偷儿溜下床，或抓着船舷，或走上甲板，眼望远方，想着心事。

今夜狂风暴雨似乎来得更猛烈，大海漆黑一团。恶劣的天气陡添张汉泉烦躁，又没得睡意了。终于雨住风停，他轻轻打开门，走了出去。天边仍送来闪电，闪电下，他似乎见着很遥远的海面有座灯塔，但他视若不见。国内到底怎么样了，他基本上一无所知。过去从工友们家信上获知的消息，几乎全是南海边乡村或渔村的常见事儿，极少见着内地城市的重要消息。他只能庆幸他现在的身份，或许回到国内不被查究。

林阿秀也出来了，挽着他的手臂。

"房门关好了？"

"关好了。"

张汉泉忽然间探出头，离船身不远的海面上出现了微弱光亮，仿佛萤火虫。海面上不可能有萤火虫，莫非船上放下了划艇，有人上了划艇。深夜里这是干什么呢？张汉泉猜不出，也不愿去猜。他牵着林阿秀，朝甲板缓缓走去。机舱仍在轰鸣，轮船仍在前进，一切正常。

突然间，船身剧烈一震，船停了，船上灯光灭了一半，船身已开始摇晃。张汉泉和林阿秀皆未经历如此情况，一时间你望我，我望你，不知所措。就在这会儿，敲门声伴着叫声送了过来。张汉泉忙拽住住林阿秀往回跑，原来两个黑人水手用英语喊着轮船触礁了，通知他们快开门，拿上行李准备逃命，水手关心他们的生命特地带来两只救生圈，丢在门口后就急忙奔走了。

船身已由晃动变为倾斜。林阿秀手忙脚乱打开房门，张汉泉慌忙去拿行李。林阿秀还想去收捡几件凉晒的衣裳，被张汉泉拦住。他已急于逃生，不敢想象他们就此葬身海底。他把一只救生圈套在林阿秀身上，自身套上一只，慌道："快跑。"

船身已大幅度倾斜，但一时半会儿也沉没不了。张汉泉借着船上还亮着的几处灯光，看见不远处有团黑乎乎影子，悟出那一定是岛屿，略觉心安，朝林阿秀道："下海，朝那边游，莫怕。"

但是他们仍然在海里游了个多钟头，才抓住礁石坐在了礁石上。直到此时，林阿秀惊恐才消失一些。张汉泉一样余悸犹存，却又不得不抱紧林阿秀，不停地说："万幸万幸，没什么危险了。"

天渐明。张汉泉开始登高，环视四周。小岛不大，最高处顶多百米，生长着灌木丛，远处，海天一色，触礁的轮船不见了影儿。张汉泉有所纳闷，不知船上逃生的人去了哪儿，仍四顾寻望。忽地，他一跺脚，懊悔不已，道："性急了点，忘了一件东西。"

　　原来，他随身另带了一只小箱子，里面装满了工友们的家信和详细地址，还有几味当地药材的标本。

　　林阿秀却问："到底发生了什么事啊？"

　　张汉泉肯定地答："风雨天，夜又黑，轮船偏了航线，触礁呗。"

　　"船上不下二十个人，他们呢？"

　　"可能游到其它小岛去了。"

　　"不会是……."

　　"别乱想。船一出事，人家就来喊我们，还送来救生圈。他们尽到了责任。"

　　"是啊。所幸损失不大。"

　　但是林阿秀很快又不安起来："我们待这荒岛上，怎么办啊？没吃的，没人知道我们。"

　　张汉泉宽慰道："不怕。我早想过了，只要岛上有水坑存有雨水，有泉水更好，我们待上几天十几天都没事。我可以去捉鱼虾，烧熟了吃。现在，我们先休息，保持体力，待太阳晒干了枯草，我们就动手。烧三堆烟火，作呼救信号。"

　　"拿什么生火啊？".

　　"燧木取火。"

　　张汉泉其实也很害怕，只能一再命令自己保持头脑清醒。他先折了两根粗树枝，交林阿秀一支，告道遇草丛的地方，先用树枝拨打一番，把可能的蛇鼠惊走，接下来便去寻找水源。岛上枯枝落叶多多，他未费大力便积拢了三大堆。岛上有几处水坑，因无路，很难行，他不敢走远。近午时分，三堆烟火升了起来，他心稍定。为防暴雨复来，他抱了一大把晒干的枯草藏在几块岩石下，告诉林阿秀务必保存火种，不使烟火熄灭。林阿秀恐惧稍消，很崇拜地看着张汉泉忙碌。张汉泉再度鼓励林阿秀："你表现得很勇敢。你知道鲁宾逊吗，人家鲁宾逊一个人，我们是两个人，不要怕。"

两天过去，张汉泉便倍感恐惧，各种不测的危险场面时不时浮现，不容他不作出沦为野人的思想准备，由此再叹命运无情，此生还谈什么回故乡见心爱的田懿啊。因为眼下他还有责任保护一样痴情于他的林阿秀。他只能一次次命令自己朝好处想，一次次抱紧依偎他的林阿秀。老天开眼吧，他们在小岛上过了三天有惊无险的日了便获救了。雅加达海岸警备队一艘巡逻炮艇发现了三股烟柱，救了他们。依照惯例，他们需要口述一番货轮触礁及漂流荒岛的经过。他们都有合法的身份证件，备过案便可以回家去。

座落在雅加达华人区中产者聚居小区的林宅，已有二十余年历史，小别墅虽只三层，外墙，庭院皆气派，有个女佣阿兰专事打理杂活。华人在雅加达及至印尼各地，颇似犹太人在欧洲及至世界各地，因勤奋和头脑活胳，一般都能挣到点钱安居下来。但事物另有一面。当地穆斯林社会原本欢迎华侨的经商，兴办各种小微实业，因极少数目光短浅华商的急功近利行为，又因不端手段致富，渐渐引发族群隔阂及冲突。荷兰总督政府统治偌大的印尼本来很吃力，往往顾不上重视华侨对当地的贡献，而站在穆斯林社会激情的一边。整体上，华侨有饭吃，中产者有钱花，活得仍压抑，是因没得话语权。他们多数人原是不满中国贫困现实而出海，当在海外久受压抑便又想到了中国，加上难去的文化，乡土情结，爱国之情由此而来。

林怀忠就属于此类人，爱女的离家不归，曾使他恼怒，感觉没有面子，恨不能打断林阿秀一条腿。渴求亲情和家庭和美的念头是那样地强烈，今番一见女儿归家便喜不自胜，怨恨尽抛。信佛的老伴见了女儿尤其泪眼汪汪，一边责怪女儿良心狠毒一边又对女儿嘘寒问暖。父爱母爱无私无假，林阿秀伤感了一阵子，全然喜孜孜，赶紧介绍张汉泉的由来。她附着阿妈的耳根道："阿妈，这个女婿怎么样哎？人家可能干。"阿妈反问："就是这个先生把你迷跑了哇？"

林阿忠当然看得出来女儿和陌生人的关系，虽说一下子看不出来张汉泉用了什么手段迷住了女儿，但眼下只要女儿高兴，他就高兴。

待张汉泉洗过澡，睡上一觉恢复精神，林怀忠便唤来张汉泉在一张小圆桌边坐下来。

林怀忠说："小女都告诉我了。小女迷途知返，此次海上出事又赖先生全力保护，先生乃我林家恩人。先生一定要在林家多住段时间，若招待不周，望勿见怪。"

张汉泉答："伯父过奖了。阿秀是个好姑娘，并没有做错什么事，暂不识得世道人心而已。我会要在此地待上几天，给伯父家添累了。"

　　林怀忠详细询问了一番张汉泉的身世，听罢感慨不已。

　　林母为张汉泉特意安排了一间房。夜里，她喜极而睡不着，走去女儿房间欲再问问女儿两年多的生活，马上便走回来，告道："老头子，阿秀跑去张先生房里了。"

　　林怀忠呵斥道："你多此一举。"

　　林母又喜又愁："你就只会怪我，阿秀不是说了，张先生老家有了家室……让阿秀做小，咱家面子……"

　　林怀忠说："先听其自然。你该看见了，阿秀铁了心。张先生嘛，果然言谈不俗。让我再看看。"

　　张汉泉其实恨不得第二天就去购买去香港或广州的船票，转念让林家平静下来也是他的责任。他不希望林阿秀迫于无奈又与他私奔，希望能携林阿秀堂堂正正回国。

　　林阿秀却拉着张汉泉四处跑，前去看望昔日的同学，明显地有着炫耀她找了个能干丈夫的味儿。在林阿秀一位同学家，张汉泉读了一张华文报纸，报纸上报道了货轮触礁沉没的消息。消息不失具体：因天气恶劣，轮船偏离了航线，突然触礁，以致来不及发出求救信号，所幸船上员工、乘客皆安全脱险。

　　那位同学问林阿秀："这都是真的吗？"

　　林阿秀望向张汉泉。张汉泉答："真实。"

来林家第五天晚上，张汉泉催促林阿秀："明天，你跟阿爸阿妈再做做工作，放我们快点上路。我再一次保证，我一定会好生保护你。待我把家里事处理妥当，我们就回雅加达结婚。"

"阿妈不放心。担心你老家那一个还在……"

"我先一个人回去……"

"不行。"林阿秀有点生气。

瞅着张汉泉唉声叹气，林阿秀又说："你不要走了。把你身上带的钱都寄中国去，尽我们心意，不行吗？"

"不行。"张汉泉很坚决。

这天午后，林阿秀很高兴地告道："阿爸阿妈松了口，阿爸要跟你再谈谈。"

果然，林怀忠又把张汉泉喊去小圆桌边，道："你们去购船票吧。你离家八九年，至今未有音讯，回去看看，人之常情。阿秀嘛，我们留得住她的身，留不住她的心，让她跟你走好啦。我相信你，你不会亏阿秀。我也相信你，你回国后能把事情料理妥当。如果你不能再来南洋，请把阿秀安置妥贴，唐山现今有两个家室的情况并不罕见。总之，都是阿秀的命。"

谁知这天下午，两个警官登门。他们告知，张汉泉和林阿秀不能离开雅加达，很快会有人从美国过来，调查货轮沉没真相。如果张汉泉和林阿秀不肯如实陈述真实情况，将被视为作伪证，那将是大麻烦。警官不讳言，美国的保险公司有理由怀疑是人为的骗保事故，已构成犯罪。警官另告知，林家不得向外泄露消息，否则，警方不能保证证人和林家的安全。

警官走后，林家马上开会。林母不迭声地求佛祖保佑一家人。林怀忠要求张汉泉和女儿把一切细节再回忆一遍，说："应该不会是空穴来风。如果真个属于骗保，保险公司可不是吃素的。"

林阿秀说不出来多少道道。张汉泉仍然认为是场自然事故，理由是轮船触礁前狂风暴雨不假，不可能是船上人把船凿沉，更不可能放置了炸弹。虽事发突然，船上水手仍赶来客房通知客人逃生。如果是场阴谋，何必关心客人生死？他的结论是："我和阿秀当然如实相告。我们为什么作伪证？我还有损失不知找谁索赔哩。等吧，就怕一两个月都动不了身。"

从美国来的两个律师到了雅加达，张汉泉和林阿秀被传唤去了警局。

两个律师总是话里软中带硬，几次强调作伪证的严重后果，仿佛审讯罪犯，张汉泉和林阿秀却又发作不得。

重点总是围绕着细节转。张汉泉和林阿秀回忆罢一应细节，律师果然是高手，马上发现了几个问题，希望盘问对象作出合理解释。

一是张汉泉深夜走出房间时，是否狂风暴雨已基本停息？

二是张汉泉能否确证货轮触礁前亲眼见着了微弱

光亮？

三是黑人水手通知客人逃生时，是否带来了两只救生圈？

张汉泉全都作了肯定回答，却回答不出它们与货轮沉没的必然关系。他一再声明，他就是个医生，基本上无航海经验，不懂此专业。

律师说：焦点是那个光亮和救生圈。海面上出现微弱光亮，只能是人在救生艇上使用了手电筒才可能有的现象。说明出事前从货轮上放下救生艇，艇上的人已经知道轮船即将触礁。同样的道理，水手带来救生圈通知乘客逃生，也是有备而来。船上人既然已知轮船即将触礁，那不是人为的阴谋又是什么？难道意外触礁，事前人能感应到么？

张汉泉佩服律师很专业，又强调三点。一是他和女朋友就是两个乘客。货轮允许搭载少量乘客，系经济危机产物，现今几乎没人搭乘货轮，但此规定暂未废除，他和女朋友并未犯规犯法。他和女朋友与货轮以及保险公司皆无怨仇，不存在作伪证的动机。二是他至今感谢船上水手的关照，如果他和女朋友熟睡过去，葬身海底也有可能。三是他需要修正一下措词，他不能百分百肯定看见了微弱光亮，更不能确定那是手电光，不排除幻觉作用。

一个律师道："你们获救后，第一时间里肯定地讲了，看见了微弱光亮，象是手电筒光。"

"当时情绪仍未稳定的情况下，陈述出点偏差也很正常。”

“第一时间的陈述更牢靠。”

“我坚持现在的观点。”

“最初你的证词是肯定，后来是不能百分百肯定，现在则是不能肯定，这几点对于我们查明真相十分重要。”

另一个律师道：“如果属于存心骗保，那么货轮出事之际，马上通知你逃生，恰恰表明这事经过了精心策划。不存在怜悯你们生命的问题，而是明显不划算的问题。有个简单的逻辑，你们离开货轮时，船上的人都已先于你们逃生，这是为什么？乘客生命至上，船上人不明白这一点吗？”

“你们可以这样想，可是我还看不出来他们有这么狠毒。”

“人间并无净土。”

“我们需要再想一想。”

“可以，我们静待你们的合作。”

张汉泉很沮丧地回了林宅，向林怀忠说了传唤经过。末了道：“卷入麻烦了。依得律师分析，是有点象是骗保。报纸上登出消息，说船上人员全都安全脱险，当然包括了我和阿秀。但直到现在，轮船方面与我们没有联系，凭什么断定我和阿秀已安全脱险。难道他们早就同炮艇取得了联系？另一方面，保险公司的律师巴不得骗保罪名马上成立，也是很明显的。看来我和阿秀的证词，十分重要。以后千万不能冲动，连回答问题的措词都要多想想才能开口。什么一两个月，一年半载能离开雅加达就不错了。律师讲得对，是啊，人间并无净土。"

夜里，张汉泉给田懿写了一封信，抄一遍，决定分别寄给田懿亲收和黄铁匠转交。他认为这一次的信会邮到家乡，如果仍无回信，那就表明回家乡很少意义了。

接下来的三个月，张汉泉和林阿秀又去了警局四次，经过大同小异。事情就卡在那个微弱光亮上面。律师回美国之前，告知张汉泉和林阿秀，不排除某天在美国某个法院开庭，会要请他们去法庭当庭作证。

张汉泉需要考虑在雅加达待上几年甚至一辈子，那样就得准备一份谋生职业。他想索性等到收到老家来信再定此事，便盼着快快收到回信。一天，他愁肠百结之际，林阿秀咬着他耳根喜滋滋道："告诉你啰，厉害鬼，我怀上了。"

终于收到了家乡来信，却是原信两封退回，皆因"查无此人。"

张汉泉发了呆，仍旧猜测不出黄铁匠和田懿没了人的原因，但能肯定这辈子见田懿的希望已极渺茫。

林阿秀却不免暗喜。林母也放了心。林怀忠劝慰张汉泉想开一点，说："事到如今，到什么山上唱什么歌吧。当年下南洋下西洋的猪仔，比你惨的故事多着哩。"

　　林家开始了为女儿筹备婚事，理由仍是老一套，得趁林阿秀肚子没有隆起来办完这件事。

　　张汉泉不能不认命。他不乐意婚后长居林宅，耻于终日无所事事。征得林家支持，他打算盘下一个大点门面，开办一家诊所。想了好久，决定取名张林诊所。

　　张汉泉说干就干，就在离林宅只几百米的临街铺面中间，一家张林诊所开始了装修。林怀忠久历商场，深知人脉关系的重要性。他坚持已见，在诊所开张的前一天，张汉泉和林阿秀举办婚礼。届时，他将广请亲朋，把生意场上老关系都请到，吃过喜酒便去参观即将开张的诊所，用意不言自明。

　　新婚酒办了三十几桌，张汉泉高兴，林家人更高兴。只一个礼金，扣除支出，就是一笔大钱，遑论挣足了面子。夜里，林阿秀偎住张汉泉，好不幸福，指着腹部道："八成是儿子，是个坏小子，开始在我肚子里调皮啦。"

　　婚后一月，张汉泉把家乡忘了个干净。事儿太多了，阿秀已怀孕，不能太累，张汉泉只能一人扛着。诊所开张后，头十天很少上门者，来者也是给林家面子，求诊一些头痛腹泻小病。但张汉泉的诊断准确，态度和气，收费公道，很快就把名声打开。两夫妻再也应付不过来了，便聘请来一位护士和一个助理医生。医生姓龙，年届四十，人极厚道，惟医术欠佳。共事也就半月，张汉泉便很信任他。

　　龙医生也是二代华侨，祖籍福建，乃父非因贫困下南洋，而是参与了反朝廷活动而背井离乡的。他家原是读书人，藏书甚多，这些书帮助张汉泉进一步开扩了眼界，也打发了很多时光。

张汉泉的目光再次投向中国，与一个突发事件大有关联。

临近年底，国内传来消息，发生了西安事变。报纸上先说得很吓人，蒋委员长很可能会被张、杨及共产党枪毙，理由是国、共两党结仇久矣。渐渐，事态缓和，说是因各派势力都认识到了，蒋委员长属于民族主义领袖，先前的诸多国策，自有道理。另者，蒋委员长已决定停止剿共，举国一致对外，等等。

"要打大仗了。"张汉泉本能地想到了这一层，他早就不关心国内那两个党的是非恩怨，但他猜测那两个党这么轻松地化解仇怨，多半是迫于时势要跟日本开战的前奏。他不难想象大战开启后，不知有多少百姓遭殃。"战火会不会烧到湖南呢？"他几次问自己，虽拿不准答案，对田懿命运的关心却丝毫不减。"那个倔女子，"他在心里叹道，"可不要让她给摊上什么事。"

几个月后，卢沟桥响起了枪声。

南洋华侨群情激愤，是张汉泉不曾料到的。此前近一年，他极目所见，各行各业皆终日忙碌，打理自家小日子，而今人人都换了一个人似的。他想起了十年前的故乡，那场国民革命也曾让大数人如醉如狂，却也比不了今天的近乎众志成城。"血性"，这是田梅生曾经肯定的品质，他感觉到了他身上的血液在快速涌动。

　　每隔几天，华人区便会有一两场集会，声援祖国抗日。荷兰总督政府对日寇侵略行为的谴责，鼓励了华侨的激情。从星洲传来消息，陈嘉庚已在筹备成立南洋华侨赈济祖国难民总会，筹物，募捐，动员华侨青年回国参战，尤其欢迎有一技之长的热血青年回国效力。

　　这天晚上，张汉泉打理罢诊所事务便往林家赶。阿秀生了个胖小子，在家坐月子，快满月了，他不愿影响阿秀的情绪，陪着妻儿，尽可能不谈国内消息。

　　林阿秀却挑起话头："早知这样，我们迟几年再要孩子。"

　　"你想随我回国抗日？"

　　"难道不行吗？"

　　"我并没有说过我要回国抗日啊？"

　　"跟了你孩子都有了，不知道你想什么？"

　　"那是有危险的。"

　　"你不怕，我也不怕。我们夫妻回国为抗战出力，会上报纸的，我们会出名。"

　　"先不要想多了。"

　　翌日晚上，华人区工商界二十多人来了林家，聚会商议时事。会议由商会会长牵头，他才从星洲回来，因与林家有层远亲关系，便一边来看望林家新添了小外孙，一边邀集一些头面人物来喝茶。

　　聚会很快转上正题。会长介绍：南洋各地都动员起来了，星洲陈嘉庚先生出力很大。他已与陈先生见面三次，商定了由他回雅加达组建赈济祖国难民分会。务必向所有华侨晓喻，政府是一回事，祖国又是一回事。现在不是追究每个政府总是对不住华侨的问题，是祖国的无辜百姓一定会在战火中流离失所、家破人亡的问题。不管怎么说，祖国被欺凌，华人脸上无光，也会让当地政府更加看不起。现在，商会有义务带头行动，这事也关系每个人的声誉，声誉关系日后的生意。分会的最大目标，是尽可能募召志愿青年，男女不限，以有一技之长者为佳，尤以技工、医生、司机为贵。民国政府没有理由不欢迎他们。相反，民国政府肯定不会安排他们上战场，而是量才使用，用于能发挥他们特长的地方。"既然很少生命危险，"他末了说，"那么我们做父母的，做妻子的，就不要拖志愿人员的后腿。我们不带头，动员工作就不好做。现在我就宣布，我家小儿子会开汽车又会修汽车，他大婚虽不足一年，他婆娘的工作他做，他娘的工作我做，他愿意回国干几年，已经定了。"

会议有过短暂沉寂。之后，共有六个人表示了回家就动员儿子回国抗日。林怀忠颇有点局促不安，望一眼身边的张汉泉，又望一眼张汉泉身边的阿秀，欲言又止。

他到底抹不下面子，朝张汉泉道："你说说你的看法。"

张汉泉本不愿开口，被林阿秀轻轻搡一把后，道："最近我总想到两个字，血性，是家父曾经强调的，我没敢忘记。我以为，日寇侵略中国，决不可以接受。这不光是两个民族，两个国家的事，还是事关世界的强暴与反抗的问题。小到家庭，大到世界，不讲血性，不能叫文明，将后患无穷。因此，我站抗日一边，包括抗日期间拥护国民政府。如果可能，我希望携阿秀一块回国抗日。幸好我是医生，一定用得上我。阿秀是我的好妻子，她支持我。"

张汉泉没有料到，他的话赢得了一片掌声。

送走客人，林怀忠朝张汉泉道："这话只能由你来说，说得好。"顿会又道，"只要你能保护阿秀，她阿妈不会拦你们。孩子嘛，当然是最好让他多吃几天奶。"

张汉泉深受感动，近乎泣道："我并不是全受爱国抗战大道理感召，确有老家亲情的作用。现在，我又成家了，又有了亲人，可是田懿，自小就被狠心的父母遗弃，老爹爹走后，她就只有我一个亲人，她肯定思念我。不管怎么说，我有责任帮扶她一把。是怎么回事就是怎么回事，谢谢你们理解我。"

张汉泉报名参加了志愿队伍，然而直到第三批志愿队伍启程，他才得以动身。另外，他不能携带林阿秀。因为货轮触礁是否骗保一事仍未了结。他和林阿秀作为亲历者，需要留下一个人证，以备警局或法庭传唤。警局不会因为他被牵连付出了无端成本而得罪美国的大公司，此外，诊所需要继续经营，它投入了张汉泉先前的大部份收入，也是张汉泉返回南洋后的生计与事业。他与龙医生商定，由龙医生代为经营，收入七三分成，林阿秀作为护理人员，参照其他护士待遇不得干预业务，但有权月底与龙医生对帐。张汉泉嘱妻子：一定要尊重龙医生，不可以摆老板娘威风。有了诊所的继续经营，妻儿生计有了保障，他去了唐山也能安心。

动身前的一天晚上，场面甚是悲壮。林阿秀抱着还不能喊阿爸的儿子，紧紧傍住张汉泉。林怀忠要求张汉泉把一年多的诊所收入都带身上，先回故乡看看，到时钱不够用马上写信来。商会会长领着七八个人来了林家，很郑重地将四十两黄金交给张汉泉，授权他自行处置，希望他能将商会的一点心意亲手献给某支流血多的队伍，以防落入贪官污吏之手。会长说："我们相信你，你不会让我们失望。"

民国二十七年春，张汉泉登上了直驶广州的客轮。这一批志愿人员，共一百七十七人。此时传来了台儿庄大捷的消息，进一步坚定了这批志愿队伍的信念。

第十二章

　　此时的田懿，仍在服刑。

　　她得感谢那位镇公所副所长，因为副所长要求警方逮捕田懿的理由，不只是"骗婚"和"逃婚"，而且是江西转监途中的逃犯。他认为这样一说，警方就会全力帮办，却未料到把这号匪谍逃犯交给中山铺处置，警方认为不合条文。这样的结局，是中山铺那帮人都没有料到的，土鳖终究是土鳖。

　　田懿的公文卷宗很快就由江西转来了郑州，她果然是个匪谍逃犯。鉴于袭击狱警队伍，放走女犯，是共匪军干的事，田懿仅被加刑三年。但即使如此，她原来的服刑时间连一半都不到，依律她还有八九年时间得待在监狱。

　　不过，田懿顶着一个匪谍罪名不全是坏事，民国对政治罪行的处罚并不轻，但执法上不允许刑讯逼供与生活虐待。警方在她二次判决后，看见了她的明显身孕，马上依律对她发了慈悲心，留下她就在郑州看守所伙房监内执行，工作就是喂猪，做饭菜，给犯人送囚饭。

　　进看守所六个多月，田懿生下了一个男孩，孩子很像妈妈，眼睛大大的。由于在伙房干活，饿不着，田懿不缺奶水。她给儿子取名叫毛头。

　　田懿不可能对这个时代心存好感，却又对警方、狱方存几分感恩心情。她明白，她若被押解回中山铺，必死无疑，被怎么个弄死法都会不知道。另者，监内执行还待在伙房，明明是人性化行为。

更让田懿仍不甘心死去，希望亲眼看见天塌地陷的一个因素，乃是女犯之间的互相怜悯和关照。孩子身上的小衣和尿布，都是女犯捐出的。她所在囚室共五个女同犯，三个刑事犯，另一个是女教师，据称因包庇反政府学生入的狱，她却呼冤枉，自称学校领导欲打她主意，她不从，被栽赃。她特别同情田懿。但是，田懿现在对任何人都不愿提往事，一听见时事就头痛。

田懿除了干活，心思全在儿子身上，逗儿子笑，亲儿子脸，是她的乐趣。刑期还长着呢，她不愿去想以后的事，但求过一天少一天。

田懿不曾想到，她的麻木和沉沦，给她又带来了好运气。

这天上午，田懿忽被喊去所长办公室。所长问了几句伙房的情况，便转入正题："现在外面的情况，你应该也听说了一些，日本鬼子欺人太甚，逼得政府不反抗不行。政府表现出了最大诚意，原谅了共产党，已经释放了几批政治犯。我们这里，还有几个不识好歹的家伙，不过，既然上面发下来名额，我们也得执行。"

所长又道："从你的卷宗看，你是不认罪的。但据我们观察，你的劳动态度还算好。现在，你是个母亲，要为儿子着想。你回号子写一份认罪悔过书，要写深刻点，这样我们才好替你申请名额，早点出去。你听清楚了吗？"

　　田懿却答："谢谢政府，谢谢所长，宽大别人吧。我在这里很好，饿不着我娘儿俩，我满足了。"

　　所长呵斥道："你看你，胡说八道什么，真是个蛮子，给你三天时间，不写也得写。"

　　田懿退了出去，弄不懂里面的文章。回到囚室，她就把所长的话忘光了。天气已转暖，她想的是给儿子脱下棉衣，换上夹背心。她发愁的是没有布料做背心。

　　谁知翌日下午，所长又把她喊去办公室。

　　办公室外站着一个大兵，挎着短枪，见着田懿居然笑笑，田懿先一愣，又见一个军官在桌上翻看卷宗，似曾相识，再看不由一惊，是栾和文。

　　栾和文已经是军委会少将特派专员，已为最高当局赏识，见田懿走了进来，马上站起身，端详着田懿。

　　田懿强忍泪水，不使自己失态。她没有喊栾哥，挤出一点笑道："原来是你，你怎么找来这里？"

　　栾和文轻叹一声，先搬张椅子让田懿坐下来，后示意所长出去一会，他要与田懿单独聊聊。

　　栾和文说了很多，田懿不能不听。田懿有了感觉，栾和文书生气少多了，话儿接地气。栾和文说：那年樟树镇分手不久，他就不放心了。托人打听，得知竟以匪谍罪判处田懿十年重刑，他愤怒，更多是悔恨，他恨自己为什么不送田懿出樟树镇，竟然真个相信那帮地方官员会秉公执法。但军队不能干预地方司法，况且他总是军务繁忙脱不了身。几年后，他从军情通报上知道了一件事，就是江西一支囚犯队伍转监途中遭到袭击，私心希望田懿也在其中，一跑百了。后托人打听，田懿果然在那支女犯队伍中，逃跑了。他前年路过湖南一次，因事急，只在湘潭城里待了不到一个时辰，连家都没回去。他没见着龙婶子，只知田懿未回老家。当时他有一个感觉，田懿多半前往郑州继续寻夫去了。一年多来，国事大变，国共两党再度合作，政府不计前嫌，赦免了共党分裂国家、颠覆政府罪，共党也宣布了四项诺言，承诺停止宣传共产主义，从此以国家民族利益为重。新形势下，政府遂分期分批释放政治犯。此次，他身负特别指令，检查黄河河防，同时督促各地监狱的疏散、转移、甄别和释放政治犯的执行工作。因为日军意在侵吞全中国，不可能放过中原，一些特别单位需要先行安排。他来郑州已多日，既属工作职责，便留了个心眼。他在政治犯和刑事犯花名册上怎么找也找不着张汉泉，却见着了田懿名字，调来卷宗一看，几至不忍目睹。他万万没有料到田懿在河南的遭遇比江西更惨，不容他不赶过来。

田懿早平静下来，很冷淡地答："其实我没有恨过你，怨过你，你并无私心恶念。你应属于身份不同，职责不同，照章办事。"

"现在先说眼前的事。"栾和文仍然激动，"汉泉兄弟，想必不在人世了，你不必再找他了，你看你遭的罪……"

"我是不会再找他了，我实在找不着他。"

"你有了个孩子？"

"没错，断奶不久。"

"此次出去后，你打算怎么过日子，回故乡吗？"

"我不知道。我也不想知道。所以，昨天我对所长说，我不想走，待在这里好。"

"你心里太苦。"

田懿不语。

"还是回湖南吧？"

田懿仍不语。

"你听我劝一句，既然我在这里，这次你一定能出去，决不会再有江西那号事。你出去后要离开郑州，离开河南。"

这当儿，所长走了进来，朝田懿有点无话找话道："你的认罪悔过书写好了吗？"

田懿答："没有。我不知道怎么写。"

栾和文陡然焦躁，冲所长冷冷地道："现在什么时候？算了吧，她，冤案一桩。你马上给她办释放手续，我要看着她出这个门。"

"是否按政治犯手续办？"

栾和文更没好气："你想怎么办就怎么办。一个小时内，我领人走。"转朝田懿道，"你先回号子，收拾东西，我不能久待。"

田懿确信不是幻境，直点头，终于喊道："栾哥。"

一个钟头后，田懿随栾和文出了看守所大门。门外停着一辆小汽车。栾和文看看手表，朝田懿说："我不能送你了。我准备了三十块钱，你一定要拿着。记住，离开郑州，离开河南。"

"为什么？"

"你别问为什么。"栾和文有点急了，道，"因为，因为孩子是杨家的，我怕他们……"

田懿一下子涨红了脸，怨道："你不该说这种话，孩子是我的，是我的，与任何人无关。"

栾和文直赔不是："我错了，我错了。"

田懿使劲换上笑脸："栾哥，你也保重。"

田懿揣着比照政治犯已完成反省的释放证书，其实只瞄了一眼，心里明白不会有警察光顾她后，便大大方方走去。

时已黄昏，毛头闹了起来。田懿知道儿子饿了，忙去寻找小饭馆。

田懿要了一大碗面条，一边喂儿子，一边感慨命运无常。去哪里呢？田懿明白得有个决断。她思来想去，认为还是只能回故乡，哪怕回了故乡让街坊们看不起。她心安的是，栾和文送了她三十块大洋，足够路费和母子俩几个月生活。她也原谅了栾和文那句令她伤心的话，认定栾和文仍是条有情有义的汉子。她尚不知道，栾和文那话是情急之下的搪塞，她不该当真。

既当了真，她就不想深究栾和文两次要她快离开郑州和河南的用意，以为晚个把钟头去购火车票没关系。

　　田懿身穿一套女工服，挎个兰土林布小包袱。那都是女同犯送的，感谢她平日里送饭菜曾给过她们点点小好处，这样的穿扮只不过让她象个城里女工，却让她在难民和乞丐堆里很扎眼。是因郑州火车站从候车室到售票室，到处挤满了不幸的人。每当夜幕降临，他们就把一床破棉被摊在墙边，过起了夜，田懿前往售票窗口，时不时需要从他们中间绕着走或跨过去。

　　售票厅除了难民乞丐，全无旅客。窗口外立着一块黑板，上写："因前线军情需要，票车七日内一律停运。请注意另行通知。"田懿一看就明白了，叹口气，心想去找家便宜旅店住上几天。

　　田懿抱着熟睡的儿子，只得转身往外走，就在这时，一个声音朝她喊道："他婶婶，他婶婶。"随着喊声，一个农妇朝她边招手边走近，她是冬瓜嫂。

　　见着李子园的人，田懿顿时心情复杂，感觉心窝一阵阵痛，只得克制情绪，搭讪道："原来是嫂子。"

　　"我早看见了你"，冬瓜嫂显得惊喜，并无做作，"乍一见，不敢认。他婶婶，案子结了？"

　　"结了。"

　　"那就好，那就好。哟，这是小侄子吧，让我看看。"

　　田懿不知怎地，差点失态，稳住神道："嫂子，家里人都好吧，乡下，快割麦子了吧？"

　　冬瓜嫂由惊喜变强笑："还好，都还好。是啊，快割麦子啦，过两天，我们也该回去了。"又唤不远处一个小男孩，"狗子，快过来，来见见婶婶。"

狗子约模八九岁，面黄肌瘦，腰间吊个破搪瓷碗。他怯怯地喊声婶婶，便偎住母亲，田懿看得鼻子一酸。

"李子园一半人都出来了，很多人出了省。狗子害病，我没敢走远。"冬瓜嫂无奈地告罢，又问，"他婶婶，你这是去哪？"

"回老家去。车子停开了，也不知那天能……"田懿担心毛头受凉，想走了。

"他婶婶，呃，老太也出来了，在那边。"

"她还在？"田懿陡然恨道。她嘴巴开始颤栗，一时说话不出。

"在，在。"冬瓜嫂拭下眼睛，急急地道，"他婶婶，你不知道，这两年，老太可伤心，后悔，三天两头哭，一哭就说起你。她说你遭了多少罪，可她鬼迷心窍，害了你，他婶婶，想开点吧，你比我们懂礼，不要再恨老太。"

田懿不回答，一身都颤栗了。

冬瓜嫂再道："是哩，老太那事做错了，你对她吐苦水，是信她，她告诉杨友堂做什么呢？杨友堂不成器，老太不是不知道。韩家学生娃儿救了你，你们一跑，苏团长就知道了，先把杨友堂抓来，说他骗钱，骗婚，还知道了你是个逃犯。这事儿，你走后第二天，镇上就传开了，说是韩家学生娃子放了你。他做了好事，可也害了他亲娘，有人说那个病秧子娘被宝贝儿子给活活气死了。杨友堂天天挨枪托，抬回来十几天就死了。后来，韩老爷也蹲了大牢，家产败得差不多了，因为他家的学生娃子，是个共产党，做了土匪，没能斗过陆举人一派……"

田懿呼出一口气，再恨道："那帮子人渣，恶心。"忽问，"你说的学生娃子，是韩宝生？"

"不是他是谁呀？"

"你知不知道他在哪里？"

"听说他去了武胜关那一带，闹得很凶，杀了不少人。他这样做，也毒了些。"

"恶有恶报。"田懿忿忿然道。

"是哩，是哩。"冬瓜嫂附和，以为田懿在咒韩宝生，岔开话。"他婶婶，杨友堂已经不在了，你去看一眼老太吧。她真的总是哭你，我句句是实。"

田懿仿佛没听见。

"他婶婶……"

田懿不理会冬瓜嫂，抬起了脚，走了几步，忽扭头说："她在哪里，你领我去。"

距离车站进站口的墙角边，挤着五六个逃荒的老婆婆。老太身倚墙壁，头耷落肩上，白花盖住了半边脸，一双如柴的手抓着胸前的破棉絮。

"老太，老太。"冬瓜嫂直喊，没能喊醒老太。

"老太，醒醒，你看看谁来啦？"冬瓜嫂摇着老太的肩，加大声音。

田懿木偶一般，紧咬牙关，不发声，初夏的黄河风送来凉意，她本能地抱紧儿子，自己却打了个冷颤，感觉头晕目眩。

老太被摇醒，不满道："吵什么啊？"

"老太，你看清楚，看看是谁？"

老太睁开昏花老眼，认出了田懿，却久久木然，不敢相信眼睛。突然，她手忙脚乱，发着含混不清的"啊……啊……"声，就地跪下，号啕大哭："闺女，我的好闺女啊。我对不起你啊，我该死….."

毛头被吵醒，大哭起来，田懿借着哄儿子，扭过脸，不去看老太，她又想走了，却抬不动脚。

老太平静许多，毛头也不再哭闹。

老太撑住墙，站起来，问田懿："你们娘俩，要去哪？"

田懿不语。

老太又哭了，道："到处在跑兵，你们娘俩，路上要走好。"

田懿愣愣，眼角滚下一颗泪珠，靠近老太，拍着儿子道："快，乖儿，喊奶奶，喊奶奶。"

孩子拖着奶声："奶—奶。"

老太忙不迭回应，又忙着去亲田懿送上的孩子的脸，直笑，只是笑不比哭好看。

老太再问："好闺女，你老家那么远，政府给了路费么？"

田懿迎着老太不是做作的眼光，忽道："大娘，咱回李子园，这就走。"

　　这话，老太愣了，冬瓜嫂惊了。

　　田懿再道："我是真心的。你老百年后，我再带孩子回故乡。"

　　李子园凡在家的村民都奔了过来看田懿，难以相信田懿居然愿意归来。他们为田懿的行为震惊，皆闭口不提杨友堂。杨忠田把田懿左看右看，许久才吐出一句话："咱怎么也没想到。"又补上一句，"有啥事，只管找我说。"

　　就连镇上陆举人也派人传来话，若日后有人再无端欺负田懿，他将出面。他终归饱读了圣人书。

　　田懿需要规划日后的生活，她花了快两块钱，请人修理了灶台，桌椅，加了几大捆茅草塞住了房顶的漏洞。为老太和儿子各做一套新衣，又花了两块多钱。老太为给儿子治伤，典卖了两亩地，拿了人家十五块钱，讲定了割罢麦子不还钱，地就是人家的了。田懿用了十七块大洋把地赎了回来，两块大洋权作利息，再三感谢人家给了大面子。之后，她找到杨忠田，说割麦子，打麦子她一个人都拿得下来，但割罢麦子得赶紧犁地种上红薯，那是半年口粮。她家没牛，一个人做不到又拉犁又扶犁，届时得请二叔帮忙，杨忠田回话那是一定。三亩薄地因疏于料理，麦子稀稀落落，估计能打出百来斤麦子就不错了，不过有点收获总比没有强。田懿决定，留出两分地种点瓜菜，心想忙完这一切，再喂养几只鸡和一头小猪崽。她先后两次对老太说："你老好生看住毛头，别让他乱跑。地里的事，你别过问，我知道咋弄。"

老太每次都是忙着点头，仍不忘叮嘱："你可不能累坏身子。"

心情相对充实，田懿和老太每天早早起来，都不忘梳拢头发了。

田懿当然知道一些时事，台儿庄大捷的欢庆气氛已经过去，日军再次合围徐州，要消灭李宗仁将军指挥的几十万国军。国军已经大撤退。有一支大队伍，就是从中山铺往西走的。到处传言，日军很快沿陇海铁路打过来，占领郑州后或西进西安，或南下武汉，反正郑州沦陷是早晚的事。等等。

田懿相信传言，但觉得不管谁在台上，哪怕日本人来了，不可能把老百姓杀光，日子还是得过。她留了个心眼，万一她家三口人得去躲兵，身上一定要预留几块钱，用于急需。

麦子开镰了，头三天，田懿都是从清早忙到天黑。她不怎么担心日军过来，担心天降大雨。得趁晴天把麦子晒干，打出来后赶紧犁地，种上红薯，季节可是不饶人。偶尔，她会苦笑一下，若没有九龙滩那几年，她哪里懂农活。

谁知一个惊天消息传开，且是镇公所奉令传达政府指示，为阻止日军西进，决定炸开花园口黄河堤岸，花园口周边百姓，宜尽速疏散。

　　田懿又一次被突变形势弄得目瞪口呆。至此，她悟出了栾和文一再要求她离开郑州离开河南的用意，然而晚了。

　　花园口陷入空前的恐慌之中。虽有政府预告，但限定了时间，一家家被要求必须服从抗日大局，大道理当然没错，但实际问题摆在家家户户面前。房子、土地、庄稼搬不走，往哪去，何日可回来，还能回来吗？一些胆儿大的人痛骂起了政府和老蒋，以为当局和领袖比日本鬼子还歹毒。一些人虽不甘心，还是表示理解政府和蒋委员长的难处，况且政府要为每家发放救灾款，便把仇恨对准日本人。多数人只能苦着脸儿，收拾行李，以为去外面避难一两个月就没事了，因为官报上讲明白了日本必败，中国必胜，不用多久，黄河缺口将被堵住。

　　田懿熬了两个大半夜，磨出了几十斤面粉，一家人跟随村里人上路了，田懿挑着一担箩筐，一头是毛头，一头是粮食和必不可少的家什。老太拄根棍子，偶尔也被杨忠田拽上牛车坐上一阵子。一家人就这样随着逃难队伍往西南方向走去。李子园七十来号人，由头儿也是甲长杨忠田领着，头一天仿佛行军，秩序井然。

　　民国二十七年公历六月十日，几声爆炸声响过，花园口大堤被炸药炸开了缺口。很快，缺口被撕开，浑浊的黄河水扑向大地。杨忠田果然见过点世面，坚决不往东去，专挑地势高的路走。难民几乎家家扶老携幼，一天顶多走上二三十里地，但大水被扔在身后，又有杨忠田照应指挥，人心不很恐慌。再说原野上目光能及之地，皆是难民，要怨也只能怨命。一连三天，李子园没有走散一个人。每到天黑，杨忠田会过来每家看看，把一句话挂在嘴边："听说鬼子队伍被大水挡住了。不用多久，政府就会派兵来堵口子，咱就可以回去。待政府把救灾款发下来，咱就回去收拾家园。救灾款按人头发，每人不少于三块大洋。"

田懿巴不得情况如此，因为她能够挺得住，老太一双小脚，哪能天天走上许多路。杨忠田够给脸儿了，牛车上杂物堆成了小山，不能总占人家位子。她看见，老太总是咬着牙关，纵然走走停停，喘息不止，不时摔倒在地，也不向田懿叫苦。她有什么法子呢？只能任由老太走走停停，她总不能不要肩上的担子。她聊感欣慰的是，小毛头仿佛懂事了，每天并未总是大哭闹。

这天，李子园的难民进入了尉氏县，他们歇脚的地方叫三官庙。杨忠田没说从哪得知的消息，很兴奋地告诉乡亲们，日本兵退往了朱仙镇，中央军已往这里赶。"咱们有样学样，"他说，"就在这里待上几天，好生歇歇。"

田懿宽心许多。她看见，川流不息的难民队伍脚步都走得很慢，这是情绪较为稳定的表现。晚上，她朝老太说："回去路上咱不急，咱多花点时间。我身上还有几块钱，我想雇辆车子。"

老太叹道："多亏了那个姓栾的大贵人，咱要记得人家。"忽又忍不住哽咽道："好闺女，大娘实在不想活了，不敢再拖累你。这是啥日子哟，你不该回李子园……"

后面那句话，老太说过几次了，田懿也只能每次制止老人不要说下去。

这天天才大亮，又一个惊天消息在原野上炸开：日本人不能承认花园口是他们飞机炸开的，恼羞成怒，索性真派飞机炸开了中牟的黄河大堤。难民们到处惊呼："不得了啊，不得了啦，大水马上过来了，快跑啊。"

消息不假，空前的恐慌加剧了末日来临感。原野上的难民纷纷奔跑起来，却非自觉行动，而是本能行为，也就演变成了毫无方向和目标的四散逃窜。人人只求快跑，跑得越远越好，不少人反倒成了南辕北辙。

李子园的人自不例外。近午时分，田懿身边只剩下了冬瓜嫂和狗子，其它人皆不知去向。"这可咋办哟。"冬瓜嫂半是自语，半是问田懿，随之就是嚎啕大哭。田懿没有哭，却一样茫然无措，只知万分惊恐地看看儿子又看看老太。

毛头哭闹起来，田懿探一下儿子额头，发现儿子发烧了，同时拉肚子，便马上悟出与这些天饮用的不洁水有关。一路上，哪里还能见上几户完整的家庭，皆担心大水淹来，已十室九空。昨夜，她们就歇宿在一所空无一人的小学校里，好不容易才找来一点柴禾和井水，做了顿面汤糊糊。眼下，瞅着周围一队队难民在奔跑，听着大水很快淹来的噩耗，田懿连儿子发烧腹泻也顾不上了，只能狠下心对老太说："孩儿奶奶，没有办法，咱还得走。"

老太说："好闺女，你再去找点柴来，咱煮点面糊糊，大娘吃点东西，才走得动。"

田懿一样感到腹饥，便点点头。她和冬瓜嫂分工，她去找柴禾，冬瓜嫂去找干净水。她们都不敢走远，怕耽误时间。也就不大一会儿，她们就回到学校。然而，老太投井了。

两个女人大哭不止，忽见一阵阵惊恐的叫声中，几百难民涌进了学校，为躲日军飞机。天空中，飞机轰鸣声清晰可闻。紧接看，学校房顶上和院子里落下了几颗炸弹。

飞机远去了，田懿惊恐地说："快走。"她挑着两家家什，冬瓜嫂背着毛头，身后跟着狗子，朝南逃去。

大水果然来了，迅速吞没了原野，追着逃难的队伍。抬眼回看，只见漫天黄水滚滚而来。田懿未曾见过如此场面，再次惊恐万状，只知本能地朝地势较高的地方逃。冬瓜嫂早就是脸如白纸，背上背着毛头，让狗子牵住衣襟，跟在田懿后面。此时，四面八方的难民皆往地势高的地方挤，黑压压人头，不惜互相践踏。更大的噩耗又来了，三架日军飞机又飞了过来，竟然朝着小山岗上的难民扫射。田懿左奔右突，突赶紧回头，不见了冬瓜嫂和狗子，她连挑子也不要了，四下寻找，却找见了几十具尸体，其中就有冬瓜嫂、狗子和毛头。田懿狂叫一声，扑向儿子，已如疯癫，而一个中队的日军，出现在小山岗上。

　　这是一支奉令报复的日军，只因大水卷走了他们的几百人，后来又有说法是卷走了他们几千人，但阻挡了日军机械化部队的攻势不假。另者，下令报复的这支日军的联队长战后也上了审判席，被枪决。

　　山岗上黑压压人头，后有洪水，前有强敌，遂朝两边奔逃，日军各自为战，专门枪杀青壮年男子，越杀越欢。

　　小山岗上渐渐哭声叫声少了，屠杀追向了山岗两旁。一个鬼子兵端着上了刺刀的步枪，朝田懿走来。他感到好奇，竟然还有人不逃跑。他不知道这个女人已近疯癫。田懿视若不见这个鬼子兵，自顾紧紧搂着死去的儿子，直到刺刀逼近鼻尖，她的眼睛才动了两下。

　　鬼子兵看清楚了女人疯了，看见了娃娃背上血迹已干的枪眼，却有点难以置信疯女人会紧紧搂住死了的娃娃。他要看个究竟。他狂笑了，一脚踢倒田懿，把枪放在脚旁，从田懿手里抢过死娃娃，用双手举着，确信娃娃死了后，作出了把死娃娃扔往一个土坑去的架势。然而他也犯下了致命错误，不该让步枪离手。疯女人突一跃而起，抢过步枪，刺刀直刺鬼子兵的后腰，这几个动作疾如闪电，几乎是一瞬间。

　　杀死鬼子兵后，田懿一连呼出几十口粗气。之后，她又抱起一动不动的毛头，含糊不清地喊着："死就死吧。"

　　她残存的意识里，此地离学校不远，小溪沟边有口井。

第十三章

张汉泉已于六月到达广州。

他痛感到了百感交集的滋味儿。当年广州街头上饥肠辘辘者，珠江边上过夜的那个人，成了现今的年轻华侨白领。他为之愧疚的是，那场轮船触礁，使他不复再有阳伍芝和工友们老家的姓名、地址，他无法履行去看望那些人的诺言。现在，阿秀和儿子已成他生命一部分，他到了广州做的第一件事，便是写信向阿秀报平安。前往湖南故乡则是无论如何要做的事儿，即便田懿不在人世了或改嫁了，田家父女仍是他魂魄一部份，另有一个从未谋面的可能男儿或女儿。他预计在故乡短则两三天，多则十来天，他就要去追赶这支志愿队伍，履行回国参加抗战的誓言。

在雅加达，张汉泉和众多志愿者一样，是宣了誓的。他是在南洋总会雅加达分会报的名，是这支志愿队伍的当然一员。不过，他的特殊性也为人理解。他的美国华侨医生身份，真也罢，假也罢，原本不是印尼土生土长华侨，因此，他向队伍告假几天，先行北上，马上得到理解和支持。粤汉铁路线上的兵车仿佛当年北伐时期的远多于票车。从广州到湖南，票车走走停停，竟然用了五十多个钟头。家乡愈近，他心情愈复杂，车在广东境内，他恨车子慢得如蜗牛爬，心里直骂娘，当然无可奈何。车过衡阳，他反倒希望车子慢点走。他拿不准田懿见了他到底会怎样，有点儿害怕去见田懿。当然，他早作好了挨骂的准备。

张汉泉只一件事儿甚感宽慰，便是当局不再提及反共、剿匪的事儿，却又有叫人哭笑不得的理由，叫作不能用现在的政策去翻当年的案，也不能用当年的行为来否定现在的新政策。"这不成了当权的横竖都有理吗？"他在心里想。不过，他不想把张汉田名字改回来，也没得心思。他暂且想不到的是，政府当局总是有理，原是中国特色。

张汉泉是在这天午后走进木屐会上的。他的穿扮，使人不敢相认他了。那些十来岁的孩子从未见过他，也就纷纷瞧新鲜般瞄住他。街道仍是原样，麻石板路，安着辘轳的水井，木板房，不同之处是街面上多了抗日标语。

张汉泉一见那三间青砖瓦房，便不知该喜还是该悲，心儿狂跳，三步并作两脚，人在门外便带着哭音高呼："田懿、田懿。"

屋里出来的是个中年妇人，莫名其妙看着陌生人。

"请问"，张汉泉急道，"这家原先的人……"

"我们早就盘下了这屋。"女主人说，"你哪来的，我没见过你。"

张汉泉预感到了大大的不祥，眼睛一下子湿了，张着口，说不出话。女主人倒也客气："要不要进来坐坐，喝口水？"

张汉泉定下神，再急道："我原先就住这屋里，敢问，盘房子给你们的田懿去哪里了？"

女主人明白了大概，叹气道："怕有七八年了，呃，你去对面龙家问问，龙家肯定知道。"

龙二婶已经老了，帮儿子带小孙女，正在后门收拾卫生。张汉泉不请自进，喊着："二婶、二婶，是我啊，我是汉泉。"龙二婶听声音觉得耳熟，倒是一眼就认出了张汉泉。

"你，你还在啊。"龙二婶话一出口就变了声调，"伢子呀，你怎么回事啊，现在才回来……"

从龙二婶口里，张汉泉已尽知他走后三年里家里的变故。许久他仍哽咽道："我耽心的就是她心眼实，霸起蛮来拉她不住。铁匠叔也是……．．怎么能支持她瞎跑。我根本没去江西，他们去哪里找？"

龙二婶抽泣道："我也有责任……最怕的是，他们一走七八年，一直没个信儿，不知道都还在不在？"

龙二婶忙着要给张汉泉弄午饭，张汉泉回说吃过了，其实从早起就没吃过东西，先激动得无食欲，现在伤心得吃不下，他猜测十有七八田懿和铁匠叔都已死于非命。田懿不可能改嫁，那样的话铁匠叔就会回老家。他越这样想，心情越痛苦。不由得想起了初见田懿的情景，田懿先朝他做鬼脸儿，马上忍俊不禁，没有半点儿看不起他的意思。

但他只能强忍痛苦，将自己离家出逃后的经历，一五一十告诉了老邻舍。末了道："事到如今，什么都不说了。明天，我去爹的坟上看看，给老人家烧刀纸。我太对不住爹。后天一早，我就走，去武汉。现在，政府迁到了武汉，我们这支队伍要先去报到。"

张汉泉很晚才睡，也没得睡意，共有二十几个街坊听到消息后走来龙家看他。他们吸着吃着张汉泉敬上的外国烟和外国糖果，说张汉泉胆大，敢出海，原先看不出来。张汉泉多是应付话，不愿触及隐痛。天没亮，张汉泉就起床了，急往山上赶。坟山仍旧原样，蒿草深可没人。张汉泉再次百感交集，想起了田梅生遗书上回顾的身世，两代人故事何其相似。他给两个长眠的老人分别烧了大刀纸，燃上几大把香烛，才觉心情好一点点。之后，他久久坐在田梅生坟边，任由悲泪横流，想说几句话，终究没开口。他说什么好呢？

第三天天才亮，张汉泉便告别龙二婶，提着皮箱上路了。走前，他拿出三十块大洋，要求龙二婶无论如何收下，另嘱："万一田懿回来了，你要把我的情况如实地都告诉她。待抗战胜利了，我还会回来给我爹扫墓。"

龙二婶坚持把张汉泉送到巷口，忍不住嘱道："田懿小时候常呆在我家，只差没喊我作亲娘，不管怎么说，我们没得你铁匠叔和田懿不在了的准信，你一定要想办法去寻找他们。你还记得么，把你们分开，田懿抱住你不肯松手，哭得那样伤心。。。。。。"

张汉泉强笑，笑比哭更难看，道："我怎么不记得啊？"

　　张汉泉赶到武昌，就在火车站广场上见着了他所在的那支队伍，队伍也就比他早到武昌几个钟头。队伍没有多停留，很快集合，过江，前往汉口军委会报到。

　　武汉三镇的抗日气氛比广州更浓烈，各个行业的人皆表示大敌当前，应以大局为重。行政效率大为提高。这支华侨队伍受到了真诚欢迎和接待。第三天，这支队伍的多数人便被分配去了云南省，因为当局预见到了抗战将持久，须作最坏打算，马上修建滇缅公路，保证海路全被日军切断后仍有一条国际通道。张汉泉身为骨伤科医生，那里正是用得着他专长的地方。

　　在汉口，张汉泉曾发奇想，去新建的新四军军部打听一下王明山的下落。他有个感觉，王明山八成是共党，没死的话可能是个大官，不准能在新四军军部听到点消息，但他转念便作罢，心想这次回来连亲生父母和姐姐的坟上都没去，没必要再刻意关心也许忘光了他的王明山。

　　张汉泉和另百名司机，技工，用了近二十天才赶到昆明，还亏了一路上很少步行，基本上是乘坐车船，奈何路况太差，交通工具太过落后。政府给予了他们最大照顾，沿途军警已接命令要好生保护他们。偶尔，他们还与前往大后方的学生队伍结伴而行，军警对学生一样尽心保护。这样的气氛，不容华侨队伍不感动，认为此次赴国难没有错。张汉泉尤其感慨颇多，因他其实不是华侨。他认为政府保护文化人和学生，实在用心良苦，只要文化犹存，民族魂魄便在。现今掌权的很多江浙人，这方面另具特色，需要记上一笔。

在昆明又待了三天，这批人才分配去了各自的工作岗位。张汉泉去了保山，被告知不是长住保山，临时医院将随工程进度西移，直至国境线甚至缅甸。

与花园口黄河决堤的同时，滇缅公路的修建已全线铺开，这条延绵一千多公里的其实只能算是普通公路的修建，全靠十几万民工手挖肩扛。工具不外乎锄头、铁铲、钢纤、萝筐。偏地形复杂，山道特多，耗用炸药量亦大。这些滇西地区的农民、山民，莫不朴实、憨厚、耐劳，但多数人近乎化外之人，当真是不知有汉，遑论魏晋。他们管飞机叫"铁雀"，深信是神迹。是以劳动技窍欠缺，安全生产意识亦差，天天都有砸伤手脚、伤筋动骨乃至丧生的情况发生。张汉泉所在医院共有二十几名医护人员，被分作几个小组，每个小组且都时常要去工地现场救护。

九月底，张汉泉就在靠近松山的公路上，在帐蓬里替伤员包扎伤口时，迎来了一个他几乎遗忘的稀客，栾和文。

这个军委会少将专员现在是满天飞，此次派来滇缅公路，是为视察工程，同时搜集当地民情、地质、水文、瘴气等等情报，报告最高当局备案。他有义务慰问在此工作的华侨志愿人员。在保山，他就在华侨名册上知道了有个张汉田，但没放在心上。完全是个偶然，他和两个助手例行公事走进医疗点的帐蓬慰问华侨志工，竟发现张汉田就是张汉泉。

俩个老朋友就在公路边找了个僻静处长谈了一个多时辰。栾和文没有料到张汉泉那年走后出海做了劳工，张汉泉更没想到栾和文给他送来了田懿仍在人世的消息。

张汉泉一下子眼泪直涌，恨不能马上长上翅膀，飞往中原，寻找田懿母子，但最终只能强迫自己冷静。

张汉泉说："你讲的这一切，不会为了安慰我，骗我吧？我总感觉这不是真的。她去寻我，这点我信。兵荒马乱，她活了下来，我有点不敢信。"

"我有这个必要骗你吗？"

"那我不得不说你，"张汉泉一下子拉下了脸，"你未免太不够朋友，你凭良心想想，你在我家里养伤，那些日子一日三餐，都是田懿喂你吃喝，她从无怨言，开口就喊你哥。你在江西成了坑了她，把她坑得惨。你完全可以做到，先派人送她回湖南，你再派人去那个什么反省营，打听我的确实消息，然后信告她。那样做了，哪里会有她在河南的遭罪。我怀疑做人和做官，你是否选择了后者？"

栾和文羞愧满面，答："什么都别说了。反正，你们骂我，揍我，我没怨言。"

"你送她出了看守所，再无她任何消息？"

"没有了。"

"可她没有回老家，她五月出号子，我六月回老家，时差一个多月。"

栾和文久久才答："是否有可能，她自尊心强，不愿回老家，又去了花园口？"

"这就更糟。"张汉泉反应特快，"花园口决堤，你不会不知道后果严重？"

分手时，栾和文交给张汉泉一张纸条，上面有与他联系的方式。另告焦成贵已学有所成，为工科硕士，很有可能回国。最后安慰张汉泉："田懿几次大难不死，会有后福。你不信，我信。"

张汉泉只得苦笑："但愿如此。"

这天夜里，张汉泉给林阿秀写了第二封信，信上告知了他从栾和文口里得知的田懿消息。他请林阿秀理解，他会在国内多待一段时间，尽可能寻找田懿母子，资助她们一把，再回雅加达。

年底，滇缅公路全线通车。国民政府的此项决策正确也成功。据说，自南京沦陷，政府就从日军大屠杀预见了战争的持久性和残酷性。不久，随着广州沦陷，北部湾告急，中国抗战已不能再指望海上运进援华物资，滇缅公路的重要性一下子突出来了。

这支华侨队伍的大多数技工、司机被留了下来，很多人被安排去了位于缅甸境内的物资中转地点，工作就是维修车辆，把援华物资运到昆明，再转运各地。这工作一度甚至非华侨司机莫属，全因公路质量差，山高弯多，非技术过硬不足以胜任。张汉泉身为志愿队伍一员，不能总是强调特殊性而自行其是，便随大队伍去了缅甸。

　　一个新情况出现了。十月，武汉沦陷，国民政府迁往了重庆。此前，尚未沦陷地区的抗战气氛何其高昂，无人敢说丧气的话，极少人敢做妨碍抗战的事儿。现在，日军攻势明显放缓，大多数人又关注起了自家的小日子。小百姓这样做情有可谅，但政府官员心态一变就后果大了。它又恢复了官僚主义，文牍作风，甚至明里喊抗战，暗里发国难财。华侨志愿人员在海外都是勤勉惯了，如今热血受到亵渎，却又奈何不了官场，便怨气日增，有人打道回南洋了。

　　张汉泉不敢附和这种行为，全因挂念着田懿母子。滇缅公路的运输已经常态化，他的工作量变得很小。他写出申请，请求前往内地抗战前线做军医。

　　民国二十八年三月，张汉泉来了重庆，专程来找栾和文。这次，他私心远远大于公心。意欲恳求老朋友，如今已有通天本领的栾和文，帮他寻访田懿母子下落。他还希望能见到焦成贵，如果焦成贵回国了。

　　张汉泉赶来重庆的头一天，重庆正遭受日军飞机大轰炸。他经过路上，不时看见倒塌的房屋和掩埋亲人尸体时的哭声，他除了确信回国参加抗战正确外，别无能耐。他在重庆等了三天，才见到从外地风尘仆仆归来的栾和文。

　　这天黄昏，栾和文领着张汉泉去了朝天门码头，尽地主之谊要了火锅，边吃边聊。

　　张汉泉也就看了几眼江边那高高的石阶，石阶上的搬运伕，便收回目光。这号全靠超强度苦力挣两个小钱的工作，他干了整整两年，不由得不想起了那批海外工友。他先告知他很想见见焦成贵，得知焦成贵尚未回国，转了话题，说起了海外那批工友很希望政府出面，维护他们的合法权益。他说上次他就想谈这事，田懿的消息令他震惊，竟忘了相求。"再说"，他道，"上次我也没料到如今你的能量有这么大。我是个小百姓，有点不敢开口。"

栾和文答他只能理解、同情那批劳工，这号事儿提得完全不是时候。中国抗战需要美国大力援助，不应该有任何刺激美国政府的行为。"你已经是见了世面的人了，"他说，"该明白有些事情须待战争结束再讲。"

"但是田懿下落的事，你不能不帮忙。"张汉泉对这事很执拗。

栾和文久久不吭声。

张汉泉急道："你说话啊？"

栾和文说："我实在没什么好法子，顶多去报馆登几个启事。"过了好一会儿，他忽一拍大腿，笑道，"我想起来了，有个人，你去找他，这事他多半能帮上忙。你别急，听我说，这个人，就是你原先的姐夫。他现在就在鄂豫皖游击区打游击，离黄泛区近，他兴许能在难民中间打听到田懿的消息，如果田懿真在黄泛区的难民中间。"

他见朋友有点不敢相信，再说："王明山现在是那边的新四军十八旅司令官，手下已发展好几千人。你别不信，国共两党又合作了，但天晓得以后会怎样？我们这边，不可能不留个心眼。我们也不是吃素的。他们有情报，我们也有情报，所以，两边正规军里凡师长以上的军官，姓什么名什么，队伍番号，活动地区，基本上都有数。你去求他，比求我强。"

张汉泉大喜。

栾和文想想，接着说："我们需要抓紧时间。这样行不行，明天，我就给你担保，弄个委任状来，少校军医或中校军医，你别好笑，你够了这个格。办完这事，你在重庆再待几天，我带你去见见几个人，都是有通天本事的人。在中国，要当大官，要办大事，得有门路。无论如何，委任状不能少。一来此去路上，关卡多，须防一手，什么人都有嘛。你提个大箱子，沉甸甸的，一看就知道你是个有钱的人。你的美国华侨医生、南洋华侨志工两个身份，我们认得份量，地痞流氓见了你就未必了。有了这张委任状，通关更顺利。二来你万一找不到王明山，还可以在就近的国军队伍里先待下来，现今有手段的军医去哪里都受欢迎，这张委任状是一份可观的薪水啊。抗战应该，要钱吃饭也应该。"

张汉泉说："做官的事，我没兴趣。弄张委任状，看来有道理。你抓紧办，早点让我上路。"

鄂北群山之中，有个北望豫省，东达皖省的柳林镇。镇上有数千人口，其中士农工商，应有尽有。新四

军独立十八旅司令部设在这里，由此向西北，是它的势
力范围，由此向东南，是武汉沦陷后滞留此地的桂军的
领地。战争态势已变，日军、共军、政府军，此时皆忙
着巩固阵地，不但很少出现大规模战役，而且互相之间
做生意也不令人奇怪。

四处山花盛开，田野开始了农忙景象。一天午
后，一身尘土的张汉泉走来了十八旅司令部大门口，一
个被征用的大祠堂，要求卫兵通报王司令员。他声明王
司令员曾是他姐夫。

王明山印象中原先的妻弟就是个农家孩子，确信
眼前客人不假，也动了点儿感情。晚饭后，他停下一应
军务，领着张汉泉在镇子外小河沟边长谈起来。

张汉泉谈得多，倾情相告，全无保留。王明山听
得时而感慨，时而严肃。他对张汉泉与林阿秀的婚姻，
在雅加达曾开办张林诊所，诊所现在由一名助理医生代
为经营，雅加达商会对抗日的态度，全都很重视，要求
张汉泉再说了一遍。

关于张汉泉与田家父女的缘份，他听后久久不
语，却不能不表示意见。说："你顺便提到的栾和文，
我认识，他给我叫过老师。这家伙滑头，花园口是国民
党炸的，不是共产党炸的，他理应尽一切努力帮你的
忙，倒把难题推我头上。这事，不是我不帮你，委实棘
手，属于可遇不可求的事。"

张汉泉不象在栾和文面前那样说话随便，隐隐觉
得这两个党的抗日依旧冤家路窄，离不开积怨太深。他

不想关注那些事，想的是田懿。他近乎哀求："炸不炸黄河大堤，不是栾和文说了算的。这事做得合不合适，得由历史说话。咱不谈这个。你这里离河南近，这一路上我看见了，常有难民从北而来，或许你比栾和文更有条件……"

王明山松了口："我帮你注意这个事，叫下面部队与难民打交道时，寻访探听田懿母子。不过，我无把握。"

王明山也简略地谈了他十几年的经历。他说当初他逃去广州，一样窘极，举目无亲，身无分文，只能在码头仓库里干只管饭不给工钱的活计，那活计须干满一月才配与工头谈工钱。不久，来了一个共产党人，在工人群里宣讲革命，让他看见一条新路子。那个领路人见他有文化，安排他做了工人夜校教员，给津贴，他就这样干上了共产党革命。生活有了保障，他劲头始足。后来去了军校，做了一段临时政治教官。又去了四军，参加了北伐。北伐路上，他托人探问过家里情况，尽知惨状后倒也心里再无牵挂。他还参加了南昌暴动，他在红军的资历也就攒下了。他坦言他在江西有过不愉快，却说成革命者不经受考验不能叫革命者。正是这些经历，上面也就是延安才放心交给他一支队伍，来创建一块根据地。现在，他在这块地盘上有相当大临机处置权。他坚信，他从事的事业正确，前途光明。

张汉泉答得恳切：他理解姐夫的选择，乱世要生存，从来人各有志，不要强求。感情上，眼下他仍旧偏向共产党。但他海外闯荡十多年，已不再是原来的他。未来会如何？他惟愿王明山是对的。此次，他受雅加达商会所托和赈济分会之命，不介入党派之争只关心抗战。他希望明天能允许他下部队看看，再决定是否就留在新四军工作。当然，一旦抗战形势大好转，对田懿母子又有了交代，他将返回南洋。

第二天晚上，张汉泉向王明山表明了态度。他说承蒙信任，他去了两个连队走了走，虽说是走马观花，所看见的问题仍令他震惊。新四军几乎什么都缺，这样的条件下仍坚持抗日救国，不由他不动容。他要求为新四军尽快工作。既然新四军无薪水，他不要薪水，进不进新四军编制无所谓，只求信任他，只求王司令员尽能力帮他寻访田懿母子的下落。他把那四十两黄金交给王明山，当然要求写个收条，他回了南洋得有个交代。他相信雅加达商会会理解他的决定。为表现诚意，他把那张少校军医委任状也拿了出来。说："栾和文想得周到，这东西路上很管用，镇住过几个眼光不正的家伙。我从巴东下船到你这里，过了十来道关卡，全靠了这张护身符。但它现在没有用了，当你的面，我烧掉它。"

昨天，王明山对张汉泉是心存疑惑的。敌情观念重已成他的本能。现在，他开始了视原妻弟为亲兄弟，却也比张汉泉看得远。他阻止了张汉泉烧委任状，认为张汉泉的多重身份，有利于日后他代表新四军某个医院与各个方面打交道。

关于张汉泉的工作，王明山有了新想法。他原本准备把张汉泉留在柳林镇，现在决定送张汉泉去确山。那儿有个新四军留守处，实际是共产党中原局驻地，常有共产党大员往来或集中，大头目名胡服。这些内情，王明山没有讲也不便讲。张汉泉不关心那些事，但愿意服从安排。

那个胡服，是刘少奇。为这号人物服务，张汉泉的身份已近乎半个御医。当张汉泉明白这一切，是二十八年后的事了。

张汉泉愿意前往确山工作，仍与牵挂田懿母子相关。那里就在中原。他祈求老天开眼，能让他奇迹般找到忘不掉的人。他再一次在心里发下誓愿，无论那对母子沦落到了何种处境，他也要把她们领回老家，让她们过上正常日子。

第十四章

　　田懿没有死，且脱颖而出了。

　　那天她抱着死去的毛头去投井，委实不愿活了。谁知那井是口废弃多年的枯井，井底离井口只有一米多深，当时里面还躲着两个老头儿。他们明白了田懿想干什么后，便劝田懿想开点，好死不如赖活着。这样的劝慰已不可能说动田懿，但有个老头儿说了一句话，竟使田懿的眼皮眨巴了两下。那句话是："这样死，太便宜了那帮畜牲。"

　　田懿就着枯井掩埋儿子后，往西走去，一路上不看任何人，准备了随时拼命。她有过扒乘货车的经历，这次在一个小站上又爬上了一列煤车，一天多就到了武胜关。她要去投奔韩宝生，管他韩宝生是否真土匪。她一门心思想的是，她已经杀死了一个鬼子兵，报了儿子的仇。但是还不够，她还要杀死三个恶棍，报杨四老太和冬瓜嫂母子的仇。她残存的意识告诉她，她已经犯了戒。幼时习武，她爹就多次告诫，非不得已不能动杀心，但她已顾不了那么多了。

　　田懿很快就找着了韩宝生。

　　事情顺利，不失为乱世传奇。田懿在紧挨武胜关的小车站下车后，已然毫无顾忌，见人就问韩宝生的队伍在哪里。过路的山民都不愿意搭理这个一身脏兮兮，一脸污黑的疯女人，却有个爱管闲事的板道老工人察知她尚未完全疯癫，告知了韩宝山的行踪。

　　原来，韩宝生在此地大山里拉队伍已经三年，远近闻名，是政府不能容忍的，尤其据说这个土匪头子是个共党，遂有了几次清剿行动。清剿就是杀人，你杀我，我杀你，冬瓜嫂说韩宝生毒了些，指的就是这情况。约有一年多时间，韩宝生的队伍不知去向。本来以为他们被清剿干净，谁知他们又冒了出来，队伍还有了扩充，有几百人了。时势大变，政府已不能再发兵清剿他们，因为他们打的已是抗日救亡的牌子，况且共党也由匪党变成了友党。这支队伍的官号叫路东抗日游击支队。可以大大方方活动了，队伍上便常有人横越铁路，主要是采办粮食与生活用品。一来二去，老工人也认识了几个经常来采办物品的游击队员。他告知田懿，就在小站上等待，他会叫游击队员领她去见"韩魔王。"一次，他还好奇地问田懿："你们是亲戚吧，你来找他借钱用？"

　　田懿在小站上等了两天，等来了三个游击队员。他们听信了老工人的猜测，以为田懿真是大当家的老家亲戚，便领着田懿上了路。

　　一路上，三个游击队员都不愿与田懿说话，跟一个半疯癫女人说什么呢？他们暗自佩服的是，疯女人随他们走了二十几里山路，居然不叫苦。

　　韩宝生的队部设在一个叫桂花树塝的荒废村落里。当时，他在算帐，盘点几个月的收支情况。说来寒酸，这工作原不该他来做，但他身边竟无人可以代劳。

他的队伍有四百多人了，分作三个大队，队部也就百十号人。他的兵和将，不是文盲就是半文盲，全支队的钢枪加一起也就一百多支，等于三人一支枪，不提高素质实难上大台面，好在不乏蛮勇之士。当那三个兵把田懿领来他面前，他吃了一惊。他已经忘记了田懿。

田懿一见韩宝生便双膝跪地，哭道："兄弟，你救救我，收留我，你答应过我。我会好好干活，不让你为难。"

韩宝生好一会才认出田懿，挥手叫队员们出去后，想了想，便去扶田懿。田懿却突然倒地，昏了过去。

队部另有五个女兵，皆为无家可归孤女，组成一个炊事班。韩宝生叫来她们，先把田懿抬去营房歇息，再命她们待田懿醒来熬点红豆稀饭，尽可能放点糖。

田懿昏睡了一天多才睁眼，喝了大碗红豆稀饭，眼珠儿才转动。她又睡了两天，才见着韩宝生，因为韩宝生去了其他大队。她的神志已恢复一半，洗了澡，换了一套女兵的衣裳，有了点儿模样。当韩宝生走进女兵营房，她忙站起来，朝韩宝生深鞠一躬。

韩宝生道："大姐，我说话算数，你可以安心留下来。"

田懿答："我知道，兄弟不是俗人。"

"你还要休息几天。"

"我可以干活了。"

"不行。"说过这话，韩宝生就走了。

又过了几天，田懿被喊去队部。韩宝生说："我这里好歹是支队伍，以后还要发展，朝正规路上走。有些手续，也要履行。你写份简历，交给我，可以在这里写。"

田懿填写过多次表格，那是在反省营在看守所。这次不知怎么地，她手抖得厉害，笔都拿不稳。她明白不写不行，只想简略再简略。写自己名字时，她嫌懿字笔划太多，索性写作一字。这样她就无形中给自己改了名字，叫田一。整份简历，她写了不到一百字。她不愿写得太实，心想那得写上上千个字。

韩宝生却对这份简历表示基本上满意，是因他看见了田懿字迹端正，没有文字根底写不出来。他问："你叫田一，你不是汉族人吗？"

田懿慌道："我是汉族。因母亲不是汉族，所以……"

"这些不重要。重要的是，你找来我这里，不会没想法？"

田懿答："我已走投无路。我实在接受不了这个生活，不想活了。但这不应该是个一了百了的事。如果能把日本兵赶跑，世道变得好点，我就回老家去，了此残生。"

"你说话不做作，应该这样。"韩宝生转过话题，"现在谈谈你的工作，你去炊事班，当班长。"

田懿又慌道："我如何能做官，我只求做事。"

"这叫什么官？我需要量才使用，就这样定

了。”

　　田懿渐渐恢复了常态。说来也怪，生活和心情一稳定和充实，她脸上又有了血色。不尽的苦难消灭了她曾有的少女少妇的妩媚，却未消灭掉她的端庄，反倒显示了两分凛然不可侵犯气质。她终究只有二十六七岁。不过，要让游击队员认可她的凛然不可侵犯，她也得有出众表现。而她的不同于那些女兵之处，很快就表现出来了。先是炊事班有了明细帐，一笔笔帐目，明白清楚，再不用韩宝生多过问。接下来每有游击队员发烧、腹泻乃至筋骨受伤，她能寻来中草药就地治疗。再就是她带头在女兵中推广讲卫生习惯，另建议以后游击队员都要刷牙，干这些活儿，她惟恐不尽力，随喊随到。还手把手教女兵识字，为男队员写家信。她只有一点不近人情，拒不回答她的家庭与婚姻情况。

　　田懿的不近人情其实是迫于无奈的保护色。游击队员整体上素质之差，越来越令她震惊，对她不怀好意的目光屡见不鲜，这号事儿，韩宝生也无奈。“当兵三年，母猪也成貂婵。”乃古来通则。她对婚姻，爱情已心如死灰，便明白她需要自我保护，杜绝后患。她庆幸她的爹教了她武术，震慑住了很多人只能收敛自己。

　　两个月后，炊事班女班长有点手段的传说，其他大队的游击队员都知道了。就连头儿韩宝生，每见田懿都会嘱上一句：“该歇就歇着。”

　　十月一天，支队召开了一次特别会议，所有称得上长的人都召了来，讨论是否由十八旅收编的大事儿。田懿也是长字号人，也被叫了来参加会议。

　　与会者约三十人，不同意由十八旅收编的意见略占上风，理由是新四军太穷，规矩不少，过穷日子还不自由，不划算。头儿知道这支队伍底细，讲大道理没用，强耍头儿威风也不太好。末了决定投票。投票结果，十五比十四，不同意去十八旅的人占了多数，就是那个十四人，也有几人态度很勉强，明显是冲着头儿的面子来的。田懿不肯投票，她不关心这号事，又以为她不属于战斗部队，还是个新手。

　　韩宝生把目光投向田懿："田班长，你是队伍的人，应该投票，有权力投票。你站哪一边？"

　　田懿脱口而出："支队长领我怎么走，我就怎么走。"

　　韩宝生道："这么说十五票对十五票，就看我了。我嘛，干共产党几年了，当然去十八旅。就这么定了。"

　　接下来会议又讨论了一件大事。通往邻县的一条才修通的公路上，紧靠山区有个百多户人家的村寨，是支队第二大队的活动区域。现在来了八个日军，另加二十来名皇协军，有一挺机枪，要在村寨边建炮楼。据情报，这几天正在征集民夫，准备材料。这伙人现住在村里周大户家，那是一幢四周有高围墙的瓦屋，在屋顶上居高临下，可以俯瞰整个村寨。一个极有利的情况是，电线尚未架到村寨，估计炮楼落成，电线就会架过来。另据情报，炮楼落成，公路还会朝山区推进。到了那时候，整个支队的活动都会受到严重影响。现在，支队部根据二大队的请求，决定消灭这股敌人，作为参加十八旅的见面礼。由于队伍从未与日军交过手，这一仗怎么打，得有个计划。

副支队长素有蛮勇，也是凭蛮勇做上的副支队长，加上他与二大队大队长拜过把子，会上特别主战。他认为，有二大队一百多号人就够了，足以消灭敌人。韩支队长却认为此仗重要，一定要干漂亮，不可以让十八旅的人看不起，因此，他决定用二大队加上支队部兵力，用八比一的优势争取尽快结束战斗。具体计划：距离也就二十多里路，兵贵神速，也是为防走漏消息，散会就行动。要求半夜时分抵达战场，拂晓前完成战斗准备，趁敌人尚未起床时发动进攻，天亮时分结束战斗。

会上，韩宝生也交给田懿一项任务，马上赶做烙饼、饭团，送上战场供夜战士兵作夜餐和早餐。

田懿领着五个女兵，干了个多时辰，才赶出二百多人的夜餐。她们赶到战场，战斗已打响。

战斗并不是副支队长想象的轻松。熹微中，两个日军一看情形不对，马上爬往屋顶，借助如白昼的月光，机枪响个不停。那些皇协军在六个日军威逼下，也不得不卖力，见到爬围墙的游击队员，举枪就打。战斗进行了个多钟头，二百多游击队员仍旧只在围墙外咋呼着，冲不进去。

又一轮进攻开始。副支队长杀红了眼，率先登上梯子，正待跳下去，一梭子机枪子弹扫来，当场牺牲。至此，游击队员死了三个人，伤了十一人。

韩宝生喝令暂停进攻。他好不窝火，未料到日军机枪手枪法特准，单兵作战能力很强，他却没有重武器。天色已快大亮，时间不等人。他又一次把带长字号的人召了来，要求大家献计献策。

二大队大队长首先提议：下一轮进攻一定要成功。他认为多数人害怕机枪，还是怯敌思想作怪。"没什么好讲的"，他叫道，"从来重赏之下有勇士。我们要为二当家的报仇。这一次，谁杀敌最多，谁就做二当家。"他的提议得到绝大多数人支持。

韩宝生不能浇灭绝大多数人的士气，但他更关注如何出奇制胜。一脸通红的田懿忽然霍地站起身，急忙忙道："支队长，各位兄弟，咱们何不用火攻？"

一个中队长不满道："这是打仗，不是伙房和面。火攻，一点风都没有，又是瓦屋，火怎么烧？"

田懿脸愈红，声音愈急："火攻是虚，烟薰是实。赶快挖通几处围墙，抬几部风车来，先丢柴火进去，风车朝洞口送风。只要烟雾腾腾，敌人看不见目标，我们就能翻墙冲进去。"

韩宝生大悟，马上拍板："这主意有道理，照田班长的话做，马上行动。"

天大亮了。游击队员已准备就绪，在围墙两边分别打通了一个大洞口，准备了十几大捆柴禾，抬来几部吹谷屑的风车，皆对准洞口。随着韩支队长一声令下，一把一把着了火的柴禾从围墙外扔进了院子里，同时风车劲转，果然一下子便烟雾腾腾。烟火透不过高大围墙，转朝屋子扑去。围墙内，传出了皇协军的阵阵怪叫声。屋顶上的机枪哑了。

游击队员欢呼着，从墙上，从洞口，涌了进去。终究人多势众，本来就斗志不强的皇协军很快投降。不过，几名日军拒不投降，他们分别躲在暗角，不顾烟薰眼睛，仍在顽抗。这当儿，田懿哀求韩宝生，给她两颗手榴弹。

韩宝生一口回绝："女兵不参战。"

田懿近哭声："我认你是个人才，有眼光，你不该太看扁我。"

韩宝生看见了田懿眼里的极度悲恨神态，听出了田懿已近绝望的哀求语气，破例同意了把仅有的两颗手榴弹都给了田懿，叮嘱一句："你给我注意安全。"

太阳快出来时，战斗结束了。游击队员又牺牲了一个人和重伤了三个人。缘由要结果一名日军士兵，非几个人合力不可。然而，田懿一个人就干掉了三名日本兵。原来那三个日本兵躲在一个半露天的牛栏里面，守住一堵砖墙角，非从较高处从最佳角度投弹，不足以迅速制服他们。田懿投出的两颗手榴弹，皆在墙角里炸开。田懿的这一手功夫，多数游击队员想都不敢想。

当田懿仍旧涨红脸，呼着粗气，在十几个游击队员的欢呼声中与簇拥下，揩着三支三八大盖走向支队长，韩宝生一下子仿佛才识得田懿，忙不迭道："辛苦了，辛苦了，快歇会儿。"

为防敌人援军赶来，队伍马上转移，前往二大队驻地。缴获可观，人人兴高彩烈，纷纷要求头儿买两头肥猪来个大会餐。很多人仍感慨不已，夸田班长会出主意，手段了得，不然呐就算最后打了胜仗，一定会死伤很多游击队员。但是，无人提及曾经的诺言，谁贡献大谁杀敌最多，谁就做副支队长。二大队大队长一路上一反常态，不再喊叫。他不能把当众说出的话儿收回来，想不通事态的变化是新来的蛮女人要做二当家。

韩宝生决定队伍在二大队驻地休息两天，搞个大会餐。会餐地点是个晒谷坪，一时间欢笑非常。有钱便好办事，也就个把时辰，村民便送来了两头大肥猪，六七担各式菜蔬，坪里架起了几口大铁锅。为了早点开荤，很多人主动来帮忙，田懿身为炊事班长，手脚更不得闲。快要开餐时，韩支队长再一次召集长字号的人开了一个会。会上，他声色俱厉："我们是队伍，马上又成了新四军。军令如山，军中无戏言，这两条做不到，我们岂不成了打群架的乌合之众？"

没有人敢抵制头儿的义正词严。

韩宝生再道："现在起，田一班长，就是支队副支队长。谁不服，站出来，把理由讲出来。"

只有田懿站了起来，涨红脸道："不可以，不可以，我就做炊事班长，知足了，你们……"

　　韩宝生不让她说下去："你不做都不行。你不做，还让不让我带这支队伍？"他扫一眼其他人，补一句，"副支队长以后称不称职，是以后的事。相信十八旅看人不会比我们差。现在，请副支队长讲话。"

　　田懿不敢再让恩人为难，听得出来支队长有心要抬举她，但怕以后会误恩人的事，便尴尬地在围裙上拍了好一会儿的灰，但到底红着脸大声道："谢谢弟兄们，谢谢。我说两句话，一、我会好生做事，答谢弟兄们错爱。二、支队长已经定下了大肉平均分配，我建议分今天明天两次会餐，要提防有人闹腹泻，我讲完了。"

　　十几个大队长、中队长、小队长鼓起了掌。

　　十天后，这支队伍悉数开拔，去了柳林镇接受改编。

　　这不是小事儿，旅部召开了隆重的欢迎大会。会上，司令员兼政委王明山，副旅长，一位参加过从江西到陕北大撤退的参谋长，轮流发言。

　　旅部作出决定：调两百名老兵充实新队伍，补充部份枪枝弹药。新队伍的正式番号，十八旅路东指挥部。团级架子。依照改编惯例，路东指挥部原有指挥机构、人员原则上不变。为使新队伍尽快走上正规，形成较强战斗力，需要建立党的组织。

　　同时，依照惯例，司令员要接见新队伍的主要干部。

　　田懿还不能适应新生活。几个月前，她还在难民队伍里过着天天提心吊胆的生活，承受着不堪承受之重。而今，她做上了副指挥长，推都推不掉。她好犯难，副指挥长不同于炊事班长，怎么做，她胸里无底。另者，欢迎大会上，她惊讶不已，这个大官儿不就是江西呵斥她走开的黑脸汉子吗，不准还是张汉泉曾经的姐夫。如果王明山找她单独谈话，询问她的身世来历，她该如何回答。

　　田懿决定，往事能隐瞒就隐瞒，想必这个司令员认不出她。因为若非黑脸汉子呵斥她，她也不会对黑脸汉子留下印象。她实在不愿触及心灵的伤痛，也不愿意落下个与黑脸汉子结亲攀高枝的名声。

　　第三天，王明山果然接见了路东指挥部原先中队长以上的干部。田懿心安的是，王明山对那批女囚犯没了印象，认不得她了。另者，王明山也没有询问他们的身世、来历，主要是勉励他们参加新四军后，要加强学习，提高觉悟，坚决跟党走。再指示韩宝生，在营连级干部里先行发展几个党员，成立党小组，日后成立党委会。对田懿他多说了几句话，表扬田懿那场战斗表现出色，立了大功，为新四军争了脸，愿新四军有更多的女英雄。

　　接见完毕，韩宝生约田懿去小河边走走。他先开玩笑道："二当家的，我越来越不识得你啦。你的综合素质不比我差，你再看看自己，现今一身新军装，漂亮的绑腿，皮带、手枪，哪有半点你原先的模样。"

田懿说："工作以外，你是我从心里认可的好兄弟，弟弟取笑姐姐，有点不好。"

韩宝生大笑。

田懿也笑笑。韩宝生的话，她听了更多的是暖心。她低头望一眼自身，油然而生几分自豪感。其实，换上新军装，几个主要头儿都照了一次像，那次她就对自己的形象很满意。但她很快就不笑了，最怕韩宝生细问她在杨家的事。她有一个感觉，韩宝生不会真正满意她写的履历。

韩宝生转上正题："王司令员指示，你也知道，改编结束前，路东指挥部得建立党小组。现在，指挥部就我一人是党员，成立党小组少不得三个人。所以，你马上写申请，我做你的入党介绍人。介绍人得有两个，我去劳驾司令员，他多半肯。"

田懿直摇头："不，不，我不想进党，我不配。"

韩宝生颇不悦："路东指挥部里，你不配，你说还有谁配？"

"就算现在没有，以后也会有。"

"我能等到以后吗？我这个指挥长，天天得工作。眼看六七百人了，再过上几个月，发展成千把人很可能。这么个摊子，我没几个得力帮手怎行？原先我没考虑过你，那时候不知道你能够帮我很多忙。你认我兄弟，好意思看我笑话？"

田懿大为惶恐："兄弟言重了。行吧，你怎么说，我怎么做。"忽又央求，"我从不喜公文。你帮我写申请书，我抄一遍。"

韩宝生很无奈："姐啊，我摸你心思不透。"

十天后，路东指挥部党小组成立，成员是韩宝生、田一、王则普。王则普是旅部派往路东指挥部的政治部主任，一个年轻的大学生。

年底，路东指挥部回了原来活动的区域。根据旅部指示，当前任务是向山区纵深发展，扩大队伍，练兵，帮助乡民建立各种组织，尽量不去铁路线与日军硬碰硬。

田懿感觉从来没有象现在的日子过得充实，是因每天都很忙碌，没得时间去想与工作无关的杂事。队伍已发展成了九百来人，分作了一、二、三营。指挥部直辖百来人。她每隔几天便跑一个营，用请教的语气跟营、连、排长说话，请他们把实际困难讲出来，她负责传达。她没有架子，不会打官腔，下面人便欢迎她常来，无形中增加了她的工作量。发动民众是她工作大头。靠讲大道理和抖威风是拢不来民心的，多讲将心比心的朴实话儿才受欢迎。每进一个村，她还要过问民兵、妇救会、青抗会乃至儿童团的工作。她发现，当副团长只要不生邪念其实无需什么技巧，当然一个重要原因是人心喜往高处走，乡里山里的青年男女皆渴望见世面，视她为楷模。时常，她也不得不容忍一些极不卫生习惯和落后习俗。例如，你不能嘲笑老婆婆的小脚，只能批评不能恐吓男人们欺负老婆的言行。她已很少过问炊事班工作，不再主动去教士兵们识字，后者是王则普的工作，她需要识趣。她比谁都关心团卫生队的业务，因为经费极少，缺医少药，她只能手把手教几个卫生员用土方子和中草药治疗一些常见病。总之，她仍旧惟恐不能给指挥长分忧，认定韩宝生掌管全盘够操心了，她不能做无情无义的事情。

田懿和韩宝生的情谊越来越密切，这是一种双方都心照不宣的近乎苦涩的关系。韩宝生从不探问田懿在杨家的往事，也不去过问田懿是否另有成家的盘算，现在田懿明白了韩宝生是不愿去她伤口撒盐。田懿一样不去提及韩宝生的家庭变故，深信指挥长内心不会对母亲的去世完全无动于衷，她对此的任何关心都会效果适得其反。田懿很想物色到一个配得上韩宝生的好姑娘。每隔几天，他们会在指挥部待上一会儿，有工作谈工作，无工作就默坐，无言胜有言。

但任何事物皆有负的一面，不久，后患出来了。

第十五章

张汉泉在竹沟镇医院工作了七个月，期间，他在医院外面见着了从黄泛区过来的数百名难民，向他们打听田懿母子的情况，一无所获。他仍不愿死心，信心却也受到了毁灭性打击。他不得不作出计划调整，再待上五个月，满一年就回南洋。那边一对母子，同样令他牵肠挂肚。

张汉泉不曾料到，王明山赶来了确山，竟是催促他快点儿动身回南洋。

王明山说了他的来意与计划：国内抗战已进入相持阶段，日本要迅速吞下中国已明显地力不从心，但中国也没得实力现在就打败日本，本来时间站在中国一边，大可以松口气，新情况又出来了。欧战已爆发。此事从长期看对中国有利，短期内就未必，因为大家都忙于应对自个眼前的事，对中国就多是声援而不是力援。国民党对相持的承受力比共产党对相持的承受力大多了，人家终究是国际上公认的合法政权，接受外援名正言顺，另有未沦陷区税收。看来相当时期内，共产党和军队的生存，全靠自己想办法。具体拿十八旅来说，现在已经上万人马，政府发的军饷到了十八旅，只够一个团的吃饭，也就仍旧样样短缺，突出如武器、弹药、医疗器械和药品。有些必不可少的药品，如麻药，比金子还金贵。他思来想去，觉得张汉泉这里是条路子。如果张汉泉能赶回南洋，重掌那个诊所，再去商会走点关系，说不准能替十八旅筹集到一些必需药品。那样的话，张汉泉对抗战，对新四军的贡献就更大。"一句话"，他掷地有声，"共产党不会忘恩负义，会记得你这个朋友。"

他惟恐张汉泉不尽相信，又补上一句："就凭你在滇缅路上的工作和在留守处的工作表现，你就尽到了中国人的责任，对得住共产党。"

张汉泉道："那些话说多了没意思。我看，今天我把工作向医院领导交割一下，明天就动身。只是……"

"你尽管说出来。"

张汉泉声音都嘶了："我能力有限，回南洋后只能尽力而为，但愿能多帮新四军一把。实不相瞒，海外华侨对共产党的印象不很好，也许是不了解情况。我会对他们解释，无论如何，现在是国难当头，反侵略压倒一切，你们是在抗战。再说点我个人的事。我不能抛下阿秀母子，这是我的责任。田懿母子，我更放心不下，田家父女，是我的亲人还是我的恩人，可是……我走以后，请你在能力范围内，继续帮我寻访他们。再就是，这次回国我带了一点钱，一直没敢动，它是我开诊所所得，加上滇缅路上薪水都是干净钱。我交给你，万一找到田懿母子，你转交他们，让我良心稍安。当然，必要时你也可以用于公事，拜托姐夫了。"

第二天，张汉泉就匆匆上路了。走前，他送了两张像片给王明山。

　　夜已深，桂花树塆隐没在无边的黑暗之中。指挥部里，围着一堆柴火，三个头儿开始了争吵。

　　事因两件事而起。一是团部已接旅部指示，调政治部主任王则普去抗大分校学习，为期三月，工作暂交副指挥长代理。二是路东指挥部三营不久前打了一场伏击战，消灭了十几个皇协军，击毙了三名日军，那三名日军中居然有个少佐，骑匹大洋马，团部视大洋马为宝贝。王主任要求此次去学习，最好另派名警卫员保护他，因前些天确山留守处遭到了国民党地方部队包围，后遭血洗，现在路上很不安全。再就是坚决要求骑大洋马走，理由是他骑马走得快，他也够了这个资格。

　　王主任说话先也委婉："若非确山出了大事，我也不会提这些要求。这不是怕死，是不值得。请你们考虑一下。"

　　韩团长不容分说："不行，要求过分了。"

　　王主任不示弱："来十八旅之前，我在军部待过一段时间。叶军长，项副军长，我都见过，他们说话不是这样。"

　　团长道："你拿军部说事，是压我呢，还是摆资格？你说清楚。"

　　王主任自知失口，但硬撑着："我没别的意思，同事之间，什么事不能商量？"

　　韩宝生半是发了牛劲，半是发泄不满："王主任，不是我说你。你来这里，我们发自真心欢迎你，心想都是年轻人，你还在项副军长身边待过，我们齐心协心，准能带好这支队伍。但是，你以后少唱点高调，多做点实事好不好。比方说，你给下面人作报告，讲形势，教他们识字学文化，应该循序渐进，先讲他们听得懂的话。别一开口就是马列主义，连我都有点听不懂，会有效果吗？再说，田副团长比你忙多了，人家终究是个女同志，我们比她清闲，过得意吗？这次你去学习，是好事，说明上级重视我们团。我听说了，你回来后，田副团长也要去学习。你们通过学习，回来可以更好地帮助我，我高兴啊。但是，为什么去学习，连态度都不端正，能学个什么归来？你这次非要骑大洋马走，你不会不知它是两条命换来的，如果没这匹大洋马，你走不走？还有，左边一个通讯员，右边一个警卫员，抖什么威风？"

田懿急接话："既然形势有了变化，路上不安全，派个警卫员，我觉得不是不可以。不过，如果要确保安全，就是调一个连护送，也做不到绝对保险。骑大洋马走，我不支持，这有点摆谱，更重要是，这样一来反而目标大，有害无益。"

王主任恼怒道："说来说去，我尊重你们，你们还是一个鼻孔出气。别以为我是瞎子，你们什么事都抱作一团。这样下去，岂不成了你们的私人军队？你们说，我待这里有什么意思？说我实事干得少，你们什么事都管着，我插得上手吗？我强行插手，不是争你们的权吗？”

田懿激动起来：“王主任，你想到哪里去了啊，你把我们看成了什么人？权、权、权，不提这个事就不过日子，不干工作？我和团长，除了工作，也就一个姐姐和弟弟的关系，因为团长救过我几次，我回报他一点点不该吗？你真把我们看得那样下作，老实讲，我会瞧你不起。”

韩宝生接话：“照田副团长话做，派警卫员，现有的通讯员留下。大洋马，留下。少数服从多数，散会。”

王主任气呼呼地走了。

许久，田懿开口：“团长，我们是不是也有不妥的地方？你的话我的话，是有点冲。王主任大学毕业就投了新四军，要肯定人家这一点。他家境好，没吃过什么苦，有点少爷脾气和虚荣心，也正常，慢慢来。我去找他谈谈，莫把关系弄僵。”

团长松了口：“你怎么跟他谈？”

“以诚相待，我先向他认错……”

韩团长忽变口：“凭什么认错？我也是大学生，原先家境也富裕，我就没他这多骄气。由他自己去想。你不要去。”

俩人又坐了一会，商量王主任走后的工作问题。韩团长说：“思想工作这摊子不能丢下，你还得代劳。有空，我会来帮你。”

田懿很犯难：“这工作我真不在行，我一本马列书都没读过，叫我讲医书还勉强可以，怎么去作政治思想工作？”

韩宝生换了称呼："姐，你不干也得干。我透个风给你，不光司令员，副旅长也肯定你的工作能力和工作作风，可能要你做政委，你该听说了，咱八路军，新四军的副职，其实很多都是政委，是正职。我们团是新团，有些事没来得及。"

就在这时，一个哨兵匆匆赶来，告道："王主任走了，骑马走了，一路走一路骂。通讯员跟着他。"

团长副团长皆吃了一惊。

王主任走后第四天下午，韩宝生去了一营检查练兵的情况，田懿去了二营和三营，分别作了一场形势报告。报告内容主要是各战斗单位一定要提高警惕，防止国民党军队突然袭击，因为出来了摩擦战。田懿并不知晓摩擦战的背景，是上面叫她说什么就说什么，另凭本能就认为，国民党军队应负破坏抗战的责任，因为八路军、新四军眼下是弱者，打仗不是闹着玩儿，没哪个弱者会蠢到去挑衅强者。她的实在话比王主任作报告的效果强多了。

由于奔波了一天，夜里，田懿早早睡了。

下半夜了，突然间，田懿房门被踢开，惊醒的田懿一下子傻了眼。桂花树墕无数火把高举，已重兵压境，不知来了多少人马，却是自己人，带队的就是旅参谋长。

　　田懿不能反抗自己人，乖乖地被下枪，又被五花大绑，押去了指挥部。指挥部里，摆着一张长条桌，桌前跪着韩团长，一样五花大绑。旅参谋长一落坐，马上便有十来个营连长分别站在他两旁，两个人作记录。

　　田懿先看一眼团长，团长一脸茫然。她再扫一眼那些个营连长，其中几人曾打过照面，便明白了旅部多半调了一个加强团过来。但要干什么，为了什么，她就不知道了。

　　审讯开始。

　　旅参谋长先面对韩团长，厉声道："韩宝生，你狗胆包天，竟敢拉队伍叛变。先交代你们的罪恶计划。"

　　韩宝生已是泪如雨下，喊道："冤枉啊。我明白了，王则普公报私仇，这是陷害，是谎报军情，请上级明察啊。"

　　旅参谋长冷笑道："谅你们也不敢承认。被你们逼走的王主任，是从军部来十八旅的，一直表现优秀，政治觉悟高，他为什么要陷害你们，要谎报军情？"他愈说愈怒，"你们急于赶他走，难道不是怕他看住你们，妨碍你们叛变？"

　　韩宝生再哭喊："拉队伍叛变，我一个人做得到吗？想都不敢想的事。请你们问问这个团的任何一个人，有没有叛变这个事？"

　　旅参谋长把桌子一拍，骂道："你们这对狗男女，十八旅待你们不薄，没想到……"他离开桌子，走近韩宝生。"你是一个人吗？那个，不正是你的助手。再说，谁不知道这支队伍是你带出来的，原来的人，都听你的，你拉他们叛变，容易得很。"

韩宝生瞠目结舌，已近绝望。

旅参谋长轻蔑地道："没词了吧？没错，参加新四军，你韩宝生先派人来十八旅联系的，但这不能说明今天你的变化。你今天的变化，是有基础的。你毕竟出身于大地主家庭……"他猛地转身，逼近田懿。

"你这个狗特务，装得多像啊。"旅参谋长近乎吼，"对你，我们早就作过分析，作了必要的调查。你从湖南到江西，从江西到河南，每到重要时刻，国民党一个大军官就出现了。他给你分配了什么任务，你自己知道。我们愿意冤枉自己人吗？只说一件事，你投韩宝生，为什么要报假名字？你真名田懿，材料上写的是田一。你想干什么，安的什么心？无论如何，你入党后，该把情况向组织讲清楚。不向党交心，就凭这一条，你就存在重大敌特嫌疑。我们有理由怀疑你用苦肉计，混入我革命队伍内部，等待时机。本来，我们还想观察你一段时间。司令员去军部开会，走前也交代过，你的历史不清。现在，你以为时机成熟了，就策动韩宝生，难道事情不是这样？"

田懿早已脸色煞白，但没哭没喊。现在，她一见阵仗，便作了赴死准备。在作出赴死准备的一刹那间，她脑海里浮现了几个熟悉的人影，她的爹、她的姨、老铁匠、张汉泉、小毛头，便转念去阴间就去阴间吧，那里有等待着她的亲人。

田懿不吭声，进一步激怒旅参谋长。"你说不说？"他大吼。

田懿到底开口，声音透着颤抖："我请首长和同志们静听，尽可以枪毙我，我无怨言。当年太平天国大运动，自己人杀自己人，何止亲痛仇快这么简单。现在我只一个请求，暂且留团长一命，待真相出来，如果真有拉队伍叛变一事，再枪毙不迟。为什么，他是一个难得的人，任把他放在哪里，他的死都是一个挽不回的损失。"

几个连长不耐烦了，异口同声："不要啰嗦了。不打，他们不会招。"

"动手。"旅参谋长下令。几个连排长走了过来，五六条扁担，争先恐后地落在团长、副团长身上。

天已大亮。指挥部里，韩宝生和田懿早已血肉模糊，不省人事。旅参谋长和几个营长也开完了紧急会议。

会议决定：宣布路东指挥部叛变，撤销路东指挥部番号。路东指挥部原官兵，愿留者分插其他团去，不愿留者就地遣散。两个"罪犯"，军法从事，就地枪决。

这两个"罪犯"也是命大，才散会，辛苦了一夜的官兵吃早点时，一阵急骤的马蹄声传了过来。那是王明山和警卫员。王明山离开确山返回十八旅，绕了点道，趁夜色赶来视察路东指挥部。

王明山对桂花树塆的萧杀之气不觉得很惊奇。他一样在江西就有了免疫力，那时候自己人杀死了多少自己人，他已不愿意去回忆。不过，他很器重韩宝生，不能不多问问情况。

旅参谋长自当如实汇报。他说，旅部接到王则普派通讯员送来的密信，无不大惊失色。这号事从来耽搁不得，宁信其有，不信其无。旅党委紧急会议决定，由他调动一个加强团，全权负责平叛工作。

王明山关心的是叛变的证据和"罪犯"的交代。

旅参谋长把审讯情况讲了一遍。末了道："无口供，口紧得很。"

一个营长插话："谅他们也不敢承认。"

王明山并没有说什么，要来审讯记录，一看，眉头皱了。他被田一，田懿四个字惊住了。他问参谋长："这个田一，真叫田懿，做过花园口难民，先从湖南到江西，又从江西到河南？"

"错不了。"参谋长答。

"你们是怎么知道她真名叫田懿的？"

"上个月招了一批新兵，其中四个人是来自花园口中山铺的难民。一人做过韩宝生家的长工，他们都知道田懿在李子园、中山铺以及在郑州被抓获的事情。韩宝生救了她，她又来投韩宝生，这里面的关系经不住分析，因为像是苦肉计。"

"苦肉计，苦肉计。。。。。。"王明山自言自语。

参谋长补充："我们一致认为，如果不是身负特别任务，这个女特务从监狱出来，就会急于往老家赶，怎么可能再去仇人家认亲？太假嘛。"

王明山忽道："你这话就有毛病，如果是什么意思，就是含有不能确证的意思。这样吧，先救人。等上几天，把情况搞清楚一点再说。"

王明山忙了个把钟头。他责令参谋长马上带队伍返防，返防后以旅部名义，命令王则普立即返回路东指挥部，如果此人去向不明，应尽速查明去向，采取对策。他暂时留下，代行团长职责。之后，他召来几个连排长，那是他从其它团安插进来的老兵，逐一询问，得到的回答是：他们看不出正副指挥长有反常行为。因事体重大，又突然，他们只能拥护平叛。

第三天下午，韩宝生醒了过来。田懿比他晚苏醒半天，因为她挨的扁担更多，那些连排长对特务更加痛恨。

此时，旅部已派通讯员骑马送来消息，王则普已不知去向，可能投广水或信阳的日军去了。

王明山在韩团长床边坐着，说："是你先派人来找我要投新四军，凭这一点，不容我不多想想。好险啊，你和副团长差一点点。。。。。。"

韩宝生眼睛湿了。他自苏醒便关心副团长是否活着，是因田懿对旅参谋长说的话，那只能是从心底里出来的话，是视他为至亲的话，他如何会不记在心里？

"真相已明。"王明山道，"静心养伤，军务有我。"

黄昏时，王明山去了田懿病床。他示意田懿不要说话，听就是。他说："团长已醒来，我嘱咐了他，真相已明，静心养伤，军务有我。这话，一样适合你。"

田懿嘴张张，想说话，说不出来。

王明山又走了。

翌日上午，听卫生员报告副团长喝了半小碗米粥，王明山马上赶了去。田懿半躺着，呆呆地看着外面。

"你想什么？"

"没想什么。"

"想哭，你就哭。"王明山大动真情，"我是你领导，还是你姐夫。你呀，你呀……"

田懿默然。她没得心情多想别的事。

"这么说来，我们在江西就碰面过。当时，我对你们实在无能为力。你嘛，哪怕赶快说出一个名字出来，说现在。待会我告诉你一个天大好消息，先说两句这次不幸。你原谅他们吧。参谋长曾是我在江西做师长时下面的一个连长，不是歹人，就是常冲动，有点听风就是雨。"

田懿开了口："我入党几个月了，听了一个名词，要随时接受党的考验。初听有道理，现在……"

"你只管说。"

"有些考验会让人寒心，很不好。太平天国的天京内乱，也是考验，考验掉了多少生命，逃过考验的人被迫心态变形，人格变形，最后把天国考验完了。刚才，我在想这个……不瞒首长，这是我爹的血泪遗训。太平天国的王爷们，不是多数人讲的那么光彩，悲壮。"

王明山一下子发了愣，仿佛才识田懿，万万没料到她说出这号话。他不知道如何回答，只能避重就轻："我知道你爹，叫田梅生。"

田懿惊了，敏感到了什么。

王明山使用的已是长兄语气："难怪我的兄弟对你念念不忘。我衷心祝贺你，他还在，几天前还在新四军，他成了美国华侨医生，南洋赈济分会的志愿人员。我不瞒你，我弄清楚了你们的经历后，好一阵子说不出话。现在我只能说，他眼光好，没有爱错人。你一样眼光好，找了他。他没有辜负你。"

田懿听得不甚明白，盼王明山快说。

终于，田懿知道了一切，泪水连连流淌，却是激动喜悦的泪水。她无法做到控制自己，已近语无伦次："他……好傻，真傻，仍是个死心眼，还没有变……"

田懿又哭又笑了好一会才把心里话儿说连贯："我知道他走到天边都不会忘记我，可我今天还是很意外，受不住。现在我只能说，我好想见他。好想像先前那样，两个人在一起，事情商量着办。就算我在他面前撒点小性子，反正他也会让着我。太好了，我死了的心又活过来了。”

王明山开始打心眼里欣赏这个女下属，半责怪半开导：“你把懿字改成一字，就一念之差，害自己多惨。我若早知道你是田懿，你和他早相会了，不就几百里路程。我嘛也有错，不全是忙的问题，该找你单独谈谈。谁想得到啊，江西那个蒙冤的女犯，就是十八旅的女英雄，路东指挥部副指挥长。参谋长追究你对党组织不忠诚的问题，方法粗暴、武断，说到底是不了解情况。共产党确实看重这一条，以后可得高度注意。你在我手下，不会是问题，怕以后啊。依你的能力，你会有造化，你刚才说的太平天国的那号事，十八旅没有第二个人说得出道道。可是，有句话叫做皎皎者易污，记住啊。”

田懿很认真：“可能是任性吧，禀性如此，怕难改了。为防覆辙，你可千万不要提拔我。我若还是炊事班长，这一次就不至于……”

王明山苦笑不已。

不过，王明山隐瞒了一个重要情况，便是林阿秀母子的存在。他开不了口，暗忖还是由张汉泉日后说出来好一些。

王明山另告诉田懿与张汉泉通讯的南洋地址，拿出两张张汉泉给他留作纪念的照片，加上那笔钱。那两张照片，一张是张汉泉与爱丽丝及丈夫、弟弟的合影，一张是滇缅路上的工作照。他说：“这笔钱，你是他指定的接受人。你怎么处理，我不过问。照片嘛，你好生看过后，希望还我一张，他有志气，我脸上也有光，对不对？”

田懿已近失态，把两张照片翻来覆去地看了又看，很不舍地把一张工作照退给了王明山。关于那笔钱，她一样放在手里摸了又摸，有外钞，有银圆。她笑道：“这上面有他的体温，浸透了他心意。放我身上几天吧。过几天，我再交出来，充军费。现在我不需要钱。他回来了，抗战又胜利了，我就复员。以后他坐诊，我做助理，我们养得活自己。”

几天后，韩宝生在两个卫生员搀扶下，进了田懿房间。把田懿看了又看，许久才说话：“大好事啊，大好事啊，你总算等来了今天。我全都知道了，以后有机会，你要让我见识见识他。”

田懿不再掩饰，笑道：“愿以后你们成为好朋友。”

韩宝生再道：“你们都不容易，有毅力。我也不是自夸，我第一眼就感觉到了你气质不同于一般人，肯定教养不同。这次我们过了一趟鬼门关，我等于又读了几年书，今生任何时候，我认你这个姐姐。”

许多年后，韩宝生果然做到了。

这天，田懿一夜未睡，毫无睡意，连伤痛都感觉好多了。自进中山铺，她就强迫自己忘掉张汉泉，空前的耻辱让她更不敢回首往事。现在，张汉泉念念不忘她和小毛头，太出乎她的想象，让她伤心更欢喜。她决定马上写信，把十多年的苦水倒给亲人听，再附张她已是副指挥长的照片，也让张汉泉高兴一番。

　　田懿很快就动手了。这信，她写了四五个钟头，写了十一页纸。中途，她写了撕，撕了再写。实在忍受不住伤痛了，她就回到床上坐一阵子，时而流泪，时而暗笑，形如痴狂。每次她坐回床上，就会拿出那张照片久久端详。那个西装革履的美国华侨医生，虽目光忧郁，却气宇轩昂，英气外溢，不但不会辱没现在的她，而且只会让她长脸。她都有点儿自卑了，便忍不住还偷偷儿照了两次镜子，耽心自己已经很老很丑，哪天见了张汉泉，让张汉泉皱眉头。

　　田懿还想象了很久，想象张汉泉离家后的辛酸，出海后的受苦，奋斗时的废寝忘食。她了解张汉泉，一定不会把吃苦的细节告诉局外人，但她不难想象。她将心比心，自个离开家乡的种种遭遇，她也不愿诉诸局外人。那不是她一家人的性格和处世原则。

　　信上用了相当篇幅，写了几点。

　　一是她在杨家的经历，认为是她一生的莫大耻辱，自己却苟活人世。当然，她不认为小毛头是耻辱的结果。那是一条生命，自身毫无过错，二者不可以混为一谈。张汉泉未就此事嫌弃她，鄙夷她，让她十分感动，她好想趴在亲人怀里哭个痛快。

　　二是她希望抗战三五年内就胜利，她复员，张汉泉尽快回来，夫妻回老家去，最好把老屋赎回来，哪怕多花点钱。她协助丈夫，开家像样的诊所，最好发展成一家小医院。她还想再生个孩子，男孩女孩都行。再以后，一家人过平常日子。年年清明节，去坟上看看。有句话是这样写的："你了解我，自爹过世，我就不希求你追求名利，我更无意于做官。夫妻恩爱，教育好孩子，过平静日子，尽能力做点实事，就很好了。"

三是她有幸与团长韩宝生成了姐弟与战友，现在又在王明山直接领导下工作，感觉成了一个女革命者。她认为复员以前她应该努力工作，回报他们的情谊和关照，回报共产党对她的接纳。她认为不乏共产党人是在诚心救中国，让社会变好一点，终究是她一家人向往的。她没有说这一次差点儿吃了枪子儿的事儿。强调的是做官与做人，她要后者。

四是她亲手杀死日本兵的心路历程。她说她完全没有想到她竟然会破戒杀人，实在是被生活逼成了这样子。两岁的儿子生下来就跟着妈妈坐牢，身上三四个冒血泡的弹眼，哪个母亲受得住啊？如果不是为儿子，为冬瓜嫂母子报了仇，她难以想象她的神智会完全复原。因为她向韩宝生要手榴弹时，她连应该有的尊敬口气都不会讲了，所幸韩宝生没有计较她的无礼。现在想起来，她感到愧对上司和恩人。世道险恶加上可恶的战争，使她变了模样，她不知道她破戒杀人到底是做对了还是做错了？她知道的是当年那个爱笑好动的田懿，一去不复返了。现在她只能祈愿快快结束战争。或许因为破戒杀人，战争结束后她就复员回老家的念头便进一步拂之不去了。她多少有点自知之明，自己不是做革命者的料。

　　田懿想起了不少往事，其中一个镜头是在长沙姨妈家，她用脚尖轻踢张汉泉。那时候，她多么快乐。她叹口气，那样的日子不会再有了。

　　天快亮了，田懿感到支撑不住身子，拿起信封，写好名字后，特地按老家习俗在背面写上一行字："春不到，花不开，亲人不到信不开。"

第十六章

　　张汉泉突然返回雅加达，林家人无不又惊又喜，他也激动不已。儿子飞飞喊阿爸了，他抱着儿子，一边听着妻子相告的种种趣事，一边一次又一次亲着儿子小嫩脸，直到儿子哇哇大哭，他才放手，笑道："连胡子都怕，长大了，象你阿爸一样没出息。"

　　林家人的欢迎离不开此前张汉泉几次信中报告的消息：老家的原配已改嫁他人，且又再次下落不明。这事在兵祸连连的中国内陆，等于斩断了张汉泉的最后一缕情丝。张汉泉既回雅加达，日后自然尽全力经营家庭。当然，他们对田懿的不幸也表示了相当的同情。

　　轮到了两口儿独处，便是不尽亲热和互诉离情。张汉泉很惊讶地发现，已为少妇的林阿秀比为姑娘的林阿秀更加漂亮，丰腴但不肥胖，非常性感，一颦一笑，皆具风情。他先后两次把林阿秀吻了一个遍，在那两个更深的酒窝上留下许多唾液，弄得林阿秀咯咯直笑，嗔骂："饿牢鬼，干嘛呀。"激情过后，林阿秀告道：分别不足两年，她仿佛苦熬了五六年，偷偷儿哭过几次。感情这事儿就有这么怪，白日里，她为丈夫回国参战而骄傲，夜里又因担心丈夫出什么意外和独守空房而心绪不宁。她恨那场货轮触礁官司，把她无端地卷了进去，那场官司，至今仍没完没了，几次说开庭，几次又延期。不久前，警方终于开恩，允许她去中国与丈夫团聚。她高兴极了，已做准备，没想到张汉泉突然回家。

"你再晚几天回家，我们就会错车。"林阿秀笑道。

"这事你做得出来，你有这个胆量。我信。"

张汉泉拿出来几样东西：滇缅公路全线通车后给每位华侨志工的奖章，少校军医委任状，新四军臂章，他在滇缅路上与确山留守处的几张工作照。他说："这都是我这一趟回国参战的见证，还是有点纪念意义，值得保存。"

夜里，林阿秀再一次询问丈夫近两年的经历，末了说："你回唐山那么久，跑了那么多地方，见了年轻漂亮的姑娘，你咋想的？"

张汉泉很认真："我是回国抗战的华侨志工，受人尊敬，需要自律，不敢多想别的事。"

"反正我不放心，所以我要去唐山。"

"去监管我？"

"当然啦，不过，我另有想法。"

"协助我建功立业，这事我早知道。"

"我担心的是你的厚道变成迂腐，果不期然。"林阿秀埋怨道，"你有一般人难得的好条件，一个姐夫王明山，一个朋友栾和文，都是将军级人物，通过他们……那个栾和文，有意领你去走路子，你倒好……我想去唐山，是想这方面帮你一把。"

张汉泉良久才道："你崇拜过汪精卫和陈璧君，可叹这两人，现在成了几亿中国人不齿的敌人。"

“这是两回事，人是会变的。”

张汉泉很耐心：“我的人生信条，是努力在专业上弄出点名堂。我无力救世，但不去害人。”

他意犹未了，又补上一句：“此为家父临终嘱咐。”

“总是田家，田家，你不提田家不行啊。”

张汉泉第一次感觉到了与林阿秀的心理距离不小，完全不象他和田懿在一块的事事谈得来。他苦笑笑，还是对林阿秀表示了理解，他想他不应苛求于人。另外，他需要林家对他全力支持，支持他为新四军筹集药品。

这事，林家表示了支持，但也不是无条件。

林怀忠认为：张汉泉也好，林家也好，为唐山尽到了应尽之力。今后，他们在能力范围之内，仍可以为唐山的抗战做点事情，但主要精力应移到振兴家业方面，不能不为后代着想。他越说越悲切：“几千万华侨背井离乡，下南洋下西洋，几人不是因贫困与侮辱所迫？好不容易打拼出来一点产业，这才活得勉强象个人样。没了这点资本，西洋南洋不买你的帐，唐山何尝会买你的帐？如今生意并不好做，唐山一片战火，欧洲一样战火熊熊，据说日本又要对南洋开战，所以不要指望发什么财，能保住现有一点产业就是万幸。现在，你把一点积攒全花在唐山，固然应该，但你也需要从头开始。以我的意见，尽快盘起诊所，作出长久规划。新四军寄望你的事，你既已答应，咱就不要失信。不过，该要钱还是要钱。为他们筹一点点药品，不济事。量一大，尤其贵重药品，资金就不小，咱恐怕垫不起，这是个实际问题，你要三思。"

张汉泉答：他一路上多次想过这问题，当然是岳父讲得对，他没有什么能耐，只能两头兼顾。既然老家的事儿已作了了断，他当然要在雅加达作出长久规划，难不成不管不问阿秀娘儿俩。

第三天，张汉泉出现在张林诊所，龙医生对他归来很惊喜，先搬出几大本帐簿请他过目，夸林阿秀在诊所出了力，做得好，再告依得张汉泉的能力和林家人脉，预计业务还会扩展。张汉泉很高兴，郑重提出，他既归来，那个七三分成也就不存在了，但从此龙医生作为元老应持有诊所 20% 股份。他认为，通过几年奋斗，把诊所扩大为一家小医院完全可能，只要南洋不卷入战火，有些具体困难就可以克服。

张汉泉不能不去商会汇报。他把十八旅的收条郑重交给会长后，介绍了新四军的困难以及他承诺的使命。他强调："我决不是看在原先姐夫的面上，更不敢介入党派之争，只因耳闻目击，新四军确在坚持抗战。无论如何，人家没向日军投降。"

会长的回答也使张汉泉欣慰："这是我们的原则。你先服从国民政府安排，后来又为中共队伍效力，两边都对得住，合乎我们的原则。我们尽力支持你，有什么困难，你来找我。"

张汉泉开始了全身心投入工作。每天多数时间，他心情充实。儿子早断奶，白天阿秀做护理工作，晚上夫妇便回林宅待上一阵子。张汉泉的美国医生身份加上他过硬的业务能力，得以获准可以在诊所进行小手术。业务有了绩效，他又聘请来了一个助理医生和一个女护士，加上龙医生，现在诊所已有五人工作。诊所已具规模，进药的渠道也多了起来。他不时犯愁的事儿，是资金总是周转不过来，有时还不得不欠点药款。

张汉泉怎么都没有想到，田懿给他来信了。

这天他一天都在外面奔走，为了多进一点紧俏药品，天已断黑才回诊所。诊所已下班，兼任会计的林阿秀在记账。与以往不同的是，林阿秀明明知道他进了屋，却视若不见。

"阿秀，我回来了。"张汉泉又喊。

他见林阿秀仍无反应，走了过去，问："出什么事啦？"

林阿秀已记完帐，冷冷地道："你是个骗子，大骗子。"

张汉泉不解林阿秀何出此言。

"信在抽屉里，你自己看。"林阿秀说罢，愤愤地自个儿回家去了。

张汉泉拉开抽屉一看，果然有两封信，信都已拆开，一封田懿写的，一封王明山写的。他认识他们的字迹，一下子心儿狂跳，急忙忙先看田懿的来信。

他一连看了三遍信，把田懿的照片足足端详了几分钟，才如释重负般松了一口气。他什么都知道了，巨大的惊喜压倒了悲泪直流。

然而惊喜过去，他需要面对实际问题。他脑子乱了，只得再读王明山的来信。信上除了祝贺他和田懿可望重逢团圆，主要是告知他会派人来与张汉泉联系，尽可能携带一点钱来，不让张汉泉全部垫资。他希望张汉泉能尽快筹集到第一批药品。

张汉泉再次细读了田懿的来信，端详着照片上英姿飒爽的女团长，为那句"亲人不到信不开"而恨不能痛痛快快地大哭上一场，也为自己深爱田懿一场而骄傲。

张汉泉呆呆地坐在桌子边，足有一个钟头。如何面对现实，他不愿意思考，直到林阿秀进屋，他才强令思路回归。

"吃饭吧。"林阿秀把饭盒丢在桌子，去一张病床上躺下来。

张汉泉哪有心情吃饭，道："我不是骗子。太突然，我都受不住了，做梦都没想过她有今天……"

"你高兴，对吗？"

"当然啦，你们都是我的亲人，亲人脱离了苦海，我能不高兴？"

"你打算怎么办？"

"什么意思啊？"

"你要她还是要我？"

"现在，当然首先是你。"

　　林阿秀大发作："我不信。我比得了她吗？你不用可怜我，你们才般配。你看看她信上写的肉麻话，你舍得她……"

　　张汉泉也来了气："你非要瞎想，我有什么办法？"

　　林阿秀哭了，夺门而去。

　　张汉泉又发了一阵呆，未去追回林阿秀，心里对林阿秀私拆他的信颇存怨言甚至怨恨。他悟出了林阿秀爆发的原因，假如田懿母子仍在难民堆里，林阿秀的反应会大不相同。然而，田懿有了今天，何错之有？况且田懿分明不知道他和林阿秀的事儿。他决定暂且不去理会林阿秀，得先处理与田懿的关系。他怎么向田懿解释呢？

　　张汉泉好不悔恨，觉得现在怎么为自己辩解，与田懿的付出相比，都苍白无力。他做不到冷落田懿，不管出来什么后患，他都要祝贺田懿苦尽甘来。

　　张汉泉直到天快亮时，才写出给田懿的信。他在信上如实地叙述了他和林阿秀的婚姻，肯定了林阿秀是个好女子，有点儿娇情亦正常，终究接受的教育和身处的环境不相同。他确实忘不了田懿，却又在即将回国之际让意志屈服于了动物本能，但事到如今，他只能先以阿秀母子为重。他为田懿跳出了苦海并且有了造化而高兴，期待抗战快快胜利，他回国再次为亲人扫墓，能与田懿见上一面。他不求田懿理解他，宽恕他，既然他不可能海外、国内两个家庭同时兼顾，便希望见到田懿另建一个合意的家庭。"一句话"，他在信尾写道，"你永远是我的亲人。"

第二天，张汉泉先把信给妻子看了，再送给岳父看了。林阿秀看过信说了一句话："你别心口不一就好。"林怀忠什么也没说。张汉泉有一个感觉，要彻底驱去他们心头的阴影，需靠时间说话。眼下他已不宜多解释，那只会产生反效果。

现在，他盼着王明山说的来人早日到来，届时交割药品，把这封信托来人带走，认为这样更安全。为此，他本能地更加卖力工作了，潜意识认为，他有义务让田懿在十八旅进一步长脸。

现在的田懿，已迎来她人生的高峰期。

十八旅情报人员通过多方侦察，已确认王则普自知罪不容赦，投靠广水的日军去了。旅参谋长处理问题简单粗暴，险些酿成不可挽回的大错，受到了党内通报批评。正副指挥长通过这次生死考验，不但恢复了原职务，而且无形中提高了威信，因为他们是凭本事上去的，队伍上官兵向来只服既有水平又有战功的人，现今又都打心眼里同情他们的蒙冤负屈，也就甘心接受他们的领导。

王明山在路东指挥部待了近一个月，直到正副团长伤情不再明显才返回旅部。这期间，路东指挥部发展成了一千三百来人，期间招募了近两百新兵，王明山又从其它团抽调来两个连，意在把路东指挥部尽快打造成一个主力团。路东指挥部的活动区域现已涵盖了几个县，可以直接向几个县政府征粮派伕。返回旅部前，王明山特意召来两个爱将，指示韩宝生从几个营长中间举荐一人做副团长，协助团长掌管军事。田懿为政委，掌管军事外全团一切事项，且有制止团长重大错误决策的否决权。

韩宝生说："如果调那号花拳绣腿来当政委，还不如团长政委我一人干。"

田懿说："事情太离谱了。让我来管团长，我可不敢。"

王明山说："该管就得管。团长私下里不是管你叫姐吗，姐姐关照弟弟，哪里不可以？再说，这是管他吗？无非是让团长没了后顾之忧，集中精力快点把这个团带出来。"

田懿仍推辞："我说过，上级不要再提拔我。我喜欢干点力气活，真不喜欢大会上作报告，容易跑题说漏嘴。我害怕又犯错误，上法场。"

王明山严肃起来："这是形势需要，工作需要。这次不幸也有个好处，证明了你们都是值得信任和重用的人。你们还要有思想准备，以后挑更大的担子。"

韩宝生笑道："政委，你不肯干，我也不干了，我陪你再上一次法场。"

田懿语带悲凉，极其认真："我可以接受新任命，也请组织上理解我。我这个政委不会强调大道理，喊口号，我坚决反对那号不容分说就把人往死里整的做法。这次，我和团长就是镜鉴，这不是怀恨谁，而是人头一落地就说什么都迟了。我相信团长会支持我。"

韩宝生接话："我支持政委。"

田懿不希望升官提职，却又希望干更多的工作，一大动力便是张汉泉让她大长脸。原先她拒不回答家庭和婚姻情况，现在不但路东指挥部，而且十八旅也在纷传她的丈夫是个华侨医生，参加了新四军，又接受了新使命返回南洋负责更重要的工作，遂对她的不近人情表示了理解，进一步认可了她的凛然不可侵犯神态。"怪不得她眼界高，原来她的男人不是个一般角色，她心里装不下别人了。"一些营连长这样议论她。这一来，她隐隐自豪的同时，也感到了明显压力。

田懿也有宽慰。王明山临走前，另特意与她单独谈了一次话，很明白地告诉她：不要把政委工作看得很神秘。现在，共产党的队伍要紧的不是讲理论，喊口号，而是想方设法发展。理由简单，不发展，拿什么抗日？只要她协助韩团长能把队伍拉大做强，就是称职的政委，胜过一切理论与口号。他坦言，这也是共产党军队从抗战前总是照教条办事，因而发展不起来之中吸取的教训。如果仍照苏联教条办事，不好好抓住抗日这个机会，尤其延安若不给各个根据地很大自主权，共产党就休想在中国成气候。所以，他对延安和毛大帅改变了僵化的教条作风由衷地拥护，果然获益匪浅。在路东指挥部一月期间问过许多人，下面的人对副团长的能文能武加实干作风很满意，他好不高兴。他强调："不干实事，怎来效果？有些事，暂且不宜说，只管做好了。你以为我欣赏窝里斗那一套，原因复杂。反正，你就照你熟悉的路数干，出问题，我担着。"

　　韩宝生的见解一样改变了田懿的固执观念。团长认为，为当官而当官的确没意思，一旦成了十足的官僚就一定会是内心空虚、人格虚伪。但是要做几件实事，手里无权无资源调不动人，又将一事无成。此事古难全，只能求平衡。因为都不肯担当，不肯以身作则，社会非但不能进步，而且只会倒退。所以，田懿应该走自己的路，由别人去说。

　　田懿深以为然。这个深以为然仍旧离不开那个保护色，政委的职权不是闹着玩的，若真有某人敢对她无礼，她的警卫员就饶不了那人。几年后，田懿就目睹了延安的青年女性可没有她的好运气好条件，她们未必乐意嫁给那些兵油子高官，但没有高官保护她们就过不了日子，感情、自主，丢一边吧。这样，观念一变，她感觉物质生活固然艰苦，精神大为充实。她甚至觉得命运其实很眷顾她，先前的一切苦难都是锤炼她意志的手段。现在，有王明山这棵大树庇荫她，有韩宝生作她的好搭档与生死战友，有一千多官兵甘心服从她，另有张汉泉不曾辜负她，还有可能的更大前程等着她，她想不兴奋都做不到了。偶尔，她还唱歌了。更怪的是，她的容貌又变得漂亮了。

　　人在顺境中，聪明才干也易于发挥。田懿做上政委不久，便亲手处理了两件事，影响很大，进一步博得了手下人的拥戴。

第一件事是原先那个二大队大队长，自以为田懿能有今天，离不开他那个"谁杀敌最多谁就做副支队长"的提议，便在政委面前常以功臣自居。他也确有一定资格，现今他是三营营长。他娶了原炊事班一个还算标致的女兵，婚后才两月，就打了妻子三次，一次还吼着要毙了妻子。妻子实在受不住了，哭着找上了政委。田懿把营长叫来，问营长哪朝哪代出过打老婆的武状元？营长一下子怂了，红了脸。田懿出了两个方案让营长选择，一是去蹲禁闭，什么时候妻子来找政委求情，他就什么时候出来。二是向妻子写出一千字的检讨，就在团部写，必须态度端正，不能有废话。营长大字不识几个，只能自认霉气，心想十天八天禁闭坐定了，却未想到政委只让他坐了一天半禁闭。原来田懿第二天就把女兵请了来，得知两口儿还是有感情，便写了条子，叫女兵直接去接丈夫出来，嘱咐女兵一句话，要求她转告丈夫。那句话是："半个月内，营长不要来见政委。因为政委认为首先是自个的责任，关心同志不够。政委感到没脸见营长。"营长不蠢，明白政委给足了他面子，不过那话儿也够重。

二是一营有个连长练兵时总爱脚踢动作慢的士兵，没一点耐心，手下敢怒不敢言。他一天不脚踢三五个人便不过瘾，这一次，恰巧被田懿撞上。田懿朝连长笑道："不错，你的腿功不是花架子。"待士兵们围过来，田懿说，"我有个建议，我们比试一下。我输了，你怎么练兵都行，你输了，从此你不得体罚战士。怎么样，我这里说话算数。"连长哪敢跟政委比试，只得认错，求饶。田懿一直是笑，却叫连长把被他踢过的士兵都召来，好家伙，竟有三十来人。之后，她朝众人说，"连长认了错，你们也不要记恨连长。不过，你们怨气也该发一发。现在我命令，连长趴地上，不准动，你们每人踢连长屁股一脚。记住不能玩真的，只能轻轻地踢。开始。"这招儿真灵，士兵们怨气尽消，连长不但保全了面子，而且融洽了与士兵的关系，因为成了一场人人欢笑的游戏。

团长当天傍晚就知道了练兵场上的趣事，笑个不停，直夸田懿："人家是慈不掌兵，你呀慈也掌兵，还会出歪主意。"

田懿道："我就知道以心换心，办法就出来了。"

田懿到底盼来了张汉泉的亲笔回信。

又是山花烂漫时节。团部现在移到了铁路西边一个叫王家埠的大村子里。该村不下五百户人家，民风慓悍，水田为多，民生较中原地区强，正常年景很少人外出逃荒，惟旧习俗浓厚。这天一早，军号响过，田懿很快整理好军容，走出户外，呼吸着新鲜空气，感到心旷神怡。她今天的工作日程排得很满，要陪伴团长检查练兵实况，要去村民家里走访，要去指导民兵工作。她还想去拜访两位开明地主，据说他们曾是诗书人家，她想借一两本书看。近午时分，通讯员忽送来消息，旅部收到了一批从南洋来的西药药品，已分配一部份给路东指挥部，押运人员很快就到，请政委去验收。田懿一听便心中暗喜，明白张汉泉兑现了承诺，直觉认定张汉泉会有家书随药品先送旅部再转交她。果然，负责押送药品的一位班长带来了张汉泉的信。

田懿喜孜孜地验收罢药品，在收条上签上名，便独自去了卫生队山墙边急忙拆开信。但她看了几行字，便脸色变了。末了，她轻蔑地笑笑，脱口而出："虚伪。"

不过，她没有撕掉信。

张汉泉又开始了为第二批药品的筹集而奔忙。

王明山是通过共产党南方局的人与张汉泉接上关系的。这个南方局路子广，工作范围不限于国内，与印尼、马来的共产党都建立了关系。当然苏联是他们共同的大老板。其实，第一批药款的一半钱，就是张汉泉交给王明山转交田懿的款子，田懿悉数捐出充作军费。王明山通过南方局的人不但说明了这一点，而且坦承资金紧张。如果第二批第三批药款不能及时到位，还望酌情处理。张汉泉当然明白话里的意思。

第二批药品于九月发出，张汉泉仅收到一半药款，但一再嘱咐提货人不要为欠款太费心，他来想办法。

找来张林诊所，前来交款和提货的人是个三十来岁汉子，瘦精精的，很精明。他告知了张汉泉，他也是华侨，姓叶，日后他们单线联系。他的公开身份是个小贸易商，因为共产党在南洋尚不属于受欢迎的组织。张汉泉暗自佩服共产党为了世界革命的目标，堪称见缝插针，似有可能成为一个布道全世界的红色新教会。不过，他关心的是眼下。他明白他的想办法，很有点打肿脸充胖子的味儿。

果然林阿秀不干了，直言不讳："这里面有我的一份血汗钱。你不管你老婆的死活，总该替你儿子着想。孩子不是野种。你去唐山两年，我晚上没出过门。你说跟田懿了结了，哄谁？你干的事，不就是讨好田懿。"

张汉泉只能任由林阿秀发泄。钱的事，他足有一月一筹莫展。诊所三位员工的薪水，需要及时发放，影响了业务，损失更大。但无论怎样节流开源，对于购置药品都显得不济事。他很想动员妻子做做岳父工作，借笔钱度过难关，但一年前可以作此想，现在不行了。可是，他不知道他错在哪里。

烦躁难去，张汉泉盼着田懿快快来信，相信田懿准会安慰他。

这天，张汉泉庆幸没有外出，亲手接过了邮差送来田懿的信。信上说，她由于忙，所以拖了一个多月才回信，请亲人原谅。她祝贺张汉泉找了林阿秀这个好姑娘，生下了一个可爱的儿子。她肯定了张汉泉为国家抗战作出了努力，感谢张汉泉心里有她这个亲人。不过，她不喜欢过一夫两妻的生活，因此张汉泉有义务对现家庭负责，他们的故事已结束。她强调，她的个人问题，无须张汉泉关心。她不会再嫁人，婚姻伤透了她的心，她的性格也不适合勉强为人妇，那只会最后闹得双方都受到伤害。如果哪一天张汉泉回了老家，可能的话，他们见见面也无妨。毕竟，他们除了有过夫妻爱，还有过纯真的异性兄妹情。一切都是命。

这封信也就两页多纸，与上次信上的字数和语言皆天差地别。张汉泉感觉不到安慰，而是愁上添愁。

张汉泉把信给了林阿秀看，说："你还有什么可怀疑的？"

林阿秀说："她不会再嫁人，什么意思啊？说来说去，她还是丢不下你。你们，玩什么假啊？"

张汉泉来了气，不再理会林阿秀。夜里，林阿秀不让他上床，他也就乐得去病床上睡个清静觉。他的思绪又飞到了大别山区，感到自己成了个罪人，两边不讨好，日后会有还不清的感情债，他相信田懿会说到做到，从此一世单身。他又一次在心里叹道："这个倔女子，自尊心太强。"

张汉泉想出了一个筹款办法，就在诊所内外，制作几十幅广告画，说明祖国抗战部队的艰难困苦，说明新四军十八旅的医疗条件极其简陋，配上他亲历亲闻的文字。他认为去信王明山，要求寄一批盖有十八旅大印的收据来，作为捐款者的荣誉凭证，不会有大问题。另外，他希望这项活动得到商会几个头面人物支持，壮大声势。

　　他说干就干，马上找到商会会长，说了自个的困境与计划。不料会长尚未听完就说："晚了。"

　　原来国内来了消息，皖南新四军叛变，几年来拒不执行政府的政令、军令，游而不击，此次已遭政府军队围剿。新四军已被宣布为叛军，番号被撤销，主要人员已在通缉中。

　　张汉泉已有了免疫力，很快冷静下来，自嘲："这么说，我是在为叛军工作，近似犯了叛国罪。"

　　会长很恳切："你也知道一点我与星洲陈总会长的关系，陈先生是同情共产党，经常批评国民政府的名人，我受他影响不小。所以，我一直不反对你与十八旅联系。你帮他们筹集药品，瞒不过我。我甚至考虑过如何帮你。比方说，如果某些紧缺药品在这里被突然管制，有钱也买不到，我可以介绍你去星洲找路子。那里不归荷兰人管，英国人手上的物资多，全世界都知道。但是，现在是风头上，纵然唐山管不来雅加达，我们也要识时务。这一次，多半又是党派政治作怪，当然打的是国家利益名号。话又说回来，宣布新四军叛变这号大动作，共产党肯定有把柄被政府抓在手里。不管怎么说，淞沪、徐州、忻口、武汉这些大会战，是政府军队打的，现在的长沙会战，打得艰苦也漂亮，八路军、新四军在哪里？这就怪不得南洋华侨站在国民政府一边啊。所以，你那个主意，不要提了。"

　　张汉泉嘿然。

会长又道："可以再看看，如果新四军叛变被坐实，你就要坚决和十八旅断绝关系，哪怕你的姐夫和原配在里面，这事可含糊不得。不然，你在雅加达会待不下去，没人再上你诊所门。如果是个悲剧甚或闹剧，你就再为他们办事吧。"

张汉泉很痛苦，无奈道："你的话有道理。"

林怀忠的意见尤使张汉泉痛苦。他说："你找会长谈事，事先该与我通气。我自信对得住你。"

张汉泉好不惶恐："我没别的意思，资金困难，我实在不忍心再扯上你。几年来，你和阿妈为我们付出很多了。"

林怀忠再说："你已是为人夫，为人父，当然要考虑实际问题。问题不止于此。我支持过你回国参加抗战，那是我们的责任，但我们没有无限责任。我不得不说，唐山兴，唐山亡，靠华侨不济事，要靠那里的几万万人。就算抗战很快胜利，我也乐观不起来。唐山旧观念积重难返，怎是一两代人能完全改观。明说吧，我需要为阿秀着想，包括为你们的儿子着想。你可以为那边的新四军再帮忙一段时间，当然以不是真正叛国为前提，最好不超过一年，所垫的药款，如果要不到就不要了，从此把心思用在自家身上。还有，那个田懿，已经出人头地，我们应该为她高兴，但今非昔比，是否也应该不再去打搅她？这些，你三思吧。"

足有一月，张汉泉再次感到自己何其渺小，以致对生活有点儿心灰意冷。他心里最大的郁闷是有了寄人篱下的感受。他曾经有过拿林家父女和田家父女一样高看的认识，事久见人心，商人商女终难脱本色，但是，他既无权力也无资格苛求于人。况且感情这事儿，他相信任何女子都不免冲动。他害怕，他和林阿秀的感情裂痕一旦不能抚平，后果是什么？这已经不是预感，而成了事实。他做不到忘记田懿，以致现在即使夜里搂着林阿秀，双手也不如以往有力了。林阿秀分明感受到了，口虽不语，行为上对他的亲热也显得要么象应付差事，要么像一味索取。

张汉泉还感觉到了一种隐约威胁：新聘的实习医生是个方姓小伙子，很勤快，嘴巴特甜，很讨求诊者喜欢。张汉泉巴不得有这号助手，有利于新老顾客登门。小伙子还爱跟孩子逗乐儿，几次，外婆领着小飞飞来诊所，他次次都把小飞飞逗得笑个不停。孩子乐，林阿秀跟着笑。张汉泉本来没心情往它处想，龙医生每逢这种场合看方医生的眼光却有点异样，似在提醒张汉泉，方医生喜欢小飞飞是假，讨好漂亮的林阿秀是真。

张汉泉重新打起了精神，源自两件事。一是新四军叛变的事儿已不了了之。明眼人一看便知，政府做过了，然而你不能要求政府认错。因为政府的指责并非无中生有，不然的话，八路军便用不着发动华北破袭战，那明明是在用行动纠正政府的游而不击指责。不过，小民关注的是不打内战就好。二是又收到了王明山的亲笔信。信上说，他能够想象张汉泉工作的难度，但这种特殊工作旁人又代不了劳。他只能再次重申，祖国和共产党决不会忘记张汉泉。现在，张汉泉应继续努力多筹集稀缺药品，所欠药款，将尽快补上。信上特意提到田懿，认为张汉泉伤害了田懿，怎么能劝田懿另建家庭？因为是否再婚，田懿无须旁人过问，特别不能由张汉泉开口，这叫往性格高傲的田懿伤口上撒盐。张汉泉以后一定要注意。

张汉泉由衷感谢王明山的批评。他听话听音，田懿感情的创伤，非他不能抚平，但他现今拿什么去抚平田懿的伤口？

不久，张汉泉果然收到了一笔可观的款子，不但补足了上次的欠款，而且另有剩余。送款人也是提货人通知张汉泉，重点是麻醉药，多多益善。

有钱便好办事。张汉泉第一次告知林阿秀，把几个月来诊所的盈利都拿出来孝敬父母。另特意抽出半天时间，陪林阿秀逛了一次街，帮妻子选了几段布料。儿子飞飞学走路了，夫妇俩一左一右牵着儿子小手，其乐融融，林阿秀眼角眉梢都是笑。

报纸上报道的战争形势却越来越不容乐观。德国军队继横扫西欧之后，兵锋又抵莫斯科城郊。大半个中国已经沦陷，已经有了日本皇军要打南洋主意的迹向，从棉兰到雅加达到马尼拉，日本浪人和特工频频出现。这一切，使张汉泉本能地觉得应抓紧时间筹集药品。

一天夜里，林阿秀抚摸着张汉泉再度显得又黑又瘦的双颊，说："要是南洋也打起了大仗，我们怎么办啊？”

张汉泉不说话。

“世界疯了，躲都没地方。”

“你原来的女侠气概哪里去了？”

“原先以为生活简单，不缺浪漫。”

许久，林阿秀换了话题：“你要答应我，这辈子就待在雅加达，不离开我和飞飞。”

“我还能去哪里？”

“不许你再回唐山。”

“怎么着也要回去看看。不过，到时候我们一块回去。”

林阿秀又不高兴了。

张汉泉怨道：“当初你是那样通情达理，说什么你认她姐姐，甚至说什么……”他忽悟出这话讲不得，赶紧住口，但是晚了。

林阿秀恼道：“当初……你别碰我嘛。孩子都有了，你来翻旧账，亏你讲得出口，你要回唐山，你走吧，没人拦你。”

一天，外出进药品的龙医生回到诊所便告：共计二十六种药品现在受到了严格管制。

“不算很意外。”张汉泉说。

“也快了点。”龙医生道。

晚上，张汉泉去了商会会长家，告道他想去星洲走一趟，恳请会长为他指引门路。

会长道：“你可要抓紧时间，快去快回。日本人多半要动手了。"

　　告别会长，张汉泉去了林宅，说："不去不行。最要紧的是麻药，去了也未必能完成心愿，不去试试就没一点希望了。会长介绍了三个人，说他们有办法，不准还有存货。明天我安排一下，争取后天就动身。快去快回。如果日本人当真打了过来，日后恐怕什么事都做不成了。到了那个时候，唐山那边也怨我不得了。"

　　林怀忠道："你看着办。"

　　他想想又道："一定要快去快回。咱爷俩再谈件事，我已经停下了手头的所有活计，天天催款收帐。为什么？要防备日本人打了过来，雅加达不好待，咱需要跑远一点，最好能去北美，去南美也行。你要有个思想准备，咱一家人一起走。"

　　张汉泉答："我也想过了这一点，明天，我抽空给那边公司的朋友写封信去，看看我再回那家公司有没有可能。我现在拿不准的是，日本人会不会当真进攻南洋，什么时候动手？"

　　"反正，"林怀忠叹道，"这世界已经疯了，谁说得清楚啊。"他想想又补上一句，"希望你做到，这一次，是最后一次为那边帮忙了。"

　　第五天午后，张汉泉登上了去新加坡的客轮。林阿秀推说头痛，不肯出门。龙医生送张汉泉到码头，分手时拿出一封信交给张汉泉，告道是林阿秀的主意。张汉泉待到在船舱里安顿下来便拆开信，信上写道："我知道，你真正爱的人是田懿，可是我仍然深爱着你，我忘不了我们在荒岛上的生死相依。"张汉泉读出了字里行间的哀怨情，明白他已在妻子和岳父的心中掉了价。

第十七章

　　在十八旅的基础上，不久前新组建了路东军区，田懿从路东指挥部政委位置上，调任军区卫生部长兼直属医院院长。

　　军区司令员王明山直接干预了这件事，事因田懿开春后病了一场，源于旧伤犹在，过度劳累所造成。直属医院一位有名的内科大夫对田懿作了全面检查，报告司令员，田政委内伤很重，极可能不能生育了，建议调离繁重工作岗位，最好疗养一年。王明山深感内疚，再三思量，便调田懿去了相对清闲的工作岗位，仍为正团级干部。

　　田懿不愿离开路东指挥部，更不愿意从此与韩宝生分开，但她只能忍痛履新。她出自医家，明白拖个病体强行工作，反而拖累团长，只能寄望于团长再觅个好搭档。她还估计到了自从那次刑讯逼供，她极可能丧失了生育能力。她能够说什么呢，终究保住了一命。她庆幸她已没了家庭，无须这号事上让丈夫心情难受。她明白她已不是豆蔻年华，不能生育了，更是婚姻大忌。

　　卫生部有一间办公室，田懿用一块布帘子隔作两半，里面作卧室。连同她和一个通讯员在内部里总共四个人，就这样仍没有多少活儿。她过不惯太清闲日子，索性在门口贴上一个字条，上写："有事来医院"，便天天领着三个兵在医院转。她是名正言顺的医院院长，发号施令理所当然。

医院为田懿偶尔重温专业提供了便利条件。她作了一个试验，混合几十种药材，制作一种能有效疗治严重内伤发作时全身剧痛的药丸。此思路来自她爹的遗书。她作过比较，她爹在天王府外留下的严重内伤，应与那个太平军少年战士此前已严重营养不良相关。她这次受刑时，体质不差，或许是个强项。然而，她未能习得她爹的传授，她的爹，又怎么预知她有这一天？药方调整了几十次，试验以失败告终。

这段日子田懿的情绪很低落。她希望仍旧工作繁忙，不去想与工作无关的事儿。她恨自己蠢笨，未能习得老爹爹的真传，恨那次刑讯时那些人的武断、粗暴、不容分说。恨张汉泉到底辜负了她，而她至今心里丢不掉他。她还有不能诉诸言行的苦恼，能够真正与她对上话的人太少，她接受的家教，看来去了哪里都不合群。

韩团长来医院看望田懿几次，果然弟弟来看望姐姐一样，每次都用才发的津贴买点儿食品来。田懿也是尽心接待。最近一次，韩团长还说了一件事。

韩团长说：有个地方上的行署专员，仰慕田懿气质和能力，认为自己配得上田懿。他风闻了张医生在海外有了妻儿，认为难得回来了，田懿应该另建家庭，丢弃封建贞操观念。他正好不久前丧偶，若能再谱姻缘，他相信夫妻在革命队伍里将比翼双飞，前景无限。他呢，他保证不去计较田懿已婚两次的过去。他希望韩团长转告他的心迹。

　　韩团长末了说："我一口回绝了他，你自己去找我姐说。我告诉他，这不是怜惜我姐吗？什么不去计较，已婚两次，你自己不觉得，我姐听了只会伤心。"

　　田懿问："你们怎么知道张医生在海外已有了家庭？"

　　"张医生在确山工作时，没有隐瞒这事，所以人家知道了。不过，我没有把这事说出去，多这个嘴做什么？"

　　田懿冷笑："这号人很多，他不就是仗着有资历资本。他今天说不计较，以后呢？当然，咱姐弟间的话，不要告诉他，给人家留点面子。如果他不识趣，再问你，你明白告诉他是我说的，残花败柳，不值得垂怜。不是旧观念问题，是我心已死的问题。我认这个命。"

　　韩团长忽说："万一张医生那个了……你也不能这样下去啊，终究不是路。你是我姐啊。"

　　田懿显得胸有成竹："没关系的。抗战胜利，我就复员，回老家去开个小诊所。我养得活自己。到了那一天，你要抽空来看姐哟。"

　　医院共计收到四批来自南洋的西药，第四批药品的验收、分配，皆由新官田懿经手。此事又勾起了田懿对张汉泉的恨与爱，因为老兵们已皆知那个美国华侨医生就是新部长、新院长的丈夫，却不知他们已难破镜重圆的内情，也就不免夸赞张汉泉，恭维田懿，直至当面询问田懿："张医生什么时候回来哎？"每当这种时候，田懿只能强笑，含糊其词，用时尚语言予以搪塞："抗战胜利了，他就会回来。"

但是对王明山就不能搪塞了。收到这批药品，王明山来了医院院长办公室，问："药品里夹有他的信么？"

田懿摇摇头。

"这批货，我们又欠了点款子，真难为了他。"

田懿不语。

"他对得住我们。我们跟他这层割不断的关系，是个否认不了的事实。当初，他可以去任何一支那边的队伍。"

"不要再说这事了。"

"我准备给他写封信。如果连几句勉励他的话都没有，是说不过去的。你想不想捎上几句话？"

田懿突然近乎爆发："我说什么好呢？我跟他不是工作关系。我说我恨他，或者说忘不了他，都不合适。我还要劝你，你可以，也应该给他写信，不要提我，一个字都不要提。"

此时的张汉泉，正在新加坡奔波。

雅加达商会会长给张汉泉介绍了三个人：其中一人去了美国，家人告道几个月都不会归来。另两人皆居住港口附近。一人姓黄，是个贸易商，什么生意都做，手头还真有点存货，但量太小。另一人姓肖，一样是个医生，还是一家医院的科室主任，为人豪爽。他认为不是太难，但得给他十天半月时间。他家是个有七八间房的平房，颇似四合院，要求客人就住他家里。张汉泉很感谢主人。

肖医生其实进货的渠道单一，就是把进货计划改动，通知供货人加大供应量。张汉泉闲着无事，随肖医生去了几次医院，一次还进了仓库转了转，果然看见了很多麻药和奎宁，看得眼睛都有点发直，全是宝贝啊。他担心夜长梦多，便斗胆进言肖医生，能否先从医院存货里匀出一部份药品。

肖医生脸现明显难色，口里却说无此必要，等个十天半月很正常。

"怕打仗啊，"张汉泉说，"雅加达已经人心惶惶。"

肖医生笑道："我看日本人发了狂，可能动手，但我谅日本人攻不下新加坡。英国人在这里是投了血本的，十万军队、炮台、要塞、皇家无敌舰队随时开来支援。你去大街上走走，这里可没有恐慌气象，英国佬，个个自信得很。"

张汉泉也觉得有理，心大安。

张汉泉来到新加坡第十一天，肖医生下班后便忧喜参半相告：货已筹集齐全，足足打包了两个大箱子。这次时机及时，机会不再，因为总督政府已对特种物资发布了战时管制令，麻醉药这类当然的战略物资自不例外。现在的问题，张汉泉如何才能把两个大箱子运去雅加达？通过海关报单，已无放行可能。走私偷渡，成本高，风险大，近乎自杀。

"再无其他途径可行？"

"除非唐宁街确信日本人不会在南洋搞事，取消管制。"

"再请教请教，你怎么看这个问题？"

"我仍然乐观成份比较大，"肖医生自信、认真。"这不光是我个人看法，医院同事多半这样看。因为有几个医生就是英国人，与这里的官场甚至与本土的官场有联系，他们消息的权威不消怀疑。现在，日本人仍在华盛顿谈判，很明显地不打算惹毛美国。只要不惹毛同英国、荷兰站在一边的美国，这仗就打不起来。"

"这么说，日本和美国谈判成了，南洋的管制就会撤消？"

"应该是这样。管制会妨碍经济，道理就这么简单。"

"那就等吧。"

谁知就在这当儿，日本军队突然动手了，先炸夏威夷，紧接着对马尼拉、新加坡、香港、仰光、澳洲、棉兰……展开了全线攻势。

日军攻势势如破竹，也就几天功夫，南洋的版图插满了太阳旗。

肖医生都有点不好意思见张汉泉，其实被打脸的首先是英国绅士。内情被一点点披露出来，日本军队打进新加坡时，已经只有不到两百名能战之兵，怎奈皇家军队已吓破了胆，竟然举了白旗投降。

　　张汉泉只能听凭命运的裁决。他能够不要那批药品么？林家和妻儿的命运又揪着他的心，他痛苦得不愿也不敢多想下去。

　　因守军的迅速投降，新加坡并未发生真正的巷战。英军已投降，仅仅保卫港口、炮台、囚禁战俘，日军就兵力不敷，也就一时无力无暇清理市面。百姓们一时不识真相，惟恐遭遇危险，仍纷纷躲在家里不敢出来。一时间，新加坡成了死城。

　　张汉泉一样躲在肖家不敢乱走动。焦灼、痛苦的心情又使他天天都不能安心入睡，一天总有几次把头探往门外。这天拂晓时分，他睡不着又走来门口观望，从巷内、巷口到大街上，仍空无一人。他想象不出原因何在，壮起胆子，悄悄地走往巷口。从肖家到巷口不过两百来米，他就贴着墙边潜行了十几分钟。

　　巷内仍旧空无一人，大街上一样仍毫无动静。张汉泉胆儿又大了点点，但仍不敢贸然走出巷口。忽地，他一个趔趄，差点儿摔倒。待到站稳脚，稳住神，方才看清楚了自个踩在一堆胡椒上面。胡椒是从一个麻袋的破洞里流出来的，而巷口堆满了用作街垒的麻包。张汉泉一下子悟出了点儿道道，急忙忙用手探往其它麻包，不由得心儿狂跳，更加惊奇。所有的麻包，里面装的不是胡椒，就是茶饼，且都是上等货。

　　这分明是一笔于他不敢奢望的极大财富。惊喜压倒了畏惧，张汉泉不及细想，迅速返回肖家，喊醒仍在睡觉的肖医生，急道：“机不可失，这叫天赐，取之无愧。”

肖医生愣了好一会儿神才喜出望外，倒也很快解开了张汉泉心里的谜团。说："英国人慌了手脚，居然从仓库里拖出这些宝贝来构筑街垒，准备了打巷战。你啊，成了我们的财神爷。"随后，他把老爹、弟弟、儿子集中起来，从杂屋里拖出来一部三轮车，第一趟货还干得小心翼翼，再搬运就胆儿壮了。总共搬运了近二十趟，干完活儿，天方大亮，巷内空处，有了几个人在自家门口东张西望。

货物堆满了两间房子。张汉泉逐个查验，其中多数是胡椒，其余是普洱茶茶饼。肖医生一家人只识胡椒的价值，张汉泉却在云南待过，知道茶饼的价值。告道："光是这批茶饼，卖了出去就够你一家人吃上一辈子。"又卖弄似地说，"我在滇缅路上学了点茶道，哪天得空，我给你讲讲普洱茶。"

肖医生嘱咐一家人暂且严守秘密后，朝张汉泉仍激动不已道："没说的，咱四六分成，我四，你六。"

"不，应该五五分成。"张汉泉很执着。

肖医生不再坚持己见，再一次感谢张汉泉为他家带来横财后，认为张汉泉少说也要在新加坡待上一年，直到这批宝贝卖得差不多才能走。他的计划，至少三个月内要装作什么事都没有，待到日本人的新管治步上了常态，允许正常贸易，才能把这批宝贝逐步出手。他分析，只要不公然抗日，日本人就不会无端地滥捕、滥杀、滥抄家，允许市场日常交易是早晚的事。"因为"，他说，"日本人要的是有效统治，是老百姓做顺民。再说，胡椒和茶饼，都是民生用品，不危害它的统治。"

张汉泉露出了少见的笑："你原来的分析可是错得离谱。"

肖医生直笑。

张汉泉另拜托了肖医生一件事：找一两个信得过的人，若他们可以自由往返于新加坡和雅加达，请去张林诊所向林阿秀告知他的情况，不妨暗示他挣了一笔钱。他要让妻子高兴一下，他已有了条件予妻儿以补偿。

新的一年又来了。

共产党的谋略运用越来越高明。这方面，毛泽东大大强于蒋介石。国民政府不再提新四军叛变，不再动员和组织军队剿灭叛军，当然也不再给这支军队发放军饷。共产党的办法是索性一点都不理会国民政府的政令、军令，理由是新四军要坚持抗日，只能在沦陷区自己想办法，实际是毫无顾忌地扩展力量，实行武装割据。这样的指责与辩护，眼下各有道理，不能太较真。而要做到这一点，新四军就需要取之于民，和老百姓打成一片。这一手，一样适应政府仍承认合法的八路军。

这一手堪称厉害也堪称英明，几乎立竿见影。老百姓才不管什么党不党，谁不扰民还关心民生，他们就买谁的账。那些山区百姓，一个个睁眼瞎，多数人对外面世界一无所知，也就是本能地感觉日本人是外人，外人闯进中国还杀中国人，当然不对。他们初见共产党的军队，并非无害怕，那一支支黑洞洞枪口的步枪，可不是烧火棍。渐渐，他们安心了。因为抗日口号在理，还有人给自己家挑水、扫地，动员东家给自己减租减息，直至让自己选举村里管事的人，他们没有理由不说共产党好。年轻人本来就不乐意一辈子守着山沟沟，渴望外出见世面，头脑活络的人还想着出人头地，再见队伍上的众多官兵原先都是泥腿子，从军的热情愈发普遍。

王明山领导的军区又有了发展。

一天，王明山又进了田懿的院长办公室。对这位下属，他一般情况下总是自己登门，不派通讯员召唤。

他们照例首先谈工作。王明山告知，军区现辖主力团和地方团共七个，已报军部和延安批准，将扩编为十八、二十两个旅。新的二十旅旅长人选已定为韩宝生，惟政委人选难定。韩宝生一再要求，田懿去做旅政委，哪怕只是过渡一年，他才有底气把二十旅带出来。

"我先问你"，王明山说，"你的身体吃得消么？"

田懿反问："韩团长和现在的政委合不来？"

王明山道："我当然信任你，但你知道就行了。团长和政委，都有道理。团长总想着同日本人打一场像样的仗。政委呢政策性强，只同意打伪军，打顽军，生活上也管得宽一点。团长认为放不开手脚，骂了娘。"

田懿说："同侵略军战斗，天经地义啊，当然，没有胜算的仗也是不能打的。"

王明山却道："延安已经开始整风，彭老总坚持打了一场大**规模破袭战，受了严厉批评，理由是暴露了我军的实力。你去二十旅做政委，也要掌握好这个尺度。去吧，先协助韩宝生把二十旅带出来。必要时，组织上会考虑你去延安学习一段时间，提高政策水平。**"

田懿许久才表明态度："身体好多了，吃了这么久的闲饭，我还有点担心发胖，会骑不了马。我才三十出头，不能现在就开始养老。但这是个难题。不去吧，以后我不好面见韩团长。他有了困难，私下里他又管我叫姐……可是，你又让我升官了。照这样下去，以后我会官越做越大，想想有点怕。"

王明山不悦道："你那一套又来了。人家嫌官小，你倒好，嫌官大。你到底想些什么？"

田懿半真半假："官做得这么大，抗战胜利，我就不好复员了。你不会放我走。"

王明山开始严肃："不是我不放你走，是组织不会放你走。我们的事业不会止于只赶走日本人，你该明白我这话的意思。这样大的事业，需要多少优秀人才。组织上越来越重视韩宝生和你，调你们去二十旅，是党委会上决定的，我也要少数服从多数。你知不知道你的话我听了没什么，不了解你的人听了会说你是小资产阶级情调，是革命意志不坚定的表现。话说到这里，我不能不提一下他，他若不是对新四军有贡献，单凭他的华侨身份，你们的婚姻，组织上会要审查的，十有七八通不过。组织上不可能把新四军的女英雄和共产党的优秀干部交给外面人。谁都不可以对抗组织，这是共产党力量所在。所以，如果你属于身体仍旧吃不消的问题，可以不去。反之，既然工作需要，你就要服从安排。"

田懿又是许久才答："我当然服从安排。没有队伍，没有组织，我不知是什么处境呢？我不过是有几句心里话一直堵在心里，不方便跟别人讲，你又忙。现在我说出来。我做副支队长，投新四军后，做副指挥长，首先是因为打那一仗，事前有约定，当然宝生兄弟起了很大作用，使大多数人不服不行。此事过去才几年啊，现在去做旅政委，资历、能力皆不相称。同时，由于刚才你提到了他的存在，你我之间有了一层特殊关系，已广为人知，瞒不住了。这一来，于我就有了靠关系往上爬之嫌，于你则有任人唯亲之嫌，这两条很犯忌。我们的队伍和组织，终究是由人组成的，人家怎么看我们啊？"

"这就是你总想着抗战胜利就复员的理由？"

"你认为我说的有没有道理？"

"你多虑了。你以为我不懂？是形势决定了我和其他根据地领导人不能不这样做。按照常规尤其按照教科书做，八路军、新四军就发展不了。红军时期，二十来岁做师长的例子多哩。你没有能力和实干作风，我想任人唯亲都不行，战场上独挡一面是要靠真本事的。你没这个能力，我一个排都不会交给你，现在八路军新四军可没有本钱让那些草包去糟塌。你只看见一个方面，没有重视另一个方面。"

"反正……"

"不必再说。我们走上了这条路，就只有勇敢地走下去。你还有什么话要说？"

"有个请求，去二十旅，不要任命我做政委，前面加个副字，副政委，起码也要加个代字，代政委，怎么样？"

"可以。但你实际上是政委，不会再派政委。"

"另外，已经半年了，你没有提到他现在怎么样了？"

"联系不上了。原因你知道，日本人席卷了南洋。"

田懿今天很悲戚："我有个感觉，他只要不发生意外，一定会回来见我，如果你有了他的消息，要尽快告诉我。"她想了想，黯然道，"我实在没有办法，做不到忘记他。只有我真正了解他，知道他心里多苦。"

半个月后，田懿去了新建的二十旅任代政委。旅部仍设在王家湾一个祠堂内，路东指挥部的牌子取了下来，换了块二十旅司令部的牌子。田懿颇有点回家感觉，变化是来自两个地方团的几个营长是新面孔。田懿的招数是先动之以情。欢迎大会上，她说："我好像回娘家了。现在家大了，业大了，我高兴。我说两点，一，工作上，咱听韩旅长的，马虎不得，二，生活上，什么政委不政委，我做你们的大姐姐。"这话很管用，一下子拉近了和新面孔的距离。

田懿也给旅长带去了见面礼。原来，直属医院新分配了从沦陷区城市来的两个女学生，做护士。其中一人姓苏，年方十八，容貌出众，颇解人意。田懿动了权威，指定苏护士随她去二十旅，她要完成对韩宝生的未尽心愿，当然也有原则，一是他们需要两情相悦，二是苏护士日后能够内助韩宝生。

这天晚上，田懿特意领着苏护士，去了新建的旅部见旅长。田懿让苏护士紧挨着自己，说："韩旅长，我已经向你报到了。不过，约法三章还是要的。二十旅，你是一号，我只是你的助手。分工嘛，咱还是照老章程办。生活、扩军，是我的事，训练部队，怎么打仗，是你的事。当然，调动一个连以上的大事，你得通知我一声。还有一点，你得空的话，也要关心一下女兵的工作和生活。"

韩宝生有点诧异，政委怎么当着新来的卫生兵谈工作，但他马上悟出了道道，不自然地笑道："我服从政委安排。"

苏护士很局促不安，想走，被田懿用眼色制止。田懿笑道："路上我就告诉了你，韩旅长很爽快，是个男人，对吗？"

苏护士羞红了脸，不敢抬头。田懿朝韩宝生眨眨眼睛，大声道："拜访结束。小苏，我们走。"

路上，苏护士悄声道："政委，韩旅长好年轻。"

　　田懿笑道："我就牵个线。我保证不来组织分配那一套。"

　　苏护士岔开话："政委，我好想认你大姐。"

　　田懿紧紧捉住苏护士一只手，说："关键是人品，头衔是次要的。"走了几步路，又说，"现今仍是男人时代，男人尚且活得不容易，遑论我们女人。[illegible]上了重情义的好男人，不要放弃，也要对人家忠诚。"

　　眼下的张汉泉，可没有田懿的运气。

　　肖医生这次分析靠谱，两个多月后，新加坡市面就基本上恢复了正常交易，只要不属于抗日言行，占领军就不再滥捕乱杀。整体上看，也就是换了个主子，白种人换成了黄种人。而日本人打的正是"亚洲是亚洲人的"旗号。这旗号，真还有不少人听得进去。

　　"其实就是个改朝换代。"肖医生说。

　　张汉泉有同感："对于这里的华人来讲，是这么回事。"

　　为防不测，肖医生在自家门口申请了一块贸易公司牌子，公司负责人由他父亲挂名，注明了张汉泉是合资方。因公司才挂牌，不能太惹眼，他们商定宜缓慢出货。肖医生又力劝张汉泉此期间内最好去他所在医院继续做医生，理由是当日军查验身份，张汉泉的美国华侨医生身份却在新加坡无固定职业，可能惹上麻烦。他强调："现在的美国，是日本人的死敌啊。"

　　张汉泉觉得有道理。

　　肖医生供职的博雅医院拥有几十个床位，沾了英国人的光，医疗设备先进。有肖医生举荐，张汉泉未费周折就做上了骨伤科医生。不过，张汉泉才上了十几天班，医院便由日本人接管，重要科室的头头都换成了日本人。自此，医院优先为日本人服务，对有抗日嫌疑的病人审查严格。

　　张汉泉过上了更加提心吊胆的日子。他很明白日本人治下那批药品极难运去雅加达，就算货去了雅加达也极难运去中国，因为违禁品在东南亚海面上很难躲过日本人的搜查。此事成了他的一块心病。

　　张汉泉的顶头上司名叫秋田贞子，本是内科医生，现在管理几个科室。她是正宗的科班生，与张汉泉年岁相仿，据说海军军官的丈夫去塞班岛才几天就在空袭中被美军炸死。她很忠于职守，清瘦的脸上终日眼光忧郁。

　　张汉泉可不敢在秋田贞子面前流露反日情绪。秋田贞子交代的工作，他必须完成，空隙时间，他就看专业书。准时下班，准时上班。

　　渐渐，秋田贞子看张汉泉的眼光有了温情，起因于秋田贞子对中医尤其对针灸术感兴趣，坦言中医在日本民间口碑不孬，认为此事与两国的文化交流源远流长相关。张汉泉认可这说法，但仍保持警惕，不敢让两国的历史交流话题牵扯上两国的现实仇恨。但不论如何小心，只要被问到针灸的原理与功效，他仍不得不多说上几句话。他还无意中提及授他医术的田梅生，但绝口不提田懿，特怕被问及田懿现在干什么。

这是一个台风天，无病人，离下班时间还早，张汉泉象往日一样，又看起了医书。秋田贞子走来张汉泉面前，要求张汉泉讲讲家庭情况。

张汉泉绝口不提中国，一口咬定是出生雅加达的二代华侨，在美国待了十年，家境贫寒，未婚娶，来新加坡谋发展。

秋田贞子又问张汉泉如何看待大东亚圣战。

张汉泉答他从不过问政治、战争、国家这类事情，生活目标就是多挣点钱，让后半生过得好一点。

秋田贞子再问张汉泉，想不想有个女人陪伴。

张汉泉佯作很难为情地答，他暂时不想，不敢想。他需要攒上一笔钱才能考虑，因为结了婚后要对妻子儿女负责。

秋田贞子不再盘问。张汉泉看得出来，这个日本娘们只对他最后一句话略感满意。

晚上和肖医生喝茶聊天时，张汉泉提起了这件事，向肖医生请教，这样回答是否合适？

肖医生却说："这娘们对你有了那么点儿意思。"

"未必吧。"

"我比你痴长了十来岁，这点还看不出来？你嘛为人稳重，有男人气概，是女人都看得出来。她应该属于心情烦闷，情感饥渴，二者兼有。你要注意。"

张汉泉十分认真："哪怕她不是日本人和我的上

司，我哪里还有心情和胆量自寻烦恼。"

　　但是张汉泉自以为谨慎，仍旧犯下了错误，不该心存侥幸留存那批药品。

　　民国三十二年一月，张汉泉来狮城第十三个月，他和肖医生被捕。巷子里出现了抗日活动，日军大搜捕，从张汉泉床底下一个小地窖里搜出了那批麻药。

第十八章

抗日战争胜利了。

胜利来得突然，田懿当然欣喜，一时竟也有点不知所措。就在一月前，她和韩宝生分析形势时，都认为抗战必胜，此事必要感谢同盟国，但中国战区或许还要拖上一年。其实不要说他们了，重庆和延安都被胜利提前到来而不免手忙脚乱。

八月底，王家塆的二十旅司令部举办了旅长和旅部医院苏护士长的婚礼。他们恋爱多年，终于结合，实现了韩宝生抗战胜利再成家的誓言。主婚人非政委田懿莫属，她是一对新人的红娘，司令部尽人皆知。偌大的院子里，几百人出出进进，欢声笑语，未曾间断。太阳快落山了，仍不见原本说定一定赶来的王明山，田懿决定不再等待，宣布婚礼开始。

婚礼进行一半时，军区司令部派来了通讯员，向政委报告王司令员不能来了，另通知旅长和政委明早务必赶去开会。

把新郎新娘送入洞房后，田懿便回了自己房间。她感到了疲累，却无睡意。她已磨练出来了，有战功的女首长本来就稀罕，她又特别注意处处突出韩旅长，不摆政委架子，不容官兵们不买她人品的账。她也克服掉了很多先前的"小资产阶级情调。"此事归功于两年前她去了一趟延安，完成了为期三个月的强化学习。那时，延安整风已近尾声，她不在延安总部整风肃反人员之列。工作主要是学习，学理论，学政策，听报告，听其他根据地的大员汇报成功经验。籍此时机，她见了两次她家乡人毛泽东，当然是在大礼堂，隔了百把米远。她认为毛泽东确实有几手，讲话引经据典，出口成章，但不认同这位老乡乃至延安对于爱情、婚姻的随意性，以及组织分配这个新的包办婚姻，不过，她与另一个老乡彭德怀面谈过两次，给她留下很深印象。因为彭德怀不讲马列主义大道理，是个明显的做实事的料，湖南人的霸蛮性格很突出，生活作风上尤其无可指责。第二次谈话无拘无束，彭德怀说："你出来晚了点，早出来，我就会早点认识你。我们说话上路。"彭德怀还问了她的家庭情况，很感慨。田懿看得出来，这个家乡人重感情，多半也对田懿留下了不孬印象。三个月时间不免短了点，她大长了见识，仍感不足。他对延安的景仰来自她读了很多期《新华日报》，报纸上的话打动了她的心，认为照这样子干下去，中国大有希望，她也隐隐感到一些不正常，便是太多的人讲话有点千人一面，不合她的个性。她当时并不知道，那是整风狂抓特务的后遗症。终究开扩了眼界，今天王明山失约，她马上敏感到了局势开始大变。

田懿猜测没错。

翌日，军区司令部会议上，王明山面对二十几个重要人员，着重谈了要改变思路，不要幻想与国民党和平、民主建国，要继续战斗，直到打倒国民党政府，由共产党来建立建设一个新中国。他列举了很多事例，证明国民党政府历来反动，不代表人民，一直亡共产党之心不死，正在调兵遣将，中原将首当其冲等等。期间他的两句话，说得斩钉截铁："报纸上的走议会道路，参加联合政府，不过是策略。这事，延安的毛主席心里有数，重庆的蒋委员长一样心里有数。我们需要宣传，那是说给外人听的，不是说给自己人听的。"

这天下午，王明山与田懿单独谈了约半个钟头。他告道，因形势大变，八路军、新四军这个称号都将成为历史。他们领导的军区马上还要扩编一个旅，连同十八旅二十旅将组成一支野战部队，随时开赴平原地区作战。他真诚地夸赞了田懿几句，肯定韩宝生和田懿合作有成效，果然把二十旅给带出来了。他了解到了韩旅长不舍得放政委走，担心再也找不到尽心辅佐他的政委。但强调现在任谁都不能躺在功劳薄上，眼下最要紧的是与国民党的受降部队抢夺日军的装备，他也将亲率部队去前线作战。队伍仍旧不能打无根据地之仗，后勤供应的问题变得十分突出。他已向党委会提议，增补田懿为党委委员，调任后勤部长一职。他说："古来如此，粮草跟不上，仗就没法打，这是军事常识。这方面的突出例子是左宗棠征西，想必你也听说过左湘阴的故事，我们这个湖南老乡心里未必瞧得起胡雪岩，仍得借重胡雪岩，说明了什么？你可不能轻视这工作。这一摊子由你坐镇我才放心。"

田懿说："我知道轻重，我服从安排。"

王明山话里有话："去吧，后勤部部长和政委，你包了。给你派个政委，不会利于工作，你和韩旅长搭档，属于例外。后勤部长这工作比做政委更累，你注意身体。"

田懿很感动："有宝生兄弟对我的谦让，有你对我的理解，我还讲什么条件。我会把工作干好。"

王明山开玩笑道："复员的事，只能等到打败了国民党，再说啰。"

田懿也笑："这还用说吗？"

田懿另建议：两年多前组建的二十旅本来底子薄，除了原路东指挥部这个老团，另两个地方团如今也能拉上阵了，她当然做了工作，但主要是靠韩旅长。韩旅长本身是知识分子，这个特点决定了他的政委不宜多讲大道理应多干实事，不然的话又会闹不和，从而影响工作。因为有一点是事实，这些年新四军并未与日军打大仗恶仗，队伍的素质和战力仍有待检验。因此，二十旅的一二把手的工作配合很重要。她何尝不知韩旅长又会为政委的事儿伤神，如果一时半会没有很好的政委人选，暂且不妨让旅长，政委一人干。这决不是争官要权。韩旅长不便说，只好她来说。

王明山直点头，道："如果都象你们这样为大局着想，共产党事业何愁不发展不成功？"王明山另告知一个消息：又与南方局的人取得了联系，南洋开战前，张汉泉去了新加坡，十之七八是去筹集稀缺药品，从此下落不明。"新加坡的日军也要投降了，"他道，"他只要还在，估计不用很久，他就会出现。”

田懿嘿然。这天睡前，她忽然悟出了王明山话里另有话，他却一直没有想到这样一层。所谓政委，说白了就是个监军，皇朝时代的老把戏。但她不愿也不敢多想下去，却也由此怀念曾经无猜无疑的生活。她不由自主，翻出珍藏的张汉泉相片，看了很久。

张汉泉两个月前就已出狱，肖医生出狱比他早了一年。肖医生最初的罪名是窝赃，他确也不知道张汉泉弄那批药品到底干什么，一口咬定张汉泉是医生，在雅加达开了家张林诊所，希望多购置一点紧俏药品用于自己的诊所，不过就是贪心了点，不算存心与占领军作对。关于为何藏在地窖里，他说这只是保护药品的措施。张汉泉更加不敢松口，另强调他购置那批药品的时间，是在南洋战争之前。日本人不愿相信他们的供词，但也拿不出他们囤集管制物资用于反日的依据。张汉泉被多关了一年，是因日本人需要了解雅加达是否真有一家张林诊所。

张汉泉是被日本兵视作抗日分子抓捕的，很挨了几次暴打，见识了日本军队的野蛮。他不能释怀的是，他被关地牢半年，新加坡潮湿，地下多水，全世界知名，他因此落下了严重的风湿性关节炎。

张汉泉还有一事做梦也想不到，出狱那天，不光是肖医生来接他，秋田贞子也来了。一个日军宪兵队长陪伴秋田贞子，显得恭顺，使他明白了秋田贞子在他出狱的事儿上多少出了点力。

肖医生又去了博雅医院供职。张汉泉仍旧系狱，是秋田贞子询问他，他告知秋田贞子的。至于秋田贞子去宪兵队走了什么关系，他就不知道了。把张汉泉接回家，他便告道宝贝已经脱手，还不免贱卖了一部份，张汉泉应得的一份，他可不敢乱动。他很恳切："我家靠了你已经得到了一笔横财，哪里还敢生邪念。让雅加达商会的人知道了，我们在华人圈还见得人？新加坡就这么大，华人在新加坡之所以有实力，靠的就是都比较识大体。"

"这我早知道。"张汉泉答，"那边会长早告诉了我，你们都可信赖。"

张汉泉的当务之急是在短时间内尽可能疗治身体创伤。大晴天还好，一到阴雨天几乎走不了路。他过去之所以能够到处奔波，靠了强壮体魄。为此，他更痛恨战争，痛恨日本军队。他在肖医生陪伴下，翌日便去了博雅医院。他去了曾工作了八个月的骨伤科以及另两个科室走了走，看望曾经的同事，再次面谢秋田贞子，提出他要请桌客。

秋田贞子口里说着："多不好意思，"脸上出现了张汉泉极少见过的笑。她坚持由她动手，先给张汉泉作次全面检查，再确定治疗方案。

张汉泉来面谢秋田贞子就含有此意。日本医生一旦进入临床角色，普遍业务过硬，做事认真。他也不乐意把日本的普通医生与这场战争事事扯在一起，究竟怎样看待疯狂的世界与痛苦的人生，现在的他已无须别人来说教。

秋田贞子诊断结论，张汉泉身体各个器官无事，惟风湿性关节炎已失去了最佳治疗时间，势将伴随终身，现在所能补救的是疗养，严格限定工作量。这样的结论，其实张汉泉不觉意外，既然器管无事，他心始安。疗养二字，他只能默然。他真正寄望于秋田贞子的是如果日本开发出了疗治关节炎的新药，能给他用上。已经两年多了，他关在牢里与外界断了联系，不识科技新动态。他希望十月以后能回到雅加达，那时候的气候适合他动身，如果日本人的统治能在十月前结束的话。因为他将身携一笔大钱，担心万一被日本兵搜身又惹来麻烦。

这天请客，秋田贞子另带来一个新的日本护士姑娘赴宴。宴席上，华人医生都尽可能不谈敏感事儿，实在躲不过，说的也是大日本皇军神勇，美国人奈何不了皇军的套话。张汉泉至今弄不懂秋田贞子是否负有其他使命，不敢多言，只是一个劲地劝菜。其间，秋田贞子希望张汉泉回骨伤科上班，他不希望节外生枝，当即表示从命。

晚上，肖医生告诉张汉泉，今天宴席上有个细节值得思索，便是那个小护士的狼吞虎咽。"这说明"，他分析道，"日军撑不下去了，给养供不上来。据说，日本人医生和护士的薪水都停发了，各义上好听，爱国捐。"

张汉泉道："但是，他们的苦难不是我们造成的。并且，哪怕秋田贞子对我们毫无恶意，她也还是希望她的国家取胜。"

肖医生岔开话："人间杀伐不休，我看国家主义是祸根子，比党派政治更可恶。有什么办法呢？你不太清楚，秋田贞子并不狂热。她家境贫寒，丈夫早已战死，九州老家有个儿子要抚养，很不容易。那个宪兵队长，是她亲戚，她说得一点话进，她真心想帮帮你。这些，是个日本护士告诉我的。"

张汉泉不想再听。

不过张汉泉很快便看出来了秋天贞子确实本性善良，待他是真情。他上班不久，每天下班后便去贸易公司坐坐，因为还有一点茶饼卖不动，货太好，价亦高，极少人掏得出钱。张汉泉有义务向客人介绍茶道。他甚至想入非非，日后自己也在南洋筹办一家茶叶货栈。一天黄昏，秋天贞子不请自来，此后每隔三五天，她都来贸易公司待上一阵子，她说来品茶，其实是想张汉泉陪陪她。张汉泉每次送她出门，她都会有意无意往张汉泉身上靠。张汉泉当然明白是怎么回事，但现今实在提不起这方面的精神。妻儿情况如何，他一无所知。肖医生曾托过一个人去张林诊所传信，那人已下落不明，使他总是心思不宁。此外，自有了田懿的来信，他就下定决心余生要面见一次那位亲人，因为万一苍天垂怜，他和田懿破镜重圆呢，他不敢背太多孽债去见田懿。

张汉泉没有料到他上班才一个月多一点点，日军就向盟军投降了。消息传开，医院一下子沸腾了，华人医生和员工皆换了一个人，笑逐颜开，与外面的鞭炮声、欢呼声相映成辉。日本人医生和护士则个个脸色阴沉，目光呆滞，不知所措。

张汉泉一样按捺不住喜悦，第一个念头就是很快可以回到雅加达，见上久违的妻儿。他近乎失态，从一个科室奔到另一个科室。只要见上华人，他就高喊："同喜，同喜。"

他没有心情上班了，打定了主意今天就收拾收拾离开医院，连交接手续都不愿办了，况且日本人不再管事，医院管理便进入了真空状态。他回到科室，医院突然乱了套，日本人院长和一个日军军医自杀了。又见那个曾赴宴席的小护士又哭又叫。秋田贞子躺在休息室的小床上，服下了安眠药，身边一张分明是她儿子的照片。照片上的孩子，约摸五岁，一脸童稚。

张汉泉不得不伙同护士先救人。

第二天一早，张汉泉就赶来医院，秋田贞子已经醒了过来，仍目光茫然，不看任何人。日本人的团体观念没得讲，十来个日本医生和护士守在休息室里，直到秋田贞子眼角淌下一大颗泪水，他们才陆续离去。

休息室剩下了秋田贞子与护士姑娘，张汉泉很纠结，仍身不由己走了过去，怜悯地望着秋田贞子。待秋田贞子睁开眼，他伤感地说了一句话："伟大莫过于母爱。"说话时，他掏出几十个英镑，之后大步走了。

张汉泉变了下念头，决定去几个科室再走上一趟，向几个熟识的华人医生告个别，终究同事一场。此时，一小队受降的英国兵进了医院，前来接管行政事务。张汉泉怎么也没想到，当所有医护人员奉命集合在住院部外草坪上，领队的军医官出现了，竟是老朋友斯特朗。

张汉泉喜不自胜，把什么事都抛往了脑后。期特朗一样惊喜不已，拉住张汉泉，走到哪里让张汉泉跟在哪里。直到下午，俩个老朋友的激情才平息下来。

斯特朗现在是中校军医官，任务是接管日本人所有医院，暂且实行军事管制，所有的医生除特殊理由外仍须坚守岗位。他还将组建一支国际红十字会医疗小组，处理几万名日军战俘及家属的疾病以及自残、自杀等问题。

斯特朗强烈要求张汉泉加入红十字会医疗小组，告道要从每家大医院聘任几个人，亲日分子除外。他正有点发愁能否聘任到足够的称职人选。医疗小组至少工作六个月。张汉泉很爽快地答应了，条件是只干两个月，另要为他准备一批麻醉药品，他付钱。

这天晚上，张汉泉未回肖医生家，就宿在老朋友的军营里，畅谈了半夜。斯特朗还在那个海岛上便知张汉泉的最大心病，张汉泉告道此次再分手后今生见面的机会将很渺茫，不过他还是为有了个英国朋友而高兴。几天后，在斯特朗主持下，红十字会医疗小组便告成立，共计五名英国医生，九名华人医生，隶属英军临时编制。工作主要是监督几万日军战俘和家属的日常卫生事物，小组每个成员皆有权监管日本军医的非人道行为。当天，为庆祝国际红十字会医疗小组成立，成员聚了餐，照了相，有合影，有单人照。这既是工作也是一种荣誉，医疗小组成员皆表现得神色庄重、自豪。

九月底一天，面对柔佛海峡的一片沙滩上，太阳升起不久，几百名日军战俘便忙碌起来。他们运来了几十张旧木椅，几十捆干劈柴，几十大桶汽油和煤油，另加七八副担架，担架上皆是垂危战俘。

张汉泉已算得上见了世面的人，然而即将发生的奇特场面，仍出乎他的意料。

自日军投降，几百万本土以外的日军官兵便须向各地的盟军交出武器，交出战犯，注册，登记，待在战俘营里等候遣俘的船舶车辆。这是一项浩大工程，因为还有大量的随军家属，日商，各种职业的日本平民，都将作为不受欢迎的人予以遣返。其人数之多，种种实际问题之多，盟军短时间内实难兼顾。因此，日本人内部的事物处理，仍由日本人依自身组织和规章进行，盟军不予干预，除非日本人的行为明显违反国际法。

海滩上即将发生的事态，便是一支战俘队伍依据在世界各地进行过的手法，自行处置一批严重伤残者。他们里面，确有一些因陆战、海战身负重伤而无从痊愈者，也有很多主要是双目失明、高位截瘫、丧失劳动能力但生命无虞者。日本人的做法，是由军医裁定，凡不适合回国的战俘，就地处置。具体做法就是当场火化，之后将骨灰带回日本。一个问题变得突出，是否适宜回国由军医临时裁决不免很大的随意性。如果战俘并无生命危险，只是丧失了部分生活能力，自己并不甘心为国殉葬，但军医在疯狂情绪支配下将其送入火海，则是对国际法的侵犯，盟军需要干预这种新犯罪。此种干预视具体情况而定，红十字会医生有权推翻日本军医的裁定，如果战俘集体反抗，盟军有权武力弹压。不过，国际法往往于战胜国也是一块招牌，遵不遵守就看文明程度了。

此时，几部吉普和一部卡车开进了海滩。他们是五名红十字会医生和十几名荷枪实弹的英军士兵，领队人是斯特朗。五名红十字会医生，两人为英国军医，三人是华人医生，包括张汉泉。另有一名翻译。此次行动，张汉泉可来可不来，当然斯特朗必要到场。他要求朋友介入，理由是新加坡这个局部战场上，英国、日本属于交战国，要见证文明与野蛮的较量，需要有第三国的几个医生在场。

最后时刻来了。

三百来名日军战俘和家属列成十几支纵队。两支纵队皆为身体健康战俘，一支纵队全为双目失明或缺膊胳截腿者，七八副躺着垂危者的担架就在这支纵队旁边。三支纵队是家属，也有几个歌伎。其余纵队都是伤残程度不太严重者。

日本人高度守纪律没得讲，秩序井然，气氛俨然先肃穆后悲壮。一个大佐讲了十来分钟话，大意是：世世代代生活在太阳国的大和民族，有权力生存和长存，却不容于世界列强，不得已奋起反抗。帝国虽败，但是一时之败，日本终将再次崛起。值此十分危亡之际，每个人都应该想想为国家、为天皇、为后代还能做点什么。由于帝国重建，今后只能由更优秀的人来完成，由于路途遥远，人口太多，战胜国军队指定的遣俘船上一定条件极其恶劣，即使回到一片废墟的国土上，今后无法自食其力者也只能坐以待毙，为帝国添加无谓的负担，因此，凡由军医裁定为不适宜回国者，一律……

这位大佐宣示完民族大义也是命令，三名日军军医上场。一张大方桌上，堆满了病历。很快，军医根据已定的名单，稍微再对照一下病历，便通知大佐那些担架上的垂危者，属于第一批去见天皇的忠勇武士。

大佐一招手，二十来个健康战俘便一拥而上。他们先把垂危者的手脚固定住，往垂危者口里塞进湿毛巾，把担架抬到一堆堆木柴上，浇上汽油和煤油，点上火。随着几声蓬蓬火起响声，大火吞没了担架，却传来了皮肉暴裂声和冲天尸臭味。

战俘仍旧保持着纵队队形，无人言语，皆目光前视，仿佛身边的大火并不存在。但是家属队列开始了骚动，听得见哭声了。大佐脸现焦急状，军医加快了工作进度。

第二批十一个人被架着推着来到了大方桌前。第一人是个双目失明者，一只手还缺了五指。军医朝大佐一努嘴，大佐招手，马上三个人拥上来。他们把此人安放在木椅上，绑住手脚，往口里塞上湿毛巾，便把他抬往一堆木柴上，如法炮制。

约摸半个多种头，这一批人也处理完毕。

这边几个红十字会医生连同斯特朗都侧过了脸，尽可能不看那边的日本人，莫不脸色极度冷峻。张汉泉读得懂斯特朗和几位军医的表情，日本人是自作自受，既然甘心接受命运的裁决，便是他们自个的事。张汉泉更明白英国人才有发言权，自己更多的就是个见证人，只能紧咬牙关，不使自己失态。

第三批共计十八人又遵令走来了大方桌边。他们仍属于重度伤残者，但多数人或只缺了一条腿，或只少一只胳膊，视力都不很坏，如稍加练习，是可以自食其力的。其中三个人也就二十岁出头，细看才褪尽稚气。

突然间，一个三十来岁的战俘朝大佐大哭起来，哇哇直叫，双手连连比划。原来是个哑巴。张汉泉读得懂一些哑语，战俘泣诉的是他还有妻儿，等着他回家，他不想死，他是立过战功的。紧接着，他跪了下去，抱住了大佐的一条腿。

"皇军的败类。"大佐大骂，一脚踢开哀号者。

气氛为之一变。战俘队形大乱。家属已不复队形，约一半人跪倒在地，哭声震耳。另有方桌边三个战俘跪在了军医面前，哀求饶命。他们在此绝望之际，哭喊起了母语，原来是朝鲜人和台湾人。但是大佐和军医不为所动。

那个"皇军的败类"被送上柴堆。就在这当儿，张汉泉涨红了脸，大步走向了方桌。他的举动一时惊住了所有的人。他在那十七个人面前站住，也就瞄了几眼，竟一连把六个人强拉往一边，又粗野地喝令他们退回队列。他的突兀举动引来了英国人的眼光，英国兵为了维持秩序，齐刷刷地逼了过来。

大佐和军医先反应过来，咆哮着，怒视着敌人。张汉泉狂怒地骂开了："混蛋、畜牲。"，暂停了救人，盯住了大佐。他完全忘记了自己见证人身份，也仗着身后英国兵的撑腰，陡然而起扑向大佐的冲动。然而，他一下子气馁了，几乎所有的日本战俘，不哭了，不闹了，将愤怒的目光射向了他。与此同时，这边的人也用不屑的目光望着他。

张汉泉刹那间脑子里一片空白，感觉无比羞愧，无地自容。他失控了，冲着英国朋友大喊："我们不该来，来干什么啊。"接下来他将狂怒的目光射向了日本军医和大佐，以及战俘们，破口大骂，"王八蛋，干得漂亮，那就成全你们吧。，成全你们这批杂种吧。"

之后，他逃也似地走开了。

这天晚上，张汉泉在海边一家小饭馆独自要了一瓶酒，点了几个菜，另买来一包烟，却坐了两个多钟头。他事先已声明，他会多付一倍钱，条件是不要打扰他。

他从未沾过烟，强行吸了两支烟后便咳个不休，索性把烟丢往窗外。所幸酒的度数不高，他也把握了节奏，未使自己失态。

但他难禁心潮起伏，脑海里全是下午发生的事情。他来到这世界已快四十年，从来没见过所有的人鄙视他，令他羞耻难当。他一次又一次问自己，当时为何要那样做，那样做到底对不对？

醉意朦胧中，张汉泉眼前浮现了一个人，那是田梅生。他眼睛湿了，想喊一声爹，却喊不出声音来。

一夜过去，张汉泉判若两人，不修边幅，双目无神。

这天上午，他第一次无故旷了半天工。午后，他去找英国朋友，没找着，一时无事，回了医院，忽鬼使神差，去了内科。他看了秋田贞子几眼，见秋田贞子坚强了点点，忽又见秋田贞子眼里流露出渴求爱怜与自卑之光，便惊觉到了什么，什么话也没说就走了。晚上，他谢过邀他喝茶的肖医生，早早睡了。

两天后，他找着了英国朋友，语气坚决："我辞职。"

"怎么啦？"

"我不配这个职业。"

"你并没有过错。"

"我本来可以救下其他的人，但我没能克服自身的性格缺陷。连医生都做不到生命至上，这个世界不堪设想。"

"不能挽回了？"

"愿此生我们还能相见。"

　　当时，他们就在那天焚俘的海滩边一株棕榈树下，不远处就是战俘营。斯鲁特仍欲挽留张汉泉，举例说当年在那个海岛上，张汉泉不去劝阻阳伍芝吸咽，表现得很坚强，今次却十分脆弱。张汉泉最后的回答是："让我走吧。我承认你们英国文明走在了世界前面，但人性不应该分国界。我就是一个小人。"

　　这天晚上，张汉泉告诉肖医生，他已购好船票，四天后登船。他感谢与肖医生相识一场，共事一场，坦言现在最想见到的是儿子。"他快六岁了，快读书了，我亏欠他很多。"这话，他一连说了两遍。

　　第四天午后，张汉泉雇了部黄包车，提个大皮箱，早早来了码头。开船还早得很，他独自坐在海边的石阶上，又一次满腹心事，两眼苍凉，理不清头绪。由于辞职突然，英国朋友尚未来得及替他购置一批麻药，他决定不要了。他一点也不后悔辞职，明白他不是做这个时代的英雄的料子。他过去一直以为这场战争中他问心无愧，但现在只要眼前浮现那批战俘，他竟觉得他成了罪人。他回答不了，这个世界会好起来么？他已心力交瘁，想回家休息一段时间。他有一个感觉，林家不会象先前那样欢迎他，但他能去哪里呢？他需要为飞飞尽到父亲责任，寄人篱下就寄人篱下吧。他仍旧隔不了三两天脑海里就会出现田懿，但次次都只能强迫自己又望向海天一色，他变了念头，不再奢望和田懿破镜重圆，暗忖他也般配不了早已脱颖而出的田懿，何苦自讨没趣。不过，只要想起田懿，他仍禁不住眼睛湿润。他的人生走到了这一步，他想或许只能归结为他生错了时代。

　　肖医生上了半天班便请了半天假，赶了来相送张汉泉。张汉泉颇觉意外，秋田贞子也来了。她很少说话，总是用猜不透的眼光不时望向张汉泉。还是肖医生告诉朋友，秋田贞子得知张汉泉归家心切，久久未语，秋田贞子也快要回日本了。快要登船时，秋田贞子悄悄地把一块散发香气的手绢递给张汉泉，上面有她手绘的一朵樱花。张汉泉明白意思，从此海天相隔，命运不由人，留个凄美的纪念吧。他当着秋田贞子的面，把手绢小心翼翼地折起来，放入口袋里。

　　张汉泉又一次没有想到，雅加达迎接他的已是淋头一盆冷水。林宅仍在，已换主人，林家不知去向。张汉泉匆匆赶往张林诊所，诊所仍由龙医生经营，已无昔日盛况，也就龙医生与一个中年护士惨淡度日。萧条的市容和生意无疑要感谢这场战争。从龙医生口里，张汉泉尽知家庭变故。他走后未及一月，林阿秀便和方医生睡在了一起。张汉泉一下子悟出了林家认为张汉泉久未归来是不会回来了，林阿秀是在很复杂的情绪支配下接受了方医生的求爱。对此，身为外人的龙医生只能睁只眼闭只眼。日本人在南洋全面开打前夕，林家都去了美国，方医生也去了。林阿秀临走留下了美国的地址，把她保存的张汉泉的那些奖章，照片留了下来，另托龙医生转告张汉泉：她会把飞飞带大带好。张汉泉想见儿子，待儿子长大了，父亲可去美国面见一次儿子，他们的婚姻结束了。说到头都是被命运捉弄了，谁也怨不得谁。

张汉泉喟然长叹："她说的对。我不怨他们。"

龙医生又拿出一封泛黄的信，是艾丽丝写来的。信上告知，她的丈夫已升任公司高管，如果张汉泉想回公司，她们会尽力相帮，问题不会太大。她期望朋友能够相见。

龙医生另告从没人来诊所告知张汉泉的情况，那位姓叶的又来过一次，以后也没再来了。乱世就是这样，计划赶不上变化。龙医生末了问张汉泉的今后安排。

张汉泉劝龙医生继续经营诊所，哪怕只为糊口。诊所权益，他无偿相赠，因为他现在不缺钱。他将在雅加达待上一段时间，答谢曾经给予过他帮助的老客户，特别商会会长。之后，他回中国老家去。他强调他快四十岁了，有可能后半生就在老家过清静日子，尽可能做点点济世事儿，以弥补曾经的过失。"我当然不是一个大恶之人。"他说得恳切，"但我也算不得灵魂干净人。"

"你不去美国啦？"龙医生问。

"不去了。"张汉泉答，"现在去不是时候，若吵了起来，会给飞飞带来更大的阴影。"又说，"我会写封信去，估计不会有回信。我回唐山后，如果你收到阿秀的信，或是听到她什么消息，拜请信告我。"

　　龙医生叹道："你走后十来天吧，阿秀就变得魂不守舍，常发无名火。我劝过阿秀，说你是个守信的人，方医生听了我的话就冷笑。你若赶在日本人开战前回来，我看事情挽得回。方医生啊，也使了坏……女人嘛，都耳朵软。"

　　张汉泉道："我说了，不怨他们。待条件成熟，我会去看他们一家子。那时候，估计他们也把人生看淡了。最好飞飞能跟着我。"

　　龙医生再劝："唐山又打仗了，你不回去不行吗？"

　　张汉泉很坚决："它们打它们的仗，我过我的日子。"

　　这天晚上，张汉泉便去见了商会会长，送上十块上等茶饼。会长对张汉泉的遭遇很感慨，说："阿秀不是坏女人，你不怨恨她是对的。你决定回中国，我理解。以后你若再来这里，我随时欢迎。"

　　年底，张汉泉再次踏上了回国的路。

第十九章

三月，张汉泉回了木屐会上。

张汉泉办的第一件事，是请了五六桌客，遍请街坊邻舍和街上头面人物，声明他太累，海外生活不过尔尔，他想落叶归根。他没有全讲真话，称在海外没再娶妻，原先娶的那个，死了。邻舍们表示相信。

他办的第二件事，是用高价盘回了那三间瓦屋。仿二十年前模样，厅屋里立起了两大排中药柜子，门口牌子上注明中西医兼治，请了龙二婶的十四岁孙女做护理。他收费极便宜，略有盈利即可。他认为钱财乃是生命基础，生活意义却是情义。年岁大点的街坊开始议论一句话："田梅生回来了。"

他办的第三件事，是一天夜里摸黑去了坟山，在田梅生墓碑边及另一个隐蔽处分别埋下了他带回来的那笔大钱。那是六十根金条，全是大条子。他手头另有一批外钞，外钞主要是英镑和美元，依市价可兑换成至少一万四五千大洋。他盼着内战快快结束，天下真正太平，便筹建一家小医院。他寻思他只有这么大能耐，只能办点不大不小的实事。

办完这几件事，他便一边默默营生，埋头钻研业务，一边静观风云变幻。熟悉的麻石路面街道，大多数街坊淳朴的品格，老屋唤起的不尽情思，皆给了他心灵的慰籍与宁静。他坚信田懿只要不出意外，一定会回来给爹扫墓，届时，他们就会见面。他也设想过内战万一打上十年八年，那样的话，他当然要去那边的队伍寻见田懿。认定此生只要能见上田懿一面，他就心愿已足。他想起了田梅生遗言上姨妈的一句话，自己对自己说："的确，没必要绑在一起。"现在他感觉最对不住的人是飞飞，寻思十年八年后一定要去父子会面，深信林阿秀变心，与他在感情上冷落了她有关，好在她天性不歹毒，不会亏负自己生的儿子。

张汉泉也曾有过冲动，再去会会王明山，但很快便否定此念。如今不比抗战时期，那时无分国统区和共统区，现在找寻王明山困难多了，长江以北到处交通瘫痪，两边皆有关卡。去找王明山干什么呢？莫非去要奖赏不成。他问心无愧，当年尽了心力。况且，当年他是华侨志工，与共产党新四军没有隶属关系。他在心里想："以后他们认不认我，是他们的事。就算不认我，该不至于为难我。那段故事，过去了。"

张汉泉还曾想起过栾和文，感谢栾和文给他带来了田懿的消息。不然的话，他不会找去大别山，他以后的命运肯定会改写，但无论怎样改写，都会增加他对田家父女的负罪感。"这个栾和文，"他感慨，"人不坏，值得交。"

九月，张汉泉改变了主意又出了趟远门。他总是感觉有愧于那批工友，尤其有负阳伍芝。他记得阳伍芝家就在惠州乡下，虽说丢了具体地址，但他认为只要时间充足，还是有办法找得到阳家或几个工友家。因为那地方出海人多，想必地方政府也有记载。现在，他已不缺钱，有的是时间，该去试一试了。

张汉泉直到年底才返回湖南。他在南海边的头半个月一无所获，没奈何用了几十块银元走通了警局一个科长的路子，终于访到了阳伍芝的大女儿。老朋友的大女儿如今已是三个孩子的母亲，嫁了个渔民，日子仍过得窘迫。张汉泉得知，阳伍芝的妻也故了，好在几个子女皆已成家。那几个兄妹被姐姐召了来，听着张汉泉叙述的他们父亲出海后对他们的思念，皆哭了。通过他们，张汉泉又访到了四位工友的家，都去登门问候了一番。仍然没有工友回来探亲，但都有了联系，据说很多人已在海外成家了，未成家的还要多挣点钱再回来。张汉泉一听便明白那些人的苦衷，这世界哪有干苦力活挣大钱的美事儿。双手空空回来，面子上搁不住。很多人若已习惯了酗酒、找阿姐阿妹的生活，继续做劳工并不比回来做渔民做农民差。有户人家一再挽留客人多住上几天，因为家里与亲人终于取得了联系，离不开张汉泉离开公司前拜托斯鲁特从公司邮局发了家信。张汉泉目的也就是尽尽做了一场工友的义务，至此觉得已偿心愿。

张汉泉不能久待南海边，是不敢想象与田懿的可能错车。如果不是田懿这个因素，他多半会趁这次出来去香港走走，看下当年那个骑楼是否变样。

大年期间，张汉泉忽见着了一个久违的人，当年的民政科长，后来的警局大队长，现今的副县长。副县长身后跟着一个兵，也就是路过，睹物思情吧，朝诊所瞄去一眼，一下子便互相认出了对方。张汉泉早从龙二婶口里得知，此人当年未曾为难田懿，便忙笑脸迎客。副县长在诊所坐了近一个时辰，期间曾问田懿的下落，听主人讲一直下落不明，叹息不已。两年后大陆易主，副县长去了香港，三十多年后作为港商又回了大陆发展，称得上人生圆满。说话间，他曾力劝张汉泉应为家乡做点事。他说他从传言中已知张汉泉的一些事，张汉泉无疑属于社会贤达人士，现今国家仍旧多难，中共铁了心要颠覆对抗战有大功的合法政府，而政府里面确有不肖之徒，比方说接收被糟塌成了劫收，很伤民心。因此，社会各界的贤达之士应该站出来，为矫正时弊出一份力。如果张汉泉接受他相请，他负责运作，先请张汉泉屈尊去县政府做个参事。张汉泉答，他很难从命，因他志向在医学上，随时可能再出海，完成去那个海岛上重新制作几个标本回来的夙愿。副县长认为张汉泉不是虚情假意，只得转过话题，再告以一件事，便是当年那位纠察队杨副队长，早去了省城警署做上了处长。他笑道："如今你们万一撞了面，那就不会象我们这样说话上路啰。"

张汉泉果然闻言便不笑了，道："人家会正眼瞧我吗？咱得承认，灵泛人永远是成功人士。"

又是两年过去，张汉泉在街道上走动变得勤快，是因战争形势有了很大变化，看架势国军别说完成戡乱

剿匪，能最后保住江南半壁江山就不错了。既然内战不
至于打上八年十年，他心想见田懿的时间便可能提前。
这期间，他收到了龙医生一封信，信上说，阿秀不曾来
信，林老先生来过一次诊所。老先生回来为了处理一些
遗留债务。老先生要他转告张汉泉，阿秀又生了一儿一
女，阿秀同意到时候让飞飞跟父亲走，条件是唐山不打
仗了，因为兵荒马乱的环境不利于孩子求学。林老先生
也告知了他一家人在美国的新地址，说将在那里永久定
居。张汉泉听得出来弦外之音，哪天他去美国见儿子，
林家会以客人之礼接待他，便心大安，盼见田懿的心情
越来越强烈，尽管只能不形于色。他走动最多的仍是龙
婶子家。龙二婶的头发全白了，明白张汉泉的心病，尽
量不提当年的事。街坊们多数认为张汉泉准发了洋财，
理由是他的生活虽过得俭朴，但从不缺钱花。偶尔找他
借点钱度难关，他从来不催帐。河那边有个很标致的寡
妇，才二十几岁，有心过来，另有两户很穷的人家愿意
让女儿给张汉泉做妾，都被龙二婶挡了回去，说："他
回来是养身子的，不定过几年又出海，他不想这事。"
他仍不沾烟酒，但爱上了喝茶。每天一早，他漱洗完
毕，便去了茶馆，捧个大茶杯，听邻桌人讲新闻，也是
一个享受。那些新闻多与战争相关，从湖南的几次保卫
战，到远征军在滇西缅北作战，再到如今国民党与共产
党逐鹿中原。他在茶馆里真还听闻了很多在海外听不见
的故事细节，比方说三次长沙保卫战，常德保卫战，衡
阳保卫战，国军士气高昂与民间倾力相帮密不可分。比

方说日军攻入湘北，道路、田埂全遭破坏，使得大炮、汽车常陷水田水塘里动弹不了。湖南人愿意做皇协军的人很少。又说别看毛泽东是湖南人，红军那一套也就在贫瘠的山区行得通，在衡阳、湘潭、长沙、岳阳一带便很难煽情，因为二十多年前农会的狂热劲头早退了潮。凡事就怕比较，江西和湘西闹过红以后，富人被整死光了，穷人反倒更穷，要吃粮只能去当兵，被扩红进了红军队伍就只能听天由命了，做逃兵被捉住是要杀头的。等等。张汉泉象当年的田梅生一样，多半是听，很少开口。当有邻居问他看法，推脱不了，他就淡淡笑道："管它谁胜谁败。我们老百姓，只要有事做，可以跑买卖，弄得来饭吃，发点牢骚不招惹警察，就是太平好日子。"

这天，一早来了几个人抓药，半上午时张汉泉才往茶馆赶，忽见一个熟悉的身影大步走过来，原来是栾和文，身后跟着一个卫兵。现在，栾和文已是中将军衔。

喝早茶的人已走了大半，茶馆开始清静。茶馆老板和两位年长茶客认出了栾和文，便围了过来打招呼。茶馆老板很殷勤，说："这不是栾长官吗。你做了这么大官，还记得老朋友，难得。"

栾和文很感慨："我对这条街有了感情。你们知道，当初是田家救了我一命，我忘不了田老先生。"

一人插话："田老先生仍在。这不，街上人都说，张汉泉是第二个田梅生。"

张汉泉领着栾和文，在僻静处坐下。

栾和文仍旧很激动，说：“运气好，一来就见到了你。”

张汉泉一样激动，道：“又是八九年啦，稀客。”

“你气色不错，比上次显得年轻了一点，那次，又黑又瘦。”

“算得上饱食终日，无所事事，两年多了。”

“又可以到处跑了。”

“不跑了，不跑了，跑够了。”

“说些什么话，你比我小了一岁。怎么样，跟我去干几年，去华东华北，做我的保健军医？必要时，我让你弄点钱回来。”

“你哪来钱啊？还不是打军费的主意，这不是原先的你啊。”

“都这么干，一两个人清白没有用。”

张汉泉苦笑笑，凑近栾和文，讲了几年来的经历。道：“丢了老婆儿子，得了一笔钱，老天爷没亏我。”不过，他把那笔钱的数字压得很小。忍不住又道，“最大的收获，当然是田懿的消息。呃，给你看个东西。”他一边相告田懿投了队伍的情况，一边从贴肉口袋里掏出一个绿绸布包，现出田懿的戎装照，递给栾和文。自豪地道，“你想不到的，因为我也没有想到，她成了个女英雄。”

栾和文把个照片左看右看，拳头在桌上忽轻轻一捶，笑道："我信了，信了。第一，那批货你应该拿，那还不是英国人从中国弄过去的。拿胡椒、普洱茶饼当沙袋构筑街垒，真他妈的大方。第二，田懿果然大难不倒，必有后福。今天我起了个早，一是来看你，二是想打听田懿的下落。一想起在江西我干的蠢事，心里就不是味道，这下子好了，好了。"

他想想又道："南洋女人比国内女人放得开，你别想她了。儿子嘛，血缘关系在，终究会认你。你嘛，安心等你的田懿。"

栾和文也凑近张汉泉，讲了这些年经历。他去了滇西，带一个师，大大小小，打了几十场硬仗，把身子都弄垮了。不过，较之野人山的惨状，其他队伍吃的苦就不算什么了。他认定，美国这个国家了不得，强权时代能主持正义难得，他在保山与美国官兵多有接触，感触颇深。同时，国民政府纵有千般不是，抗战这件事上，对得住这个民族。由于身体垮了，得了肺结核，获准休息两个来月。他才回老家五天又接通知尽快去南京，去其他战场，这次可能带一个军。他不能违令，决定从水路走，无论如何也要先去上海看看妻子，陪伴妻子几天，因为妻子快要分娩了。他末了说："去省城班轮，要下午开船。今天我一定得走，上面催得急。愿我们日后还能相见。别忘了见了田懿，代我向她问好。"

离吃午饭还早，两个老朋友天南地北又扯了一大通。栾和文告道，焦成贵仍在美国，想回国，又烦国内打仗，他的专业用不上。他认为张汉泉在新加坡有心救那批战俘大可不必，果然做好不落好。这个人类，可能无救。他一提日本人就来气，最大的理由是日本人打断了中国再生之路。认为不是日本侵略，中国不会落到今天。就因为国力贫弱，内斗频仍，这边才赶走日本人，那边又来了苏联红军趁火打劫，据说齐齐哈尔那边的铁轨，都被老毛子拆走运回苏联了。他肯定张汉泉不对秋田贞子动情是对的。又说中国前途凶险莫测，如果这次剿匪失败的话。断言共产党夺得天下，只会比国民党差劲，依据是抗战后期共产党军队明明发展了，仍按兵不动，坐看政府军与日军血拼，坐看民族灾难延续，居心太毒。况且苏俄比美英差劲多了。大肃反，大饥荒，还有思想罪，很可怕。"我晓得你的心病。"他故作轻松，有点无话找话。"如果没有田家父女，你不会回来。如果中日不是敌国，那个日本娘们并不孬，也配你。因为我在滇西就见过日本娘们，是些挺身队员，就是军妓。其实他们专情，当然专情的对象变成了天皇和国家，很可怜。"

"都是命，她们也是生错了时代，生错了国家。"张汉泉叹道。他读得懂栾和文最关心的是什么事，无非大厦将倾，江山一旦易主，前朝大员难有好日子过。他以为此种冤冤相报，早为中国国粹。但栾和文不明说，他也不点破。

午后，栾和文走了，张汉泉送他上了船。

栾和文由最高领袖点将，去了徐蚌战场，被任命为中央军一个军长，防区就在徐州郊外。他不知道，他心底里不时感叹的田懿就在两百里外。

王明山现在是共军一个兵团副司令员，兼纵队司令员和政委。他不是缺能力，少资历，而是有个后天失调的缺陷，乃是他未参与从江西到陕北的大逃亡。凡逃亡中幸存下来的人，身上便多了一层光环。

他的爱将韩宝生现是纵队下面一支主力师师长，辖近万人马。田懿仍做着纵队后勤部长，随着队伍的扩充，规格提升，她也升职为师级军官。她与韩宝生已很少见面，但友情依旧。

战争形势推进很快。林彪大军已把整个东北拿了下来，华北的国军处于困守状态，共军凡师级以上军官皆信心十足，深信夺取江山就在一两年间。田懿自不例外，心思全扑在工作上面，也为自己的身价、职权、素质、形象而自豪。后勤部杂事多，经常要与很多外单位协调关系，就物资的调配不但常吵架，而且发生过纵容部下动粗的事儿，要镇慑住一些骄兵悍将的极端行为，后勤主官非有魄力不可。田懿的招数从不与士兵计较，却不怕对方主官是师长还是军长。分配来的一部吉普车成了她的专车，天天东奔西跑。权力使她端庄的面容平添两分冷艳，很少人敢去冒犯她那凛然不可侵犯的神态。是因老兵们皆知她起点高靠的是真本事，此外大多数中级军官曝粗厉害，上档次的话却说不来，而这正是田懿的强项，往往一句话就能使对方哑口无言，使对方只能自找台阶下：

“咱好男不和女斗，行了吧？”

对田懿的私下议论仍是又敬又羡的语气多，但也有很恶毒的私下议论：

“寡妇就是这样，变态了。”

“想不到她真个熬得住，这么多年，没个男人……

“讲话当心点，干过土匪的人，可不好惹。”

田懿听不见这些议论，但她能够察觉到一定有人私下议论她，去计较这号事干什么呢？她仍然没有张汉泉的消息，繁忙工作使她很多时候忘记了还有那个人。

这天，田懿正待出门，欲去看望一批送军粮的民夫，忽接电话通知，马上去纵队司令部。

王明山正等着田懿，屋里另有兵团敌工部的两个干事。王明山照例先开口：“有项重要任务，非你莫属，我也会协助你，你先听听情况汇报。”

那两个干事职务低，在田懿面前很恭顺。他们先拿出一沓材料，随后告道：两百里外徐州城外白虎山敌军阵地，几天前来了个新军长栾和文。此人认识王司令员，与田部长的渊源更深。经过多番分析，兵团司令部认为，栾和文是个职业军人，爱国，为官正派，但思想反动，谈不上对共产党有好感。动员他战场上率部起义极小可能性，况且这个军三个师只有一个师是栾和文在云南带过的部队，栾和文敢来当军长，离不开天子门生这块招牌。不过，如今大势所趋，栾和文在关键时刻因体恤部下生命，放下武器的可能性也存在。只要能够实现这一目标，就能减少双方伤亡，甚至使战场形势变化。因此，兵团司令部经过研究，决定田部长去会会老朋友。

王明山补充："你的生命安全应无问题。栾和文讲义气，听不听我们劝是一回事，想来不会对你下手。怎么个劝法，你知道该怎么做。我呢写了一封信，你带给他，估计不起什么作用。主要靠你，看你用什么话打动他。"

田懿很激动："上次郑州分别，又是十年了。想想蛮有意思。论公，现在他是我的敌人，论私，还真是好朋友，情谊非浅。行，我接受任务，但要给我一天时间。我得看看材料，看看他现今的社会关系，家庭情况。正好顺路，我再去韩师长那里讨教讨教，商量一下去了后怎么说。我有很久没见韩师长。"

王明山嘱道："马上行动，防止夜长梦多。"

韩宝生的部队远在八十里外，任务是监视徐州国军的动向，暂无战斗任务，也就难得一段时间清闲。这天天都快黑了，忽接卫兵通报：纵队后勤部田部长来访。

韩宝生暂且只能安排田懿先在师部待着，吩咐伙房尽快弄点好吃的饭菜招待贵客，之后笑问田懿有何公干？

田懿板起脸道："有人告你的状，你纵容部下拦截和私分支前物资，人家有点怕你，只好我来处理。"

韩宝生信以为真，一脸惊愕。

　　田懿忍笑不住，道："刚才是开玩笑。我公私兼顾，一来向你讨教，二来经过你地盘不来看看你，你不会背后骂我啊？"

　　韩宝生料无重要军情，笑道："当然呐，不光我会骂，小苏在这里的话都会骂你。啊，姐呀，小苏给我又生了双胞胎，还是龙凤胎。"

　　"这么说，现在你有了两个小子，一个千金。"

　　韩宝生很开心，道："照这个速度，小苏以后当个班长没有问题。"

　　田懿只是笑，拿出栾和文的材料，说："明天我就要去见见这个老朋友。任务突然，又急，我没有把握，你帮姐参谋参谋。"

　　韩宝生接过材料就进入了工作状态，末了道："光看这号公文，很不够。你得把这个栾和文同你家的关系，不仅仅是他跟你的来往，全部详细地告诉我，你说呢？"

　　"这是当然。"

　　饭后，田懿讲了十几分钟，事无巨细，悉数相告。

　　韩宝生说得坦率："你的难度不小。去了怎么讲话，你用不着我参谋。我说的直，黄埔生不同于杂牌队伍那帮蠢货和怂货，对他劝降，我看不要太乐观。不过，权当去散散心，你太累，该散散心了。"

　　"我哪有闲空散心啊。上面派我这个旱鸭子去弄潮，死马当活马医吧。"

"我看还是多派几个人保护你？"

"没有必要。你派两个识得路的人送我去对方的阵地前沿，再在那里等我，就行了。"

田懿需要在韩师长师部借宿一晚。睡前，两个久违的老战友又聊了好一会。其间，韩宝生小心翼翼地问："仍然没有张医生消息？"

田懿摇摇头。

"万一张医生出了意外，姐，你是否……"

田懿强笑道："出意外的可能性不太大，多半是……祝他们一家人过得好。"突又轻蔑地道，"他当然应该为那边的家庭负起责任，再说我也习惯了一个人生活，但若他把我爹也给忘了，他就不是大男人，是小人。"

韩师长只能安慰："兴许张医生已经在回国的路上了。"

这话使田懿很久才入睡。

栾和文的军部设在一个大祠堂里，手下有三个师，两万多人马，另有一个炮团，拥有近三十门 105 毫米榴弹炮，是一般的军没有的。这也是领袖看重他的一个表现。国军派系比共军派系复杂更严重，栾和文属于陈诚派，徐州总部的杜事明属于何应钦派，但栾和文此次不想让门户成见影响战争大局，认为这一仗打赢了，国民党江山便能保住。因此，他很忠于职守。

这天，他与参谋长正商议还有哪些薄弱环节需要加强，忽接下面人报告，从两个师接合部来了个女教师，自称军长表妹，姓田名懿，求见军长，下面人不敢造次。

栾和文哈哈大笑："是她呀。"朝参谋长道，"什么教师，表妹，蒙混下面人。不过，这个说客应当见见。"

参谋长来了兴趣，希望军长稍微讲讲内情。

栾和文简要地回顾了一番往事，感叹道："想当年，他一家人对我有救命之恩，把我当亲人护理…….所以，你去安排一下，你明确告诉情报处那帮人，我栾某决不会接受劝降，但公归公，私归私，任谁也不准动她一根毫毛。谁动她一下，老子就毙了谁。我把丑话先丢在前面。"

也就十几分钟，被取下眼罩的田懿便见到了栾和文。她果然女教员打扮，却是军人姿式。栾和文安排了参谋长，情报处长，一个师长作陪。田懿一见阵势，心里便明白了栾和文多半不会接受劝降，仍只能尽人事以听天命，便朗声笑道："栾哥，小妹此来，叙旧为主，莫多心。"

栾和文笑道："不碍事。这几位兄弟，没别的意思，就是想见识见识你这位胆子大的湘女。呃，现在我该怎么称呼你的官号，不会还是那边的女团长吧？"

"早就带不动兵了，这几年一直做点后勤工作，反正干什么都是滥竽充数，你就喊我田懿好了。"

栾和文动了点感情，环顾道："十年前，她情况惨得很，谁想得到……"

　　田懿不想纠缠往事，道："见笑了。如果非要提过去，那恐怕得谢过国民政府领导英明。"

　　参谋长忙岔开话："你们老朋友十年未见，适才不是讲了，以叙旧为主。"

　　田懿望向栾和文。

　　栾和文想想，道："那就请弟兄们回避一下。"

　　田懿客套了一番，见栾和文兴致颇高，掏出王明山写的信。那信并无新意也不会有新意，无非暗示了一点，纵队后勤部长这个职务就表明了田懿此行拥有相当权限，说话能作数。栾和文也就看了几眼，说："谢谢王教官还记得我。我祝贺你们，大浪淘沙，在那边都有了大出息。"

　　"大浪淘沙，终究借力于大江东去。"田懿自信接话得体。

　　栾和文含笑不答。

　　"栾哥，一个新的中国就要出来……"田懿自信、认真。

　　"顶多就是改朝换代。"栾和文淡淡地笑道。

　　"民心不可侮，你看看今天解放区民众站在哪一边？"

　　"什么民心？"栾和文大不以为然，"田部长你该不会否认，汪洋大海般中国农民，几个人识字，讲卫生？就是你们军队，也强不哪里去。说他们愚昧，鼠目寸光，实非诬蔑他们。这样的民心，岂有资格说明以后？你看好啦，少则几年，多则几十年，不准又来一个皇朝。这是中国的传统啊。"

田懿耐住性子："但是，共产党的主张并不同于旧时代所有派别的主张。"

"但愿不会更糟糕。"

"共产党有了今天，这原因恐怕不会是你讲的这么简单吧？"

"所以我恨日本人侵略中国，把中国引向了另一条路。"

"栾哥……"

"田懿"，栾和文有点焦躁，"我们老朋友好不容易又相见了，只是没想到是在这样的场合，用这样的身份相见。我们千万不要斗这号嘴巴，太没意思。既然你来了，有个事我得告诉你，一个月前，我从老家出来，见到了他。他把你们的老屋赎回去了。他的见识老实讲和你不相同。我想叫他跟我干几年，做我的保健军医，我是一片好心，见他太古板，想让他多挣点钱回来，谁知他在外面发了笔财，不缺钱了，请不动他了。你们街上人讲，田梅生回来了。我和他在一起，待了半天，天南海北，聊了很多，那才真正叫叙旧。我当然理解你，你身负使命。我痛心的是，先前我们在一起，讲话多随和，多暖心，可惜……"

"他回了老家？"田懿似感意外。

"听他讲，回来两年多了，身累，心累，关节炎严重，在新加坡关地牢落的。不过，现在他气色可以。”

“他回来干什么？他在南洋有了老婆孩子。”

“老婆带着孩子改嫁了，去了美国。他去新加坡是干正事，据他说是为了履行对你们的承诺，结果给了个小白脸可乘之机，没家了，他当然得回来。”

“刚才你讲，他把我老家老屋赎回去了，成了第二个田梅生，这些都是真的吗？你讲的话里没掺假吧？”

栾和文肯定地点点头。

“你们提到了我？”

“不可能不提。他心里苦，肯定想见你一面，我想你安慰他才管用。我说个细节你听，你那张戎装照，他就放在贴肉的衬衣口袋里，一块绿绸布，包了三四层。不过，他自尊心不比你差，他似乎不想沾你的光，你出人头地了嘛。”

田懿许久才道：“谢谢栾哥，让我知道了张汉泉的新情况。我正想问，你是怎么知道我成了个女团长，原来你见到了他。自太平洋战争爆发，我就没有了他的消息。他果然还在，果然不容易。他回来了，学了我爹的样，我信。我至今记得，我爹临终时，特意叫他待在身边，一半是为了我，希望他待我如初，一半是器重他，我爹看人不会错。刚才我在想，他莫不是在海外太苦太累，脑子受了伤，不正常了。不管他怎么想，我会尽快回老家一趟，我要给我爹扫扫墓。我离家快二十年了……”

　　田懿笑笑，言归正传："栾哥，请恕我无礼啰嗦，我有点弄不懂，栾哥你是个很明事理的人，为什么现在硬要守着一条破船？有道是识时务者为俊杰。"

　　"田懿啊，你后面一句话不妥吧，我在你家养伤十几天，我看田老爹的处世为人，不像是一个识时务者。不是所有的时务都值得肯定啊。"

　　田懿不禁语塞。

　　"你以为我只是不喜欢共产党，不对，我一样不喜欢国民党。我告诉你吧，我历来是为国家而战，不为党派而战，深感无奈而已。这些年我抽空也读了点书，想了些事。你的经历，使你反感国民党，没有错。把你这号人推向对立面，国民党怎么不失人心。但又正因如此，你一样应该反感共产党。"

　　他见田懿迅速变了脸色，又说："你知道为什么吗？中国的国民党、共产党，物质上、精神上都不属于足月的顺产儿，说白了就是天生畸形，北伐后更成了一对大仇家，争的都是权，其实，那时候我们就知道，北洋政府也叫民国，广州的民国讨伐北京的民国，不是争权是什么？权这个东西害死人啊，被苏俄一教唆，国父就脑子发热了，力量不够，只好联俄容共，这就是南京政府先天贫血、走到了今天的根本原因。你不一定相信，那时候清共，害你们夫妻从此天各一方，学的就是苏俄的手法。现在国民党认识到了，但是迟了，但愿你们共产党警觉这一点。走老毛子那条路，不会有好结果。但是，你们只会骂我胡说八道。如此，我怎么敢上你们那条旧图纸旧材料做出来的新船？”

　　田懿颇有点后悔接这个差事，不免焦急，仍只能作最后努力。她说："栾哥，记得当年在樟树镇，我就很佩服你的口才，我自愧不如。现在，请你听听小妹以朋友身份最后讲几句话，行吗？"

　　"我静听。"

　　"我已略知一二，现今你的家庭不错，嫂子贤慧，你快做爸爸了。过安定日子，享天伦之乐，人之常情。你也不容易，滇西几年，落下了病，不可否认这个叫功绩。再从私交上讲，我一直认你是哥，是真朋友。你也一直做得很好。最初，你报信救了他。在江西，你其实也是尽心帮我。在郑州，你把我领出了那个门才走，还给我路费。以你当时的身价，理我有什么好处啊？现在，战争形势已经明朗，国军抵抗，没意义了。国军官兵都是人，都有亲人，不管死了谁，亲人都会悲痛。我出自医家，自幼就知道这一点。我亲眼见过死者亲属，在我爹爹面前大哭。中国动荡了快一百年，特别是这二十几年，已经不能叫好事了。因为一时受苦，能换来国家凤凰再生，后人少遭罪，当然值，但不能无休无止动荡下去。掌权的人不该问几个为什么？"

　　田懿已不吐不快："我时常痛心，洋务并未能唤醒中国。义和团似乎有血性，实为胡闹。抗战期间那么多伪军，连起码的血性也不见了。就是很多读书人，趋炎附势，与社会的要求不相称。另外，这二十几年你们国民党也不是没干一件实事，国家底子薄有个历史原因，民国前一次又一次割地赔款，太伤国家和社会原气，日本又来侵略，这号事就不能都推往南京政府头上去，对不对？这一切说明了什么？说明了中国的根本问题一直没解决。我以为，各方面都该歇下来，大家坐下来好生商量，到底问题出在哪里，以后怎么个建设？你担心将来共产党怎么怎么，万一被说中，那当然十分可怕，但我认为不会那样。就我所知，我们队伍里很多人心地纯正，也有不少人有相当见识。我的意思是，老百姓受苦与自身愚昧当然有联系，但政府尤其掌权的人不能这样说，因为让老百姓少吃苦，提高见识，本来是政府的责任，不然的话，要你政府干什么？如果共产党以后把中国建设好了，我们何乐而不为？所以，我希望也是恳求栾哥，趁你手上掌握兵权，无论如何，多多体恤部下的生命，你听得懂我的话。"

双方都明白正事已经谈得差不多了。栾和文变得伤感："我好希望日后我们老朋友，白天能在老家江边上钓钓鱼，晚上去路边小摊上吃馄饨和葱油饼，想说什么都行，高兴了只管笑，那才叫生活。"

田懿说："不打仗了，我一定解甲归田。在森严的军营里，见面，讲话，多少有点讨嫌。今天换了在我家里，或者在你家里，我们有说不完的话。"

栾和文苦笑道："我们说了不算数啊。从来一江南北，消磨多少豪杰，我喜欢读这首《登石头城》，每读一次，就想起里面那五个字，白骨粉如雪。"

田懿回答恳切："我认可一句话，一将功成万骨枯。"

栾和文笑着送客了："田懿啊，老朋友也送你几句心里话。今天我们讲话不少，我感觉你把以后想象的太美好了点，要当心吃亏啊。不过我看得出来，你的湘江女儿的本色没变，你有你的做人做事包括想问题的底线。你的多数讲话，我听得进去。我想你也听得出来我这话的意思。王司令员那里，我就不写回信了，请代我向他问好。"

田懿回到纵队司令部，便向王明山如实地作了汇报，同时为自己能力小不能说动栾和文而惭愧。她说："我看他还是通情理，但思想反动，定了型。"王明山却说能够这样就不错了，因为中央军里黄埔生投诚、投降、反水的事例很少。他说："战斗不顺时，他只要能够下令不再抵抗，就算得上是帮了我们的忙。你完成了任务。"

他们也说到了张汉泉。王明山不悦道："回国两年多了，他该来找我们啊，搞什么鬼？"又说，"反正快了，不定就在明年。到时候，批你几天假，回老家看看。"

田懿隐隐激动，恳求："队伍过了江，如果经过樟树镇，你一定要批我一天假，让我去山上看看铁匠叔，他是我半个爹。就怕找不着埋他老人家的地方啦，十八九年了。"

栾和文上任不足二十天，徐州总部下达了全线撤退命令。总部指挥的三个兵团偕总部直属部队，夜幕降临便依序列撤退，序列为第二兵团，总部揩直属队，十六兵团，十三兵团，皆出西门，沿萧永公路，要求三天内到达河南永城，沿途不得恋战。战略目标是脱离徐州四战之地，以淮河为依托与共军作战。

栾和文没有参加上午的总部紧急会议，参谋长中午回到军部便传达了命令。他先还内心认可杜聿明的兵贵神速计划，很快就变了脸色。原来，总部会议正在进行，徐州城内便开始了大逃亡。先是南京派出的特种部队，迫不及待地对特定目标执行爆破，紧接着自有神通的各路人马自行行动，互不相让，秩序由此混乱。而栾和文率领的这个军，撤离阵地的时间却是明天晚上。

栾和文先让三个师长发表意见。

三个师长的意见惊人地一致：三十万大军的撤退贵在保密，以利于争取时间。徐州城这么一闹，等于是用高音广播通知敌人。事态危急，还要防备出来突发情况，只能请军长相机定夺。

栾和文不吭声，脑子急速翻动。

三个师长你一言他一语又说了起来。或说十六兵团不是中央军，一定会提前擅自行动。因为跑得越快越安全，到时候只要保住了队伍，就能向南京交差。或说总裁多半处在六神无主时候，谁也保不准他又下个什么命令，朝令夕改，使形势更加混乱。或说可怕莫过于士气垮了的问题，共产党的土改政策太厉害，多数士兵想着回家种地，再也见不着抗日的士气，等等。

　　栾和文终于作出决定：炮团优先撤出阵地，各作战师除留下必要的警戒部队，尽快集中，作好随时上路准备。考虑到炮兵撤出阵地需要一定时间，全军撤退时间定于明日中午，必要时再提前。

　　他面向三个师长和参谋长："这叫抗命，依律要上军事法庭。我栾某从军二十几年，大部份时间在领兵打仗，从未抗命过。这次，如果能把这个军带出去，南京不会怎么样我。反之，我自己也没脸见校长见黄埔同学。长话短说，责任由我来负，途中你们也要服从指挥。如果我对总部抗命，你们又对我抗命，我敢说这个军就完了，我也完了。"

　　三个师长异口同声："我们指天发誓，决不做忘恩负义之事。"

　　下午在平静之中度过。

　　夜幕降临，一个又一个坏消息便传来：城里辎重部队因城门拥挤，用了差不多一个钟头才恢复队形。出城不久，一支队伍竟发生了互相踩踏与火併事件，以致不得不就地枪毙了一个连长，才未妨碍大队伍通行。原定明天撤离阵地的十六兵团果然不买总部的账，有两个师已经上路。紧挨白虎山阵地的另一个兵团的一个军，开始了收电线……

　　栾和文不愿再听参谋长报告。

　　这一夜显得格外漫长。由于一夜和衣倒在行军床上，栾和文一早起来便连打几个冷颤。他连脸都不洗了，便命令备车前往炮兵阵地。炮团团长报告，经过加班，工作量完成了三分之二，争取不影响中午的开拔。栾和文附住团长耳朵道："随时候命。如果时间提前，你有权相机处理，一定要保证接到命令就上路。"

栾和文回到军部，参谋长马上报告："准备工作一切就绪，几位师长都有那个意思，我看可以提前一个钟头行动，"又悄声道，"大限临头各自飞，发誓没有用。"

"提早两个钟头。"栾和文冷冷地道，"十点整，全军上路。"

方圆几百里的平原上，极目所见全是撤退队伍，黑压压人头，炮车、汽车、马队、骡队，卷起漫天尘土飞扬。终究是白日，各大单位都保持了队列。

翌日一早，队伍继续上路，情况仍旧良好。昨日和今日上午，虽遭遇共军几股小部队，滚滚洪流仍旧按计划推进。中午，栾和文忽接总部电报，命令所有部队停止前进，就地待命，说是奉了南京新的命令，对于栾和文昨天提前行动一事，电报上只字未提。

栾和文大怒："大军已经脱离设防阵地，作战略转移，最忌举棋不定，朝令夕改。这兵，怎么带？这仗怎么打？"

参谋长道："此非杜长官带兵风格，恐怕他是胳膊拧不过大腿。别忘了，我们是党国。"

"去它妈的党国，一帮子王八蛋。"栾和文仍骂骂咧咧。

大军在原野上停留了一天半，命令又来了，兼程前进，不得有误。但是迟了。据空军侦察，共产党十来个纵队从四面八方涌了过来，正在形成包围圈。

军部召开了紧急会议。栾和文开门见山："情况非常危险，不管用什么手段，谁能把队伍带出包围圈，谁就是功臣。军部和直属队随二Ｏ六师走，二Ｏ八师和二二八师，分头行动。明白我的意思么？一定要快走，快跑。立即行动。"

栾和文决定不再接受徐州总部命令，也就领着队伍脱离了总部规定的撤退序列。军直属队偕二Ｏ六师共计八千多人，由于行动快加上直属队汽车多，很快就把依铁桶战术推进的总部大军甩得远远的。然而，现在赌的不是谋略，是时间。因为前进路上若杀出一支生力军，一个师就很可能凶多吉少。

这天下午，栾和文撞上了共军一个纵队。栾和文明白，他已在劫难逃。他输了时间，总部输了战略，南京输了江山。

战斗一度陷入胶着状态，共军远道而来的一个纵队一下子吃不掉八千多人，栾和文也没得办法甩掉敌人。天色暗下来了，他命令停止战斗，各团各营各连可以自行决定是否继续抵抗。趁着暮色与混乱，他和参谋长逃之夭夭。

第二十章

今年的三伏天气配上马上要改朝换代，愈发几家欢喜几家愁，平添躁热。

木屐会上有人举家南去了，据说有两家去台湾，一家去香港，另有一家去美国。他们倒也不属于财产太多怕共产，而是有亲人在政府里面做官手上沾有血债，怕清算。对此，太多的小市民或忌恨或幸灾乐祸，也有一些人对自己是湘潭人感到荣幸，因为新的皇帝毛泽东想必会恩泽家乡人。

"毛泽东，一看就是真龙天子相。"此话从一个老者口里讲出，很快传得尽人皆知。

另有一些老人很挽惜杨开慧没得皇后命，理由是作为过去的患难夫妻，参照大明朝的大脚马皇后的故事，皇后位子非那个刚烈的长沙女子莫属。

还有一个老人讲了一件事，他认识当年对杨开慧行刑的刽子手，此人姓姚，据说用做刽子手的收入买了一些田。刽子手皆见过很多怂货，而这个刽子手事后居然夸赞杨开慧坚贞不屈。

但也有人说毛泽东做了皇帝，家乡人不可能沾光。理由有三，一是家乡那么多人，照顾不过来，朝朝代代如此。二是老毛心中只有自己，没见他连老婆孩子都甩了，他去了江西，只要有心，安排人来接老婆孩子咋做不到？那娘儿几个可怜哩。三是南岳菩萨的灵光，从来照远不照近，所以历来朝南岳的香客是外地人。既然南岳周边的人不怎么拜神，那么日后去韶山拜神的就多半是外省人。

茶馆里尤其天天有人议论共产党来了会怎么怎么。照例是先骂上一遍"刮民党"和"蒋该死"，不该把个物价弄上天，认定国民党的贪官污吏也有了今天，看共产党怎么收拾他们吧。等等。但骂过国民党和蒋中正，话题便会转往共产党和毛润芝，皆希望新朝代来了有好日子过。茶馆老板有个表弟从省城来，自称作家，极力赞扬华北地区解放区的种种新气象，特别强调共产党的土地改革，认为是盘古开天地以来未有过的全新创举，以往不是无人尝试过，但无一人真正成功。"为什么共产党管自己以后叫新中国，新就新在以后的中国不会再有剥削和压迫。"他这样说。他的话，大多数人听了都笑，敷衍作家的味儿也足。。

作家多半是个地下党员，谁都明白江山马上要易主了，便胆子壮了，另向众人介绍了共产党革命家的种种动人事迹，首推毛泽东，说他一表人才，意志坚定，从少年时起便关心劳动人民冷暖，文韬武略等等。

作家的话很对几个码头上搬运工的口味，一人用吵架的语气嚷道："我早听人讲过，中国只有几个地方有龙脉。洪秀全祖家正好埋在龙脉口里，所以他做上了天王，他家祖坟不该埋得深了一点，压住了龙头，南天王陈济棠都替洪家挽惜。韶山冲的毛家不一样，没见何健派兵去刨毛家祖坟，硬是找不到地方。所以……"

作家说："兄弟啊，这些是迷信，共产党讲究为人民服务，真正得人心的是这个，你们啊，只要去老解放区走走，就会相信。毛主席，是人民的领袖。东方红，太阳升，中国出了个毛泽东。老解放区的人都会唱这个。中国人，从此翻身做主人啦。"

茶馆里有个人很不给作家面子，此人做了二十几年的木屐，娶的老婆却是华北人。说几个月前老婆娘家来了人，说了北方土地改革的情况。他很激动，仿佛演讲："共产党工作队的办法，就是先动员积极分子诉苦。事先就讲明了，听共产党的话有好处，给你分地主的好田，让你入党，以后做官，所以那些本来就是打歪主意的货色，当然积极啰。他们带了头，很多人只好有样学样，担心不学样好处就会轮不到自己。人嘛，就是这样。这在我们湖南不新鲜了，二十多年前就闹过一次。诉什么苦？自己好吃懒做游手好闲，难道不是穷的一个原因？说地主富农剥削压迫农民，我相信有这号人。但分人家的田，分人家的屋，人家不服气，就枪毙，过分了嘛。将心比心，哪天轮到人家用同样的办法跟你共产党算账，你共产党会服气？我就不相信，你共产党得了天下，就没有了剥削和压迫，反正抢劫和杀人永远不叫办法。"

这个坚信勤劳才是正道的老匠人越说越走调："毛润芝从韶山冲出来就是个好吃懒做的角色。不信你们去问问韶山冲的老辈人，他干过多少农活？他后来下过什么苦力？他干共产党当然劲头足，每个月从俄国人那里有银洋领嘛。别以为我们不知道，那时候他可花心，见不得漂亮女人，总是要弄到手才好。据说他这毛病一直没改。那时候他并没有名气，光卖嘴皮子怎么讨女人喜欢？他干上共产党，找了条来钱的路子嘛。他去上海开建党会，人家一给就是一百大洋，一百大洋，我要干大半年。要他自己掏钱，掏下力气挣来的钱，他会去上海？不光是他，宁乡花明楼的刘少奇，醴陵福建围的李立三，都是因为有俄国人供养才干劲大，他们去萍乡闹事，陪工人下过井、挖过煤吗？说到底就是叫那帮没脑壳的挖煤工人，替他们打江山做炮灰。如果每个月有人给我钱，以后还有大官做，我也会去干共产党。漂亮话谁不会讲？啊哈，从小时候起就关心劳动人民冷暖，这叫圣人啊。你们读书人，翻翻本本看，哪个人成了气候，下面人不是卖力拍马屁？"

大多数喝茶的街坊大笑起来，站在老匠人一边的倾向很明显，有个人插话："是这个理。大作家你可能不知道，这一百多年来，我们湖南人中了大邪术，出的狠人多哩，不差一两个人。就像十年不落雨，大海干不了一样。我看毛润芝就是第二个刘邦，你打下了天下当然是大本事，你先前和刘邦年轻时一样，不务正业，蹭吃蹭喝，也要承认嘛。人不要做了大官，做了皇帝，就好得不得了，不要屁股上尽是花嘛。以后你对老百姓不好，后人照样骂你。"

气氛热闹了，又一人道："我也听说了，共产党给你好处可不是白给，分田分地分房子给你，首先你就得罪了东家。东家确实坏，也没得讲，东家人不坏呢，你良心过得去吗？你不乐意把吃下去的东西吐出来，你就要对东家从此心硬手毒，你和东家就结仇了，你说这事怪人家吗？接下来，你要积极交公粮，积极出工支援前线。你敢不做，叫你退还土改果实你怎么办？最厉害的是分了田分了浮财的人家，得出人去当兵。不出人不行。轻点说你落后斗争你，重点说你反革命抓起你。所以啊，共产党说的话、干的事有点信不得。"

作家的脸一阵红一阵白，不理会众人，冲老匠人道："你懂个什么？世界革命，互相支援帮助，困难时接受苏联的援助，值得你个小业主大做文章？什么叫见不得漂亮女人，你个老古董，那叫自由恋爱。"

老匠人不服气，但声音也小了点："自由恋爱就可以抛妻弃子啰？我不跟你多扯了。我丢两句话在这里，做了皇帝又怎样，抛妻弃子一样会遭报应。俄国老毛子的钱，不会白给中国。"

张汉泉不希望伤和气，忙圆场："作家先生你莫见怪，人家无恶意。其实他骂老蒋的话，更难听。这茶馆里哪天没人骂蒋光头，骂刮民党，所以，骂国民党和老蒋可以，批评共产党和毛润芝则不行，让人不服嘛。怀疑和批判，终是民国带来的一点社会进步，要珍惜哩。人家无非是说，你拿了苏联的钱，办成了正事也没得讲，怕的是共产党以后比国民党还不如，这事就不叫正道了。就象借钱办事，谁没个困难缺钱的时候，要看你把钱用在什么地方，做出来什么结果，对不对？"

　　作家算不得丢了面子，便很想跟张汉泉交朋友，认为张汉泉出过海见过世面，又爱看书，一定会和他谈得上路。张汉泉确实爱听作家讲华北的解放区新气象，不便明讲自己的亲人在那边队伍里，大小是个官，但也明白指出，说话做事不可以过头。他说："早两天茶馆里抬杠，那位老街坊的话未必都对。要想日子过得好点，当然离不开勤劳，但纵然勤劳照样遭穷受罪的例子，很多很普遍，劳动也有个创造性和重复性的区分，所以问题不是那么简单。不过我认可那天茶馆里街坊的一句话，抢劫、杀人永远不是办法。"作家登门两次后，察觉张汉泉不喜他的预见，不来了。

　　张汉泉相信改朝换代不可阻挡，因为传来了新消息，程潜省主席为免家乡涂炭，将举行和平起义。这样的消息一样很受欢迎，小市民当然不希望打仗，让生计受影响。

　　这天很晚了，张汉泉仍在看医书，忽敲门声响。他以为来了病人，来人却是一身长衫的栾和文，身后一个穿旗袍的年轻妇人，抱个孩子。

　　原来，栾和文成功地潜逃回了上海，夫妻商议好了一家人去美国，投奔檀香山的妻兄。妻子姓何名玉兰，在上海一所学校教授音乐，儿子已半岁，小名楚楚。妻兄在那边经营一个农庄，养了百来条奶牛，几千只鸡。他来湖南是为了安顿老母亲，尽最后一次孝。说到母亲，他声音就变了调，原来母亲走一个月了。"我有罪"，他道，"自去了广州，二十多年了，我待娘身边不足一年。她走前，还喊我小名。"

栾和文又告：来见老朋友，是出门后半路上临时改的主意，因为儿子忽然发烧，只能请老朋友帮忙，待儿子身子复原再上路。

张汉泉诊断孩子是患了热感冒，忙了许久，安顿那娘儿俩入睡后，又和栾和文聊了起来，得以尽知十个月来栾和文的经历，又一次得知了田懿和王明山的消息。

他问："去美国投亲，你打算去养鸡养奶牛？"

"事到如今，一家人总要吃饭，况且我也累了，换个活法好。"

"不考虑去台湾？"

"一是没脸去见领袖和昔日同窗，哪怕不办我的罪。二是台湾就那么大，粥少僧多，没有其他路子走了才能考虑。三是我对国民党不抱指望了，抗战胜利才几年，一手好牌打得稀烂。不要光骂共产党，应该先反省自己。"

"去香港呢？"

"我和玉兰在香港都没有亲友，不如索性走远点。"

"那你们就在这里安心待几天。"

"也不能待太久，早点走早安全。"

张汉泉到底撑不住，请栾和文重复了一遍田懿劝降的经过和几个细节。

他道："她真说了我的脑子受了伤？"

"我本来以为她会骂你脑子进了水，有了病。"

"她当真一点不怕你把她扣下来？"

"她那个胆子连我都服了她。再说，那种事我也能做？"

"她气色怎么样？"

"很好，春风得意马蹄疾。"

"看来，她还是一个人。她这个人呐，就是犟。"

"我猜她确也不好找了。比她官大的人，要娶年轻的大学生。比她官小的人，只怕没人有胆子追她。"

张汉泉却知道田懿另有心病，不便讲，道："休息吧。"

直到鸡叫，张汉泉才有了睡意。当年，就在这幢屋里，他和田懿曾经天天夜里相依相偎，怎知一别二十二年……

栾和文保持着军人早起的习惯，却又不知做什么好，一会儿坐在床边，望着熟睡的妻儿，一会儿在屋里踱步，心事重重。

张汉泉说："我先去买早点。上午要不要去喝茶？"

栾和文连连摆手，道："我不宜见外人。这条街，不少人认得我，传了出去，于我不利。"

"也行。"

"孩子已经退烧。若不再反复，天黑我们就

走。”

　　午后，孩子又发起了高烧，张汉泉诊断为孩子肺部轻度感染。他说他虽有相当把握，但时间多捱上几天已是没了法子，栾和文夫妇只能耐下心住下来。

　　原来湖南省政府突然通电和平归顺共产党，一下子打乱了栾和文的计划。从军二十余年，他时常被抽调去不同岗位跑龙套，得罪过不少人，也有了不少人脉。他原设想从上海经江西、湖南、广东去香港，路上不缺同僚、部属照应，只要不抛头露面就没问题。何玉兰相信丈夫，也就坚持不把儿子丢下，从上海到湖南，一路上算得顺利，不意……

　　张汉泉不知怎么劝慰才好，道：“一时半会，那边的队伍还来不了湖南。”

　　栾和文答：“就怕夜长梦多，我当然不希望落在保密局手里，我丢了一个军，是事实，已成党国罪人。但我更怕落在共产党手里，我一直反共，别想会有我好果子吃。”

　　何玉兰其实一样担心夜长梦多，说：“早知这样，来什么湖南？他非要尽最后一次孝，我只好由得他。现在是两头为难，成了丧家之犬。孩子才半岁，我呢没奶水，亏了他老家有你这个好朋友……你看看，过两三天我们可以上路吗？”

　　张汉泉答：“如果你们不是这情况，现在就可以抱孩子回家。回去后调养几天，如果有母乳更好，小家伙就会活泼乱动。你们这一去，路太远，怕就怕小家伙架不住。”

栾和文道：“我们考虑过这情况，抱个孩子，万里奔波，万一出什么意外，悔之晚矣。原想把孩子先寄养在上海的姨娘家，玉兰不肯，我呢自信到香港没什么大问题，就由她了。昨夜，我们又商量了这事，我想这两天再回乡下一趟，拜托我哥嫂，玉兰又不干……”

张汉泉有所不解，道：“这事可以考虑啊。”

何玉兰道：“他哥嫂哪象你这般为人。为人本来刻薄，又怪栾和文二十年没有关照、接济过他们。他们势利眼，只看见国民党很多人早几年接收敌产发了财，不去看大多数黄埔军官的清廉。我这个冤家又书生气足，不理财，若非我有点嫁资，这次盘缠都够呛。把孩子托付他们，我不放心。”

张汉泉嘿然。

翌日上午，栾和文忽对张汉泉说：“兄弟，我和玉兰不宜久待。自来兄弟家，我一直没出门，昨日下午来两个抓药的街坊，还是不小心被他们认出了我。再说待久了，日后难免给兄弟添麻烦。我们的意思，最好孩子就托付给兄弟，万一我们回不来了，兄弟你就当孩子是你的儿子。玉兰说，她信得过兄弟的为人。”

何玉兰哽咽道：“他叔叔，我们会记得你的恩德。我越来越怕，这一去，不知道路上孩子又出什么意外，与其那样，不如暂且寄养在大陆。”话一了，她竟然跪下来，要给张汉泉磕头。

张汉泉慌道：“嫂子啊，快点起来。不必多说，暂且就寄养我这里吧。费用和回报的事，你们莫提。我马上去找个奶妈，让孩子再吃上几个月奶。对外，我干脆说就是我的儿子。待他快上学时，或者你们回来接他，或者我送他去美国交给你们。过上几年，我会要去美国一趟，看我的儿子飞飞，这样两不耽误。"

那对夫妇皆如释重负。第二天天一黑，他们走了。走前，何玉兰突嚎啕大哭，大骂栾和文混蛋，抗战胜利了干嘛不脱下那身狗皮，转行干点别的，结果害了儿子。栾和文很没面子，来了点火，被张汉泉劝住了："如果嫂子无动于衷，不就成了个冷血女人。你咋糊涂啦。"

很快，北京成立了新政府，改国号为中华人民共和国。这一天是西历十月一日，被明令叫国庆，大街小巷，红旗、横幅、标语、口号，宛如迎来盛大庙会。年岁大的人不如年轻人兴奋，是因他们见识过几年前庆祝光复，还有三十多年前庆祝清帝逊位，见多便不怪。

张汉泉心情大好转，相信乱世结束了。他仍旧每天上茶馆，变化是坚持天天看报纸。报纸上的新闻莫不诱人，有一些传闻确也如此，只一个事儿如解放军官兵秋毫无犯，就半点不假。物价不再疯涨，使大多数人得以喘过气来，当然是功德。他也有所疑惑，认为新政权要实现打造全新社会的诺言，将极为不易。不过，他更多关注的还是王明山领导的队伍快快进湖南，或早日路过湖南，让他与田懿早日见上一面。

　　他终于等来了这一天。

　　这是一个下午，张汉泉在碾药，龙家孙女蹲在旁边忙碌，门外传来了喧哗声。张汉泉似有预感，连忙停下活计，扭头外望。果然田懿回来了，身后一个年轻的警卫员，提个小皮箱。五六个小顽童围着他们，嚷嚷着："张伯伯，你来客啦。"

　　张汉泉差点儿疑是梦境，激动得手忙脚乱，差点跌倒，龙家孙女急忙扶住他，田懿见状脱口笑道："干什么呀，毛手毛脚。"其实她一样激动，碍住屋里人多，一时只能上下打量着张汉泉。张汉泉也笑了，蓦地却泪光闪闪，不认识似地端详着田懿。龙家孙女很懂事，请田懿和卫兵坐下，忙着砌茶。又连连轰顽童，轰不走，便每人发一根甘草，田懿看得忍俊不禁。

　　张汉泉已平静许多，朝田懿笑道："先前，你不也是这样打发小馋鬼。"

　　田懿愈笑，朝卫兵小声说了两句话，卫兵走了。张汉泉送卫兵到门外，见着了不远处停部吉普。

　　田懿从外屋到里屋，又去了后门空坪，到处细看。这会儿，龙二婶的声音响了起来。田懿才回到堂屋，十几个上年纪的街坊进了来。

　　"我的闺女啊，"龙二婶又哭又笑，"你比你男子还要狠心，快二十年你才回来……"

　　那些老邻舍七嘴八舌：

　　"这下好了，你们团圆啦。"

　　"多少年啦，咋一点信儿没有？"

　　"直到早几年张汉泉又回来，我们才晓得你还在……"

　　"可怜了铁匠，多好的人。"

　　"说你做了大军官，我不敢信……"

　　"是跟队伍过来的吧，还走不走？"

　　田懿应答不暇，激动又自豪。张汉泉不时望她一眼，感觉脸上很有光。眼下无论田懿说什么话，他都感到亲切。田懿答的也不全是真话，道她去江西不久就投了红军，后来又干新四军，干解放军，一直在队伍上，过几天还要走，因为全国尚未完全解放，等等。又说她不是官，共产党讲的是分工不同，是为人民服务。

　　老人们都识趣，不多久便纷纷告辞。龙二婶嘱田懿，抽个空去她家坐坐，她还把孙女给喊走了。

　　两人在方桌边相对而坐。张汉泉又望了田懿好一会，道："若非十年前你给我信，给我像片，你这身穿戴大街上我哪里敢认你？成了个威风的女将军。"

　　田懿笑道："应了一句古诗，儿童相见不相识，笑问客从何处来？"

　　"正是这情况，一点不错。"

　　"我比十年前老了好多吧？"

　　"我眼里是差不多，你比我强，你比我更敢闯，你比我有出息。"张汉泉很认真。

　　"尽瞎讲。"

　　张汉泉又是直笑。

　　田懿再笑道："我嘛官不小了，但是个穷官，莫见怪啊，没给你带什么礼物。”

张汉泉仍旧很认真：“你能回来看我，就是天大的礼物。”

“这屋里摆设，还是原先的样子，就是家具换了新的。”

“这么多年了，哪里还有老家具？”

“干嘛非要把老屋盘回来？”

“你复员回来了，总得有个窝。再说，这是老爹爹留下来给你的。你当初典当房子，是为了我，我嘛现在有了经济条件。”

“你的意思是赔偿我的财产损失？”田懿似笑非笑，“那我先给你提个醒，我们之间的经济账可不好算，得去法院打官司。”

张汉泉小声怪道：“你怎么也成了贵人多忘事？赎老屋回来，是你的心愿，我当然要尽心力。咦，你累了吧？你歇着，我来弄饭菜。你是稀客啊。”他话一了，便去了厨房，从厨房又丢来一句话，“明天我陪你去山上。”

田懿跟来了厨房挽起了袖子，张汉泉坚决不让她动手，真正怪道：“二十几年啦，我不该给你做顿饭吃？”

田懿道：“我成了稀客，这里不是我家？”

“你自个讲的，过两天又要走，当然成了稀客。”张汉泉仍旧认真。

“现在懒得跟你多讲，呃，我去龙婶子家啦。”

田懿说罢，跨过门槛时还蹦跳了一下。她蹦跳的姿势，使张汉泉一下子想起了田懿做姑娘的那几年。

龙二婶停下了手上的活计，领着田懿去了卧房。她先问铁匠埋的地方，田懿是否还记得？田懿答正好这次队伍是从江西过来，她请了一天假，没找到埋铁匠的地方。那时候她还不懂怎么办事，再说那会儿太伤心，连块碑也没立。自此，她不笑了。

龙二婶又问，安葬铁匠后，田懿就去投了那时候的共匪军？田懿一听就知道张汉泉瞒下了她很多事，想了好一会，终把在河南的经历讲了出来。

龙二婶听得直拭眼睛，说："怪不得汉泉非等你不可。你也是……去什么河南啊？"

"你们没给他说门亲？"田懿很认真。

"不能开口。街上人都说，他成了第二个田梅生。"

田懿陷入了沉思。

龙二婶自顾唠叨："你命苦，你先前过的什么日子哟？你又命好，你再找不到第二个待你这么实心眼的男子。你跟婶婶讲心里话，如今你做了官，你认不认汉泉？"

田懿说："我当然是心里话。我恨透了杨家那个男人，我可以不计较杨家老太，不能原谅他。他哪里是人。有了那个耻辱，我就下了决心单身一世。我不能接受任何男人捅我的伤口，况且我又不能生育了，何必作贱自己又让别的男人不舒心。我怎么都没有想到，那会儿我以为老张一定不在了，谁知道他钻了出来，他已经有了出息，本来通过早先那个栾连长还可以去做个官，他还是丢了魂一样到处找我，我一个女人，还能要求他待我怎样？"

她见龙二婶希望她说下去，再说："老张把我的心搅得好乱，我不认他，急着赶回来做什么？终究患难夫妻靠谱。这一年来，我担心的是他突然鬼迷心窍，进了那边的队伍，或者去了那边的政府做官，我就没一点办法了。我早就不是自由身，我在的组织上肯定通不过。还好，他真正学了我爹的样，一见他守在老屋里等我回来，我就完全放心了。"

龙二婶一下子声音变调："你是说，汉泉进了政府，你就不能认他？"

田懿直点头，却说："我心里会认他，只认他。"

"你们是什么组织啊？拆散人家好夫妻不怕遭报应……"

"哎呀呀，婶，这事你不懂，快点莫乱说。"

龙二婶仍不放心，道："街上讲什么话的人都有，有人说共产党很好，有人说共产党以后会比国民党更坏，闺女啊，你是我看着长大的，你要留点神。"

"婶呀，求你不要说啦。"

外面响起了张汉泉的声音："田懿，吃饭啦。"

　　张汉泉打来几斤米酒，坚持要田懿喝两杯。田懿端起酒杯，便想起了当年陪铁匠叔喝米酒的情形，喝了一杯，她就不喝了，道："你的饭菜弄得不错，什么时候学会的这手？"

　　张汉泉不敢对田懿隐瞒，道："在那个海岛上做医生时摸索的，自己做饭吃是为了省钱，想多存点钱带回来。"

　　他又道："可惜了头两年的工钱，全被出番人吞了，谁知道啊。那会儿，就怕你在家里过不下去，有点钱就赶快……"

　　田懿小声岔开话："王明山对你有了点看法，说你该去找我们。"

　　"去找他要奖状，要赏金？日本人放我出来时，我差点路都走不动了。再说，要去找你们，也是找你，不会是去找他。当初去找他，是为了让他帮忙寻找你，要实事求是，所以你不要再提这事。留一段友情，胜过索要一两枚奖章。"

　　"那你为什么不去找我？"

　　"不是打仗吗？听说长江以北的铁路都被你们扒了，路不通，不好找了。我落下的关节炎，没治了，不是秋高气爽不敢出远门。再说你做了官嘛，我呢又与另一个人成了家，想想不配你了。"他想想又道，"我还怕你不肯见我哩。"

　　"你被日本人关在地牢里，落下关节炎，应该与我有关。我心里有数。咦，你还有没有其他理由？"

"明说吧，我不喜欢内战。当年替新四军做点事，是为了抗战，我的身份是华侨志工，不属于队伍的人。后来嘛，得知你在那支队伍里，我当然不能让你丢脸，确实多操了心，终究里面有私心。总之我就一个普通人，在新加坡犯过罪，见死不救当然是罪孽，我为什么那么冲动啊？这事，晚上我再对你细说。所以啊，能够回来做点实事，见上你一面，于愿已足。"

田懿忙纠正："内战，是国民党挑起来的。"

张汉泉笑道："我在海外也就是瞎跑一气，觉悟不高，莫计较啊。"

"你和林家，就这样断了？"田懿再次岔开话题。

"还能怎么办？人家心里没有我了，去死缠烂打？"

"人家还是对得住你。"

"我知道。"

"是不是因为你忙于筹集药品，冷落了人家？"

"一言难尽。"

"如果那时候我当真死了，你怎么办？"

"能怎么办？只能在心里记住你呗。"

"既然这样了，以后，你可要继续支持我的工作，要拥护新社会，拥护共产党。"

饭后，田懿坚持由她洗碗，张汉泉便守着她，她要张汉泉走开，赶了两次，也没赶走。收拾罢灶台，眼见张汉泉仍旧望着自己，田懿想起了她做姑娘时，就在这个屋里，张汉泉也是这样望住她。她身不由己，扑了过去，抱住张汉泉哭了。张汉泉一样忘情，紧紧抱住田懿，也哭了，边哭边说："我太想你，今天总算见到了你。"

入夜，又来了很多邻舍来看田懿，夜深方散。送最后几个邻居出门，田懿便示意去了当年的铁匠棚子，现今已盖了新屋，住的是一对外来夫妇，夫妻俩都勾起了往事，不胜伤心。张汉泉道："待天下太平了，我们再去一趟江西，多待几天，兴许找得到铁匠叔睡的地方。"田懿直点头。

这对患难夫妻说了大半夜话。张汉泉详告了他去了新加坡的经历，强调离开雅加达后三年来心情一直纠结，如果田懿不肯再婚，能够原谅他，他们就用这笔钱建个小医院，完成夙愿。他感慨，说他没去中原找王明山和田懿，也与这笔钱相关。因为金钱本身无过错，能办很多事，他忘不了在广州近乎流浪的日子。他还耽心共产党对他共产，那样一来后半生的设想就会全泡汤。他可不愿意后半生禄禄无为。他回来时仍是乱世，不敢不谨慎，只能先把这笔大钱埋起来，等着田懿回来，听听田懿意见，如果田懿仍旧认他，他当然盼望破镜重圆。田懿认为张汉泉是心里话，也说了她曾有过纠结。当得知张汉泉娶了林阿秀，她心里确不是味儿，她终究是个女人。现在她希望丈夫就在老家再等她一两年，她复员了一定回来协助丈夫完成夙愿。末了，她很伤感地说："那次刑讯太狠，虽然保住了命，但不能生育了，以后，我们抱养一个孩子吧。有个孩子，家里有生气。几个月前，我见了宝生兄弟一面，他孩子多，我当时就想开口，想想应该先跟做娘的开口，再说这事也不在急上，就忍住了。"

其间，田懿双手掩面又痛哭了一场。是因她着重说了一番她如何进的杨家，为自己几乎认可了跟杨家那个卑劣男人过日子的耻辱而不能原谅自己。张汉泉不停地抚摸着田懿哭得一身发颤的肩膀，自己也流下了泪水，道："你被社会生活里面潜伏的一头恶狼扑倒在地，伤痕之重，达到了常人心理和生理上不能承受的极限。耻辱的不是你，是时代，是落后文化和虚伪道德加上苦难生活的共同作用。无论如何，我连累了你，我心里痛。"这话产生了奇效，让田懿渐渐止住了哭。张汉泉感受到了，自己不过说了几句实在话，便可望从此解开了田懿心里的观念死结。

第二天天才麻麻亮，田懿便催促张汉泉陪她上了山。到了山上，田懿先在田梅生墓碑边默然肃立，终忍不住双膝一跪泪水直涌，少女时代的桩桩往事，一一涌上她的心头。她小声哭喊道："爹呀，你的不孝女儿看你来了，二十年了，你的不孝女儿才过来……"

田懿给爹和姨妈分别磕了几个头，陪同张汉泉替俩个老人烧了大刀纸，燃上几柱香，渐渐脸色开朗。张汉泉确信四处一时不会有人，抡起带来的锄头，从两个地方挖出了两个用油纸包紧的大包。田懿掂了掂包，沉

甸甸的，打开一看，果然是黄澄澄的金条，一时忘了情
道："真的啊，我们成财东啦。"

张汉泉憨憨地笑道："当然是真的，我会骗你
吗？"

"你比我想象的还要能干。"田懿情不自禁道，
"其实，你发了大财，也该分一部份给人家，还有个儿
子嘛。"

"我是这样想过啊。"张汉泉急道，"谁知道她
等不得我。男人无妻财无主，我只好带回来，全交给
你。再说，交给你我更放心。以后，有你管我的生活，
我就只认干活。"又补一句，"告诉你啰，专业上面如
今你可不要小看我啰。我不能让你丢脸嘛。"

田懿感慨："说到底，你不属于别人，只属于
我。我们是前世的冤家，拆不开。"

张汉泉滔滔不绝：现在他要着手实施心中的计
划。他要去物色几个志同道合者，先扩大诊所规模，再
去省城由美国人创办的湘雅医学院走走路子，多弄点资
料回来。说不准，他这个半真半假的美国华侨医生的牌
子能管点用。再就是医院选址。。。。。。

下山路上，张汉泉仍兴致勃勃，道："栾和文说
你大难不倒，必有后福。他本意安慰我，没想到给他说
中了。呃，昨天没顾上讲，他一家子几个月前又来了我
们家。这两天我该去送抚养费啦，你要不要去看看他的
儿子？"

田懿听罢原委，笑道："下午没什么事，去看

看。”

　　寄养楚楚的这户人家姓吴，住十二总，男人老实巴交，拖板车为生。妇人不过二十来岁，面目良善，自家孩子已一岁多，早断奶，却仍奶水足。因家境窘迫，他们巴不得多笔收入，照料楚楚很尽心。现在，楚楚已经白白胖胖，时常一边吃奶一边小手乱抓脸上直笑，伊呀学语了。

　　未见过世面的夫妇初不识田懿，见她穿军装系皮带佩手枪不免拘束，得知是医生的原配才话儿不停，说的多是楚楚趣事。田懿忍不住把孩子抱过来，不料孩子哭闹起来。田懿做过母亲，悟出孩子要撒尿了，却又动作慢了一拍，楚楚把尿都撒到了她身上。

　　妇人赶紧来抱孩子，不意田懿大动母性，反倒乐呵呵的，笑骂：“是个小坏蛋。”给孩子换过尿布，她逗起了孩子，孩子笑了，小手直抓她脸，她往孩子胖脸上一连亲了好几下。

　　张汉泉心里暖极，凑近来逗孩子：“喊爸爸，爸爸。”

　　孩子哇哇着乱喊，引来妇人大笑，也来逗孩子：“这边这边，喊妈妈，妈妈。”

　　孩子又喊，仍旧哇哇乱叫，田懿愈乐。

　　离开吴家，田懿问：“你是不是作了两手安排，万一那个了....你就领养这孩子？”

　　“当时的计划，过几年我就送他去美国，当时拿不准你会不会认我？现在，得听听你的意见？”

　　田懿道："一个还在吃奶的孩子，就没了爹娘，我们不要把他和其他人扯在一起。当初老爹爹救我，他可不问我哪来的？况且你已经答应了朋友，食言终究不好。大不了，我们领养这孩子呗。再说这小家伙，我蛮喜欢。呃，你干嘛给他取个像女孩子的名字？"

　　"他的父母取得名，我猜是受了楚辞影响吧。孩子的事，过几年再说。呃，到时候，你陪我去美国走走。"

　　"行啊，"田懿兴致高，话也多，很爽快。"美国帮助蒋介石打共产党，不对，不过人家也帮过中国抗战，要一码事讲一码事。你看好啦，共产党也会要跟美国建立外交关系，肯定的，不会久。毛主席说了，现在只能一面倒学苏联，以后也要跟资产阶级做生意。到时候，你带我去开开眼界，帮我翻译。抗战那些年，其实我就待在山沟沟里，不如你见识广。我去看看飞飞，就怕他不认我这个大娘。我再见见林阿秀。"说到这里，她朝张汉泉故意气道，"她敢把我的男人抢走，我倒要看看她多漂亮。"

　　张汉泉赶紧岔开话，白去一眼，道："你别高兴太早，去了要干活，我们去趟那个海岛，重新制作几个标本回来，这是正事，大事。"

　　田懿一样激动："干活怕什么？只要你不嫌我土包子，不丢掉我。"又补一句，"谅你也做不出这事。"

　　田懿要走了。走前，夫妻特意去江边散了许久的步。他们心情好，湘江变得格外美丽，便活儿没个完。期间夫妻互相勉励，要活上七十岁，亲身体验一番以后的好日子。夜里，夫妻又说了很多话。田懿说，她估计顶多两年，国内的一切工作都会走上正轨，那时候军队肯定要大裁员。这两天她又想了许多，一是她应该再努力工作两年，以回报共产党对她的器重，因为仅凭资历她并不够做师级军官的资格。二是铁打的营盘流水的兵，她还是复员好，她本来无官瘾，从小学的是医，是生活把她逼上梁山的，这次回来让她感到做老百姓并不孬。她劝张汉泉既用不着巴结王明山，也不要对王明山有成见。要理解王明山，他那号人都有点高处不胜寒的感受，处事早不同于常人。她告诉张汉泉一件事，她很不喜欢王明山的妻子，太过势利眼，这对王明山不是好事。从来如此，女人弄权贪财，会害人害己，害老公害子女。总之，她相信她没有跟错共产党，相信共产党胜利了也就有了条件善待朋友，决不至于为难张汉泉，他们的日子好起来了。有句话，她强调了两次："我们的日子一定会好起来，越来越好。先前吃的苦，还是值。"

张汉泉嘱田懿一定要注意身体，认为他们耽误了前半辈子，后半辈子平安是福。他本不敢奢望今天，没想到田懿真还是他心目中的田懿。就凭这一点，他也会照田懿的话做。"我就一句话"，他说，"现在有了你，我安心了。"

373

第二十一章

　　张汉泉真个感到了安心，看什么都往好处想。

　　街上不再有保长甲长，换上了居民小组长，向居委会负责。这只是形式改变，真正的变化是原先的保甲长，多半有点名望，现在管事的人是革命积极分子，以穷为光荣，无须学识和人品，动不动就领两个兵来。街上人都明白个中厉害，大兵后面，是队伍。既然没人敢跟队伍作对，当然是新社会好。于是，共产党万岁，蒋匪军什么坏事都做，等等，街上人不这样说都不行了。

　　不时有部队的宣传队或学生宣传队来唱歌，唱"没有共产党就没有新中国"，久而久之，张汉泉都能哼上来几句。他难以适应的是开会，开会就是听形势报告，喊一通口号，头两次还新鲜，第三次就腻了，但不去不行，去了就不宜开溜。坐茶馆也变得没什么味道，再也听不到茶客们天南海北大侃。因为大多数人还拿不准新社会到底怎样，人人心照不宣，即使民国政府干的实事也是不可以讲的，几乎一夜过去，上年岁人皆不去说毛润芝的不是了，直呼其字都不敢了，开口皆是毛主席英明、伟大。年轻人很乐听新的宣传：红军艰苦，抗日顽强，逐鹿中原的用兵如神，共产党待民如父母，跟着共产党、毛主席走一定前程光明，等等。这些动人诱人的宣传让年轻人看见了新天地，把个吃饭穿衣仍旧十分紧张的问题也不当回事儿。

　　张汉泉认为只要不再打仗，通过几年休养生息，情况就会慢慢儿好起来。马上就要土地改革，要划分成份，他觉得也是个好事情。因为社会不公，贫富不均是事实，任其发展不叫办法。他认为新政府很快会改正过头行为，因为任哪个朝代都不能靠滥杀来实现长治久安。

　　一个稀客家庭的造访，也强化了张汉泉的观念。

　　来的是焦成贵一家人。焦工程师已结婚八年，妻子陶岚在一家研究所做翻译工作，是位美籍华人的女儿。儿子强强已七岁，女儿丽丽五岁，全家人一月前到达广州，去乡下老家住了十天，现在要去北京报到。一是顺路，二是受表兄栾和文所托带来一封信，便来城里拜会老朋友。

　　张汉泉比见了栾和文还要高兴，坚持去大街上下了馆子，直言不讳，他再也不怕秀才碰上兵，有理讲不清。焦成贵先告了表兄表嫂的情况：他们庆幸离开湖南离开中国及时，因为兵败如山倒，纵有白崇禧这样的战将也无回天之力，他们总算安全抵达檀香山。现在，他们作着两手准备，如中共权力巩固后大赦天下，他们会回来。另者便是跟着妻兄学经营农场，惟愿有生之年能回故乡一次。又告道为官清廉自有好处，栾和文不曾救济过亲属，兄嫂田产有限，此次成份划定为中农，少了许多大麻烦。再告此次前往北京，不知新政府会把他夫妇分配哪里去，预计分配湖南很小可能。"现在开始恢复通邮了"，他说，"以后，我们保持通讯联系。表兄再三说，你们夫妻重情义。"

张汉泉问："你表兄讲你早想回国，拖到了现在，你怎么想的？"

焦成贵道："我就是个弄机械的，不搞建设，我就是个无用之人。现在要搞建设了，应该回来了。还会有很多人回国的。"

"栾和文支持你回来么？"

"这是我个人的事。他呢很纠结。他其实舍不得离开故土，又替我耽心回来难遂己愿。我告诉他多虑了，我不相信共产党不通情理。我回来不是找谁要权要利，不可能跟我这号人过不去。"

张汉泉直点头。

在张汉泉坚持下，焦成贵一家人多停留了一天，其间，他们去看了看楚楚。焦成贵说，表嫂很想念儿子，可能的话，她会很快回中国领儿子。张汉泉开玩笑道："那可不行，孩子已经给我和田懿喊了爸爸妈妈。"

陶岚也替主人高兴，祝福很真诚："我相信社会主义，你一家人以后的生活，一定非常幸福。"

焦成贵说："这次回来，离不开她的支持。"

这天晚上，安排孩子入睡后，客人夫妇和主人又长聊了许久。陶岚爱听田懿的传奇故事，焦成贵大谈日后社会主义建设远景，强调苏联老大哥了不得，几十年时间就让一个农奴国变成了工业国，不靠工业基础，打不败纳粹德国，发展不了社会主义阵营，也就没有能力支援中国。

　　"这方面，"他道，"我和表哥争了几次。我说服不了他，他也别想说服我。不管怎么说，爱国是应该的，儿不可以嫌母丑。"

　　张汉泉说："你的看法很有普遍性。"

　　客人走后，街道居委会派了人来，在诊所门头上挂了一块"军属光荣"的匾，引来了很多街坊的羡慕眼光。

　　乡下开始了土改，城里开始了划分阶级成份。张汉泉的成份被定为自由职业者。他自嘲，这不就是当初王师父讲的小资产阶级。不过，他认为基本上符合事实。据说乡下土改搞得很凶，乡政府就有权枪毙人，每次被枪毙的地主富农分子要用汽车装。张汉泉未能亲眼看见，半信半疑。因为他沉浸在军属光荣的荣耀之中，田懿成了街上的传奇英雄，也成了他的护身符。

　　张汉泉最盼的就是田懿来信。因为又一个三伏天来了，新的战争消息也来了，紧靠东北的南北朝鲜开了战。他天天看报纸，渐渐，感知到了北京的倾向性很强。美军仁川登陆成功，政府对此火力全开，大骂美帝国主义侵略朝鲜，欲把战火烧向中国。张汉泉只能相信报纸，因为已明令禁止收听美帝、台湾的广播，违者以反革命论处，重者要吃枪子儿。张汉泉感到了惊悚。已往二十年间飘泊，他尚未过只准人云亦云的日子，国民政府好歹不封嘴巴。但他认为这只是战时管制，是暂时现象。

终于盼来了田懿来信。信上说，她所在部队正在云贵两省剿匪，肃清残匪可能要到明年春天。如今朝鲜战争打响，彭老总已率部队跨过了鸭绿江。她作为战士和军队干部，当然要听党的话，服从命令。这一来，复员的事，现在不能提了。她告诉丈夫，果然只有丈夫才抚得平心灵创伤，让她不再想起往事就心悸，如今一想到往后的好日子便工作更来劲。现在张汉泉在后方过着和平日子，一定要想到这日子来之不易，要站稳立场，万万不可做让她伤心的事。

张汉泉不认为田懿的话有新意，报纸上这样的话说得太多了，但他读得出来田懿对他的情意。他当然不会去做让田懿伤心的事儿，关心的是中国、美国这下子成了死对头。什么过几年送楚楚去美国，去看望飞飞，去那个海岛看望工友，等等，只怕都将成为泡影。

张汉泉很快就给田懿写了回信，告道街道上给了他军属荣誉，他很好，田懿只管安心工作。他讲了他对中国、美国成了死对头的担忧，要考虑楚楚回不了父母身边这个新问题。他的意见是，真个那样，田懿不反对的话，他们就领养楚楚这个儿子。五个月后，张汉泉又收到一封田懿来信，信自朝鲜前线转寄过来。

田懿在信上说：她早收到了信。两个月前，她只身到了朝鲜，事发突然，她不识内情，但必须服从命令。她第二天从剿匪部队动身了，行前就带了两套换洗衣服，路过北京都没有下车。她没有思想准备，又被要求马上投入工作，根本没有时间静下来写家书。她仍然干她熟悉了的老本行后勤工作，顶头上司是后勤司令部司令员，一个如韩宝生一样很好的人。她直到写这封信的几天前才明白一点工作内情，原来彭老总接见了她，嘱她干好工作，为湖南人争光，为国家出力。看来她去朝鲜是彭老总记得她，点了她的将，难怪她能受到很多人尊重。她没有料到，这里的后勤保障工作比内战时困难大多了，美国佬的飞机天天轰炸铁路、公路，国内物资常常运不进来。北朝鲜很穷，部队又奉严令不准破坏中朝关系，无从就地取材，远不及打淮海战役不用太愁衣食来得痛快。仗是打成了平手，也可以说打赢了，但打得苦，收获与付出极不相称。现在战场上最缺的是衣食和装备，零下几十度，光冻伤冻死就减员很大。国内困难不难想象，打了几十年仗，民穷财竭。她不能理解日本人不让中国搞建设，美国人又来这一手。好在国内群情激昂，各行各业，都在支援抗美援朝。她不能不写这封信，是要和唯一的亲人商量一件事，哪怕只看在她的面子上，亲人也该再赴一次国难，把那笔钱至少捐一半出来。关于抚养楚楚的问题，她同意丈夫安排，不管栾和文夫妇何时回来要孩子，此前就是他们的儿子。或许会如丈夫所言，那对夫妇这辈子回不了中国。至于复员一事，准备后挺五年甚至八年了。

张汉泉把信看了几遍，只"唯一的亲人"五个字，他就思绪万千，暗想多少年来，田懿待他真情不变，为了田懿他也可以不要命，何惜财产？但他一样对变化毫无思想准备，那笔钱，他等于是用命换来的，能办很多事。他仍然盼着能去美国一趟，哪怕过上十年，去看看飞飞。还要考虑哪一天出来上顿不接下顿的突然情况，全都需要钱……

张汉泉作出决定，把那几十根金条全部捐给国家，留下外钞，相当于捐出了约一半的财产，暗想田懿也不能怨他小气。他说干就干，去山上把几十根金条都弄了回家。

但他仍犹豫了几天没有捐献出去。

张汉泉不敢再拖捱，是因田懿又追来一封信。信上说：她去了一个战场，密密麻麻躺着志愿军战士，很多战士还是孩子，就这样活活冻死了，她是哭过无数次，多次死里逃生，亲手杀死过日本兵的人，都忍不住泪在心里流。中国人不该这样啊。她恳请亲人，哪怕拿出待她十分之一的情意对待同胞，马上把那批金条捐献给政府，哪怕这笔钱购来的物资只能挽救志愿军几个战士的命。又说，张汉泉手里那笔钱固然来之不易，欲用那笔钱完成夙愿固然用心良苦，但现在的中国最需要的是一个安定的建设环境，抗美援朝，就是为了这目标，等等。张汉泉没再多想，提着那批金条去了街道办事处。

街道办事处早已设有募捐募物机构，张贴了无数张从报纸上剪裁下来的募捐消息，照例是海外社会主义兄弟国家，华侨团体，香港进步人士，各大中小城市的爱国企业与个人等等的捐款捐物，再就是千篇一律的赞誉和表杨。张汉泉为自己未能头几批捐款而汗颜，很恳切地说自己觉悟不高，有愧于军属称号，同时声明了这批金条的来历。他的捐款数额在小城堪称壮举，办事处领导马上来向他表示感谢，声称会将他的先进事迹上报政府。

办完这事，张汉泉感觉自己成了新社会一个小小的英雄人物，相信下次来信上面能见到田懿的夸奖。

办事处特意要为张汉泉办个表彰大会，要求他务必作个报告，控诉帝国主义对中国的侵略和掠夺，因为被张汉泉勇敢夺回的那批胡椒、茶饼分明是中国的东西。另要求他介绍他们夫妻的抗日历史，特别田懿仍在抗美援朝前线的事儿。张汉泉很不情愿作报告，被告知这样做也是为了伟大的抗美援朝战争，便答应了。不过，他不想夸大其词，多是如实叙说此为乱世的因缘际会和身不由己。

张汉泉没想到，他写的大会发言稿子通不过。办事处书记姓李，常有意无意夸耀自己家与李世民有渊源，也是南下干部，原是部队上的宣传干事。他直言不讳："张医生啊，你这样写不行，意义小了。"

张汉泉道："这个会就不开了吧。"

"这哪行，通知都发下去了。"

"大会上作报告，我实在是大姑娘坐花轿，头一回。"

"干革命，谁也不是天生就会嘛。"

张汉泉隐隐有了一种陷入沼泽地拔脚不出的感觉，想起了当年跟着王师父开大会喊口号的情景，但喊口号比作报告容易多了。

书记仿佛看透了张汉泉的心理活动，说："你是不是担心国民党又回来，到时候你下不了台？"

"不是，不是。"张汉泉很认真。

书记又道："这就好。我告诉你，你的事迹很有教育意义。你应该从马日事变写起，国民党反动派捕杀你，你被迫逃亡。你去了海外做劳工，又受尽了帝国主义资本家的残酷剥削。日本鬼子侵略中国，烧杀抢掠，共产党站出来领导抗日救国，感动了华侨，共产党人才是抗日战场的中流砥柱。还要写上蒋介石从峨眉山下来摘桃子，发动内战。要照这个路子写，感情要强烈。这样才有教育意义啊。"

张汉泉仍认真："我觉得实事求是好一点。我不可能接受马日事变那号大捕杀行为。工农运动过火了，大捕杀更过分，用一个错误反对另一个错误，结论还是错误。不过，我做劳工，真正歹毒的是个别中国人，叫出番人。华侨回国参加抗战，受当时政府领袖的庐山讲话的影响更大。有段历史，我是亲历者，我认为应该说出来。"

"你说吧。"

"抗战的头一两年，共产党当然干得不错，条件那么艰苦，坚持了下来。不过国民政府干得也不孬，就说我们那支华侨队伍，从汉口到昆明，受到的保护，尊重，并不假。这说明，当时政府的立足点，确是这块土地和四万万人……"

书记笑着打断了张汉泉的话："张医生，我有点不明白你要说什么？"

"我的意思，新社会建立了，长治久安是我们小百姓的愿景。长治久安的前提之一，是社会有信用。社会信用离不开说话做事的实事求是。所以……"

书记再也不让张汉泉往下说了："打住，打住。这样吧，你的大会报告，我安排人来写，你照稿子读就是。"

张汉泉无奈："也行。"

第三天下午会议开始，会场设在学校操场上，不下七八百人。张汉泉接到了发言稿，渐渐脸色不悦。说什么都晚了，只能硬着头皮上了讲台，能做的是把太不真实的话儿跳过不念。他暗自庆幸，他的发言常被激昂的口号声打断，声声喊的是"共产党万岁，""毛主席万岁，"帮助他交了差。

张汉泉不认为此事会有后患。生活充实，张汉泉开始了专心跑省城。他认识了省城一位医术精湛的老中医，与湘雅医院一位外科医生也谈得来。后者表示，他尽力帮助张汉泉，先去搜集医学资料，日后张汉泉办起了医院，他可以考虑过来。

张汉泉压根儿没想到，与此同时，一场镇压反革命的运动在城乡铺开。

　　一年过去，镇反运动与张汉泉无缘。镇反的对象，首先是前朝遗留下来的军警宪特人员，其次为家人在土改中被杀头的不安份的阶级敌人，再次为各类现行反革命分子。

　　张汉泉为自己融入了新社会而私心常安。自从那次大会上作了报告，附近几条街都知道了他的事迹，由道听途说到半信半疑又到完全信服，每每见到他大多表示尊敬。同时，办事处和居委会每有重要群众活动，照例会通知他参加。一次，居委会主任还同他谈起了参加共产党的事儿。张汉泉笑答老婆来信上也提过这个事，他需要再想想，因为回国六七年了，一直埋头业务，对共产党事业没有贡献。

　　新社会的人民领袖平生不喜数学，但喜欢数字和指标。百分之五与百分之九十五，一个指头与九个指头，等等，他念念不忘。土改要消灭多少地富阶级，用上了它们，镇反要杀、关、判多少人，又用上了它们。几年后的反右，还会要用上它们。这一次，木屐会上未能完成指标，便连累了办事处总是考核通不过。于是，睁大眼睛盯住和深挖阶级敌人的工作，压在了治安人员身上。指标明确，不得放过一个敌人。指标具体，凡可疑人事，马上报告。

　　这些治安人员连同后台的公安人员，多为年青人，立了功便可以入党升职，便干劲大。不足之处是多为文盲，不要说国外情况了，就是抗战的背景，也是一无所知。前朝遗留少数有经验，善分析的人，新社会里没得发言权。无知不等于做不出成绩，解放前担任过伪职人员都没得跑，只要被检举揭发出来有一定劣迹者，关押一两个月便被枪毙，不容申诉。老实巴交的小百姓也得学习喊革命口号，茶馆里曾经顶撞过作家的那位老匠人，就因为解放了仍嘴巴无遮拦，如今成了现行反革命分子，判刑八年。多年后，张汉泉听说了老匠人刑满后被强迫留场就业，与家里人基本上断了来往。一天，老匠人掉在湖里淹死了。

　　医生属于在劫难逃。他本来很谨慎，街上除了龙二婶，几年里无人知道他在外面究竟干了什么，他怎么发的财？他做不到对那位如同母亲般的龙二婶讲假话。同时，他回国后头两年心情多半沉重，拿不准此生还能不能再见田懿一面，常怀念那些工友和朋友。每当梅雨季节，他总有几天躺在床上。这时，他便忍不住拿出那些照片和奖章等等看上几眼。一次，照片不慎掉在了地上，是护理姑娘捡了起来的。那位龙二婶不会把他的事儿到处讲，但免不了讲给孙女听。姑娘一直敬重医生，也就遵从祖母之命未曾宣扬。解放了，她和居委会主任的儿子谈起了恋爱，一次忘了情，把医生的故事讲了出来。她的男朋友正要图上进，不肯放过机会。偏偏张汉泉的经历架不住分析。他那么多金条到底哪里来的，海外不可能路上有钱捡。意外地发了英国佬一笔大财，谁相信，谁作证？他做了多年劳工，只有他自家之言。他参加了英国军队和国民党军队，却有凭证，因为他留下了像片和奖章，曾经拿给家里的护理看，真是不知耻。

他与国民党一个将军的勾勾搭搭，很多街坊目击。新中国建立才一年多，他少说去过七八次省城，去干什么？他曾对人说去湘雅医院找资料，那多半是烟雾弹。就算真去了湘雅医院，那是个什么地方，谁不知道湘雅医院早先与美帝国主义的关系。够了，够了。

那么他的老婆是个解放军大军官，又作何解释？

那些决定医生命运的人当然注意到了这一点，讨论了这问题。结论是他老婆准被他蒙蔽了。会不会搞错呢？这事不须担心，办事处书记越来越相信，医生激发不出对旧社会和帝国主义的仇恨，莫非心虚。再说，就算万一抓错了人，再释放就是。他既然是军属，理当理解政府工作总不免犯点小失误。而这事是不会错的，错的可能性顶多千分之二三。

张汉泉却一门心思放在筹建医院的计划中，他又有了头痛的事儿，自捐出那批"大黄鱼"，他就更加力不从心。他越来越不去留神街道上的变化，有两次索性称病没去参加居民会议。他不知道，他的行为，在治安人员眼里竟然是个反动本性问题。

就这样，一天夜里张汉泉被公安人员铐走了，下了大牢。飞来横祸，他太意外了，当时就满脸通红，直呼冤屈，话一出口就挨了两巴掌。他的家被抄了两次，那些像片、奖章，还有一大笔外钞等等，全成了罪恶铁证。四个月后，他被判处五年徒刑，罪名是历史反革命分子加特务嫌疑，押去了洞庭湖区米粮湖农场。后来有消息披露，对他的量刑是最轻的，因为新社会里未见他有新犯罪行为。

真正的原因是，案情上报公安局，公安局没有一个头儿敢担给党抹黑的追责，因为党怎么会错呢？便只能秉持宁错勿纵原则。法院也是一样的意见。至于冤案会给当事人带来多大的伤害，关他们什么事呢？

田懿又回了老家，距离上次回老家，已时隔四年。

她在朝鲜战场上一直干到停战协议签定，职务是隶属后勤司令部的一个二级部部长，领导两个汽车团和汽车修理厂以及一支铁道兵工程兵混编队伍，时常还要指挥民兵队伍，高峰时期指挥和节制一万多人马。工作量远比战徐淮时要大，不过权力也比战徐淮显赫，出入志愿军司令部是常事。久而久之，她的传奇经历为不少团级以上军官知晓。如同过去国内战场上那样，常有作战师争夺物资，强调自身特殊，或对抢修铁路、公路不力而推诿责任，不乏团长、师长爆粗口，但他们皆不去惹这个目光冷峻的女"土匪。"因为自打毛泽东进了皇城，"湘军"厉害便不由人不信服，田懿分明属于正宗的"湘军"一员，传说她还是彭老总点的将。另外不乏部队是从国军队伍投诚，起义过来的，这号队伍的团长，师长深知自己底子差。"解放"官兵低人一等，不是新闻。这样的环境保证了她才干的发挥，但也助长了她本来不怕事的个性。事物总有两重性，战场上的强项，日后的和平建设时期就未必了。

　　田懿只有战役休整时间，又碰上节日才有点闲空，一般也就歇上三两天，趁此时间收拾一番个人卫生，写封家书，去探访朋友。她有快两年没有收到家信，写去的三封信都被退回，因为查无此人。她大感疑惑，但也没往坏处想。因为国内公私合营了，她猜测张汉泉住在了别处，把老屋腾了出来作了合营诊所或作了它用。她去探访的朋友只有一个就是韩宝生，后者已是军长，率领一个军前来轮战。每次他们见面，除非出现紧急军情，至少一个时辰内是不欢迎他人打扰的。

　　停战了，后勤这一摊子却不是可以马上卷铺盖走人的，那么多战时物资的处理，使田懿又忙了两个多月。此时，她又接到命令，随参观考察团前往苏联和东欧几个社会主义兄弟国家考察学习，为期三月，路上来回时间另计。她已养成了服从命令习惯，心里也明白天道酬勤，上面器重她，明显是期望考察团成员回国后担负更重要工作。

　　回国后，田懿需要先回原单位报到述职。她在北京停留了几天，原想趁转车时机四处走走看看，一度浮现去看望几个新上级、新战友的念头，为了答谢他们在朝鲜战场上对她的尊重。她没有料到，王明山，韩宝生此时正在北京参加一个会议，会议议程是关于军队要支援、参与地方建设以及军官要评定军衔。她更没有想到，王明山已奉调去大西北的青宁省做省长。王明山认为这是北京中央可能重用他的前奏，决心做出成绩。既然可以自行挑选两个助手，便自作主张把田懿名字，履历报了上去，马上得到批准。他提出田懿做副省长，主管省内哪几个部门的工作，由田懿挑选。田懿有所不悦，是因她这个级别的人现在要复员回老家，须由北京批准，一般是只有资历并无能力的人才能得到恩准，她只能退而求其次，私心想去的地方是韩宝生的部队，哪怕就在军部医院降级做个院长，同时把丈夫调来身边做个军医。但她拗不过革命工作需要的大道理。为此，她约见了韩军长后特意征求了老搭档的意见，韩宝生认为转业改行终究是和平建设的需要，老首长这样做于公于私都说得过去。

田懿听从了老战友的意见，便回复王明山："我们快要成了一条绳子上的蚂蚱，大概是时代特点吧。我坚持一点，我的官做到省军一级为止。为什么？不应该总说什么用人之际，旧人不下去，新人就上不来。所以，我同意转业。不过，去新岗位报到之前，请组织上也让我办点私事，让我回老家一趟，跟老张商量一下，把老张带出来，可以随便放在某个医院做个医生，他不会计较。他一直等着我，我已年过四十，我只有这个要求。"

王明山问："你说过，他要办家医院，他能出来吗？"

田懿很自信："他把钱捐出去一半，肯定有心无力了，再说社会主义也不允许建私人医院。他会出来的，我们这对牛郎织女要团圆了。"

王明山同意批假半个月，道："你的私事，我不干预。我强调一点，你干了工作，也得到了回报。现在你是九级高干，每月工资快赶上我了，要珍惜。你知道你最大的缺点是什么吗？是你身上的小资产阶级情调总是丢不干净。历来湘女多情，但不适合共产党革命，我不是官腔，是心里话。”

田懿苦笑道：“我不是一直在努力改正嘛。”

田懿是坐班轮回来的，从十五总码头上岸，她就恨不能几步赶到家里。她转业了，不需要警卫员，换上了列宁服民装，颇有点深入民间微服出访的味儿。一路上，她分明看见了社会生活出来了新景象，市场开始繁荣，农产品称得上丰富，猪肉、鸡蛋和大米的价格相当便宜，依得她现在的工资养得活一大家人，多数人脸上的笑不是做作，颂扬共产党、毛主席发自真情，常有小孩子唱着《东方红》，宛如儿歌，愈觉此生没有虚度。她做梦也没有想到，她才进入后街巷口，便碰上了如今为人妇的龙家孙女，妇人吃惊地喊声婶婶，泪水就涌了出来，告道：“叔叔抓起来两年多了……”

田懿一下午都在奔走。

龙家孙女陪田懿先去了老屋，果然现在作了合作医疗所，三个中医医生坐诊，一个小伙打杂。房子已被政府没收。为什么没收房子，医生们异口同声，这事要问办事处。田懿没有见过这几个医生，明白也问不出个所以然，扭头去了龙二婶家。

龙二婶已愈发老态，思路仍清晰，说：“这叫欺负人啊。如今改了朝代，我们只敢偷偷地议论。先前你爹在世，从没人多你家的事，多你家的事干什么？你男人不就是第二个田梅生吗，一样没惹事，咋就……"

田懿不能听见田梅生三个字，一听心儿就痛，忙问："我走这几年，老张讲没讲过对新社会不满的话？"

"没有哇。"龙二婶肯定地答，"居民小组开会，他发言是不多，一发言也是说，相信生活会慢慢地好起来，会有个过程。"

田懿很不理解："这又是因为什么呢？"

"办事处书记对他有了看法，这事，你侄女清楚。"

妇人接话："我男子告诉我的，办事处本来要动员叔叔入党，再做干部，他是军属，又捐出那多金条，当然受重视。不是捐了款的人就会得到开大会表彰，叔叔是真正有点蠢，很多话说得不好，大会上作报告的表现更不咋样，书记很不高兴，说叔叔傲，不识抬举。后来有人反映，叔叔是伪军官，多半是特务，办事处对叔叔的看法就全变了。"

龙二婶说："八成是那笔钱惹的祸。一下子捐那么多金条，人家看了眼馋，不相信他没有打埋伏。人家是财不露白，你俩个倒好……你在外面做官，他在家里守着那么多钱。你们不是要打倒剥削阶级吗？当然会有人想不通。"

龙二婶见田懿久久不语，急道："闺女啊，都说你做了大官，你要救救汉泉啊。哪怕，哪怕你觉得他会牵连你，不配你啦，你也要先把他救出来。你是你爹教出来的女儿呀……"

田懿不知道怎么回答老婆婆才好。告别龙家，她一连去了五户老街坊家，仍旧着重询问张汉泉有没有反革命言行，得到的回答是张汉泉属于良民。于是，田懿再去了办事处。

办事处书记换了人，原来的书记升官了，新书记年轻气盛，对田懿倒也客气，明知故问："田姐姐又是几年没回来，哦，转业啦，请问有什么事？"

田懿恳切也恭敬："请教你们领导，我家老张到底怎么回事？"

书记直言："主要是他历史太不清白。他在国民党军队干过，是个少校，这是一个坎啦，你知道这个坎的份量。后来，他在新加坡又参与了英国军队的红十字会，有他留下的奖章，委任状，像片可以作证。那可都是敌人的部队。另外，他与栾和文的关系很深，解放前，这个蒋匪军将军就来找过他两次，街上很多人看见。这里面是不是有特别任务呢？他那么多钱来源不明，究竟干什么用，是否特务组织的活动经费？这一切，我们办事处不能不如实上报。我们都是党的干部，必须坚持原则，站稳立场。案子由上面接手后，公安局怎么调查的，法院怎么判的，我就无权过问了。"

田懿并不清楚少校这个坎是怎么回事，请教书记后方知：原国民政府内警长、宪兵、保长、少校以上职务者，属于重点镇压对象。她内心不由一阵惊悚。

田懿说："有个事我很不明白，如果张汉泉不拥护新社会，他会舍得把几十根金条捐出来？他告诉过我，街道上先前并不知道他藏有这笔钱。我见过那笔钱，都是大条子，不是小条子。这是他在海外用命换来的啊。"

书记道："还是那句话，他在海外的经历，干过些什么事，只有他的一面之词，不足为凭啊。我敢说，田姐姐你也不曾亲眼所见。"

田懿陪笑道："但是他从中原返回南洋，是新四军十八旅的安排，任务重要，这事假不了。如果什么事都要亲眼所见才能信，没这个说法吧。"

书记又道："如果能够有人证明，他与那个蒋匪军将军只是一般乡亲关系，事情就好说了。"

田懿明白不能深谈，说："这样吧，作为受党教育许多年的我，当然明白该站在什么立场上。不过，由于有几个具体问题，在我和他划清界线之前，需要与他当面核实清楚，因此，能否请你们开具一份证明或介绍信，我打算去农场见见他？"

书记笑道："你的身份强过证明啊。"

"还是照章办事。不需要去摆谱，证明上就说我在外地教书，和老张一直不在一起，这样会省掉一些可能的盘问，有些盘问很讨嫌。"

"可以。"

田懿道过谢，拿到证明就走了。

　　几年没回家的激动使田懿早饭中饭都没吃，她感到了又饥又累，赶去街上胡乱吃了两碗馄饨，便去政府招待所开了间房。她其实早已猜出张汉泉下狱的大概原因，现在需要好好想想如何处理突然变故。

　　田懿早早就关了门上了床，仍然脑子乱得很，尤其一身绵软无力。她想起来了，当年她从郑州法院出来，就是这模样。但她很快就对自己说："这是两回事。旧社会，新社会，要分清楚。"

第二十二章

　　一早，田懿就起床了。漱洗完毕，她照了照镜子，发现自己脸色憔悴，明白精神尚未复原。她在房里舒展了一番身子，便自己命令自己：“振作起来，没什么大不了的。”

　　但她仍无食欲，早饭也没吃，便赶去了十二总吴家。吴家两口儿才起床，认出田懿，仍如上次那样热情。田懿明言来看儿子。

　　“还睡觉哩。”妇人边说边领着田懿去了里屋。

　　五岁的楚楚伴着小哥哥，仍睡得香甜，脸蛋红朴朴的，一只小手伸出了被窝，显得很壮实。田懿端详着楚楚，待妇人把孩子小手塞进被窝，道：“我们去外面谈谈。”

　　那两口儿早知医生的厄运，男人怯怯地道：“按理说人民政府不会弄错，可张医生明明是个大好人，肯帮忙……”

　　妇人抹起了眼睛，说：“谁都不信张医生是歹人。我抱上娃儿去看他，公安凶得很，不肯我进去。”

　　田懿直言：“他是个冤案。肯定哪个环节出了差错。请问，孩子抚养费有多久没有交啦？”

　　“两年零七个月。”

　　“孩子带得这么好，辛苦了你们。抚养费，现在我就交上。孩子还要放你家两天。待他醒来，我先带他去街上做套新衣裳，再送回来。我呢还要在城里停留两天，办点事。办完事，我来接孩子，带他去看爸爸。看过他爸爸，我领他走，以后就由我来带他。"

妇人动了情："不瞒田干部，我都不舍得啦。我们作好了打算，万一那个了，我们也要把孩子带大，不就是多副碗筷。你来啦，我们也放了心。还好，孩子从小就不认生，你疼他，一天就带亲了。"

不一会儿，两个小家伙叫着笑着从里屋冲出来，奔往大门外，撒尿了。他们都挺起小肚子，比赛谁的尿撒得远。田懿被逗笑了，骂道："俩个小活鬼。"又问妇人，"两个鬼娃子打架吗？"

"咋不打？"妇人笑答，"这边才哭，那边又和好了，叫人又好气又好笑，拿他们没法。"

田懿变了念头，催妇人和她一块上街，俩孩子都带去。她要给俩孩子都做一套新衣，妇人不肯，田懿说："我还有求你们。明晚上你做几个菜，多炒点腊肉，后天我带走。"

妇人道："牢里肯定缺油水，我们炼点猪油你带去。咦，我也好想去看看张医生，我可以去吗？"

田懿对妇人更添好感，自个心情更加好了起来，说："是哩，待会我去买几斤板油，你帮我炼出来，油渣子呢炒辣椒，多放点辣椒，他不怕辣，都带去，进了那里面都是好东西，我坐过牢，我懂。你就不去农场啦，路远，家里还有孩子。谢你啦。"

下午和翌日上午，田懿分别去了公安局和法院。

她不便亮明自己身份，说自己是张汉泉的妹妹，只求有关部门指点她申诉的程序。她认为民国有这个法律规定，现在新社会只会程序更加完善，因此需要了解清楚。

公安局和法院的接待人员态度皆冷淡，回答大同小异："我们需要犯人自己写的申诉材料，亲属的申诉，只作参考。"田懿只能识趣。她心情大好转是因五岁的孩子仍不免有奶就是娘。楚楚穿上新衣裳，吃着糖葫芦，被田懿时不时亲两下后，很大方很亲切地喊起了妈妈。

告别吴家时，田懿特意嘱咐那夫妇俩，不要把楚楚的来历和亲生父母的姓名告诉不相关的人。因为成人之前，孩子应该多点欢乐，不应有心灵阴影。

张汉泉分配在场部医院，也算得物尽其用。不过，他没有处方权。下班后，他必须脱下白大褂，露出印有"劳改犯"字样的囚服，吃饭去囚犯伙房，特准睡在医院后面一个堆满杂物的小房间内。另者，必须参加囚犯晚上的政治学习。

农忙时节，他奉命还须挎上药箱子去田头，主要是诊治中暑者，为了保证犯人出满勤。他发现，犯人大多是民国时期的低级别军政人员和散兵游勇以及各种会党成员。解放军南下时，曾明言对他们既往不咎，当然有血债的人例外。但是镇反有指标，他们中很多人未被杀头就是幸运了，哪里敢提那个既往不咎。虽然如此，他们心里不服仍不免表露。张汉泉理解他们，因为联系自个遭遇，不可能做到甘心服刑。张汉泉感到痛苦的是，他不能像那些人一样耿耿于怀命运的残酷无情，连这号权力都没有，因为他不能伤田懿的心。他不曾多指望，田懿抱着楚楚来看他。今天，他的心思全在奖惩大会上。

　　新中国的劳改队无处不见八个大字，"坦白从宽，抗拒从严。"它的精粹总是体现在每年一次或两次的奖惩大会上，奖惩大会又叫宽严大会，便是全体犯人奉命集中在一个大操坪上，依小队、中队、大队的顺序排成几十支队伍，聆听农场领导训话。训话内容从无新意，不外乎认罪服法，积极改造，争取立功受奖，得到党和政府宽大处理，早日回到社会。反之，必是严管、加刑、直至处决。训话完毕，便是宣布哪些罪犯因为反改造而加刑，哪些罪犯因为立功而获得减刑奖励。以上两类人皆有具体事例在会上予以宣读，此为奖惩大会的高潮。通常，会场上总是鸦雀无声，无论身处寒风中还是烈焰下，无人胆敢乱说乱动。一因会场四周皆有荷枪实弹的兵，二因多数人希望知悉此次获奖人和受惩人的具体事因。

　　这一手同样堪称厉害也堪称英明。当然几十年后它又演变成了"坦白从宽，牢底坐穿，抗拒从严，回家过年。"现时它的精华是每个中队皆有个指导员，指导员不过问犯人的生产劳动，专抓犯人的思想转化工作。指导员只要心肠硬就能出色地完成党的任务，而人一旦心肠硬，便办法多多。一般每个小队，也就是每个劳动、学习单位，指导员都会从犯人中间挑选几个刑期短、认罪态度好的积极分子，指示他们盯住身边人的一言一行，发现反动言行马上汇报，报酬当然是从安排干轻活到减刑，再到不会强制留场就业。

这一来，互相监视、互相告密，人人皆危的局面便出现了。究其实，此非社会主义创举，更多来自东厂、西厂，来俊臣，商鞅的真传，不同之处是谁把它掌控得炉火纯青。而新中国的创新在于这一套手法通过土地改革、镇压反革命被证明无坚不摧之后，很快推广到了社会生活方方面面，直至官场、军队、学校、乃至北京上层，不断地推广、发扬。

今天米粮湖农场的奖惩大会，是农场领导很得意的一天。奖励方面，有一人当场释放，功绩是协助政府破获了一个重大反革命集团案件。那是几个不服改造的旧政权人员，先是喊冤，后是发表反动言论，因为他们曾经属于起义人员。告密者便为当场释放者。同时，农场另有六人获得了减刑奖励。惩办方面，是这个现行反革命集团的首犯、主犯被宣布验明正身后立即枪决。其他几人被分别加刑三年、五年、八年。

二十多年后，这两个饮弹毙命者都获得了平反，政府承认了他们属于有功的起义人员，据说其中一人还是打入伪政府警察局的卧底人员。然而，此时他们的骨头渣都没了影儿。

张汉泉已是第三次参加奖惩大会，心里除了悲凉便是恐惧。他已经大体上知道了这个反革命集团的事儿，是因因犯的政治学习会上，指导员向他们吹了几次风，意在警告他们必须老老实实。

张汉泉的悲凉来自于不堪想象日后生活的残酷无情，今天被处决的反革命集团首犯和当场释放者，皆由他处理过伤情。事因改造积极分子坚决靠拢政府，被揭发者认为受了冤枉，揭发的事儿属于捏造，便怀恨在心。一天挖土修水渠时，两人打了起来，积极分子生得牛高马大，几下子就把身体孱弱的被揭发者打得趴在地上。他没有料到，当他眼望别处时，趴着的人突然跳起来，高举锄头朝他脑顶挖下来……张汉泉能为他们做什么呢？无非简单地替他们包扎了伤口。他最大的感受是他这个中国人，至今读不懂中国。此种同根相煎的惨剧，分明历史悠久，无分朝代和阶层。

张汉泉的悲凉也来自于眼下奖惩大会的高潮，便是由一名专程赶来的法官宣读判决书。他感觉法官面熟，许久，他才悟出此人就是当年他隔壁的那位杨副队长。这是怎么回事啊？当年，此人明明反了水。后来他做了省城警署的处长，应该也不会假。张汉泉推测，杨副队长不准也是一个起义人员，靠了四处逢源、八面玲珑、心狠手毒，非但未栽反而在新政权站住了脚。这说明了什么呢？说明了新政权离不开这号人，甚至需要这号打手、恶犬多多益善。而一个依靠打手、恶犬治国的政府，怎么可能还叫人民时代，俨然时空穿越到了两千多年前苛秦时代。

　　米粮湖农场方圆约四十里地，三面环湖，辖七个大队，场部离最近的县城也有二十来里路，不通公共汽车，一条通往农场的坑坑洼洼的土路上，偶尔有一部十轮大卡车驶过，扬起团团尘土。时已深秋，沿途可见渔民忙碌，鱼腥味扑鼻，苍蝇漫天飞舞。楚楚走不动路，总是要抱。田懿没奈何，只能走走歇歇。她一样走不动远路了，内伤仍未完全痊愈，十年来出门总是坐车。运气算好，半路上追来了一部空空的独轮车，朴实的车夫主动提出送她们一程。田懿感谢不尽，把楚楚放在上面。独轮车吱呀吱呀叫，楚楚高兴得手舞足蹈。

　　孩子的可爱让田懿又伤感又激动，不由得想起了可怜的毛头。毛头高兴时，也是扯住她的头发，冲着她笑。她相信待会儿见着张汉泉，张汉泉也会激动。

　　田懿在管教科办好手续，便由一名狱警带着去了医院。时下狱警仍为军队编制，田懿见着军装本来感到亲切，未料这些公安兵另有与野战兵不同的言行风格。那位年轻的管教科科长对田懿就没好脸，似乎田懿自称为"学校教师"，容貌端庄，气质不俗，应该嫁给共产党的革命高官，不该嫁给了一个历史反革命分子。管教科长不能理解，田懿非但不与反革命分子离婚，还抱着孩子，提着菜来探亲。他看过探监证明，居然问道："张汉泉属于人民的敌人，这个事的严重性，你是教师应该明白啊。"田懿不答。管教科长再道，"不与他划清界限，你会是一辈子反革命家属，会影响你的孩子。"田懿不想节外生枝，只好说："谢谢你的提醒。"路上，狱警一样轻蔑地道："你见到他要劝告他，认清形势。他那个眼神，总让人捉摸不透。你们家属要想再来探监，有义务配合政府。"田懿仍不想节外生枝，忙答，"谢谢你们关照。"所谓医院，也就几间平房，设内外两科，还不如她家诊所的设施齐全及药品多。此时，张汉泉正在清洗旧绷带，脑子里萦绕的仍是上午的奖惩大会，见着田懿居然领着孩子来看他，好不容易才将委屈、痛苦加自卑的眼泪忍住。

田懿一样眼睛湿了，但她只能强自镇定，催促楚楚喊一声爸爸，便把她带来的菜交给张汉泉。

狱警走开了。边走边丢来一句话："只能会见一个钟头啊，这是规定。"

俩人互相问候了几句，田懿在张汉泉对面坐下，道："我弄清楚了，你是十足的冤案。太出我意外。我总算争取到了组织上支持，这次是回来接你，我们该过正常人的日子了。听见你出事，我好象挨了一闷棍。有一阵子，我好恨你，恨你不替我着想。我跑了一大圈，才心情好点，原来你冤得很。事情本来不复杂，你放着海外已经有头有脸的日子不过，犯得着回来一个小城市的老街上，来干什么特务活动吗？就一条不起眼的老街，干特务活动能干得出来什么名堂？如果你的任务是长期潜伏，长期潜伏的特务会把几十根金条捐给政府，有这么傻的自我暴露的潜伏特务？太荒唐。给你委任状的时候，是二次国共合作时期。你参加那个红十字会，中国、英国当时都属于同盟国。这才过去几年，能够统统不认帐吗？一群神经病。"

田懿接着说："仅仅是发神经也就罢了，我看有踩在别人身上往上爬的味道。你的事，看来要害是你不该认识栾和文，还做了朋友。抓你之前，为什么不去调查一下栾和文是不是个职业军官，这不是很难的事。跟那边的人打过交道就一定是特务，我也会跑不掉。照这样说，共产党的中上层还有几个干净人？"

张汉泉道："你有你的看法，人家有人家的看法。现在我得提醒你，我们中国古来就有个避嫌的讲究？"

"我想过这一层。避嫌是一回事，保留看法又是一回事。"

"有你这句话，我也能想得开很多。不管怎么说，当年你在江西无缘无故被判了十年，我呢才判五年，这说明新社会比旧社会强了一倍。"

"你这比方不当，"田懿连忙纠正。"旧社会，新社会，应该分清楚性质。"想想又道，"我们之间说话用不着讲形势。不过，我这次回来，亲眼所见，老百姓的日子确实好过了起来，这个功德可不小。这样干下去，有什么理由不拥护共产党？"

"你让我讲什么好呢？"张汉泉突然激动，"对你，我只能讲心里话，如果是老天爷惩罚我，怪我做过不少错事，我无怨言。我真希望你与我划清界线，这样的话，出狱后，把孩子安顿好，我就想办法越境，我还想余生干点事。如果被捉住、判刑、枪毙，由他们了。现在，现在……我有了预感，我的后半辈子，废了。”

田懿岔开话：“你别多说了，我理解你。我带来的一点菜，你能吃几天。待会我多留点钱给你，莫垮了身子。吴家媳妇手艺不错，人也不错，她都想来看你……”

“楚楚的抚养费有两年多没给人家，这次你……”

“这事处理好了。以后，楚楚就由我带。白天，送他去幼儿园，晚上，他给我做伴。你放心，我能带好他。”

“你复员了？”

“转业了。王明山被调去大西北一个省做省长，要我去做副省长，他肯定有点去了新位置孤掌难鸣的担忧，我呢还是要谢过他抬举我，所以我不能太抹他面子，毕竟跟随他这么多年。他对我有恩嘛，当年迟上十分钟，我就吃了枪子。他有那个意思，日后他进了北京，省长位置就推荐让我上。我干得他满意，他脸上也有光嘛。你别以为我成了官迷，不做忘恩负义的事，是我们家风。我只能再推迟几年回老家了，你要继续支持我啊。转业手续办好了，马上要去那边报到。”

张汉泉声音嘶了：“现在的实际问题，是我会连累你。你的官不小了，你不宜再来看我。田懿啊，只要我们自己心里有数，你是我的亲人，我是你的亲人，就够了。最好是我们协议个文本，我签字，就说我们的夫妻关系中止了。”

田懿说：“少讲废话。这个时候我离开你，我这辈子还敢回老街上去？人家怎么看我？这是我们家的命，有点象唐僧取经，磨难多。”

张汉泉豁了出来：“你听了不要生气啊。现在我知道了，你们队伍讲究党的利益高于一切，朋友情，夫妻爱，甚至父子母子关系，都可以不要。这不就是太平天国那一套吗？你做到这个位置很不易，你何苦这样对我……”

田懿不让张汉泉说下去：“我不生气，你所说的并不是假话，是有这号人，人还不少。但人家是人家，我是我。再说，你原先的心境很宽广，要看远点，共产党是由人组成的，是人都会犯错误，以后改正就好啦。”

张汉泉欲言但止。

“你在这里，挨没挨打？”

“今天不谈这号事。”

“这次，多半真是我害了你，不该让人家知道我们有很多钱财。龙二婶都看出来了这层关系。但这笔钱是干净的，况且我们想用在正道上……”

张汉泉心情好了点，打断田懿的话：“不要提那些事了。你和我，是钱的关系吗？现在，我想不通的有两点。一是我的经历，是复杂了点，我愿意走这条路吗？二是公安局太不容分说，据说，你们共产党对自己人尚且如此，当然对我更不会讲客气。你也告诉过我，当年把你打得死去活来，差点被枪毙。这号不容分说的行为何日是了？上午，我看见一个人，你想不到的，你还记得那个杨副队长吗？”

“哪个杨副队长？”

“那时候被你甩出丈把远的纠察队那个混蛋。人家现今是法院法官。”

“你能肯定是他？”

“只有七八分把握。”

田懿勾起旧怨，轻蔑地道：“如果没假，这不成了笑话吗？你尽心尽力在南洋奔走，落得今天。那个角色明明是个叛徒，今天仍旧神气得很，怪不得你有看法。”

“人家比我灵泛。”

但是田懿看看天色，岔开话：“我们说我们的事。这次，确实突然。我左想右想，应该主要是个误会，是误会，就好办。你看呢？”

张汉泉再次欲言又止。

楚楚在门外拿根树棍逗一只小黄狗玩，田懿怕出意外出去了一会儿。

为了抓紧时间，夫妇又说话了。他们都已平静下来。

田懿安慰道：“几个老邻居说，你是跑了世界的人，怎么那么蠢。给了你机会，你干嘛不学人家样，大会上作报告一边喊一边哭，不准早入党了，早做了国家干部，怎至于今天？他们是好心替你抱不平，我听了又辛酸又心暖。你真成了那号人，我反而失望。这不是蠢。社会由得滑头吃香喝辣，这叫什么生活？”

“我还要两年多才刑满，没什么大不了，比我在新加坡被关在地牢里好多了。你啊，真正不要再来了，我们身份太不相称，会影响你。我本来是拥护新社会的，哪怕有些事上我有怀疑，现在我算是领教了厉害。我去湘雅医院好几次，有次一待就是三天，我告诉过你这事，是想多弄点医学资料，可是公安非逼我交待是去和哪个特务接头，不承认就骂就打，比新加坡的日本宪兵还凶。还有一些事，不说也罢，我不忍心让你难受。现在，你把孩子带好、带大，让我对得住朋友托付，就行了。现在他才多大点，没有了你，我又出不去，怎么办啊？我越来越悲观，那俩口子多半回不来了。我更加难得再出国。真个这样，楚楚就是你儿子。你们过得好，我就高兴。”

田懿继续安慰道：“老邻居也说了你常跑省城的事，弄不清楚你去省城干什么名堂。其实你低调没错，有什么必要宣扬。你说公安非骂即打，我也恨这号野蛮行为。现在嘛，讲主要的。你不要在这里写申诉，没用。我有经验，执行机关和判决机关，是两回事。你的事，我不可能不管不问。这不是小事情，不仅仅是因为你是我的亲人，是新社会不应该允许冤案出现又迟迟不改正。否则，革命就没有意义了。当然，王明山应当出示证明。其实，从三九年到四五年，这六年你是在为新四军做事，差点落了残疾。他作过保证，说什么不会忘记你。我们无意去争功，总不能这样待你？孩子嘛，你放心，当初领养这孩子，我点了头，得认帐，我不会让你在这上面操心、难受。”

张汉泉仍难去悲凉神态，道：“田懿啊，我至今没有很读懂旧社会那本书，现在反倒似乎读懂了新社会这本书。我不敢多想下去，又不能不想，因为我太了解你，我最怕的是你以后也陷入漩涡之中。一个社会如果到处是漩涡，那就任谁都有一天会被卷进去。有这样的社会主义天堂吗？”

田懿陡然焦躁：“我知道该怎么办。你也要听我劝，不要悲观。我们要看主要方面。国家这么大，不可能没一点差错。你可不要学栾和文那套歪理，由你说出来，我就不是接受不了的问题，是让我伤心的问题。我们都死过好多次了，今天的委屈，是暂时的，要挺过去。”

“你听我说完嘛。”张汉泉又表现出了固执一面，“人性本来脆弱，呵护它尚且时常来不及。我留意了一下，这才几年，土改、镇反，少说杀了几十上百万人，这叫屠杀，叫再现蒙元满清征服江南。我们是老爹爹教育出来的，现在你手里有不小的权力，你可要慎用……”

田懿惊讶道：“你这个数字从哪里来的？”

“你这几年在朝鲜战场上，怎知国内变化？你看看报纸上有多少个伟大胜利，那次不是欢呼抓捕镇压了多少人……”

田懿沉下了脸："我难以相信这个数字，你的看法多半受了情绪影响。你该不至于连我也不相信吧。"

"行，我听你的。"张汉泉答得无奈，也真诚。

田懿真正笑了，这话让她很暖心，当年，她就爱听张汉泉说这话。

时间快到了，田懿唤来楚楚，说，"楚儿，喊爸爸。"

"爸爸。"

"乖儿，再喊一声。"

"爸爸。"

田懿忽道："你给孩子起个大名吧。"

"小名，大名，就一个得啦。万一几年内那对夫妻回来，说不定咱还得完璧归赵。我答应了人家，得守信。"

张汉泉抱起孩子，亲了几口。狱警在催了，他不得已放下孩子，接过田懿递上的一沓钞票，强笑道："我不能送你们。田懿，你要保重。"

田懿加重语气："老张，不要悲观，还是要相信共产党。有我在，你不孤单。"

第二十三章

　　田懿带着楚楚在省政府招待所住了四个多月，分到了三室一厅共四个房间的一套平房，那是十几幢绿荫丛中的红砖房，外面人叫常委楼或部长楼，家俱都是公家配的。有厨房，但除非星期日，她不开火，天天吃食堂，委实没得时间。她每天需起早，先给儿子收拾一番，由司机送去幼儿园，自己则准时去办公。她比在朝鲜战场上轻松多了，那时候敌情就是命令，哪管什么吃饭和睡觉。不过，她还是怀念那号令行禁止的军营生活。现在，工作轻松了，却又使他烦倦，因为会议、文件也多了。她选择了主管科教文卫系统，认为国家大建设了，需要干实事的人多发力，但各个部门都是新面孔，头头们汇报工作，对她总是毕恭毕敬，执行的效果却不如意。她最烦的是各个部门开会，总是请她去，一排人坐在主席台上，散会时每个人都要说上几句话，全是炒现饭，十分钟的会总要开上半天。每看秘书写的稿子，她都要皱眉头，认为全是些八股文。问题出在哪儿，连她都说不清楚，因为下面的人当然得服从她，她也得服从上面，她可以批评下面的人是官僚主义、文牍作风，只报喜不报忧，她却不敢说这风气是由上面带的头，那岂不成了质疑党的领导作风。要她怀疑党的领导出了毛病，她觉得是性质与立场问题。她只有下班后回到家里，哪怕楚楚淘气，她才感觉身心统一。她最惬意的时刻是每天睡后半个来钟头，她一边给孩子讲故事，一边把孩子搂在怀里。孩子身体好，浑身如一炉火，被窝里暖和，她心也暖和。她对儿子也有点不满意，才六岁的孩子，就在幼儿园跟小玩伴比起了妈妈是省长的优越感。但她不忍心现在就呵斥儿子，心想待他上学了再慢慢儿开导他。

各种各样的会议越来越多，田懿身不由己，渐渐也认识了许多其它部门的头头。他们多为厅局级头头，为本省派。他们在一起，津津乐道的乃是当年的游击队生涯，或地下工作生涯，因为这是他们赖以坐江山，吃江山的资本，互相吹捧，派系色彩强烈。发酒疯是常事，乐此不疲。田懿不属于他们的圈子，也没有兴趣参与进去。她发现，这种小圈子文化不是个别现象。她很悲哀，她之所以受到尊重，与领袖是湖南人大有关联。一次，她忽发奇想，认为领袖颇似《水浒传》的宋江，能够让各个山头都喊他"哥哥"，真还不易，但梁山泊明明是个"大碗喝酒吃肉，大秤分金银"的过了时组织。

每半月，田懿会领着楚楚去王明山家串串门，但从不肯在王家吃饭。他们已不如战争时期那样谈得上路，因为王明山总想着上调北京，田懿却想着再干上十年就退休回老家。另一个原因是田懿有了感觉，和平时期的官场多了禁忌，若卷进去了这个帮那个派可不是好事。此外便是王明山的妻开口闭口总是中央几个大员的名字，常抱怨老公的资历，能力皆比第一书记强，反倒在人家手下，等等。田懿只能硬着头皮听，感觉是活受罪。

王明山的妻现是一所大学的系总支副书记，王明山是田懿的顶头上司，田懿主管科教文卫系统，又是这位副书记的上级。碍住顶头上司的面子，田懿也不愿和副书记闹变扭。一次，副书记要求田懿去大学走走，去她所在的系视察一番，田懿笑道："可惜我的官小了，哪天我做了副总理，我一定提名你做教育部长。你比我强，是正牌大学生，你能干好工作。"副书记以为田懿是心里话，听得眉开眼笑。

张汉泉的事儿，田懿当然告诉了王明山。王明山说，他当然可以为张汉泉证明其为新四军志愿做事的那段经历，其他的事他就帮忙不了。"千不该，万不该，"他说，"抗战胜利后他不该守在老家，他再来找下我们，那么他先前怎么出海的，做没做劳工，等等，我都可以为他担保。"

田懿说："你这话很容易让人感觉，他先前和抗战胜利后说不定做了不光彩的事。"

"我们没办法让别人不产生疑问啊？"

"他一生都是个老百姓，没做过官，大多数时间不在国内，有几年还是为新四军办事，扯得上干了反革命的事吗？他没有让自己沉沦下去，不去肯定他也就罢了，为什么要这样打压他？"

"他跟栾和文的关系，就不是这样的问题。"

"栾和文其实为人正直。"

"他再正直，也是共产党的敌人。"

"北京的那些人，并不是同那边的人无交道。命令我去劝降，就因他是我的朋友，是不是也要算我这个账？"

王明山严厉起来："江山，是北京的最大问题。你不懂这个？具体到我们，就是个级别还不够的问题，所以，有些话，他们可以说，有些事，他们可以做，我们就不行。还用我多说吗？"

田懿无语了。

王明山告诫田懿：就让张汉泉受几年罪。刹刹他一点傲气也好，因为他受海外影响，很多言论，跟共产党的要求不是没有距离。那时候他就察知了这一点，当时需要肯定张汉泉的爱国热情，不便批评张汉泉。现在，如果张汉泉仍不肯改造自己的思想，他也好，田懿也好，真要考虑与张汉泉划清界限。退一步说，如果田懿替他申诉冤屈，只会费力不讨好。这里面有个政策问题。即使党的政策错了，毛主席不该下杀人抓人指标，也要由毛主席、党中央来决定平反。这可是个天大的问题。等待吧，因为毛主席的英明无与伦比。

田懿仍不死心，恳求道："张汉泉不光对得住我，还对得住这块土地，对得住共产党，能不能通融一下，以我们的名义，要么以你的名义给农场写封信，着重证明一下，他抗战期间的经历，别的事就不说了。一想起他去新加坡几年，坐日本人的地牢，把家都弄丢了，他为了谁呀？我冲动过本想亮明自己身份，明白告诉那里的人我和张汉泉是夫妻，还想过直接去找农场领导，想想不好，还是应该先跟你通个气。这应该不算太违反原则，你看呢？"

王明山不假思索："怎么不算违反原则？要么走正规程序，通知公安厅发公函，我们就成了假公济私。不走正规程序，性质更恶劣，你嫂子会坚决反对，准会跟我吵翻天。尤其上面追究下来怎么办？你为什么非要这样，儿女情长，不能等一等，有什么事能比党的形象和社会主义事业重要？"

田懿再次无语。

王明山又劝田懿：不要太清高，有时候也不妨放松一下自己，去跳跳舞也是可以的。再告田懿，他之所以说了要考虑划清界限的话，也是出于无奈。革命者有了今天都不容易，栽在这号小事儿上太不划算。他末了说："你们真是多灾多难。按照党的要求，你得和他离婚。这样吧，先冷处理。你可以说你们早已事实上离婚。他平了反就好办了。"这话使田懿心情好了一点。

几天后，田懿给张汉泉写去一封信，信上说，她相信新社会建立不久有些事没到位，张汉泉应耐心等待党和政府全面复查的一天，这一天一定会来，并且不会太久。因为毛主席、共产党可不是蒋介石、国民党。信上又说，由于张汉泉能够理解的原因，她不宜月月给张汉泉写信，短时间内也不会来看张汉泉，但只要政策有了变化，她就会行动。信上另告，王明山分明食言了，这里面有两个原因，一是胜利者都易患上健忘症，她也难说免了俗。二是续弦了一位小娇妻，人家不耐看丈夫跟过去妻家的人来往。生活和人性就是这样，没法子。

田懿盼望的一天来到了。北京号召各行各业整风，特别号召党外人士向党提意见，帮助党整风。田懿接到的文件，全是要求党的各级干部，要虚心接受批评，要听得进尖锐意见。因为只有这样，共产党事业才能大踏步前进。

"毛主席果然英明。"田懿由衷地拥护整风，这话，她几乎挂在了嘴上。科教文卫系统向来知识分子多，这类人向来比工人农民敏感，有见解。田懿暗下决心，这次一定要为党的事业多作工作。

王明山仍如以往一样，支持田懿的工作，说："我没说错吧，毛主席的英明无与伦比，你放手干。"

田懿笑道："大好事嘛。我的心病消除掉了，先前我常担心，最怕我们的领袖变成洪天王，那就干多少工作都没了意义。"

王明山今天心情好，笑道："讲那个太平天国，我讲不过你。我们啊要多讲马列主义，毛泽东思想。"

田懿说："今天我们换个话题，我想请教老领导，生命生生不息，它顽强繁衍的意义是什么？"

王明山不答，走了。

田懿却又发现她的判断并不准确。科教文卫系统的动员大会开过了半个多月，政府大院内标语、口号不断翻新，向党提意见的运动仍冷冷清清。她很快明白冰冻三尺，非一日之寒。她焦急，没奈何把家当作了半是沙龙半是会议室，三天两头请一些有影响力的党外人士晚上来开座谈会。为显示诚意，她请了个临时保姆，照看楚楚，帮做一顿夜宵。

真情终究得到回报。这样的聚会几次后，田副省长诚心与知识人交朋友的名声便传开了。渐渐，乐于赴会的人达到了三十余人，有一次把个小客厅都挤满了。那些人的担忧无非是怕秋后算帐，多拿苏联和东欧国家说事，认为没有自由于个人于国家皆后果可怕。另有人直言不讳，早两年倒了大霉的胡风无非一介文人，能翻起来什么大浪，那样举国痛骂胡风，株连那么多人，不由人不兔死狐悲啊。他们没有料到，这个田副省长并不是常见的那号动不动曝粗口官员。

关于自由，田懿观点鲜明。行为上当然不允许无条件自由，那就成了随心所欲、各行其事，防止这点，靠法治。思想却不能有限制，哪怕危害社会主义的思想也不用怕，可以用作反面教员。不这样做，文明就没有了想象力，没有想象力的文明不会有出息。这就是为什么要百花齐放、百家争鸣的理由。

田懿高兴之余，话也多："今天是个机会，关于思想活跃，也就是百家争鸣，我再谈点看法。小时候，我的老爹爹常带我去江边散步，我听了他讲的很多神话故事，女娲、祝融、神农、湘妃等等。后来的诸子百家，秦砖汉瓦，唐诗宋词，是不是与想象力丰富有关？我看有关。例如很多唐诗，不但想象瑰丽，而且敢贬时弊。反面的例子，是后来的皇帝越来越说一不二了，加上儒门一帮官迷成天替皇权帮腔造势，生活中越来越规矩多，这也犯忌，那也犯忌，弄得中国人越来越没有想象力和创造力。大家可以想想，女人包小脚，男人拖个长辫子，读书人怕文字狱，汉唐雄风是这样出来的吗？所以思想一定要自由，你们说是不是？"

气氛活跃之余，不少人仍纷纷议论，重要的是如何保障百花齐放、百家争鸣的切实推行，因为权力可以翻云覆雨，权力不守信怎么办？

田懿的回答很简明："我爹是个太平军老战士，他说过清庭该亡，太平天国一样该亡。为什么？后者太过权欲熏心、言行不一。再拿我个人的经历来讲，抗战开始，八路军、新四军加一起也就几万人，什么都缺。八年抗战结束，八路军、新四军发展成了百多万人。靠的是什么？靠的是各个根据地吸取了红军时期的极左教训，给老百姓办了很多实事，讲民主，另有相当自由，不然的话谁会真心跟你跑？事情明摆着，共产党能够打败国民党，主要靠这八年攒下了家当，其中统一战线也就是民主协商，是个大法宝。当年延安《新华日报》上的观点，连美国佬都买账。我相信，共产党、毛主席不会忘记这一点，所以才号召整风。秋后算帐的事不会有，那就是自己跟自己过不去，是猪干的蠢事。"

田副省长把话说到了这个份上，那些人也就疑虑大消。田懿没有料到，她的"湘军"和毛主席正宗老乡的身份，使她的话更添可信度。毛主席的威望如此的高，她便沾了许多佛光。居然有人猜测，她是毛主席派来的人。因为这样敢言的人，没准握有尚方宝剑。

田懿另有一事没料到，她得到提意见的人的拥护，也得到了被整风人的忌恨。两年后，她就要为此付出相当代价。

在他们示范下，科教文卫系统帮助党整风的运动开展起来了。借助于从众心理，有些部门达到了轰轰烈烈程度。大多数意见一看就属于用心良苦，无非是希望共产党改正工作中缺点，更好地带领几亿人建设国家。

田懿很高兴见到新气象。一天夜里，她忍不住给服刑的张汉泉写了一封信。告道依得这架势，复查工作很快会到来。"反正，"她写道："你很快就会看见阳光普照的一天。"

然而风云突变。一天下午，王明山走进田懿的办公室，脸色严肃，见室内无他人，马上关上门，凑近田懿小声告道："一号从北京回来了，我去接的飞机，现在他回家去了，很快去省委，我得赶过去。告诉你，运动已由南风转为北风，没商量，你立即换口气，转方向，切记。"说罢，他快步走了。

田懿蒙了，但仍希望见上正式文件或通知。翌日，党内十级以上高级干部都被召去省委大礼堂开会，听从北京开会回来的省委第一书记作内部报告。原来，鼓励党内外大鸣大放，帮助党整风，是毛主席的英明策略，目的是让所有的毒草长出来，以便于统统锄掉。这是一场伟大战役，毛主席是总司令，邓小平是前敌总指挥。省委书记宣布，各级领导班子立即成立反右派运动领导小组，重点是整科教文卫系统的资产阶级右派分子。省委第一书记习惯性地一边捋袖子，一边强调："他娘的，他们不就是会掉两下文吗，有什么了不起？老子爬过雪山，走过草地，身上还留有枪伤。由得他们那一套，我们流血得来的江山就会失去。"

第一书记话一了，会场上马上窃窃私语，几乎所有的人都兴奋起来，一扫先前的阴郁脸色。只听一个声音高呼："共产党万岁，毛主席万岁。"

散会后，党内为省委第二书记的王明山把田懿留了下来，去了他的办公室，吩咐秘书不得来打搅后，开门见山："准备打一场新的战役。"

"太突然。"

"上面也有人感觉突然，感觉跟不上领袖的思想，但少数要服从多数。"

"能不能再说具体一点？"

"仅仅只是对官僚作风提点意见，写几张大字报，没人会把它太当回事。问题出在几个知名人物身上，他们把矛头对准了共产党，只差没骂我们专制、独裁、法西斯，当然犯了大忌。江山是我们打下来的，枪杆子又在我们手里，他们不看明白这两条，就成了天真可笑。不要说中央没几人接受得了，我们也接受不了嘛。行啦，不需要多问什么，服从组织，执行命令吧。"

"这几个月的工作，岂不等于做错了？"

"这叫引蛇出洞。我们完成了引蛇出洞的任务，怎么错了呢？但你必须明白，如果你现在站在出了洞的蛇一边，那就不是错不错的问题。我告诉你，这次资格比你老、地位比你高的很多人，已经被点名，马上会上报纸，这是他们要栽的信号。你要明白这里面的厉害，依得你的一些不过脑子的说话，如果你是民主人士，为那边政府做过事一类的统战对象，甚至，如果你来自白区，来自地下战线，这次连你都危险。"

他加重语气："你说话，做事，想问题，不认死理不行啊？我为你担心，你不要以为你没有歹念，就不会栽跟头。"

田懿本想说王明山已经有点象变色龙，话到嘴边走了样："这个弯子我还是有点转不过来。天天请人家提意见，保证言者无罪，说他们是我们的朋友，这个事，全世界都知道。一夜之间，又说他们是毒蛇，真有这么多毒蛇吗？我看不出来。以后，我们怎么去见人家，怎么去见人家的父母儿女？还有，以后谁还会相信我们？"

"对敌斗争，必须无情，另外兵不厌诈，你是军队出来的，不懂这一点？"

"这是战场上面对拿枪的敌人吗？过去战场上，敌人放下了枪，我们也优待俘虏啊。"

"我就知道你会犯浑，"王明山由严肃而严厉，"没有什么想得通想不通的。你傻呀，能跟上面去理论吗？再说上面自有考虑。你不想要共产党的江山了，你可以站他们一边。反之，你要坚决拥护中央部署。现在，是考验我们党性的时候。"

田懿哑了口。

"再说，我们也不是要消灭他们的肉体，只不过改造他们的思想。"

田懿必须表态："我当然拥护中央部署，但我不同意把他们当拿枪的敌人看，把事情做绝。"

几天后，省委第一书记把田懿召去了他的办公室，开门见山："听说你转过弯子了，拥护中央反右部署，这就对啦。对你的反映大啊。你支持那帮人提意见，是对的，利于他们暴露啊。你不该说话一点也不过脑子，有些话，不应该由你这样的身份讲出来。所以有不少同志怀疑你的立场有问题，我对那些同志说，怀疑田副省长没道理，国民党给了田懿什么，田懿不可能同右派分子站一边。你想想那帮子人上台，会怎么嫌我们？我不多说了，你是明白人，不要再犯糊涂啊。"

田懿答："我不是表了态嘛，我拥护中央部署，但我仍然强调一句，思想问题要以批评教育为主。"

但是，事态不会由得田懿的想象发展。

红朝九年初冬，张汉泉被释放，多坐了两个月牢。因为监狱也要配合"三面红旗"，于是劳改犯累，管教干部忙。

他属于改造比较好的类型。他没有鸣冤叫屈，没写过申诉书，说明他表示了认罪服法。他完成了劳动任务，能按时参加学习，说明了改造成效。他本来要被留场就业的，场部医院巴不得有个只认干活不敢讲条件的合格医生。那样一来，他的命运又将改写。因为留场就业名义上有了公民权，有一份够糊口的工资，但人身自由方面仍与劳改犯无区别，等于判了无期徒刑。应了一句话，"劳改有期，就业无期。"之所以放他回原籍，有两个因素。一是当局对历史犯罪与现行犯罪有点区别。二是田懿共计给他写了六封信起了点作用。因为那些信照例都会由狱警拆开、检查，狱警们看出了一点眉目，认定张汉泉有点背景。

田懿没有再来探监。她知道张汉泉释放的日期，但她在最后一封信上说，她只能再过一段时间回趟老家，因为她患了一种病，常产生很恐怖的幻觉。她估计张汉泉出狱后会出现经济困难，寄上一千元钱。如果张汉泉出狱后生计无着，也不用怕，不要去求人求政府，现在她的工资能够供养亲人。还是要挺住，等待平反的一天。

这天上午，张汉泉怀揣着释放证明，离开了场部医院。无人送他。那几个医生都是正式的工作人员，需要与他保持距离。他的工作性质决定了与其他劳改犯无什么交往，也就无人关注他。跨过警戒线，他明白他回到了社会。但是，他的脸色仍旧冷峻。他早就适应了离群索居的生活，五年多冤狱生活粉碎了他的很多幻想，使他更加冷眼看待人生。

　　张汉泉回到木屐会上，没有急于去派出所申报户口，因为有三天宽延时间，先去了老屋，看了几眼一句话没讲就转身去了龙二婶家。龙二婶已经卧病在床，张汉泉一看便知老人将不久人世。龙二婶唠唠叨叨，问个不停，张汉泉除了安慰老人安心养病，回话总是心不在焉。令他心动的是，龙二婶告诉他，不久前焦成贵曾来找过他，没找着，留下了地址。原来城外二十里处山谷里在建一座大机器厂，焦成贵调来了机器厂工作。

　　张汉泉决定先去看看老朋友。

　　江东机器厂由苏联专家援建，已有两个车间开始试机，按照设计主要生产军工产品，大部份工人尚未就位，管理人员和技术人员本着边建设边生产的方针，是以生活条件简陋。离工厂两里多路有个小镇，地名红石岭，供销社有简单的日用品供应。还有所中小学校，小学中学都竖起了小高炉，小学生也被要求搓黄泥巴球，叫作全民大炼钢铁。隔老远都能听见从学校里传出的嘹亮歌声，唱的是首新歌《社会主义好》。这歌，张汉泉也能唱上几段，因为劳改队里的犯人也被要求唱。镇上几座土高炉边，是红旗招展，标语醒目。今日标语下跪着四个男人，皆胸前挂着牌子，一看就知或是阶级敌人或是落后分子，有了此种震慑效应，大炼钢铁者不敢不卖力。

　　张汉泉没多久就找着了江东厂，因为如今有了公共汽车，但费了很大劲才见着焦成贵。焦成贵很像工人，一身工作服，一身油污，调试着一部机器，不同的是多了一副眼镜。他相当激动，眼光很自卑。他请张汉泉等上半个钟头，他还没到下班时间。

焦成贵家就两小间平房，后门外砌了个露天灶台，接上了自来水，里屋是夫妇卧室兼书房，外屋用角钢焊了个高低床，供一双儿女睡，加上一个小饭桌，来了客人就转不开身。

在资料室上班的陶岚已下班，孩子也放了学，母子三人的眼里都露出自卑，虽对客人礼貌，但都是强笑，张汉泉感到了一种不祥，暂且只能避开不愉快话题。焦成贵与妻轻语两句后，朝张汉泉道："我们骑车子镇上去。"

俩人骑一部半旧自行车很快到了镇上。城乡陆续办起了公共食堂，镇上就一家主要接待外来出差人员的小饭馆，眼下就两个人值班。焦成贵要了几个菜，两斤米酒，开始长聊。

焦成贵说得多。他一家人到北京后，他被分配在机械工业部任四级工程师，陶岚分配在一家外文出版社做资料员，本来日子过得宁静、充实、幸福，谁知反右派运动中莫名其妙地成了右派。事后方知，他不该顶撞过苏联专家，认定苏联专家提供的图纸不全，有一张重要图纸上的参数有明显缺陷，竟被一位领导批评他有反苏倾向。本来事情过去了，他在反右运动中因病住了两月医院，因而与反右不沾边，但单位怎么都凑不齐右派分子名额，拿他顶了数。因为单位领导权衡了利弊，认为委屈了焦成贵也就是暂时的，说定了只是个轻右，工资、职称不变，处理结果却成了中右，工资降了三分之一。五个月前，他被通知来江东机器厂。领导告诉他，有几套设备他熟悉一些，好好干，争取早日摘掉帽子，不要影响俩个孩子的读书和日后就业。为了孩子，夫妇俩不认不行。此前，他给张汉泉写过两封信，皆原信退回。上月，他因事进城，本不想来会老朋友，因为落魄感觉没面子，转念还是去了木屐会上，怎知老朋友也落了难，比他更惨。末了，他悄声道："我们，是否可以叫作飞蛾投火，自取灭亡？"

张汉泉道："我不能多怨别人，主要属于在劫难逃，因为回来的路上就作了种种打算，因为新加坡、雅加达的华侨有产者没几人肯回来。我呢有过警惕，但实在是太想念田懿，除了我，她没有别的亲人了，不见她一面，不甘心。再说，也有干得不孬的朝代，比方说汉初的无为而治，接着是文景之治，还有唐初宋初，都干得不错。谁知……你，看来确属飞蛾投火。"

"这么一说，我也不能怨别人了，谁叫我读死书，死读书。"

"你表兄有信么？"

"怎么可能还有联系？弄不好，他俩口子这辈子只能客死异乡。"

"我同意你的判断。"

"你打算怎么安排？"

"先租间屋子住，如果不能行医，就只能请政府安排一个糊口工作，扫地也行。"

"你该申诉啊。房子，还有那笔钱，就这样没收没道理？"

"不要了，统统不要了。我这几年想通了，也没有精力去水中捞月。"又补一句，"去翻案，不是找死吗？"

"你去试试看，看能否把户口迁来这镇上，以后我们常走动。"

"只恐希望不大。"

"你和田懿的关系怎么处理啊？共产党讲阶级，可是如今你们身份如此悬殊……"

张汉泉许久才答："一般人面前我不会说。世道不由人，我真希望她变作十足的官僚，她不变，我反而不好办。现在到了这一步，我已别无所求，能够看见她平安退休，把楚楚带大，她有个说话的人，于愿已足。"

离开饭馆，两个老朋友又边走边聊了一阵子。

"牢里生活怎么样？很受罪吧？"

张汉泉叹道："共产党是反对人性人权的。举个例子吧，民国的政治犯临刑前是允许说最后两句话的，喊两句口号都可以，如今不行了。办法很多，割舌头，切喉管，你思量受不受罪吧。"

"你看这形势发展……这个我怎么都看不懂。"

"我自从坐牢，就只有悲观。"张汉泉不胜辛酸："朋友面前不说假，我想念飞飞，我还想去那个海岛……"

　　焦成贵很警觉，忙劝："快点丢掉这些念头，不要在任何人面前提这号事。你成功的几率只有百分之二三，一旦行动基本上死定了。等上几年吧，平了反，就可以堂堂正正申请出国。"

　　"你的意思是说情况可能很快好转？"、

　　"可能性不小。"

　　"你说具体点？"

　　"我是从常理上判断。如果判断错误，那就什么话都不要说了。只能怪我们这代人太倒霉，不该生在一个疯癫时代。"

　　"那就再等两年。"

　　然而这一等于他乃是无限期。

　　出乎张汉泉意料，派出所同意了他迁户口的请求。原来，自从城乡户口分开，北京就有政策，支持大城市人口往中小城市走，中等城市人口往小城镇走。手续办妥后，派出所指导员和他谈了一次话。

　　"从农场给你作的鉴定材料看，你基本上认罪服法。回到了社会上，你一定要遵法守纪。如果有旧社会反动分子找你，或者外面特务机关派人与你联系，你要马上报告政府。不听，那就不是坐几年牢的问题，是杀头的问题，谁也救不了你。现在，你释放了，历史反革命分子的帽子一时不能取下，你还要定期向片警汇报思想和行动，这对你是个警钟，未必不是好事。"

　　"我懂。"

"你和田懿田省长的关系，是怎么处理的？"

"早了断了，她是她，我是我。"

"我说嘛，一个堂堂副省长，怎么会……你要明白，你才判了五年，是政府对你宽大。要守法啊，不可以乱说乱动。"

这天夜里，张汉泉几乎没合过眼。他曾以为既已刑满释放，被新社会视为犯罪的历史便一风吹了，未曾料到现今头上仍戴着历史反革命分子的帽子，很可能伴随终身。他用这个身份去面对田懿和楚楚？他越想越痛苦，寻思还不如被强制留场就业，最好是自己解脱，一了百了。

张汉泉用了五天时间，在红石岭镇花了四百元盘了间房子，拾掇了一番，买了几件必不可少的家俱用具。小镇只有居委会，居委会准许他行医，全因小镇只有一家小药店，无诊所，但正告他行医不可有歪心眼，每月须上交一百元给镇上作管理费。同时只允许他看中医，不能行西医。张汉泉明白，居委会怕出医疗事故。田懿寄给他一千元钱，用得差不多了，所幸糊口问题解决了。

一个礼拜天上午，焦成贵一家子来了小诊所作客。"三面红旗"也让他们有了钻空子的机会，便是只要无人举报，他们这种不受新社会欢迎的人偶尔也能聚会。他们皆有同感，邻里间互相告密的风气尚不严重，以后如何，就不好说了。另者，也就两月过去，张汉泉的医德医术便为邻里称道，那些疑难疾患者私下里很看重美国华侨医生这块牌子，于是他的脸色也渐渐开朗。

张汉泉买来很多菜，坚持由他弄饭菜。他笑那一家人有口福，这镇上不知怎么回事，不少人没有进食堂，还能买到锅碗瓢盆。吃过午饭，俩个老朋友摆开了一盘象棋。陶岚领着俩个孩子在附近转悠。

"也许"，张汉泉道："就在这几天，田懿会过来，多半会领着孩子来。"

"来信啦，来电报啦？"

"都没有。"

"你有第六感觉？"

"你看好啦。"张汉泉很自信，"她没有赶过来接我出狱，至少有一半原因是孩子没放寒假。孩子一放假，她就可以……"

"田懿知不知道你搬了家？"

"不知道，但这事不是问题，她不回来则已，一回来肯定去龙婶子家，不就知道了。她哪里不敢去，何惧找来区区红石岭？"

两人摆第二盘棋时，张汉泉忽起立，百来米外，果然来了田懿和楚楚，由一位镇上菜农领着。

"张楚楚"，张汉泉一时忘情，喊着，迎上前去，接过田懿拎着的大帆布包。

陶岚领着俩孩子就在不远处，见状赶了过来。张汉泉作过介绍，陶岚笑道："田省长，你咋过来的？没去市政府要部车？"

田懿显得疲倦，仍笑答："坐火车呗，买了卧铺。去什么市政府？我办私事，不麻烦人家啦。"

焦成贵感慨不已："算来三十二年啦，田懿啊，哦，田省长……"

张汉泉已冷静，笑得很勉强："你这个人啦，刚才我还在讲你会找了来……"

田懿有所不悦道："我就不能来？"又朝那对夫妇道，"需要等楚儿放了寒假才能动身，没想到，能见上你一家贵客。"

焦家小兄妹都有点不相信田懿是副省长，以为是某个学校的教师，总是望着田懿，田懿便唤来他们，先问了一番念初中几年级了，再塞给每人五元钱，笑道："婶婶的心意。拿上，买学习用具。"陶岚如法炮制，也拿出五元钱，塞给楚楚，还把楚楚抱了起来，亲了几下。

三个孩子欢笑着，跑去了外面，屋子安静了。田懿笑问："焦哥，在这里见到你一家子，怎么回事？"

张汉泉说："工作需要，这里建了大工厂。据说，托毛主席福，家乡还要建几家大工厂，都是几千上万人的厂子。这是大好事，以后城里孩子都不愁工作，社会主义好哇。"

焦成贵已笑得勉强，说："基本真实。调我来，因为有几套设备，我熟悉一些。"田懿感觉到了异样，不再问。又聊了会儿，那对夫妇示意个眼色，坚持告辞。田懿便打开帆布包，捧出几把大枣，要求陶岚收下，说："也没什么好东西可带，带了点大枣、枸杞。”张汉泉送走客人，唤来楚楚，问长问短。田懿去屋前屋后看了一遍，道，“我好累，先去睡一会。”

楚楚已读小学四年级，说话常显霸气，叫妈妈极亲热，喊爸爸则勉强。他坐不住，又要去屋后小溪沟看小鱼，张汉泉便陪着他走了一大圈。之后，张汉泉赶了回来做饭菜，心想一定要让田懿和楚楚吃顿象样的晚餐。他做着饭菜，几次去看了看熟睡的田懿，心情复杂至极。

田懿也就睡了个多钟头便醒了，却不想动弹，半躺着出神。

张汉泉在床边坐下来，欲言又止。

田懿说：“你好像变了。什么托毛主席的福，社会主义好哇，听了怪怪的，家里说话用得着这一套吗？这说明你对我讲话都藏着掖着什么。”

张汉泉强笑道：“生活在这个官本位社会，难免有点点条件反射。”

“你搬来这镇上住，是不是老街伤了你的心？”

“是焦工的意思，住近点，以后便于走动。你又不在我身边，现在除了焦工，谁跟我说话说的上路”？

“焦成贵走了背运？。”

“右派分子。”

“是讲话做事太出格啦？”

张汉泉扼要地告以朋友犯事的经过。末了道：“现在不是他一个人，是一家人，都变成了飞蛾投火。”

“对他们做过了，会有后患的，后人说不准会联想到秦始皇焚书坑儒。”

“你们知道就好。”

田懿似乎不吐不快：“光靠几个人知道会有后患有什么用啊？上面说右派的目的是夺权，一下子抓住了工农干部的心。也难怪，他们也是吃过苦，流过血才有今天的。有些人本来是在家乡名声不好，待不下去干的革命，进城以后忙着换老婆，端官架子，从来就不看书，出口就是粗话脏话，知识份子看不惯他们，他们不检讨自己，反倒一肚子火，听到要被夺权就跳脚啦。上面叫他们接受整风，他们不敢反对，上面突然又站在了他们一边，他们当然来劲。根子当然是在上面，知识分子提点意见就成了夺权，太神经过敏。依我看，大多数人提意见无歹意，即使不少人提意见是图表现，为了做官，因为他们骨子里还是习得文武艺，货与帝王家，终究扯不上夺权啊。我不敢多想，上面突然变脸，是不是与他们意见太大有关？他们人太多，已成大势力，这决不是好兆头。跟他们讲话，太费劲。”

田懿哀哀叹道：“老实讲，那时候我决心单身一世，就含有这个原因。这一次，我自问卖了力，以为通过整风，情况会大好转。其实上面也很清楚，不提高官老爷的素质，莫想建设好中国。谁知道……这说明我的心病不是过敏。我敢指望嫁给这号人，他们不过问我在杨家待过的日子？夫妻是要同床共枕、互相体贴、帮助的，如果话都说不来，有什么意思？不久，我被召去北京开了几天会，一次在会上差点遭到围攻。我这样说的：毛主席估计中国知识分子是五百多万人，照这样算不到总人口的百分之一，我们要建设好国家，眼光得看远一点。他们有些人很酸，很傲，很功利，我看见了，他们确应提高思想。但有两条是根本，一是是人都有错误，我们并不例外，二是文明的基础是文化，知识，专业。我只不过说了点常识，但还是坏事了，东北区一个省长当场就脸红脖子粗，指责我站偏了立场。他一开口，会场上很多人就都跟着起哄，竟然说什么我跟那帮臭知识分子穿一条裤子。也亏他这句粗话，毕竟我是个女人，让几个认识我的人听了不过意，有个人打了圆场。说：算啦，算啦，都是自己人。我也气馁了，人家很多是老红军，打的又是工农旗号。我幸亏投队伍时是个难民，没有正规学历，一直被归于工农干部一列，不然呐，真会如王明山所言，我都会被打成右派……"

田懿换了话题："现在我们在家里，还是不谈那些事吧。上午，我下了火车就去了龙二婶家。我估计你只要被释放，回来了不管住哪里，你会把地址告诉她。我没估计错。一路上，算得顺利。秘书帮我买了软卧，其实有个硬卧就行了。就是车速慢，坐了两三天车子，连楚儿都烦啦。"

她又道："龙婶子怕活不多久了，我留了三十块钱给她。很可能，这是最后一次见她面了。我走时，她硬是要送我到巷口。说了几次，要我调回来。她说的也在理，人一来了年纪，魂就在外乡待不住，除非一家人都在外乡。"

　　她见张汉泉只顾听，再道："幸亏有了楚儿给我做伴，我不怎么感觉孤单。这鬼娃子，偶尔也淘气，一次把机关大院才栽的树苗给扯出来几棵，人家知道是我的儿子，不便多说什么，让我好气，真想打他一顿。他也怕了，哭着喊妈，一想起他几个月就没了亲娘，我就心软了。没法子，没他还不行了。这次，我请了半个月假，讲明了我要去外地看偏方，确实身上总是痛，这几年常做恶梦。这毛病，闹北伐时就落下了，你是知道的。这次，我们俩多讨论一下。这样就可以多陪你几天，可以过了年再走。这几年，苦了你。我呢等于没管你的事，甚至等于骗了你，但我心里并不好受。外人面前，又不能表现。一点也不避嫌，是假的，坐在了那个位置上……我都不知道怎么跟你解释。尤其那笔钱，是你用命换来的，被我都给败了不说，还给你惹来大祸。这次，我把几年来存的工资钱都带了回来，不多，我总是大手大脚，可以的话，再弄个象样的诊所……"

　　楚楚从外面跑了进来，原来口渴了，喝过水，又跑了出去。

　　田懿忽笑了，说："楚儿好聪明。一天下午我故意吓唬他，躺着一动不动，双眼闭着，装死。他怕了，摇我，喊我，我仍一动不动。你猜他怎么着，他用一根小棉签捅我的鼻孔，我忍不住一个喷嚏……你说他坏不坏？"

田懿接着道：“明天，我们去山上看看，我几年没去啦。后天，我们带楚儿去城里玩一天，他要求去公园看动物，我们再去看场电影。不过，老街上就不去了，那里熟人太多。”

张汉泉终于开口：“从你的来信上我能看得出来一点，你变得孤独。你这次回老家看我，王明山支持吗？”

“这次，我没有告诉他是直接回老家。我说，我打听到了西安、武汉、长沙都有名医，边走边看吧。他应该看得出来我的心事，只能互相心里有数就是，他知道太对不住你，他也有难处。”

“你啊，已不是老百姓，一个人在外面要干工作还要拉扯孩子，并不容易。你说你常做恶梦，应该是情绪的问题。这没什么好药可治，凡事想开一点。起来吧，我炒菜去啦。”

张汉泉做了六七个菜，饭间一再要那娘儿俩多吃点。楚楚很高兴，说比火车上的饭菜好吃多了。田懿的心情跟着好了一些。

田懿嘱儿子：“明天安排，去山上看外公。后天上午，先去吴叔叔家见小哥哥，下午去公园看动物，去了莫打架，不许吹什么省政府，小汽车，记住了吧？”

楚楚朝妈妈举起手，行了个军礼，大声道：“是。”

张汉泉直笑，朝田懿道：“你看看，你当你还在队伍上，把他调教成了一个兵。”

田懿也笑："他是从电影上学的。"

饭后，张汉泉看着田懿，说："我们谈谈。"

田懿却说："天还早，我们去散散步。"

张汉泉沉下了脸，道："我们该有个了断了。田懿，你不要再来看我了，我不欢迎你。"

"为什么？"

"很简单，我不适合生活在这个时代。我不会怀念民国的热闹，但我宁可生活在你们讲的那个旧社会，也不愿意生活在这个新社会。"

田懿脱口而出："你，太反动了一点吧？你果然变了。"

"岂止一点。反正，我不再欢迎你，不想再见你。"

"你怨我后来没去农场看你，没去接你出来？"

"就是一句话，我请你走，今天就走，现在就走，趁天色没黑透，还有公共汽车。"

"你说，你是不是恨我后来没去看你，没有管你的事？"

张汉泉露出凶相："随你怎么理解。反正，你得走。"

田懿沉下了脸，喝道："告诉我，这真是你的心里话？"

张汉泉重重一拍桌子，大声道："当然是心里话。告诉你，你尽可以去告密。"

田懿勃然大怒，声音直颤，大喊："楚儿，我们走。”她走到门口又转头叫道，“姓张的，我不想再看见你。”

那娘儿俩走了，张汉泉突然奔往门口，之后颓然坐在地上，脸色铁青，看着越来越黑暗的天空。

第二十四章

　　田懿的人生开始了下坡路。

　　这天晚上，田懿在招待所十点来钟才把儿子安排妥当。楚楚很不开心，担心妈妈领着他马上坐火车往回赶，便问还去不去扫墓，去不去吴家，去不去公园？

　　田懿说："去，怎么不去。"

　　"妈妈，你和爸爸怎么了？"

　　田懿突喝："不要提他了。"

　　后天就是大年三十，田懿领着儿子回了省委大院的家里，王明山闻讯打来电话："看病有收获么？回来了好，我正发愁怎么联系你哩。"

　　田懿说："老毛病，估计去哪里也根治不了。转了转，有点收获，散了散心。"

　　"你没有回老家？"

　　"没去，本来要去的，中途转了车。"

　　"上面来了新的通知，党的高级干部，去向要报备清楚。"

　　"多心了，难道我会投台湾，跑美国？"

　　"纪律，组织纪律。好啦，马上过年了，我不败你心情。记住，春节值班，各部门主官和一把手要检查工作，不要出意外。"

　　田懿认为春节期间，机关里值班也是正事。反正回了家，省委省政府尚未分开，走路去机关也就几分钟的事，便天天晚上都去几个部门看了看。初四这天晚上，她安排儿子睡下，便去了科技局，里面没像昨天前天一样玩扑克，而是议论一个事，见着田懿，里面的人皆住口。

田懿说："刚才那么热闹，见我来了就冷场，我招你们讨厌啦？"

才从乡下赶回来的科技处长忙道："不是不是，我们几个闲扯，认为农村旧风俗仍旧比较严重，不合社会主义新道德。"

田懿说："既然如此，你们怕什么，继续谈，我也听听。"

但田懿听着听着便脸色大变，勾起了心里隐痛。原来科技处长讲的是桩骗婚事儿，他一个远房亲戚家的女儿，长相出众，念了初中，因家贫辍学而务农。来了个媒婆，把一个男孩家夸得很好，家庭成份好，家境殷实，父亲是大队治保主任，男方是独子，长得帅，也念过初中，附近知名的知识分子，姑娘嫁过去定会享福。又说，男方家通情达理，知道养个闺女不容易，彩礼不会少。几十块钱啦，几匹新布料啦，几对大肉大鱼，保证奉上。姑娘母亲听得眉开眼笑。姑娘也动了心，但提出婚前一定要见对方一面。媒婆说，新社会了，咱还敢诳你们？为这事媒婆跑了姑娘家三次，末了松了口，她陪姑娘去公社与小伙子见面，要求双方见面互相中意后，便去照相，登记，待年底成亲。亲事成功了。腊月初，男方家送来了彩礼，女方家便嫁女。姑娘仍害羞，进男家后一直低着头。闹过新房，姑娘见小伙子仍忙碌，便先上床睡了。谁知翌日醒来一看，英俊的小伙变成了一个三十多岁的莽汉子，一脸麻子不说，腿还有点瘸。姑娘傻了眼，大哭，马上五六个邻居围过来，纷纷劝她认命，说嫁猪随猪，嫁狗随狗，从来如此。当地习俗，婚后三天回门。姑娘回娘家就寻死觅活，不肯再去婆家。姑娘娘家也有几位本家，愤不过，但是面对实际问题，莫不气馁。因为，怎么说也同男方睡了两夜，身子不再清白。要悔婚，男方要求退还彩礼，怎么办？女方家已是无论如何也拿不出来。的确，女人一辈子不就是生儿育女。

田懿问："这么说你们不是编故事？"

科技处长答："咋敢瞎说。"

田懿又问："就这样拉到了？"

科技处长再答："咋整？也去公社闹过，但公社不管，说管不了，要女方家去法院。刚才我们认为，报社应该写点文章，宣传移风易俗。"

田懿马上支持："这符合共产党宗旨。你们都是知识分子，自己就可以写文章，怕什么啊？"

一人笑道："很多人说你田省长是毛主席派来的人，你当然不怕，可是我们有点怕。"

田懿忙说："可别以讹传讹。这样吧，你们写，用化名，交给我，我找报社。"

半个月后，省报登出了一个豆腐块文章，标题很合时尚，《移风易俗，建设社会主义新农村》，不过文章强调了农村仍存在包办婚姻，骗婚的情况，基层存在对此恶俗不重视的工作作风。

谁知四月初王明山来了田懿的办公室，手拿那张报纸，说："你管这号闲事干嘛？"

田懿说："这本来就是当年抗日根据地的作风，怎么是管闲事？如果我们夺权一套，掌权又一套，这样不好吧。"又说，"中国传统文化不把女人当人，我身为女性，况且我有过类似遭遇，不该吗？"

王明山直叹气，告道：本来不叫个事，现在弄得很复杂，那个新娘子失踪了，据线索，去了新疆的生产建设兵团，那里欢迎年轻女性，多多益善。现在男方家向女方家要人，人家有结婚证，合法。当地公安迁怒于报社，说败坏了当地名声，怂恿了女方逃跑。治保主任坚持一条，他是土改积极分子，共产党员，三代贫农。女方家成份是小土地出租，就是上中农，差不多就是富农。报社这样做，是支持阶级报复。这一来，报社下不来台，省委宣传部很不高兴，公安厅更加有意见，都要形象啊，都找上他的门。

田懿沉下脸："有些伤害不是你们男人能体验到的，它能够给女人留下一辈子心理阴影，直至摧毁女人生活信念。我支持这个新娘子去新疆，不跑，不定会被抓回去。我看不光是骗婚，也可以说是买卖人口。"愤愤地又道，"你叫那帮官老爷米找我。什么形象，不就是个怕丢官，这话唬不倒我。骗婚，掉包是事实，有理啦？别说小土地出租，就算富农地主成份，就不是人啦？就活该被骗婚，掉包？"

　　王明山呵斥道："我敢让他们来找你吗？你看看你说些什么话？你当还是战争年代，我们一个命令，就能解决问题。只要能完成任务，讲几句怪话不算事，现在不同了。你知不知道，你去农场探视，写信，汇款，这些情况，公安厅都掌握了。那边劳改局来了公函。这事就算过去了，我代你向他们道了歉，说你不了解具体情况，犯了官僚主义。以后少给自己惹事。"

　　田懿第一次对王明山冷着脸道："这事你做得不对，凭什么去道歉，难不成中国的男人，不是中国的女人生的？"

　　王明山发了火："我不愿见你栽跟头，你倒凶我啦。形势啊，你我惹得起吗？"

　　田懿哑了口，直呼气儿。

　　很快夏天了，这几天，田懿领着省政府一个秘书，省教育局局长和两名处长，分乘两部吉普奔驰在省内简易公路上，完成年初的计划，考察部份市县的教育工作。具体就是检查教育经费的使用情况，缺口多少，中小学校舍建设现状，老师队伍存在哪些问题。最后制作报表，供省政府决策或上报北京。

　　田懿已然大变，一天难说几句话。大小会议仍没完没了，上面来的红头文件和发往下面的红头文件越来越多，她不胜其烦，常推说头痛心痛，需要休息，而请各部门主官或秘书代劳。其实她是厌倦这套官样文章，知道类似报表年年做，年年不解决问题，因为缺少经费，全省性的教育投入需要中央审批和拨款。另有一个政治问题，如实地级级上报，到了她这里好说点，到了北京若落个抹黑三面红旗的罪名，可是吃不消。她终究是副省长，有内部材料可看，大体上知道各国对教育投入的现状。最让她吃惊的是日本，不但从战败废墟上开始恢复元气，而且教育投入上远远高于中国，已视教育为国本，不能不说这是远见。以往，她不会先听汇报，而是先去基层获取第一手资料，既然所做是无用功，官僚主义就官僚主义吧。

虽然如此，田懿还是发现了很多问题。师资严重短缺，竟然有初中学生授课的临时之策。相当多人本来不够教师资质，还必须让教科书的内容服从宣传口号，由此出来的学生非天赋极高很难成才。造成此现状的一个原因便是反右派运动。"不怕打你右派？"这话早在各行各业私下里流传，供互相提醒。而只要牵扯上反右派运动，她便象做了贼一样心虚得很。因为她相信了对右派分子只是思想教育的说法，所以她默认了下面各系统上报的右派分子数字。然而定性以后的处理由不得她了，那是省委的职权。她虽是省委委员，但需要少数服从多数。况且，省委也要听北京的话，总司令和前敌总指挥可是深黯慈不掌兵之道。

这次，田懿重点考察的是黄河边一个名土城的小学校，乃当地树立的教学标兵。学校原是一座寺庙，正殿被隔作了两间，供高年级学生作教室，两旁的茅草屋作低年级学生教室。墙上刷满了标语，口号。男女教员带校长共七人。为了迎接省里领导，学校临时安排了高小一个班来上了两堂课，田懿一下子被那个三十来岁的男教员的授课水平吸引住了，顿生与他谈谈甚至家访的念头。然而，校长赶紧提醒那是个右派分子，来自省城，原是个大学讲师。校长认定右派分子不敢不卖力，终究有四五十元工资，能保障随行的老婆孩子活下去，比去了劳改劳教队的右派分子强上天了。田懿想起了进学校大门时，旁边一间破旧屋子门口有个青年妇人冷冷地看着她，恍如她年青时看世事的眼光。妇人身旁，是两个看热闹的孩子。田懿马上泄了气，害怕再见那眼光。

下午，田懿称身体不舒服，休息半天，却领着秘书去学校附近的农业社转了转。集体劳动果然是新气象。但凡上百农民劳作之处，便见红旗招展。然而，她想不到的是乡下生活跟并不好的城里生活相比竟然天差地别，食堂的饭菜能见上稀饭青菜就是很好的伙食了，大姑娘只有出嫁时才能见上一件新衣裳，没有几个孩子不是面黄肌瘦，多数农家的全部家什也值不了二十块钱，决不比当年黄泛区难民的生活强。原因何在？在于农业大队皆需要把亩产报得极高，敢持异议者马上就会被民兵抓起来。由于农民个人的田产又都交了上去给了人民公社，不再是自己的田，干活的劲头便骤降。上面分明希望一夜建成天堂，炼钢铁，修水利，青壮年劳力常被抽调，自带口粮，没有补偿，不卖力气马上就抓起来，是以农活荒废，而亩产却由几百斤变成了几千斤上万斤。这样的比赛吹牛皮刚开始挺逗人，孰料秋收后须上交的公粮余粮数字竟按比例增加，结果是公粮余粮尚且交不齐，哪里还有口粮？下一步的日子怎么过呢？田懿已不敢想下去。

对田懿刺激最深的是一对姐妹的情况。她转了三个工地，两家食堂，忽觉胸闷头晕，便去了就近一户农家，意在讨口温水服药。她进门便惊得说不出话。那家妈妈眼神惊恐，一对大姑娘大白天仍缩在床上不下地，身上盖的哪是床单，就是一堆破烂布条。因为房屋与堂屋就用高粱杆子相隔，时间久了叶子多掉落，光光的高粱杆子用于遮挡也就是个样子，于是田懿看见很清楚，一下子悟出了姐妹俩是因没得一条像样的裤子穿，羞于下地和出门。田懿不敢多待，忙掏出拾元钱强塞给那妇人，便匆匆离去。路上，才分配来的秘书不以为然地说："我猜这家人成份不好，这地方的人又懒惰……"田懿没让小伙子说下去，很不悦地瞪去一眼。

这天晚上，她在市政府招待所接过了秘书送来的报纸，才扫去一眼便大惊失色：庐山上彭德怀公然反对三面红旗，向党进攻，这个反党集团已被粉碎。

换了别人反党，田懿兴许相信。说这个倔老乡反党，田懿怎么都想不通。此人脾气爆，爱骂人，其实是性子急和恨铁不成钢才丢重话，但瑕不掩瑜，不但对国家忠诚，而且对人有情有义，这方面就比伟大领袖做得坦荡。田懿身为女人，早知领袖先负杨开慧，再负贺子珍，对此很敏感。

　　这天直到大半夜田懿才合眼。她顾不得了许多，扔下报纸便一个人赶去了此地的军分区司令部，亮明身份，借用专线，先给王明山去了电话，回说被召去庐山开会了。她又给韩军长去了电话，韩军长接过电话就说："姐啊，你不要问什么了，我一样震惊，你知道我的心情难受就行啦。"田懿仍不死心，又给一个人去了电话。那是她在朝鲜认识的一位军级同事，为人仗义，朴实，敢说真话，终因交往不多，几年了没联系。电话通了，却是对方军部政委的冷冷回答："你不知道他是个教条主义分子吗？"田懿慌忙挂了电话，悟出了去岁军队上层整肃了一批人。而一旦被整肃，管你有多少战功，不下大牢就是幸运。

　　接下来，田懿接到了省委电话，参加省委会议。

　　省委第一书记去了北京，是领袖亲自点将。他出身于双红一，长期跟随在毛泽东左右。领袖要从根本上扳倒军中影响力相当大的彭莽夫，没有一帮铁杆还真不行。于是，今天的会议由刚从庐山回来的第二书记王明山主持。

　　会议主旨是宣读中央文件，根据文件精神布置肃清彭德怀影响的工作。会议的重要性不言而喻，却无新意。与会者皆心知肚明，就是一个站队问题，其它煌煌大言，皆可以不理会。

　　会议决定：今天着重是打招呼，给予每人三天时间，用于转弯子。此三天内，凡军队出身特别与彭德怀有过关系的干部，皆要写出揭发、批判材料。三天后，每个省委委员都须表态。

散会后，王明山留下田懿，去了一间机要室。

王明山脸色从未如今天严肃，告诫田懿：这号机密地方以后都不能再来说悄悄话，甚至家里面以后说话也要防隔墙有耳，因为不知道有关部门会在哪里安装窃听装置。再次责怪田懿：为什么要给农场服刑的张汉泉去哪么多信，还汇款，这些情况现在组织部、省委都知道了，本来是些生活小事，若要做文章就是大事了。因为现在到了非常时期。"非常时期，你懂的"，他强调，"所以这个事你要如实告我，彭、黄、张、周这个反党集团，除了老彭，你与那三个人有没有来往？黄总长、周书记，都是湖南人，小舟书记还是湘潭人，这事要命啊。"

田懿不能不答："请你不要再揭我私事上的伤疤。那三个人，我不可能不知道各自的名头来历，一个总参谋长，当年进东北的一支主力部队，就是他领导的新四军三师。张闻天，一度是党内名义上老大。周小舟，湖南省委第一书记，做过毛主席秘书。我知道的就是这些。我没在他们手下工作过，更没有任何往来。再说我也没这个兴趣。"

王明山语气好了点点："这就好，这就好。不过，你还是要小心，小心。上次反右，你运气好，给躲了过去。这次，你到底还是摊上事了。你是老彭向我名为借用，实为点将去朝鲜战场的，据说还表扬过你两次。我们那个老乡，要他表扬一个人可不容易，这就成了如今给人做文章的把柄啊。"

　　他视若不见田懿脸色难看，又说："你先耐心听我说完。庐山本来歌舞升平，会议中途我和一些人被召上山，原来是老彭写了个意见书掀起了大浪。就事论事，老彭是对的。不只是几个人有看法，说老毛成了晚年斯大林。城乡情况严重，瞎子才看不见。现在要紧的是，跟毛泽东走，党不会分裂，跟彭德怀走，党有分裂危险，党若分裂，江山随之危险。另有一个实际问题，从力量对比看，胳膊拧不过大腿。其实这次庐山上大分歧，很大程度上是我们湖南人的事，不少外省籍大员本来对湖南人掌权有看法，自身又滑头，加上老彭总是顶撞老毛，这样一来对老彭更不利。这事对于我们来说，其实不新鲜。怪不怪，平空出了个湖南集团。就算是吧，这个湖南集团的大当家也是他老毛，跟谁说理去？情况远比想象的复杂，一言难尽。这一来，强行为之，身败名裂。不是当事人一个人一家人的问题，是一大批部下必定遭株连的问题。因此，我们只能站好队。你准备怎么处理这个事，现在可以说是个痛苦也是个机会。"

　　田懿望着王明山，仿佛不认识。

　　"你先对我表个态。当然，你可以把心里话都讲出来，这里无外人。把话都讲出来，才容易想通。前提是，我们只能跟毛泽东走。他才是大帅。"

田懿说："我是想把心里话讲出来，憋心里太久，太难受。我先问你，你的意思，一切都挽不回了？"

王明山点点头。

"这一天果真来了。"田懿已然激动，"天天说什么马列社会主义，左倾右倾，我看更像是民国初年再现。无非是袁大帅换成了毛大帅，北洋系巴不得同盟会走人。"

她又说："我总是朝好处想，这一天不会出来，毕竟我身在这支队伍里。现在这情况，我不懂到底是中国害了湖南，还是湖南害了中国。但愿朝堂里那帮新北洋大臣，老彭的今天，不会是他们的明天。"

王明山补充道："老彭太直，眼里容不下沙子，招小人忌恨是小事，让大帅疑心他有反骨是大事。大帅呢霸道，喜欢言行不一，只一个离不开女色就让老彭不那么顺眼。针尖对麦芒，大帅终于发作。但恩怨不能带到国事会议来，领袖应以身作则，怎么能把操娘的话说出来？在敌人眼里这不成了两个山大王斗狠。这次会议，最需要那几个外省籍大员肯担当，他们若不滑头，下面人附议老彭的真话才起作用。他们已与市侩无异。毛大帅那么强势，他们又按兵不动，当然就是老彭兵败如山倒。待我们上山，时机已失，能做的就是如何善后了。"

他加重语气："老彭哪是大帅对手。湖南集团这个罪名妙不可言，尽显大公无私，五湖四海，实际是……你我，属于漏网的鱼，你可要琢磨点。"

田懿说："我再啰嗦一句，我已不再怀疑，我们已经走在太平天国老路上，如今很多新鲜，到处颂圣，其实是天国的老花样。我说两点，一、我接受不了天王老子，不管他是谁，我们是黄兴后的湖南人，都懂它是灾难根源。二、我不会对老彭落井下石，他犯颜谏争，是为了什么？我不算个什么，我的底线是做人。"

王明山终失耐心，道："我不支持玉石俱焚，留得青山在，才能有柴烧，以后怎么样，未必如你所说。你再好好想想吧，我劝你莫霸蛮，刚才你的话若传了出去，没准我们都要掉脑袋。现在转弯子，还来得及。"

田懿正色道："上次我转过弯子，结果上了当。这样吧，省委和北京处理我时，你打官腔就是，只管批我骄傲，跟不上形势，小资情调。我呢，该软会软，不会扯上别人，决不会出卖你。"

王明山拉下了脸："你当真想霸蛮？你这二十多年一路走来，容易吗？认不得死理啊。我再告诉你一点情况，庐山上本来站在老彭一边的人，都忍气吞声了。为什么，一要为大局着想，二要为自己着想。"

田懿拉不下面子，说："我再想想。"

但她第二天就住进了医院，声称当年受刑落下的内伤又发作了，整夜整夜睡不着，倒也不全是借口。

省委第一书记其实对田懿的印象很好，早认定田懿是个干实事，不计较名利的人。他从王明山口里得知田懿当年受刑时，行刑人员打断了几根扁担，倒是未去追究田懿是否装病。但是，每个省委委员必须表态，遗漏一人他都会向上面交不了差。没奈何，他喊上第二书记，带上秘书，去了田懿病房，其实大大放宽了尺度，也就要求田懿讲上几句话，明确表态跟反党头子划清界线，坚决站在毛主席一边便行。田懿就是不开口，末了被催逼不过，说了一句话："我无话可说，要怎么办我，我都认。"

第一书记说："你咋这么犟呢，我把你的老上级王省长也拖了来，他不会坑你吧。你只要表个态，写几句话，表示与反党头子坚决划清界限，不就成了。前年，你转了弯子，不就没有了事。刚才你的话，省委一上报，你反悔都来不及了。"

王明山说："我们有了今天，都是因为跟了毛主席干革命。书记呢路上还跟我说，要帮助你。你一个女同志，很不容易。"

田懿低头，谁也不看，忽低声却决然："我不反悔。"

几天后一个晚上，省委扩大会议在省委小礼堂举行，与会者三十余人。气氛空前压抑，人人皆明白今天是道生死关口，这号会议上说错一句话就会丢官，丢了官就什么都不是了。第一书记宣布开会后就声色俱厉："今天会议，主要讨论对一个省委委员的处理。我对她做到了仁至义尽，没想到她变得又臭又硬，竟敢跟毛主席革命路线叫板，今天仍跟反党集团头子站在一边。她的问题，省委当然只能如实汇报，上面明确指示，已属于反党性质，决不能允许。"

第二书记接着发言："我们共产党之所以有力量，靠的是下级服从上级、全党服从中央，步调一致才能得胜利。这个人，你们都知道是谁了，她是我的部下，但她在朝鲜的几年，我不清楚具体情况。她仗着有战功，有彭德怀撑腰，连我都不放在眼里啦。太骄傲。我先表个态，我坚决站在毛主席一边、坚决与一切反党人事划清界限。"

随后两人发言，要求开除田懿党籍公职，交公安机关法办。他们，一个是宣传部门主官，一个是省直属机关主官。前者很愤激："既然是从毛主席家乡出来的，毛主席又封了你不小的官，你怎么能反毛主席？这是人做的事吗？就凭这一条，就不能再留她在党内。"后者马上附和："现在我明白了一个事，前年整风，她那样劲头足，鼓励右派分子批这个，批那个，原来是要搞垮我们共产党。所以，我要求法办她。"

不过后者的发言反倒让会议降了点点温，因为有点点公报私仇的味道。主要是，这次整肃反党集团，北京对反党集团成员都是组织处理。会议通过的结论是，不搞一棍子打死人。不过为了让田懿吸取教训，处理也不能太轻，职务上经济上都要让田懿感觉到痛⋯⋯

田懿住院第五天，病房外走道上便多了两个兵，她马上明白她被看管起来了。第八天，来了两位保卫部干事，奉命押她去参加省委会议。田懿一进小礼堂，便见横幅上写着"打倒反党分子田懿大会。"她被保卫人员带到台前，被勒令低下头。主席台上，正中端坐第一书记，冷冷地宣布开会后，便是六七个人轮流上场，手持批判稿大声读稿，内容大同小异：田懿必须交待如何参与了"彭、黄、张、周"反党集团反党反毛主席的活动，如何密谋的，反党目的一定是要另立中央，要把蒋介石请回来，等等，每当一个人发罢言，便响起一阵口号，喊的是："坦白从宽，抗拒从严"，"打倒田懿"，"敌人不老实，就叫它灭亡。"田懿一度深感受了侮辱，心想除了几年前因工作见过彭德怀，那几个反党人员连面也没见过，密谋了什么？但她渐渐心复坦然，当年她去延安学习，就曾见识过批判会，已经是党的光荣传统了。

翌日晚上，王明山又来了病房，在田懿床边坐了很久，才道："我是代表组织来的，省委通过了对你的处理，北京已指示照办。这次，你犯下了严重的右倾机会主义错误，已被定性为反党。"他见病房无他人，压低声音道，"你知道我是什么心情吗，我不敢来见你面了，又恨不得给你两巴掌才好。你，不是不知道我，还有很多人，先前在嘴巴上和态度上吃的亏。以你现在条件，稍微变通一下，进北京有何难？我为你急啊。那个天王老子，你紧跟，他还是讲点人情味的，你不顺着他，他可下得了手。这下子好看了，太好看了。现在仍然保留你的党籍，党内处分是留党察看，以观后效，行政九级降为十六级，工资随级别走。昨天散会后，我在一号面前再三强调你无坏心，更谈不上有野心，就是个性太强，终究有战功，是个女同志。一号说，这号事上没人帮得了你，你还算是个明白人，没在会议上顶撞人家。你真要闹场子，马上会把你抓起来，保卫部的人就在主席台后面。如何安排你的工作，总算为你争取到了回老家的恩准。你不是很想回老家吗？你报个单位名字上来，我再去活动一下。”

田懿道：“谢谢组织上。我不愿进政府机关，下放我去江东机器厂吧。”

王明山又嘱：“下去休息几年也好，说话、做事可要注意，等着政策变化，到时候再上来。”

田懿近哭声：“我不是做官的料子，我本来就怕官场，现在更加害怕，自进了城，尤其反右以来，天天只能胡说八道。你不该再三提拔我。我复不了员不说，现在差点扯上了你。什么都不要说了，现在我只想快点回老家，你保重。”

第二十五章

　　田懿自从领着楚楚走后再未来信，张汉泉心情痛苦了一段时间后，又想起了那个计划，越境。一旦念头再现，他脑海里便常常浮现飞飞。他相信只要能逃出国境，他就有办法前往美国。因为雅加达的龙医生尤其商会会长一定会帮助他。

　　一天晚上，他约了焦成贵去了工厂旁边的荒山上坐了许久，先拐弯抹角挑起话题："你表哥那边，仍旧没有任何讯息？"

　　工程师苦笑道："如果我有了那边的消息，你也一定有了。表哥表嫂只会先想到你。"

　　"你比我的情况好一点点，派出所对我这号人很关心。"

　　"你以为工厂的保卫科不关心我？"

　　"你那么多回国的同学，如今都断了来往？"

　　"基本上断了通讯。大家都要夹着尾巴做人，只能自保。"又说，"有个分在上海的同学，据说半年前倒了大霉。"

　　"怎么回事？"

　　"他姓李，五级工程师。他其实大可不必，只划了他一个中右，仍留在单位里。他受不了周围人白眼，竟想着逃港。上海不同于我们这小地方，仍有很多地下黑市活动。只要出钱，有人帮他弄假证明，安排逃港路线。他花了一笔钱，自以为成功在望，结果没上轮船就被抓了。他身上有赴港探亲的假证明，就凭这一条……现在他被判处劳动教养。具体情况我不清楚。”

张汉泉欲言又止。

工程师已看出了朋友的心理活动，下山路上他说："我知道你想打听什么，我劝你还是忍耐，熬吧。那事，成功几率太小。”

但是张汉泉已昏了头，想起了阳伍芝大女儿，觉得那边兴许是条路子。他第一次恨起了田懿，弄得他如今一贫如洗。可是只要想起田懿，他又恨不起来了。

八月里，张汉泉省吃俭用攒下了两百来块钱，便给派出所打了一份报告，恳求派出所开具证明，他要去南海边看望几个当年的工友。他不能没有证明，否则无处过夜。他谎称有几个工友回国了，托人带了信来，希望他去团聚一下。他在报告里很喊了几句爱党爱国的大道理。

派出所同意开具证明，但要求张汉泉明确说出他去见的工友姓什么名什么，不得玩假。张汉泉只能把谎撒到底，胡诌了三个工友的姓名和老家地址。

九月底，张汉泉登上了南去的列车。从广州下火车后便是赶汽车，第三日赶到了阳伍芝大女儿家。然而，他再也见不着十多年前的热情场面。那里的渔民，大跃进后家家怕谈及海外关系。阳伍芝大女儿勉强招待了客人一餐晚饭，直言张汉泉不要再去其它工友家。因为解放十来年了，那些工友不曾回来，他们是应该快快回来参加祖国建设的，这只能是对社会主义不满。张汉泉不曾想过竟有如此高论，听得目瞪口呆，不敢不识趣。饭后便告辞去找了一家小旅馆。

张汉泉仍不甘心。从这里寻找一条偷渡路线的希望破灭了，难道就没有别的越境可能？他寻思只能豁出来，去深圳边境先看看情况，再决定下一步。他在旅馆里坐不是，睡不是，愁肠百结，思绪万千。

一个中年警官领着两个背枪的民兵查夜来了。他们本来是例行公事，谁知警官经验丰富。一看张汉泉的证明便拉下了脸。因为住宿者若是良民，证明便是由单位或街道办事处开具，由派出所开具的证明只能说明此人属于管制对象。

张汉泉被押去了派出所。

张汉泉一口咬定此行来看望当年工友，别无念头。但是他的回答经不住查证，因为他报的三个工友没一个回国，地址也不对。警官倒是没有怀疑张汉泉的目的是逃港，认为他是来搞反革命串联活动。张汉泉被关了十天，终因他从事反革命活动的证据不足，由警官通报了红石岭镇派出所，由红石岭镇派出所派人把张汉泉押了回来。

张汉泉回了湘潭就进了拘留所，因为他申请外出的报告欺骗了人民政府。

"你这叫自作自受。"片警对张汉泉说，"你的日子过得好好的，我们没有难为你，你非要肉发胀，皮发痒。你去广东干什么，没事找事做。记住啊，以后老老实实待在镇上。"

张汉泉不认为是耻辱，但心里承认确属自作自受，把事情想象得太轻松。

田懿下放为江东机器厂总务科副科长。总务科仿佛军队的后勤部，这工作对田懿不陌生，看得出来王明山为她尽了力。也许，他这样做另有隐曲。

机器厂也就厂部几个头头和人事科长知晓田懿的来历，内心还是替这位三八式老干部抱一点挽惜之情，便尽了能力为田副科长找了个两室一厅房子，派了一部汽车去拖了她的行李来。没有人为难她，况且大饥荒开始了，很少人有心情管别人的闲事。

厂长也是个老资格，行政十级，与田懿谈了一次话，很恳切："你下来换个环境休息几年也好。别想太多。适当地注意点，有些场面上的文章还是要做，形势嘛。"

田懿感谢厂长摆明了不会刁难她，但也发现了大尴尬。她能够讨老街坊欢迎，能够很快融入乡民群中，却难以融进工人队伍。她的几个邻居，本来是农民，自从城乡差别越来越大，吃上国家粮的人便有了一种优越感，格外拥护新社会，其实是害怕被退回农村去。既然要表现出格外拥护新社会，那么便本能地认为要与犯了大错误的人保持距离，免得惹上麻烦。另者，他们认为田懿是个单身女人，不准犯的错误与男女作风问题相关。这样的女人，更要离她远点。总之，田懿一进新家，见了邻居便含笑点头，却换不来真情问候，不由她不识趣。

机器厂现有职工未超两千人，只够设计方案人数的三分之一，因大饥荒到来，上面决定暂缓招工，全面生产也就捱后，因而工作很清闲。总务科长曾是转业干部，那会儿是营级军官，常摆架子，瞧不起新来的副科长。田懿闭口不谈自己经历，见了科长就强笑笑，有事办事，没事就看报纸。她仍属机关干部，口粮每月二十七斤，儿子读小学定量二十三斤，但食堂的饭菜越来越少油水，清水煮白菜、煮萝卜已是常事，儿子长身体时候，常喊肚子饿，粮食不够吃常让田懿发急。她还有一件事很无奈，工厂子弟学校尚未建起来，楚楚转学只能去镇上，她不希望楚楚去找爸爸，心想张汉泉不登门向她赔罪，她和儿子就不进诊所门。同时，她申报户口和楚楚转学的填表上面，都有家庭成员这一栏，田懿狠狠心，填的都是夫妻已离异。

一切都安顿下来了，一天晚上，田懿领着楚楚去了焦成贵家。她问了几个人，花了二十几分钟，才找到工程师家。

工程师夫妇此时并不知田懿上班一个多月了，乍见颇感突然。得知田懿犯了大错误回来了老家，感慨不已，却又不便也不敢询问官场内情，只能劝慰，再问田懿是否已见了张汉泉。

田懿恨道："不见。你们也别告诉他我回来

了。"

陶岚小声怪道："干什么呀。你要求调来江东厂，为了什么？你以为我和老焦看不出来？"

田懿岔开话："来见你们，一来理应先来见哥嫂，你们比我年长辈分高嘛。二来请教有什么法子弄到点粮食，杂粮也成。我楚儿总喊没吃饱，早两天饿得抓生米吃，说好吃，把我愁死了。"

田懿忍不住续告："不瞒哥嫂，只一个降薪，一下子降了三分之二，就够我受了。不再有内供、特供。先前，秘书或司机常替我把一筐筐的水果、鱼肉搬回家里，早几天厂里发营养菜，却是每人两斤胡萝卜根须，听说还是厂长争取到的。早两年生活那样有奔头，一下子落差这么大。现在的具体问题是粮食少了。"

焦成贵说："粮食少了是因为肚子里没油水，一人一月二两油，怎么够？这个自然灾害，太突然。"

田懿道："你信它？我干过农话，知道正常年景的亩产是多少。报纸上大放卫星，全是谎言。现今我看报，就是打发时间。"

楚楚从后门窜进来，手拿几只比鸡蛋小的红薯，兴奋不已，大叫："妈，伯伯家的，红薯。"

陶岚笑道："后门边还有，洗干净了再吃啊。"

原来，焦成贵老家离工厂也就二十几里地，乡下收成不差，那些小红薯仍挂在红薯藤上用作猪食。几天前一家人回乡下，俩兄妹从三户人家摘了十来斤扛了回来。她说："你们不嫌弃，这个星期天随我们去乡下，多走两家，摘点回来就是。"

田懿很高兴，忙道："去，你们帮我多找几户人家，一定要付钱，贵一点没关系，多多益善。"

这个星期天，田懿笑得很开心，仿佛飞出了笼子的鸟。工程师的父母也走了，乡下还有哥哥和姐姐。楚楚第一次见红薯藤，很贪心，连指头粗的红薯蛋儿也舍不得丢。工程师姐姐得知客人与弟弟是三十多年的朋友，楚楚原本是表弟栾和文的儿子，非常激动，特意杀了一只鸡，饭后又送上十斤米和一袋红薯，说什么都不肯收钱。田懿喜道："这下子解决了大问题。"

工程师哥哥闻讯也赶了来看田懿看楚楚，说："下次下乡去我家。去了我家，再去我大表哥家，好东西没有，几十斤红薯还是有。表哥表嫂总得给点面子。"

田懿的高兴也离不开工程师哥姐的善解人意。他们夸田懿把楚楚带得好，笑话楚楚成了妈妈的跟屁虫，闭口不谈跑去了海外的那对夫妇。田懿很害怕他们说漏嘴，让楚楚听出什么来。

楚楚比妈妈更高兴，午饭吃了个大鸡腿，便盼望每个星期天都能来乡下。

田懿问焦成贵："这边乡下的日子我看过得下去，北方那么惨，政策应该是一样嘛？"

工程师已经敢敞开心扉跟田懿讲话了，道："当然一样，但有一个怎么执行政策的问题。湖南情况一样严重，生产大队和生产队需要极大勇气才能顶住压力，瞒点产，私分点粮食。”

他见田懿有点疑惑，又道：“你知道今天你怎么有了口福吗，我姐家就这一只鸡了，她哪里舍得？一因你是贵客，二因来了通知，社员家里再也不准养狗喂鸡，要节省粮食，不准偷偷生火煮食。因为后台倒了。”

田懿更疑惑：“卖什么关子，快点说清楚。”

工程师再道：“这一带十几个生产队就靠了生产大队长敢顶上面，所以每个生产队都私分了一点粮食给社员。吃食堂吃不饱，回家里熬点稀饭，他睁只眼闭只眼。因他叔叔是个大将军，所以他胆子大。但上个月还是被抓了。看这个架势，今年过得下去，明年就是天知道了。明明是人祸，哪里是天灾。”

田懿脸色大变，脱口而出：“这是个好队长，活是老百姓干的，不让老百姓吃饭，这样子下去，造反也应该。”

她意犹未尽，又道：“什么瞒产、私分，这叫什么逻辑？照这个逻辑，当年花园口决堤，国民政府和老蒋是为了抗日，理由硬扎吧，可人家也给老百姓发放救灾款啊。不管老百姓死活，任去哪里都说不通。”

陶岚感慨：“我们刚回国时，常听见你这号话。你们这号老共产党的说话，现在难得听见了。”

田懿不以为然：“我不过是凭点良心，讲点人话，你扯远了。”

陶岚忽惊问："民国那么坏，给老百姓发放救灾款？"

田懿答："我没有见着钱，我投队伍去了。有一点千真万确，花园口决堤是麦收以后，不是麦收以前，终究让老百姓有了点口粮糊口。说明人家讲了良心。"

工程师马上批评妻子："哪有你这样讲话的，这叫做害朋友。"又朝田懿道，"今不比昔，你这个一根直肠子的性格得改一改。"

田懿谢道："我几年没象今天这样高兴，忘了禁忌。是呀，今不比昔，我这毛病得改一改啦。"

工程师再道："其实你不来见我们，我们也不会怪你。你心里不嫌弃我们，我们就领情了。"

田懿说："没法子，我会适当地避点嫌。但几十年的朋友都不要了，我做不到，反正我不想再做什么官了。"

下午，田懿领着儿子去江边上转了个多钟头。她想起了小时候跟着老爹爹在江边散步的情景，一不留神楚楚又是蹦又是跑，重重摔了一跤，田懿又气又疼，大声责骂："发疯了是不是？"见楚楚无碍，又嗔道，"你以为以后来乡下，你还能吃上鸡腿。"

晚上，田懿蒸了一大锅红薯，把楚楚喊过来道："明天早点起床，上课前把几个大红薯送给爸爸吃，就说是你想到的，不要提我，记住了吧？"

楚楚笑道："爸爸家有红薯，爸爸说，几个看病的农民送的。"

“你去过诊所啦？”

“前天去了，昨天也去了，昨天爸爸留了锅巴给我吃。爸爸不让我告诉你。”

田懿嗔骂：“你小鬼头对妈妈打埋伏，有理啦。我就知道你会去诊所，那天带你去转学，你东张西望，别以为妈妈没看见，没那份闲心理你。行啦，你去看爸爸，没做错。”

楚楚又笑道：“我本来就没做错事嘛。”

田懿问：“爸爸说了什么，肯定问了你很多话？”

楚楚道：“爸爸没说什么，就问你夜里身上痛不痛，睡得着睡不着。妈妈，你们真正离婚啦？”

田懿不答。

元旦到了。一早，田懿就起来洗被单，被单才晒在门外铁丝上，陶岚和丽丽走了过来，说：“带楚楚过来我家吃中午饭。”

“不麻烦啦。”

“一定要来。”

“看你高兴的样子，有什么好事？”

陶岚凑近道：“上面找我老焦谈了话，要给他摘帽子，当然是好事。请了几个朋友，庆祝一下。你那位也会过来，你，别赌气啦，早点来啊。”

田懿阴了脸：“叫他来接我。他不来给我认错，我不见他。”

“你干什么啊，他头上没帽子，会对你说狠话，你以为是他心里话？”

“你不知道，那天他多凶，要吃人的样子。”

“你就记得他凶。你知道么，你回来了，我们不可能不去告诉他，你知道他是什么反应么？”

田懿装作没听见，拉着丽丽的手，问丽丽学习成绩怎样。

陶岚有点发急，朝丽丽道：“去找楚楚玩，大人要说事情。”待丽丽走开，她道，“你来见我们的第二天晚上，我和老焦就去了镇上。老焦告诉他，你犯了大错误，下放了，在总务科上班一个多月了，他先不怎么相信，很快就变了声音，说你没得享福的命，说你不该降生人世间，偏生接受了不合群的家教。”

田懿仍不松口，道：“上次我回来，我怎么都没想到，他对我来那个狠劲。竟然说我可以去告密，这话太伤我啦。早先他是这样待我，我还会理他吗？难道没有男人，我就会死？”

陶岚忽激将：“他弄回来那么多钱，是不是恨你太败家？要是他看钱比看人重，分手也好。”

田懿脱口而出：“冤枉他也不对，他不是这号人。”忽悟出陶岚用意，怪道，“你咋也学鬼啦。”

陶岚笑道：“还有什么好说的？快点过来啊。”

“好吧，我去。”田懿有点不好意思，松了口。

工程师请来的另两人一是技术科科长，一是绘图工，张汉泉早到了，在平房门外和技术科长边晒太阳边下棋。他知道田懿会过来，总是东张西望。

　　田懿领着楚楚过来了，揉一把儿子，努努嘴，楚楚会意，跑了起来，喊着："爸爸。"

　　张汉泉激动得直笑，抚摸着楚楚的头发，眼睛却瞄向田懿。田懿佯作没看见张汉泉，直接去了后门帮助陶岚弄饭菜。陶岚买了一条大鱼，买来五六斤猪肉做粉蒸肉。田懿说："这得多少钱啊，你发了什么洋财，真舍得。"

　　陶岚道："差不多花了我一月工资，还是托人才买到的。不管它，今天让孩子们吃个饱。"

　　午饭不失热闹。技术科长祝贺焦成贵获得了政治新生，从此就可以堂堂正正做人做事。之后，所议便多是黄河流域农村里严重缺粮。绘图员才从北京出差回来，告道透过火车车窗，不时能看见敞蓬货车上蜷缩着成堆的难民，仿佛当年跑兵的情形。他还不无神秘地说了一件事，便是听旅客说，河南省、安徽省已经大面积饿死人。强强和丽丽不时插句嘴，说怪不得城里来了很多逃荒的难民，谁敢把馒头拿在手上，保准会被乞丐抢走。又说乞丐每当抢到食物，就会一边跑一边朝食物上吐口水。楚楚听了很不解，问这是为什么？丽丽白楚楚一眼道："这样，你就不会去追他嘛，你还会去吃吐了口水的馒头？"焦成贵喝道："就你嘴巴多，快吃你们的饭。"气氛更压抑了。田懿被安排坐在张汉泉身边，此前没和张汉泉说上一句话，终于忍不住，用脚尖轻轻踢踢张汉泉，努努嘴，示意张汉泉也吃点荤菜。

　　饭后，趁楚楚和强强下起了军棋，张汉泉和田懿去了后门外一块空地上走了走。

张汉泉决定把此前的南海之行隐瞒下来，不愿让田懿心烦。先告道：三个月前，龙二婶走了，半因老年病，半因吃食堂少营养，据说，龙二婶走前想喝一口米汤终不得。他得信后赶去看了老人遗体一眼，忍不住朝老人的孙女、孙女婿说了一句话："多善良的人，条件好点的话，多活上三五年有什么不可能。"那妇人含泪点头，她丈夫却不耐听。医生叹道，"我不该开口，甚至不该去，人家是办事处的副书记了……街上人见了我也就点个头，哪里还有先前的人情味。"

田懿许久才道："你没有错。"

他们在一堆红砖边坐下来。田懿怨道："上次我回来，你以为我看不出你心里想什么？你不想连累我和楚楚罢了。为什么不能与我好生商量，要用那个绝情方式，我就不伤心？我带着孩子从几千里外赶回来，就是放心不下你。你这样伤我心，当初又何苦……你丢那号狠话，你不觉得侮辱了我么？"

张汉泉低下头，看着地面。

田懿又道："你太狠心，怎么说也要让我歇两天再赶我走。"

张汉泉流泪了，呐呐："我也后悔，欠思量，我认错。"

"这事就过去啦，你也是想不出更好的办法了，你不要再胡思乱想。待会去我住的屋子看看，我们想分开也分不开。"

"待哪天天气不好，外面没什么人，我再过来。"

"我们又不是贼，用得着这么谨慎？"

"谨慎点好。现在，我一个大男人，保护不了自己的亲人，已是苟活人世，哪里忍心牵连你们？"

"焦工快摘帽子了，可能你的问题也快解决了。"

"那当然好，但是……能不能说说你这次是怎么回事？"

听罢田懿叙述，张汉泉道："老彭是真性情，堪比黄兴。他老家有个人来找我看过病，说了他出事之前回来老家的事。从他在老家的说话行事来看，他是真心想做几件实事。我本来以为他的话一定起作用，谁知曲高和寡不去说了，还招来乱箭穿心。"

他续道："雷霆雨露，皆是天恩，这就是中国精神之花，这可不是荷花、梅花、牡丹花，是罂粟花，只怕什么都来不及了。王明山，也危险。你呀你，你知不知道，你的见解，你的情感，民国时期不怕，你那些大实话先前算不了什么，现今要命啊。"

"人也不要做了？"

张汉泉一把抓住田懿一只手，紧紧握住。

田懿也激动了，说："所以我想回老家，想不开的时候，身边还有个你，听得懂我的话，能理解我。我为自己庆幸，那会儿幸亏没破做人的底线，没有跟你划清界线。不然的话，我现在跟谁讲心里话？你不知道，我从来没有像现在这样总是感觉筋疲力尽，心情一压抑，脾气也变坏。说我高傲，原先有装的成份，怕人家捅我的伤口。转业后就不是装的，与其话不投机，不如不相来往。"

"你的话，我当然听得懂。"

田懿沉默了一会，说："官位本是浮云，我有儿子粘我，丈夫仍是我的丈夫，我能够想开。我告诉你啰，这次我也怕过，住在医院里几天没睡好觉。批判会上，我哪敢吭声。那阵子啊，低着头的人哪里还是我，活象个被一群猫逼到了墙角的老鼠，心里总想着坐了牢，以后楚儿谁来带？你呢自身难保嘛。还有，不能牵连别人嘛。还好，只降了职降了薪，另允许我回老家。行啦，我们说说现在吧。这次苦日子，我们一家人要挺过去，我们一家人一定要挺住。"

张汉泉不语。

"没法子。我们熬过这阵子，一家人还是要住一起。"

"我不重要了。现在重要的是你不能没有这个位置，哪怕这个位置微不足道。你完全倒了，孩子怎么办？当初哪里想得到啊，孩子这样拖累你。"

"你可不要再这样讲。"田懿脱口而出，"楚儿早就与我有了感情，每天晚上围着我转，早晨睁眼就喊妈，我舍不得他。我要把他带大，让他以后有点出息。"

"这样一来，你就更不能倒下。"

"我懂，可就是……"

"暂且，不要对孩子透露他亲生父母的事，可冲动不得。"

夫妻和好的第四天晚上，寒风呼啸，天上飘下雪花，生活区里很少人走动，匆匆走动的路人全都把棉帽的耳子拉下来，或把衣领子竖起来以御寒。田懿早早坐在了床上，让双脚缩在被子里。楚楚仍在写作业，不时喊声冷。忽敲门声响，张汉泉来了。

田懿忙道："现在来干什么？外面这么冷。"

张汉泉从身上拿出两个热水袋，说："托人去上海买的，上次忘了给你们。你们一人一个，现在就可以使用。"

他顾不上多说话，到处察看，屋里连个火炉子也没有，灶上煤火也快熄了，暖瓶里还有一点点温水，便皱了一下眉头，去打开灶门，添上煤，对楚楚说："先坐床上去，待会灌了热水袋，再做作业。"

屋里太简陋，很象临时居住。两张床铺是借公家的，吱吱作响。田懿看出来了张汉泉的心事，说："慢慢来，我不愿去求人。这个星期天，先去买两百斤煤来，本子上有两百多斤煤。屋里没生火，怕煤不够烧。"

张汉泉道："我会过来。"

"你不谨慎啦？"田懿笑道。

"再过几年就好了，楚楚能帮上你啦。"

田懿未曾用过热水袋，楚楚更是不曾见过。当手捧着灌满开水的水袋，楚楚好高兴，说："还有点烫手，好暖和。"

夫妻又说了好一会家常。田懿说，她的衣服够穿，转业时留下了几套旧军装，现在是楚楚的穿衣伤脑筋。一人发三尺布票，娘儿俩才六尺布票，不够楚楚做一套衣裳。偏生楚楚长身体时候，一年得换两套衣裳才好。象人家兄弟姐妹多的家庭，可以妹妹穿姐姐的旧衣，弟弟穿哥哥的旧衣。当然，那也是没法子的法子，因为绝大多数家庭既少各种票证，更缺钱。她只好把一条旧军裤改小点给楚楚穿，楚楚不乐意，怕同学笑话穿女人穿过的裤子，被她骂了一句："才多大点就成精啦。"又说她差点儿后悔不该犯这个错误，当时根本没去想做老百姓生活有这么难……

楚楚又做起了作业，张汉泉过去看了看，再回到里屋朝田懿道："我走啦。"

田懿看看窗外，说："雪下大了，走什么走，冻病了是好事哎？"补一句，"你在这里，我心里好踏实。"话一了，她突然哽咽了。

张汉泉慌忙抱紧田懿，说："莫哭，莫让楚楚听见。"

田懿咬紧牙关不让自己发声，泪水却止不住流。张汉泉无奈，只能把田懿抱得更紧。

楚楚做完作业了，在外屋喊道："妈妈，我睡觉了。"待外屋没了动静，田懿再次泪流满面，说："你去广东干什么，你怎么变得这么蠢。"

　　张汉泉喃喃："你都晓得啦。"

　　"你被拘留了半个月，诊所关门一个多月，这号事能瞒得住我多久？昨天我才知道的，说你胆敢去广东搞反革命串连，成了居民小组的宣传材料。我问陶岚，陶岚先打马虎眼。见我认了真，都告诉了我。"

　　张汉泉咬着牙关不吭声。

　　田懿抽泣道："逃港，那么容易？深圳河上几多浮尸，多少人抓获后被劳教劳改。你运气算好，没来得及赶去深圳，若在深圳抓住你又可以判你几年，甚至枪毙。真正那样，我心里不痛苦？你以为我们真的了断了？"

　　张汉泉仍不吭声。

　　田懿再泣道："如果没有危险，现今我倒是支持你出去，你心里太苦。我们好不容易团圆了，以为好日子来了，结果是……你只当我娘儿俩不存在。"

　　"时候不早了，睡吧。"

　　"你要答应我，不再胡思乱想。"

　　张汉泉嘶声道："往后，你不定还会撞上麻纱，我不走了，我要陪着你。"

　　星期五天才放亮，田懿和楚楚还没起床，张汉泉就过来了，请了镇上一个菜农，拖了部板车来，车上有只新买的煤炉，三百多斤已搓成成品的煤球，一捆生火的干柴，另有几件木工工具。张汉泉告知：本来昨天晚上过来，得人家有空。这位菜农的老母亲长年生病，三天两头跑诊所，有时还得他上门，因为感他恩，所以肯帮忙。卸下煤球和柴禾，那人走了。

田懿问："你一个人有这么多煤定量？"

"几家凑的。呃，我还带来了八尺布票，也是几家凑的。"

楚楚拿上妈妈给的去食堂买早点的饭菜票，喊道："妈妈、爸爸，我上学去啦。"说罢，他跑了。

张汉泉道："你也上班去吧，我干活啦。"

田懿说："我去报个到，向科长请个假，再回来陪你，反正上班也就是看报纸，听他们闲扯。"

修理床铺、小饭桌的响声引来了几户邻居，他们应是上夜班的工人，脸色都不好看，但也不便说什么，有点儿好奇地打量着张汉泉，无话找话：

"咦，你不是镇上那个诊所的医生嘛。"

"你是田科长的亲戚？"

"田科长工资高，就一个孩子……"

"你了解这个田科长吗？"

张汉泉当然听得出来话里的话，渐渐脸色不好看了。一会儿后，田懿回来了，那些人走了。田懿见张汉泉脸色不自然，劝道："别理他们就是，有个过程。"想想又道，"他们以为我是被做大官的男人休了的坏女人，要么就是性格特古怪的女人，由他们去想当然吧，想想也有点悲哀，难道这就是工人阶级先进的表现？"

张汉泉叹口气，道："以后，我还是不宜多过来。这样吧，有什么重活，你打发楚楚来告诉我，我会安排人来干，你莫逞强啊。”又补上一句，“一定记住啊。”

田懿眼睛湿了，欲言又止。

第二十六章

　　苦日子对所有的人都不再是危言，种种骇人听闻的消息天天在生活区传播：年轻夫妻从安徽逃荒到了湖北，谎称是兄妹，让妻子嫁给当地人，换来几十斤米面，男子马上赶回去救其他亲人的命。四川和甘肃的大姑娘成群结队爬煤车往外省跑，只要能活命，嫁谁都可以。很多地方已经人相食，绝户绝村已不稀罕，女娃儿被吃掉的多，因为保男不保女。官报也变了调子，不再大吹建设成就，改口称种种新的代食品一样有营养。据说，人民领袖以身作则，宣布不吃肉了。很多人听了颇不忍心，认为饿死谁都可以，可不能饿坏他老人家。诸此等等。工厂的党团员先还奉命追查谣言，渐渐睁只眼闭只眼。因为此类谣言于工厂的人心安定不是坏事，吃国家粮的人更不敢想象被赶去农村，没了每个月的几十块钱和几十斤口粮可怎么办？也就更守规矩。

　　城镇吃国家粮的人一样免不了饿毙，当然数量少了很多，多半是先得浮肿病再不支倒地。张汉泉就诊治过十来例患者，全部都只能死马当活马医。每户家庭皆钻墙打洞般找代食品，把仅有的值点钱的家什拿出去变卖，饥饿驱使老鼠连肥皂都啃。但终究有定量粮食，绝户情况少见。生存第一，街上没人去关心张汉泉是个历史反革命分子加特嫌的事儿，当然与他的职业、医德也有关。工厂里也没人轻慢田懿是个犯了大错误的人，有时候不合群也是一种保护色。上面似乎忘记了阶级斗争，老百姓看人的标准也就回到了只看个人品行的老观念。每隔上几个月，他们还会相约悄悄地去焦成贵家作次客。每次，张汉泉总会带上一点菜，是因他和菜农们关系好。

在田懿的坚持下，这对夫妻每隔十天半月会见上一次面，有了比较重要事儿便由儿子当信使。一般情况下，总是田懿领着儿子晚上去诊所，停留上一两个钟头再返回。每次过去，田懿总要带上点食品，哪怕就一个馒头。张汉泉也会想方设法弄点吃的招待那娘儿俩，若小溪沟里捉到几条小鱼或泥鳅，他就会兴奋不已。一次，他看着那娘儿俩津津有味地吃着他做的清蒸鱼，忘情地说起了他在那个海岛上伙同工友们捉海鱼的故事，还说了出番人吞工钱的毒辣手段，繁重的劳动是治疗思乡病的良药，等等，把个楚楚听得大睁双眼。

田懿的坚持也与一件事相关，镇上和生活区很多人议论，说刘主席也回来老家花明楼搞调查，没打官腔，郑重许诺要改变局面，据说还向众人发了誓。消息没有假，因为江东厂到花明楼不到百里地，有人看见了刘少奇和他的革命妻子。

一天晚上，田懿说："早干什么去了？非要等到成了烂摊子，才来收拾局面。不过，认错总比死不认错好，你说呢？"

张汉泉不答。

楚楚对父亲开始有了敬重感。他原先只以妈妈为荣，夸妈妈是大官，打过仗，但此种骄傲随着来到工厂便降到了冰点。他不明白妈妈犯下了什么大错误，但他看得分明妈妈再也没有小车坐了。现在，他开始要求父亲多讲讲海外的传奇经历，他在课堂上是听不到的。

楚楚上中学了。外面的小道消息大大减少，什么蒋介石反攻大陆啊，广东深圳的逃港潮啊，换作了交口称颂刘主席能干，是因物质生活开始了好转，因为食堂取消了，社员分到了自留地，可以垦荒，所得归自己，允许集市交易。田懿的心情开始从阴影里走了出来。她甚至喜欢起了现在的生活，上班清闲，下班后也有了余暇时间，因为儿子有了生活自理能力，学会了烧煤球和煮饭，还能去粮店买米。一个星期天，在她提议下，这一家人很郑重地去照相馆照了一张全家福，照片上，三口人都笑。她与科里同事以及邻里的关系也有所改善，是因时日一长，人们发现这个副科长生活严谨，谈吐不俗。她本能地不希望栾和文夫妇仍掂记丢在大陆的儿子，害怕失去儿子。她忘光了王明山，每年只在年关前才给老战友韩宝生写封信或回封信。但她跑镇上的次数更多了，每星期必去一次甚至两次，哪怕见面后什么话都不讲，只是默默地对视着坐上几分钟，也能感觉心里踏实。他们心照不宣，他们注定了是这个时代生活中的边缘人，需要识趣。说来也怪，她恶梦也做得少了。

一次，田懿和楚楚又在诊所待到很晚。夫妇算了一下账，他们开始有点积蓄了，因为无需购买黑市上的高价肉菜了。田懿说："苦日子总算过去了，以后我们也得存点钱，楚儿大了，花钱的地方多啦。"

　　张汉泉答："是啊。"

　　回生活区路上，楚楚见妈妈心情好，又问这问那，问妈妈见过海吗，海外大吗，海里有人鱼姑娘吗。田懿笑答："有人鱼姑娘啊，你爸爸就被一个漂亮的人鱼姑娘捉去，还生了个儿子，是你的哥哥。你长大了，妈妈支持你去看看他们。妈妈也想去看看另一半世界嘛。"楚楚听后，半信半疑。

　　此种相距才两里来地却分居的夫妻生活，渐渐，镇上不少人和生活区的人看在了眼里，明白了他们的苦衷，又认为他们过于多虑，理由是现在毛主席退居了二线，刘主席统揽大局，没见这么严重的自然灾害也给战胜了。也有一两个好心人劝田懿："住一起算啦，免得来回跑。"田懿总是笑而不答。就连科长也关心起了田懿，是因他从田懿身穿的洗的发白的旧军装上悟出了什么，终不敢再摆架子。一次，他讨好似地道："田科长，你们复婚得啦，怕它个球。"田懿第一次笑答："我和他是老夫老妻了，形式不重要，这样过也挺好。"

　　田懿戒备心减少与科长的秉性相关。现在她已知道科长原是山东战场的"解放战士，"是个机枪手，作战勇敢，常常负伤不下火线。朝鲜战场上，又因表现突出，团部、师部要树他为全军战斗英雄。事前，团政委、营教导员多次找他谈话，再三告诫一定要把自己的进步和战功归因于党的领导和党的教育，去各个团营作报告，一定要照指导员写的稿子念，成了战斗英雄会有大前程。他也一一答应了。谁知他上不得大台面，面对全团一千多双眼睛，他发了慌，丢开稿子说："俺那算个啥呀，战场上炮一打，枪一响，杀红了眼，就什么都不记得了。俺过去在国军队伍里打日本兵、打共匪军，也是这样打。"这下有了好戏看，没处分就是开恩了，还提什么大前程。后来他学乖了点，转业混了个科级小官。

于是，科里每每闲扯时便有人取笑他，当然话不能直着来，多半是说，如果那次作报告没出漏子，凭科长的资格，可以做县委书记了。

一次，科长答："俺没水平，知足了。"又说，"咱这里的田科长水平高，不是也栽了。田科长，这都是命，你说是不是啊？"

田懿仍旧笑而不答。

但科里的一些胡吹乱侃她也只能硬着头皮听，那些胡吹乱侃不外乎偷情故事或官场沉浮，这次又是如此。仓库刘主任属于以工代干，做梦都想着转正，逮住话头便拍科长马屁，也是卖弄自己。他说："科长不是水平问题，是还没有碰上大贵人的问题。才调省里去的华书记，华国锋，南下做湘阴县委书记时，夜校教师还帮他补习文化。那个教员就住我老舅家隔壁，所以我晓得。华书记靠了调来了湘潭，又领导了修韶山灌渠，让毛主席高兴。好像他不同意彭德怀把情况说得很糟，更加讨了毛主席喜欢。看这个架势，他还会上北京。"

　　田懿好意提醒："少说点现今官场上的事。"

　　仓库主任不领情，道："那你说如今什么东西值钱，值得说？天天说女人，你听得惯？"

　　一个科员直嚷："田科长，别打岔，让刘主任说。"

　　田懿后悔多嘴。而这位刘主任多年后一样后悔嘴巴多。那是举国颂扬华国锋主席的一九七八年，他因曾经"贬低"英明领袖，被处三年劳动教养，去了洞庭湖区一个园艺场。

　　田懿庆幸工厂里还有个陶岚现今成了无话不谈的好朋友。每隔一段时间，他们就会相约悄悄地去次乡下，去购买城里难碰上的火培鱼、干豆角、干马齿苋等。每每来回路上，便免不了互相询问过去的生活。感慨人生无常之余，倒也皆表示认命。

　　陶岚常说的话是："现今我最大的愿望是两个孩子都能参加工作。我比不了你，你多半还会上去，不定哪天就会来小车接你。"

　　田懿每次都回答认真："我真不是做官的料子，学不来他们的讲话，只配做老百姓，我最大的愿望是给丈夫平反，让儿子学有所成。"

　　一次，陶岚笑问："战争年代，你该是一朵花，我不信没人追你？"

　　田懿仍认真："后来不是老张钻出来了嘛，都晓得我早有了丈夫，还晓得我的丈夫不比他们差，追我也是白追。再说，队伍投新四军前，被人叫作土匪呗。反正两边的上面都是这样要求，这边蒋匪军，那边共匪军，互相骂，我习惯了。但有些人不这样看，你想想，我，女土匪，还是个土匪头子，多吓人啊，不明底细的人哪敢多惹我。"

终究有过十几年金戈铁马生涯，又在省政府官场上待了几年，偶尔，田懿会想起一些往事和几个熟悉的旧部。反右运动以前，常有出差过来的旧同事旧部属来省政府看望她，大家说说笑笑，再现了战争年代在一口锅里吃饭的亲热气氛。这与她成了反党分子便鬼也不登门了，有着天壤之别。每忆及此，她只能自嘲："人过中年，方知清静是福。"

也不是无例外，韩军长来看她了。

这天下班后，田懿正在淘米煮饭，出门倒垃圾的楚楚忽然大叫："妈妈，来了部小车，肯定找你的。"

田懿不以为然："嚷什么，大惊小怪。"

但她马上喜形于色，韩军长出现在门外，警卫员紧随其后。韩军长人在门口就笑道："姐啊，你没想到吧？"

田懿手忙脚乱，忙唤楚楚："快喊韩叔叔。"

韩军长再笑道："你多半忘了。但我没忘，你说过，要我抽空来看你。"又说，"走，咱去饭店，我定了餐，把孩子带上。"再压低声音道，"待会去了镇上，把张医生带上，一定要喊上他。"

　　像以往一样，张汉泉的晚饭很简单，吃点剩饭剩菜。时已黄昏，忽见一部轿车驶来门外停住，楚楚率先钻出车子，高呼："爸爸，韩叔叔来啦。"

　　韩宝生大步走来，紧紧握住医生的手，说："张医生，我早就想认识你，今天如了愿。"

　　张汉泉激动不已："久仰，久仰。"

　　韩军长定了一桌很丰盛的晚餐，楚楚见了好不高兴，嚷着好久好久没吃过鸡腿了。韩军长见田懿有些疑惑，告道："没别人，我没有声张，讨厌地方领导陪伴，会影响我们说话。"

　　席间很欢乐，韩军长不停地劝菜，与楚楚逗乐儿。楚楚兴奋地话儿没完，说他以后考不上大学就去当兵，不知道韩叔叔要不要他。韩宝生笑答："我得听你妈妈的话。"饭毕回到下榻房间，田懿打发儿子外面玩去了，三人便不笑了。

　　韩军长说：他这次是去北京开会，通过老首长，已尽知田懿和张医生的情况。田懿给他写的信，都是一笔带过，促使他下定决心返回路上要来看看老姐姐和张医生，也是履行当年的诺言。老首长不久前进了北京，会另行安排工作。老首长至今仍替田懿惋惜，骂田懿和张医生都是犟驴性格。他不知道该说什么才好，心里很不是滋味。他真诚地安慰张汉泉："我相信迟早会还你公道。海外有几千万华人华侨，亲痛仇快的事，影响大，后患大。"

　　张汉泉说："海外第一代华人华侨其实多半是弃

儿啊，但仍然对这块土地爱恨交加，恨源于爱。"

　　韩军长很关心田懿身体，说："那次过鬼门关，我一样留下了后遗症。还好，我呢有小苏照护，她懂点医，你呢自己懂医，另有张医生陪伴。不过，自己还是要多注意。"

　　田懿问的多半是老战友子女的情况，不得已仍讲了几句敏感话儿。"你啊，"她强调，"下不为例，不要再来看我们。今不比昔，姐成了朝庭的钦命犯，老张早是阶级敌人，你不要卷入这个是非，不值。"

　　韩宝生坦言："我作好了写检讨的思想准备。"

　　张汉泉忙道："难得相见一次，今天都高兴一点，莫扯远了。"

　　田懿改口："兄弟你看见了，我有个可爱的儿子，有个不管我怎么落难都卫护我的丈夫，我知足了。回去转告小苏，姐想她。"

　　夜已深，韩军长用车把这家人送回小镇上。望着车子远去，田懿几乎落泪，说："为什么真男人这么少，越来越少。"又说，"嘴上说他不要再来看我们，心里想的是此生还能相见才好。"

　　张汉泉感叹："我总算听见了两句这个年头的天籁之音。"

　　但是生活就是这样：饿死人的消息传来的少了，邻里间张家长、李家短的传闻又多了起来。田懿居住的那一排平房里，便有两个长舌妇，田懿越不去搭理他们，她们越关注田懿的"不正经。"每每看着田懿天黑去镇上，她们照例会在邻里间挤眉弄眼，忙不迭相告：

"又找相好的去了。"

"假正经。"

"那野男人不是个好东西，是个反革命分子。"

"鱼找鱼，虾找虾，乌龟配王八。"

她们的话总会引来笑声。

张汉泉仍保持着警惕，惟恐自己卑贱身份影响田懿。他对田懿讲了几次："你一个月来看我一次足够了。路不远，有什么事，打发楚楚过来一下就得了。"但田懿只当没听见，他不能再赶田懿走，只能由得她。此外，他又有了幻觉，时代不会再闹腾。

楚楚自上初二，张汉泉便重视起了对他的教育。他无奈的是不比他当年在海外可以看到很多书籍，很多话还必须照顾到时尚，他只能多讲讲各处的风土人情，心情好时父子俩对上几句简单英语。偶尔，父子还起了争论。田懿自叹不如张汉泉的见识广，只能提醒张汉泉欲速则不达。

"我知道。"张汉泉道："不到三十岁，人很难真正明白人生，我只不过先让他留点印象。"

然而，张汉泉的努力基本上是无用功。学校的教育和社会上的流行观念所起的作用，使张楚楚很快就把父母的很多劝告忘了个干净。况且，每年五一节和十一节前夕，总是政府枪决人犯的时刻，每次被处决的人犯，打头的必是反革命集团首犯和主犯，刑场就在城里到红石岭镇之间的荒山上。那照例是几万人参加的宣判大会，会后，十几部摩托车开道，卡车上架着机关枪，押着插上死标的罪犯，沿途站满了看热闹的人群，宛如节日盛会。中学生尤其兴奋，既有着深深恐惧，又有着神经亢奋。无疑，这正是政府要的效果。于是，张楚楚只有在忘记了父亲的身份时，才可能记住父亲的某些话。对此，张汉泉无奈，田懿一样无奈。

不过，这也证明了张汉泉的警惕很必要。

毛主席又高喊阶级斗争了，要求年年讲，月月讲，天天讲。这次，田懿反应很激烈："又发疯了，才过了几天安生日子。嫌死人死少了吗？"

田懿尤其反感报纸上的宣传，说："我被地主阶级出身的汉奸王则普陷害过，也被贫苦阶级出身的人渣杨友堂祸害过。不具体分析，眉毛胡子一把抓，这叫鬼主义，叫鬼打架。"

张汉泉忙劝："注意影响，可不能去外面讲。"

"再这样搞，我不如干脆让他们撸到底，去做工。"

"退一万步，也要待到楚楚有了工作再考虑别的事。"

很快，社会主义教育运动开始。

镇上来了工作队，谓之社会主义教育运动又叫四清运动。这是初冬一个午后，十几名打着背包，提着盛有洗漱用具网袋的工作队员进了红石岭镇，他们年龄多在三十岁上下，事前经过了培训，再现了十几年前土改工作队的战时作风，人人脸色严肃，警惕性很高。他们在几个农业队长和基干民兵的导引下，坚持政策，分别住进了家境格外困苦的贫下中农家庭，声称同吃，同住，同劳动，下一步乃是访贫问苦，建立贫下中农协会，清算"四不清"干部的多吃多占劣行。因为北京坚持认为，农村的困苦与怨恨，全是基层小官员所致。这些萝卜头小官只能认倒霉，因为他们执行的可是县里、省里和北京的政策，怎么错的总是下面呢？但没人敢说上半个不字。

镇上人一样开始了窃窃私语，一时并弄不明白这个称为第二次土改的四清运动要干什么？因为上次土改，被杀被整的都不是共产党的同路人，这次要整的却都是共产党的基层小官员，这是清理门户呢，还是弃卒保车保帅？但疑惑归疑惑，识时务归识时务。

工作队进驻第三天下午，召开了全镇居民和农业人口的四清动员大会。几百人围满了一个大操坪。张汉泉接到的通知是家家户户皆要参会，便也提个小竹椅去了。

工作队长三十多岁，胖胖的，模样斯文，是湖区一个县的教育局长，确也是个小文人。他宣布会议正式开始，脸色就变了，眼光咄咄逼人，厉声喊道："首先宣布一条规定，所有地、富、反、坏、右分子，不得参加会议。滚出去。"

镇上共有十几个阶级敌人，没有人敢违令，皆灰溜溜走了，仿佛紧紧夹着尾巴的狗。张汉泉自不例外。

　　估计快要放学了，张汉泉去了学校大门口等楚楚。之后，他告诉楚楚转告妈妈，运动期间，切切不要来看他，不到迫不得已，楚楚也不要进诊所。

　　张汉泉预见不差，天断黑时，已被工作队宣布靠边站的镇上农业大队长路过诊所门口，见四下无人，朝医生丢下一句话："要识轻重啊，不要让那边厂子里那娘儿俩进你家们，免得招来基干民兵，故意盘问你们是什么关系，出你们的丑。"

　　晚上九点来钟，田懿匆匆赶了来，后面跟着楚楚。张汉泉第一次朝儿子大发火："怎么又来了，你没告诉你妈？"

　　楚楚也来了气，大声道："我讲了，讲了，妈非要过来，怪我？"

　　田懿烦道："够了，都不要再说。"她示意楚楚外面去，问，"今天是什么情况？"

　　张汉泉告以经过。

　　田懿坐在櫈子上，铁青着脸，思索着。

　　张汉泉又告："听镇上人讲，第二次土改来了。"

　　田懿不答，仍在思索，却如木偶一般。

　　突然间，张汉泉最担忧的情况出现了，四个基干民兵闯进了诊所，其中两人背着枪。领头的民兵排长进屋后，煞有介事地四下里看了看，望住田懿，冷冷地道："你干什么的，来干什么？"

张汉泉忙答："我们是一家人。"

民兵排长喝道："我问了你吗？"又望向田懿，"回话啊，你干什么的，来干什么？"

这当儿，张楚楚奔进屋，很惊恐地傍住妈妈。张汉泉也本能地挨住妻子。

田懿已镇定下来，朝儿子道："你再出去一会，稍微走远点，也不要走很远，妈妈不喊你，你不要进来。"

张楚楚不肯走。

田懿加重了语气："这里没你孩子的事，听妈妈的话。"

张楚楚很不情愿地出去了。

田懿望住民兵排长："你们到底要干什么？"

民兵排长已恼羞成怒，却又多少有点中气不足，道："你不知道他是什么人吗？他是个四类分子。"

张汉泉已涨红了脸，身子都颤抖了，张着嘴，说话不出。

田懿扫视着那几人，喝道："四类分子就不能有老婆孩子吗？好象共产党还没有宣布这一条禁令。"

几个民兵何时见过如此反问，皆不知如何回答，便相互示意个眼色，走了。只有民兵排长仍嘴硬："现在来了工作队，你们不知道？我们是来给你们提个醒，别不识抬举。"

张汉泉仍旧呼着粗气，端来半杯茶水，递给田懿。

田懿喝了一口茶水，才把杯子放在桌上，突然哭了，爆发了："你，你，我恨你。你回来干什么啊？你在那个美国人的公司医院干得好好的。你不止一次机会。谁要你去河南寻我？就算后来姓林的对你变了心，我不相信南洋没有女人了，哪怕将就成个家，总比回来等我要强。现在，我们怎么办啊？怎么办啊？今天是好的，几个混混只不过恶作剧，哪天被他们抓个什么把柄，又得到授权，他们就会把你往死里整。说来说去，怪你，怪你，回来做什么呀？你是实心眼吗，你是蠢，比猪还蠢……"

楚楚又跑了进屋，从未见过妈妈这样歇斯底里，一下子被吓住，惊恐不已地看看这个望住那个，不知如何是好。

张汉泉取来毛巾，示意楚楚递给妈妈。大约半个钟头后，田懿渐渐平静。

张汉泉很坚决："必须照我说的做，否则，倒霉的不是我一人，是一家人。就算我有罪，你们何罪之有？没什么大不了，我已经这样了，还能把我怎么样？放心，我挺得住，我不会轻易死。"他想想又道，"或许就如一场台风，不会久。"

这话起了作用，田懿吃力地站起身，俩人久久对视，皆欲言还止。

约两月，田懿没来诊所。楚楚来过几次，前两次就一句话："妈说，你是老运动员了，干脆把自己当根油条，自己注意身体。"

　　第三次他说，"妈病了二十来天，不让我告诉你。妈说，她懂点中医，厂医院有西药，没大问题。妈妈停了药，过几天会带我去乡下，陶阿姨和丽丽姐也去，妈想去乡下抱只小狗回来，给你作伴，问你喜不喜欢狗？"

　　张汉泉先说要得，马上又连连摇头，理由是他不喜欢狗，其实是不忍心让一条一定会产生感情的生命遭遇可能的厄运。因为城镇经常勒令居民不准饲养鸡和狗，居民尚且不能违令，遑论他。

　　工作队员和积极分子尚未来找张汉泉的麻烦，是因运动的前期重点是整肃多吃多占的四不清干部。张汉泉不相信当局会这样便宜他，但他要吃饭，仍旧得营生，只不过非要紧事儿不出门。

　　运动很快转了方向，原来，整四不清干部是刘主席的政策，重点整队级敌人和重组阶级队伍是毛主席的战略。积极分子更加来劲，因为自土改至今，怎么整治阶级敌人都不用担心犯错误，四不清干部莫不庆幸有了替死鬼，纷纷乐于立功赎罪。所有的群众一样没有心理负担，一来生活的乐趣离不开有人活得比自个更不如，二来傻瓜都明白工作队员后面有警察，警察后面是拿枪的解放军。于是，阶级敌人全都成了瓮中之鳖，只能任凭捉拿、宰割、鄙视、嘲笑。

　　张汉泉得到的待遇是：禁止给任何人行医。每天在大街上清扫卫生，每月发给十五元生活费。出门在外，胸前必须佩挂上书"历史反革命分子，劳改释放犯，特嫌"的白布条。

这样的待遇对张汉泉的打击几乎是致命的。工作队员认为张汉泉身着白大褂，干干净净，不能叫劳动，凭什么日子过得比工人农民优越？他们哪管医生的苦情。若非田懿寄上一千元钱，诊所便开不起来。那几年过苦日子，来看病的患者也就是送上点红薯，花生，青菜，他能拒人门外么？日子好转才两年多，仍旧没几人手上有余钱，欠药费是常事。镇上另有人常找他借上两三块钱渡难关。如今运动来了，医生哪敢开口讨账，被说成阶级报复怎么办？而那些与他无交往的人，往往见他脸色阴郁，竟更加相信他是个居心歹毒的恶棍。世态炎凉，自此日甚。

终于，张汉泉极为猥琐的形象被张楚楚看见了。

这天，操坪上又一次召开了全镇的批斗大会，主要批斗一个地主分子和一个现行反革命分子，其它的阶级敌人都被喝令陪斗，于是站了一大排人。这号批斗会已毫无新意，其实引不起与会者兴趣，完成任务罢了。因为地主分子家里早已穷得叮当响，不可能像土改时能够榨出一点浮财。那个反革命分子的罪行，是他的小学生儿子不该说爷爷过苦日子饿死了，这叫对现实不满，一定是父亲的教唆。批斗会结束，张汉泉的清扫任务仍须完成。当他清扫到供销社门外，五六个中学生欢笑着从里奔出，马上一个声音尖叫："张楚楚，看看你爸爸。"

　　扫地的张汉泉和学生群里的张楚楚皆猝不及防，瞬间竟手足无措。随着一阵哄笑，那几个学生抛下张楚楚，扬长而去。张楚楚看着父亲，脸色刹那间涨得通红，感觉了一种奇耻大辱。他的眼光由怨恨而仇恨，忽疯了似地跑了。

　　张汉泉痛苦至极，泪水一下子涌了出来。天黑了，几百米路程，他一步一挪，竟走了近一个钟头。进屋后，他关上门，和衣倒在床上。他浮现了种种可怕的念头，恨不得现在解脱。

　　那边田懿屋里，是儿子的嚎啕大哭，是妈妈的默默无言。张楚楚不肯去念书了，受不了同学的鄙视，自己也鄙视父亲的可耻身份。田懿读得懂儿子的感受，那无异于她被杨友堂强奸后的摧肝裂胆。她的痛苦另与焦成贵相关。工厂也开始了社会主义教育运动，焦成贵的右派身份又被提了出来。他摘了右派分子帽子，但是摘帽右派，仍旧不允许乱说乱动。几天前，她得知消息，去了焦家，意去安慰一番，见到的是焦成贵低头坐在桌边，陶岚蒙着被子啜泣，一双儿女泪眼模糊，一家人没有吃晚饭。她在焦家待了几分钟就逃也似地走了，想到的是工厂需要焦成贵的技术，这个留美专家的命运尚且如此，其他右派分子会是什么样的厄运呢？而当年经她手批阅的右派分子名额，就有几千人。

　　田懿的思维快走上极端了。儿子的痛哭，使她想起了栾和文夫妇。那对夫妇若不离开中国，只会比张汉泉的命运更惨，难怪栾和文不接受她的劝降…….

　　田懿的目光渐渐回归现实。儿子哭累了，趴在书桌上睡着了。已经十年了，她和楚楚相依为命。儿子不肯去读书，肯定不行，但用什么方法让儿子坚强起来，她一时无计可施。

　　儿子快和妈妈一样高了。田懿费了很大劲才把楚楚抱上床，替儿子擦洗罢手脚盖上被子后，她就靠在床头上想心事，想象着一家人往后怎样生活。

　　半夜时分，楚楚醒来，见着妈妈仍守在身边，自顾流泪，一时忘了白天的羞耻，急问妈妈哪里不舒服，怎么不去睡觉。

　　田懿问："楚儿，你听得进妈妈的话么？"

　　楚楚忙点头。

　　"讲心里话。"

　　"是心里话。"

　　"那么，妈妈告诉你，你长大后为人做事能够做到爸爸的一半样，妈妈就没有白疼你。"

　　楚楚阴下了脸。

　　田懿再道："往后，妈妈会把很多事，是真实的事，慢慢告诉你。今天先告诉你一点，是妈妈连累了你爸，社会真正需要的是你爸爸这号人。你爸当真不好，妈妈早就不会理睬他。妈妈自小心性高，能让妈妈记念的人，不多。。"

　　楚楚脸色好了起来。

　　"所以，如果你相信妈妈，就坚强起来，明天照常去上课。同学不理你，你也不必理他们。"

楚楚犹豫了好一会，点了头。

不知是否天庭有眼，镇上的四清运动搞了大半年，结束了。最后几天的气氛很欢乐，乡下的萝卜头官皆官复原职，被告知最初的靠边站与挨批斗，是党对他们的考验。既然他们经受了考验，当然仍是党的人。农民皆奉命要学唱一首忆苦歌，要集体吃餐忆苦饭，因为不忆旧社会的苦就不会思新社会的甜。忆苦饭固然难下咽，但比猪食强多了，偶有成年人感慨：三年前若有这号饭吃，便不会饿死那么多人。工作队员不耐听这号话，但也只能呵斥两句了事，因为政府不能把觉悟低但成份好的农民都抓起来。随着工作队撤离，生活回到了运动前。

楚楚由初中升为了高中，成绩不孬，尤其数学成绩好，志向是做个数学家或物理学家，张汉泉和田懿都为他高兴。他们意见一致，支持张楚楚的志向。

一次，张汉泉忍不住道："当真有了那一天，楚楚在学术上做出大成绩，消息传到国外，那两口子多半也会喜极而泣。"

田懿笑道："托你的吉言，那叫大好事。"

工厂早已走上了正轨，二十几个车间全投了产，各方面的工作量便相应增加。因是国家重点企业，上面拨款也多，生活也得以大改善。生活区灯光球场就有几个，有免费澡堂，锅炉房免费供应开水，时常有露天电影看，子弟学校有小学部、初中部、高中部。医院里有几十个床位。苏联专家早就没了影儿，只有他们居住的洋房见证了他们曾经的存在。干部工人皆知道中苏关系恶化已无可挽回，但象焦成贵这号"反苏"的右派分子仍得不到改正，因为过去反苏是罪行，现在不反苏一样是罪行，反正上面永远没有错，错的是下面。

田懿仍旧工作清闲，是因总务科又添了一位副科长和几个科员，都是关系户，换在十年前，田懿不能认可这号行为，但她现今的身份使她只能睁只眼闭只眼。

"我们快成五官科了。"一次，科长有意无意提醒田懿，"这是好事，人多，热闹，横竖不要我们掏腰包发工资。"

像以往一样，田懿又是笑而不答。

现在，除了儿子的前途，田懿心思只在两件事上，一是盼着快快退休，二是张汉泉的改正平反。过去，她把丈夫的改正平反总是放在第一位，现在把它们掉换了位置，一因她看得分明，丈夫的头发全白了，一脸皱纹，哪里还有他曾经气宇轩昂，英气外溢的形象，二因自己也没了信心，自己打自己脸的话语不堪回首。

因为工厂一样开始了社教运动，尽管不象乡镇那样一上来就派驻工作队，清组织清阶级并未奉行战时作风，基本上属于走过场。但不走走过场也不行。一天下午，田懿就被"请"去了组织部。

组织部一位年轻女干事代表组织与田懿谈话。此人也就小学文化，但有几分姿色，早就与一位主管财务的副厂长有了那事了。但这号人偏偏革命立场坚定，人前还装得十分正派。她和田懿未说上几句话，便训斥道："根据群众反映，你自从来工厂，就与镇上一个反革命分子三天两头来往。有人反映你们已离婚，也有人反映你们根本就没离婚。到底是怎么回事？你需要向组织上讲清楚。因为，如果你们没有离婚，你就属于敌我不分，阶级立场的问题。你可要想清楚，你是共产党员。如果你们离了婚，但是仍旧经常来往，常常夜里约会，你就不止一个阶级立场问题，另有一个非法同居的男女作风问题。不敢堂堂正正地过日子，党纪上，道德上，都说不过去，你就不懂这么个简单道理？"

这是一个小房间，门倒是关上了，但女干事声音大，田懿能够肯定隔壁有人偷听。

田懿看住女干事，足有三分钟才开口："非法同居？罪名轻了点。你只差没说是流氓犯罪，是不是这样？"

女干事因心虚脸色微红。其实，田懿根本不知女干事的桃色传闻。女干事恼羞成怒，叫了起来："这里是组织部，你想干什么？要对抗组织吗？"

田懿也不想把事闹大，强压愤懑道："你我都是女性，女性在生活中并非是强者，弱者对弱者太过咄咄逼人，不好。"

女干事又叫了："流氓犯罪，是从你口里出来的，想赖账？"

田懿到底怒道："你不觉得你浅薄，甚至下作吗？你不配跟我谈话，请你们组织部长来。"话一了，她扭头望向了墙壁。

"你一个总务科副科长，什么了不起。"女干事已比田懿更愤懑，"你已不是什么省委委员、副省长，是反党分子，是下放来接受劳动改造的，你太不自觉，要知道自己的分量。"这当儿，组织部长闻声赶了过来，他皱皱眉头，示意女干事出去。

组织部长南下时是团级干部，快退休了，到底水平高了很多。他给田懿倒了一杯水，说："你消消气，别放心上。怎么说呢，上面的精神，咱得服从。这个清查阶级，党的每个干部都要接受审查，把亲友间的关系说清楚。你与镇上那个人的关系，下面确实有反映，反映不小，只能请你谈谈，到底是个什么情况？你不愿谈，回去写成材料交上来也行。你看呢？"

田懿反问："非要我回答？"

"最好趁这次机会，趁我还在这个位置上，由我们作个结论。明说吧，你不认识我，我早听说过你。当年转战中原，我是十八旅三团二营副营长，你那时已离开二十旅，去了军区后勤部。说起来我应喊你首长。现在清查你，我好为难。请你过来，是因为如果以后又来运动问这事，我担心你会更加讲不清楚。"

田懿的脸色更难看了，组织部长分明不忍心，道："反正我快退休了，我再说点事。你下放工厂，上面就有安置，要求我们定期把你的情况汇报上去。我一直说，你表现不孬。所以，这次你也要配合一下。你还要想到一点，万一哪天上面大变化，再调你上去呢？"

　　田懿却没有心情，道："谢谢你的苦心，往事如烟，如梦，似幻，不必再提。我只能这样回答，党内监控，由来已久，理由堂皇，爱护同志。下放我，并非不合我心意，我早就不想过半人半鬼的生活。我的男人到底是个什么样的人，我最清楚。既然你提到了过去，我就说一件事。当初他为十八旅办的那几批西药，里面的麻药、奎宁总救过几个伤员、病员的命吧。忘恩负义，已不堪回首，还非要把我们苦难夫妻的感情事盘问个仔细，哪个朝代象今天这样，不嫌无聊不嫌恶心吗？做个结论，管用吗？今天推翻昨天，明天又推翻今天，仅仅是胡闹吗？这叫堕落。所以，你们不妨把这个事挂在那里。不能给他平反，讲什么都没用。"

　　"我不是为难你。"

　　"我知道，谢谢你们。"

　　几天后一个晚上，田懿一个人去镇上。张汉泉坐在桌子边，面前摊本医书，但他更多是呆呆地坐着。田懿告道楚楚在做作业，她过来坐坐就回去。之后，她象往日一样，替桌上茶杯换上热茶，就默默坐在一边。

　　张汉泉打破了沉默："你没事吧？"

　　"也没什么了不得的事。"

　　"这么说还是有点事？"

　　听罢田懿的叙述，张汉泉道："没必要记恨那个女干事啦，一来运动就是这号人吃香，你也记恨不过来。我看人家组织部长无歹意。你那样回答，我感觉有点冲。”

"我已经是忍了又忍，最客气的回答了。我不是对着他们，是对着……我们两个，到底招惹了谁？几十年的患难夫妻，被弄得偷偷摸摸过日子，还不肯放过我们。"

她意犹未尽，愤愤地又道："我们的爹和姨妈，也没有过这样的屈辱日子啊。还有马日事变后，也没有株连我，没有谁强迫我与你划清界限……"

"不要说了。"张汉泉小声喝道。

田懿换了话题："楚儿考上了大学，我就打报告，我想提早退休。"

"你属于下放劳动改造的人，会不会恩准你啊。"

"你的那事，怎么办呢？"

"别想那事了。"

"退了休，我就搬回来住。这次，你不要再拦我。我们已经老了，突然有个三病两痛，也好互相有个照应。"

"就怕又来运动。"

"只要楚儿念了大学，我就什么都不管了，统统给我见鬼去吧。"

张汉泉捉住田懿一只手，久久抚着，他不知道说什么好。

"有个事，去年你在镇上扫地，没去成。今年我们一家人都要去啊，去扫墓。"

"我早算了日子，得提前一天，利用楚楚的星期天。"

"告诉你啰，早几天我梦见了爹，"田懿认真更伤感，"他看着我，爱理不理，我好怕。我一下子就想到了，我没听他的话，进了组织，做了官。我十来岁就知道，爹希望我做一世清白人……他白疼了我。"

张汉泉不知怎样安慰才好，只好把田懿的手抓住更紧。

田懿近啜泣："我真个好怕。论公，那阵子我有权，是科教文卫系统的反右领导小组组长，勾掉几十个人的名字，并不是做不到，我没有。后来，很多人被判劳教、劳改、遣返农村，我才发现坏事了，但是迟了。论私，你受了五年多牢狱之灾，我带着孩子只去看了你一次。换了是我坐牢，你知道了，会只去看我一次吗？你肯定会年年去看我。我成了个变形变态的人，所以，爹不想理我，我只能恨自己。"

张汉泉叹道："反正，我理解你。"

田懿真正哭了："抗战结束我为什么不复员啊。那次差点儿吃枪子，我就有了感觉，莫非走错了路。如果我坚决要求复员、辞官、退出组织，我身子才算干净。我身上的污点已洗不掉。"

张汉泉岔开话："这次扫墓，天气好的话，我们不要急于往回赶。我们也去公园走走，看场电影。"

田懿说："行啊，真个天气好，这次我们都起个早，再去看看你的亲爹娘和姐姐。"

田懿要走了，张汉泉示意从后门出去，他要送送田懿，自己也想散散步。

田懿忽问："你说那两口子还会记得楚儿吗？"

"应该忘记不了。"

"万一他们回来，要楚儿，我们怎么办？"

"从报纸上看，只怕十年之内，不会有这个万一。到了那时候，楚楚都成家立业了，他愿意认谁，由他吧。"

"你后面的话没讲错，前面的话未必如此。前段日子，民国代总统从美国回来了嘛。栾和文好歹也是天子门生，做过一军之长。他若学习李宗仁，说不准也会受到北京欢迎。"

"是哩，政府可以对台湾做篇小文章。"

"这一套已经不关我们的事了。"田懿断然道，"我关心的是楚儿亲爹亲娘当真犯傻回大陆，一定会要求来见你，看楚儿。我们没有理由不见他们啊。"

"是有可能哩。"

田懿又道："道理好讲，感情难舍。虽说属于阴差阳错，没想到把那个老朋友扯了进来，但见楚儿第一面，想的就是他才几个月就没了亲娘。再说，现在我可不愿意见那个老朋友。那时候去劝降他，我把话说的太满，重重地打了自己的脸。现在见了面讲些什么好呢？"

"你想多了点，都是天涯沦落人，彼此彼此。"

田懿心情却又好转："楚儿会认我们，我能肯定。他早上一睁眼就喊妈，现在还是这样。"

张汉泉心情也好多了，道："日子过得好快，楚楚读高中了，他在学校里交没交女朋友？"

"还没有吧。他好学，这方面象你。"

张汉泉感叹道："当初他父母把他托付给我，就像是昨天的事情，他们夫妻的无奈和泪眼，历历在目。说什么他上学时我送他去美国，还有，我出狱后想过越境去看飞飞，后来都成了幻影。不说这些没用的事了，现在嘛，楚楚好学，你们母子情深，于我们也是一个安慰。我替他惋惜的是，他没有我们那个时候的学习条件，可以随便提问，我们可以尽我们所知满足他的好奇心，这事对于一个人心智成熟很重要。"

"又讲反动话，"田懿苦笑道，"怪不得你是个老运动员，老反革命分子。"

张汉泉也笑了，道："如果这也叫反动话？那么现在你的反动话也不少。"

田懿仍旧苦笑，说："我也没想到我变得这么快，现在不讲两句这号反动话，心里就堵得慌。"

张汉泉本能地四下看看，不愿再开口。

第二十七章

　　一个星期天上午，田懿早早来了诊所。张汉泉正给一位老农诊脉，她说："今天太阳好，你的被子该晒晒，把床单洗洗。"又笑着告道，"楚儿上城里找同学去借书看，说同学家有本拍案惊奇，午饭我就在这里吃。"说罢，她动手了。

　　张汉泉送走老农，便过来打帮手，田懿却住了手，道："王明山来信啦，你先看看，我想听听你的意见？"

　　张汉泉看起了信。信上告道：三年前他被调去北京做了一个机械工业部部长，因业务需要，他领导的这个部免不了与其他机械部打交道，互相之间调人调物支援对方的事经常出现，他也免不了常去一些重点工矿企业检查工作。不久前他和其他部几个头头去了一趟四川，意外得知当年庐山上栽了大跟头的那个人，最近出山了，现在大三线担任副总指挥，住在成都。他稍一打听，消息千真万确，还是领袖亲自点将。让一个世界知名的元帅屈尊做个三线副总指挥，有点不相称，但也要理解为好事多磨，弯子得慢慢儿转，弯子转急了，上下左右都适应不了。特别那些对老彭落井下石的人，面子上挂不住。他不得不说，虽说内心里为那个人的复出感到宽慰，但也不便去打搅那个人，终归有点不是时候，况且当年在公开场合也批过那个人不该反党反社会主义。他的感觉这不是个一般信号，多半有一批人复出，包括田懿。因为另有一个重要信号。他回北京后，一天晚上，突蒙领袖召见，领袖特意问他对那个人复出有什么看法？他一时只能答以套话："我相信毛主席、党中央决策正确。"领袖感叹道："老井冈山加老乡，本来人就不多，不团结怎么行？"又问他，"你的那个姓田的女部下，据说挺有个性，有点能力，我们也让她的位子做到了省军一级，没有亏她嘛，她不肯支持我，现在她怎么样啊？"他赶紧答，"她还在工厂里下放劳动，早认识到了错误，很后悔。听说有次她去了韶山，哭了一场。"领袖笑了笑。他猜测不出领袖到底是什么意思，因为这段时间，领袖另召见过其他人，逐一问过那个人的几个"死党"的情况，他只能这样去想，领袖这个人是念及老井岗与老乡情的。说到底，如果田懿那一次随大流，讲几句违心的官话，断不至于……总之，这些年来，上面是犯了错，错不小，但只要真心改，真正改，大事仍可为。

因此，田懿应该调整心态，养好身体，作出复出的思想准备。自古以来，被朝廷流放外地的忠臣又被召回来重用的例子并不少，可能的话，他会尽力敲边鼓，因为让田懿这号人才埋没太可惜。他了解田懿的个性，但仍要劝上一句，马上给领袖写封信，抓住机会，不妨把自己骂得狠一点……

张汉泉看过信，退还田懿，叹了口气。

田懿不无激动，自顾说下去："我自从下来就不想上去了。忠臣，朝廷，这几个字多有意思。中国人奔走了一大圈，又回到了皇朝。我是什么人才？过去舍得卖命罢了。不能讲人话，上去也是奴才，我惹不起朝廷，躲它还不行吗？写什么信，得了吧。我承认，跟他们相比，我们太蠢。这次，我是动了点心，但关心的是快点给你平反，把房子和那笔钱还给我们。那是我们的财产，不能由得它们说抢走就抢走，过去朝庭上也不兴动不动就这样干，你说呢？"

张汉泉却眼望别处。

田懿又说："当然，这个新中国，新社会，算来十六年了，如果能痛改前非，也就不必多说它了，怕就怕……喂，你说话呀？"

张汉泉仍旧不回答，把田懿都惹得生气了。其实，她错怪了张汉泉。果然，饭后当田懿要走，张汉泉忙说："你发什么气啊。你问我看法，我不要认真想想啊。"

随后，他去了门外看了看，悄声道："我问你两个事，第一，老彭在军队里当真威信高？第二，如果他又有了权，军队里的老部下会不会买他帐？"

田懿直点头。

张汉泉道："这可不是好兆头啊。你想想，什么老乡老井冈，皇权面前算个什么？太平天国自相残杀，几人不是老广西？"

田懿道："往下说。"

"是否有这个可能，把危险人物赶出京城，杜绝后患？如果真是玩弄权谋，那么所有官样文章都是哄鬼啦。”

田懿似乎不相信又似乎很信服，说：“我早就不信官样文章了，不过……”

张汉泉再道：“你们其实都懂这一点，有点难以相信，感情上不希望事情变成真的罢了。我是旁观者清，有几个独裁者会在枪杆子上犯傻？去四川的那个人只要不死，就是皇帝喉咙里的一根大鱼刺。你们这条线上的人，都要留神。”再补一句，“只恐留神也没用。”

张汉泉是对的，几个月后，文化大革命来了。

一天晚上，田懿特意拉上焦成贵和陶岚，去了镇上诊所，四个人关上门，研究起了这个新鲜的文化大革命。

工程师夫妇希望田懿能指点迷津，因为只有她做过大官，了解共产党搞运动的特点和规律。

田懿很认真：“这些年我就是个老百姓，没心情去结上层关系。先前嘛，只知道服从命令，努力完成任务，哪里关心过什么特点和规律？不过，多少也有点感受。运动嘛，就是整顿。整顿嘛，就是整人，互相整。甚至恨不得家家夫妻反目，父子为仇。这次，如果又是这样，那就不知道哪些人又栽跟斗啦？”

陶岚道：“报纸上明明指的是文化大革命，是文艺界的斗争，好象不关我们老百姓的事。”

　　她想想又道："我的老焦早被运动怕了。儿子好不容易进了工厂，靠了他爹的技术，怕他爹不卖力气，才网开一面，现在还有个姑娘等分配。别说运动了，不搞运动，我们都不敢乱吭声。就怕城门失火，殃及池鱼。"

　　张汉泉道："报纸上的话，火药味十足，提防点好。"

　　几个人议论了半个来钟头，翻来覆去仍是老话题，末了还是田懿的话略具权威："毛大帅能文能武，新鲜点子多，其实就是用不同的扇子搧火，目的是烧红八卦炉，炼金丹。他吃了金丹，做万岁，要比孔夫子更扬名。九年前大搞百花齐放，百家争鸣，把我骗得好不高兴，那不叫文化叫什么？结果呢……这一次，我劝你们三个人，要么装聋作哑，要么做完了事就回家不出门，兴许躲得过。"她想想又道，"你焦工和我的老张，头上长有癞子嘛。"

　　一直不吭声的焦成贵接上话："我先告诉你们一件事情，这事，我连陶岚也不敢告诉。几个月前厂里安排我随科长出了一次差，去北京。因为要上一个新产品，要进一套新设备，让我帮助科长把关。接待我们的司长以为我也是个红帽子，一次休息时告诉科长和我，说他有朋友在国务院，几年前亲眼所见有两个省上报的饿死人数字，据说，材料很快就被奉命销毁，司长说的那个数字让我和科长大吃一惊，好家伙，几百万呐。两个省就是几百万，照此推算，全国饿死人少说也有两千万，因为往上报的不好听的数字只会缩小不会扩大。实在历史罕见。这说明什么？说明我们过的日子算好的，得知足。我就总是这样安慰自己。"

田懿说："这事我信，成了个骗子国家，我也做过骗子。"

张汉泉道："所以要一次又一次搞运动，包括早些年说老蒋要反攻大陆，骂美帝骂苏修，转移视线呗。"

又嘱田懿："你一样得注意。下次可不要动员成贵夫妇一块来，被人家疑心搞反革命活动，搞反革命组织，就都死定了。"

陶岚猛然醒悟，慌道："是哩，我们走。"

运动确从文艺领域开端。一时间，除了马、恩、列、斯、毛的著作，一应思想、文化、艺术作品，统属于毒草。没有一个旧社会新社会的作家、艺术家合乎时代新标准。曾经与张汉泉来往过的那位作家，也上了报纸，成了黑帮，罪行是他当年写的歌颂文章全是毒草。红卫兵横空出世，一切不合毛泽东思想的事物言行，一切百年以上历史的古迹，皆予以横扫。这个工作量可不小，是因中国历史太久，短时间内哪里清理得干净。最先的红卫兵多为在位高官子女，纷纷模仿父辈的对敌斗争坚决无情。一时间京城里成百上千人死于非命。榜样的力量总是无穷的，城乡的大中院校学生学样了，无人识得"造反有理"的个中厉害，当初共产党夺别人的权是革命，你夺共产党的权当然就成了反革命。而要让革命之火烧起来，再打一通死老虎以解气、助威、刺激感官，便少不得了。

红石岭小镇不例外。一天早晨，张汉泉才接待罢一位老年患者，镇上中学的十几个红卫兵便堵住了诊所门，喝令他出来。他不能违抗，人刚到门外，三四个男孩子便一拥而上，先反绑他双手，接着一块大纸板挂在他胸前，上面写的仍是历史反革命分子、劳改释放犯，特务嫌疑，紧接着就是一顶糊满报纸的高帽子强压他头上。只听一个女高音大喝："走。"

镇中心另有两个倒霉鬼在等候，一人是地主分子，一人是坏分子，全是相同待遇。集合既毕，遊街开始。几十个红卫兵兴高采烈，大声欢笑，敲打着锣鼓。一大群流着鼻涕的小孩子追着看。所过之处，路人皆停步。老年人依稀记得，四十年前湖南的热闹景观，又回来了。

除了害怕被妻儿撞见，张汉泉不再觉得是莫大耻辱，他甚至浮现过冷笑。

一个月内，张汉泉被遊街三次。革命气氛越来越浓，镇上效仿工厂和城里，高音广播里每天早上都播放《东方红》和《大海航行靠舵手》。不过，红卫兵对死老虎提不起兴趣了，主要是，大串连开始了。

张楚楚也参加了红卫兵。他比焦丽丽条件优越，焦丽丽的父亲是摘帽右派，没准还是个美国特务，他的父母早离婚，母亲仍是公认的革命干部。他没有看见父亲遊街，因为工厂子弟学校的红卫兵自认为比镇上中学的红卫兵身价高，革命热情在城里不在镇上。

两月来，张楚楚天天早出晚归，精神无比亢奋，回家就告诉妈妈：他今天又刻印了多少张红卫兵战报；战报上刊登了哪几条北京来电，全是无产阶级司令部新发出的战斗号召；哪里哪里，"封资修"分子的墓被掘，尸体扔在地上；他跟着几十个红卫兵去了一个坏分子家里抄了家，抄出了几十块银元，几幅女人画、十几本外国书；他们红卫兵小分队去了韶山，韶山可热闹，外省人讲话不太好懂，等等。偶尔，他还问妈妈见没见过无产阶级司令部的中央首长。田懿却不激动，每次都用仿佛不认识的眼光望着儿子，总是欲言又止。

一天晚上，他告诉田懿："妈，大喜事，我争取到了机会，去北京，接受伟大领袖毛主席检阅。"

田懿颇觉突然。

张楚楚兴奋得说话如连珠炮："差一点点没我的份。我急哭了，我说我妈妈早跟爸爸离了婚，我一直跟着妈妈，妈妈是老革命，跟日本鬼子拼过命……"

"你不要去。"田懿板起脸。

"为什么呀？人家工人子弟都争着去，你为什么不支持我，你是不是党员干部？"张楚楚睁大了眼睛。

"来回要住宿、吃饭、购买火车票，家里没这么多钱。"

"不要钱，免费。你知道吗，我们是毛主席家乡的人，北京要把我们当客看。"

田懿无奈道："在外面可不许起邪念，离女同学远点，现今不兴早恋。"

"妈，你说什么呀？我们是去干革命。"

半个月后，楚楚一行十人回来了，是六男四女，下了火车直接回了学校。他们急于要把接受伟大领袖检阅的无比幸福分享给同学们，学校操坪里，围着黑压压人头，另有两百多名工厂的党团员也来了听汇报。作汇报的是一男一女俩同学，每每说到激动之处，他们便泪光闪闪，振臂高呼："毛主席万岁，万万岁！"

楚楚散了会便往家里跑，人在门外就大声喊："妈，我回来啦。"田懿见儿子瘦了点，便问儿子一路上的生活情况，楚楚先是直笑，卖弄似地说妈给的三拾元钱和二十斤全国粮票，他用了不到三元钱，才用了两斤粮票，当真一路上吃饭、睡觉、坐火车不要钱。他们十个人，就他身上钱多。多数同学身上只带了几块钱。忽道，"妈，你变得婆婆妈妈的，又是吃得惯面食吗，又是通铺上睡得着吗，你该先问我这次串联的收获。"

"神经病。"田懿嗔道。

"妈，今天我要给你提意见。"

"行啊。"

"你对文化大革命不热心。"

"是吗？"

"你这个态度，以后会拖我的后腿。你知道吗，这一路上，我们身上的血都沸腾啦，火车上，人挤人，尽是汗臭味，别说睡觉，脚都伸不直。但是一想到你们干革命吃的苦，我们就……我们只要唱起语录歌，就一身是劲。那天检阅，天安门广场上一百万人都不止，几个女同学把嗓子哭哑了，太幸福了，我们能够生活在这样伟大的时代，能够见上毛主席他老人家……毛主席太伟大，没人比得了他……"

"你上了天安门城楼？"

"没有。不过，我们湖南的红卫兵被安排在前面。天刚亮我们就到了广场，半上午了，终于有人喊毛主席出来了，我们就一下子伸直了脖子，睁大眼睛。我才看见城楼上的人影子移动了，鞋子就被挤掉了一只。我顾不得捡鞋子，也不敢弯腰，怕被人给踩死……"

田懿不想再听，说："你希望妈妈也像你一样，是吗？"

"当然啦。"

"妈妈还有那些地方做得不对？"

"有，你对毛主席感情不深，韶山这么近，你从来不提，不去。"

"去干什么？"

"去瞻仰啊。"

"那好，以后你吃饭、穿衣，去找韶山，去找瞻仰，去找毛主席，别找妈妈。妈妈求之不得，省点事。"

"妈妈反动。"楚楚朝妈妈白去一眼，小声道。

田懿来了气："你再说一遍？"

"爹亲娘亲，不如毛主席亲，你不知道吗？"楚楚小声嘀咕。

田懿喝道："少来这一套。快去洗澡，吃了饭，早点休息。"

楚楚再嘀咕："电影《党的女儿》，你看人家觉悟多高，哪像现在的你。"

田懿愣了愣，突然怒喝："张楚楚，告诉你，我，田懿，不是党的女儿，是田梅生的女儿，你可以不认我是你妈妈，我做不到不认我爹。"

楚楚看见了妈妈眼里噙着泪水，不再任性。

天色尚未黑透，田懿正洗着碗，便有几个同学在门外唤楚楚。田懿本不愿放楚楚出去，临时松了口，原来其中一个高个儿很清秀的女同学一再用眼色示意楚楚快出门，田懿只得嘱楚楚："早点回家啊。"但是快到十二点钟，楚楚才回来。

田懿怪道："要你早点回家，你的耳朵干什么去啦？"

楚楚咕哝："他们非要我汇报一路上的活动，问得可仔细。"

田懿无奈道："得啦，去睡觉。"

一天晚上，楚楚又是很晚才归，显得很兴奋。田懿问："能告诉妈妈么，你忙些什么？"

楚楚有点烦道："你可别拖我的后腿。"

田懿脸色不好看了。

楚楚忍不住道："我们接受了毛主席检阅的人，要成立一个学习小组，学习、研究毛泽东思想。因为革命很复杂，斗争很艰巨，为了早日实现共产主义。妈妈，你不要拖我的后腿啊。你的儿子，不会去干坏事。"

　　田懿声音都变了："你让妈妈想想。"

　　已是凌晨一点钟。田懿去了镇上。

　　张汉泉听了田懿的来意，深感无语。

　　田懿强调："楚儿中了邪，我管他不住了。我们要想办法拉住他。我把他带到这么大，又看着他以后变成废人，我不甘心。"田懿越说越愤激，"什么红卫兵，明明就是拜上帝会的圣兵，扶清灭洋的义和团，甚至是德国人的党卫军。"

　　张汉泉本想附合田懿的见解，话到嘴边走了样："莫非又是一场大浪淘沙？"

　　"得啦，我不想听你言不由衷。告诉你，我本来不想说，科里有个管仓库的工人，父母家在浏阳农村，他讲的。周小舟，倒霉后就下放在浏阳一个公社当副书记，据说后来去了北京，上个月自杀了。如今自杀的人太多，但他不同于常人，他伴过君啊。他自杀，除了万念俱灰，一定还有深深恐惧的因素。还说什么呢？"

　　田懿继续说："自来这个运动，我彻底凉了心。我已经看透了，已经不光是愚蠢，更多是凶恶。愚蠢可以推给大气候，凶恶就是人品的问题。看见报纸了吗，老彭早就被批判得臭不可闻，仍不放过他，还能指望什么？总务科长有亲戚在北京，据他说，现在北京的革命可热闹，比较京城抓牛鬼蛇神的情况，我们的日子简直在享福。我越来越后悔那时候没有拦住你，让你跟王师父跑，从此害我们一步错，步步错。现在，我没办法说服孩子，反倒呛得我开不了口。"她加重语气，"他已经长大了，用些不着边的理由去搪塞他，根本没效果，这等于是欺骗他，是父母应该做的事吗？"

她想想又道："那时候，我非要拦你，能够拦住。那时候我们可以骂革命，不犯王法。现在，我怎么去拦他？我能说今天的革命我们家不要去掺和吗？我真这样说，他准会跟我大吵，不定离家出走，甚至……太可怕。"

许久，张汉泉道："你的担心有道理，一代又一代人，被欺骗，被愚弄，被利用，末了再打压。说到底，社会生活太精彩，我们尚且没架住，遑论楚楚。我想了想，只要他认你的母爱，就还有救。看来，得把我们的经历如实告诉他了。"

"把栾和文夫妇是他的亲生父母，包括栾和文的经历、为人也说出来？"

"当然要这样做。"

"你，挺得住吧？"

"还是那句话，你们安全，我就放心。"

"如果又不准你行医，你照办是了。现在我还有工资，我们一家人吃苦一点，活着就是胜利。"

张汉泉忽愤怒地冲口而出："我还算什么人啊？"

大中学校全停了课，但是北京的人民领袖却也发现了毛孩子们头脑简单，成事不足，败事有余，于是，红卫兵的利用价值既完，轮到了工人阶级上阵。

大工厂的工人阶级上阵具有天然优势，因为资源充裕，随时可以调动几十部汽车大游行，这是红卫兵不敢想象的。大工厂又是藏龙卧虎之地，总有一批人能文能武。他们的革命目标比红卫兵的革命目标远大多了，从不限于打五类分子死老虎，烧古籍，毁古迹，而是权，说一不二的权。在他们的影响下，小镇上的职工也行动起来了，大字报进一步满天飞。不止如此，为了回报工人阶级是领导阶级的美誉，新鲜事物层出不穷：挥舞红宝书不算时髦了，跳忠字舞，演三句半，早请示，晚汇报，等等，百年前太平天国礼拜天父，天兄、天王，也没得今天虔诚。

新形势又让医生钻了空子。一时间，镇上没人管事了，就连片警都不见了影儿。即便造反的革命群众要办个人事儿，得到的回答也是千篇一律："运动后期处理。"运动后期是什么时候？就谁也不知道了。于是，医生成了没人管的幽灵。

天气好的时候，这个幽灵每当黄昏便开始试着去镇外溜溜步。从镇上到江东厂，原来的黄土路变成了柏油路，路两边是农田、小山包仍旧。终于，张汉泉的脚步不知不觉地到了江东厂生活区。他一度惊悚，明白自个身份，但难捺的情感压倒了顾忌。他象贼一样，进入生活区就左顾右看，不敢堂堂正正走路。他又仿佛机器人，遵循着固定程序。他先到妻儿住地后面的小山坡上，躲在旁人不易察觉的地方，凝望着那处平房，盼着那娘儿俩出现或传出他们的声音。确信他们平安后，他便移步去了焦工程师后门的不远处，如法炮制。再以后，他就慢慢儿走回镇上。

两个多月里，这样的散步，张汉泉共约七八次。他已心如止水，不可能对纷繁的世事抱好奇之心，但妻儿和老朋友一家人眼下算得安全，也使他心情好受了一些。

江东厂已近乎全停产，由于工资照发，老实巴交的工人便乐得回家去干私活，活泼好动的工人尤其有异志的人成立了几个造反司令部，接管了工厂的全部管理权，喝令所有的在职干部靠边站。大字报铺天盖地，架在卡车上的高音广播从一个生活区转到另一个生活区，时常还出现在城里大街上。广播内容全是干部们反党，反社会主义，反毛泽东思想的罪行，以及贪污，玩弄女性，欺压工人们的恶行。于是，抄家，游街，接受批斗，向毛主席请罪，等等，不但花样繁多，而且热闹非凡。

田懿也被靠边站，罪名是走资本主义道路当权派。

田懿觉得有趣，心想自己算哪门子当权派啊。自来江东厂，她顶多管理着三四个工人，无非就是给各个车间发放劳保用品，检查发放工作中的具体情况。她早经沧海，何惧空洞的大帽子，另有底气，除了工资外压根儿不识浮财，她乐得每天报个到就往家里跑。不去报到不行，因为"天天读"雷打不动，其实时间一久，"天天读"也就是念两段毛主席语录，再读一篇报纸上的文章，便宣布散会。她聊以欣慰的是，造反派并非不分青红皂白，所整的人确有劣迹，也就并未有人找她的大麻烦。当然小麻烦不断，每个造反派组织都曾警告她识相，否则后果自负。田懿庆幸自己下来早，明白人家要真正拿她做文章，她也只能坐以待毙。她不太清楚的是，造反派自接管档案，工厂便传开了她的传奇经历，包括她和镇上一个历史反革命分子藕断丝连的"离婚"关系。这样的关系本来容易让人猎奇，产生兴趣，但也因人而异。田懿保持了当年很多创业者的作风，只犯官不犯兵，给了兵好感，从而无形之中保护了自己。另有一事也使田懿感慨，便是厂长和几个部下成了"反革命集团。"这是个大案子，占去了专案组大部分精力，成了她的挡箭牌。主要是，每个造反司令部都希望大权独揽，要达此目的，便需要宣称自己才是忠于毛主席的革命正宗，于是问题来了，每个造反组织皆宣称惟自己是正宗，有资格独掌权柄，互不相让，便由破口大骂发展到了互亮拳头。此为尔后武头和武斗不断升级的原动力。有几次武斗，还把车间里的坦克车开了出来。江东厂的造反组织，谁也没兴趣关心田懿这个早就是死老虎的事儿。

但田懿更多的是惶惶然。

她不宜多去镇上找老伴聊天，也不宜去焦工家串门，与其他人又谈不上路，便只能天天待在屋里守着儿子。楚楚已大变，早就没书读了，他一度热心的那个学习小组，因为无人支持，毫无经费，早作了鸟兽散，学校草坪上野草茂盛，红卫兵已被人忘却，成年人都不待见当初他们的变态行为，娱乐活动全无，什么都叫毒草，父亲仍是阶级敌人，母亲又靠边站，他不知道该如何过日子了。田懿理解儿子心里的失落，但是担心儿子去外面打架斗殴，成了混混被抓走，便一再劝说儿子温习学过的功课，又试着让儿子学点简单医术，皆收效极微。一天下午，楚楚竟然冲田懿道："活着没意思。"

田懿大吃一惊。

"我恨不得去找胡说八道的人算账，"楚楚忿忿然，"上午我去粮店买米，路上碰见同学，告诉我厂部墙上贴了几十张你的大字报，我赶去一看，气炸了。说你是三反分子，干过土匪，有血债，是个大特务，跟爸爸假离婚，道德败坏，还有……说的难听死了。不信，你自己去看。"

田懿不以为然："我信，我早做好了被抄家和坐牢的准备。"忽严厉起来，"这号破事值得我去看吗？我告诉你，张楚楚，我和你爸也算是活了一把年纪，已经不想活到什么七十岁了。你不行，得活下去，我们不允许你胡思乱想。几张大字报就把你气成这样，你以后怎么实现志向？"

楚楚仍旧忿不过，去他的床上躺了下来。

田懿去楚楚床边坐下来，换了往日的语气："楚儿，你爱妈妈，妈妈知道。你也应该想想，这两年你一样发了疯，你们红卫兵去抄家，抓四类分子，斗争封资修，只图自己痛快，人家的儿女怎么想？还是要将心比心。"

楚楚丢出一句话："你打仗的时候，想这么多吗？"

田懿一下子哑了口。

这天半夜时分，田懿又一次去了镇上，敲开了老伴的门。

"运动，运动，害死人。"她愤愤不已，"这样下去，楚儿会废掉，我们的心血白费了。"

张汉泉不假思索："一代人都会废掉。很可能，还会遗祸几代人。"

"现在场面上，甚至家里面，哪里还是人在讲人话？全都成了疯子。"

张汉泉语气更冷："颠倒的认知，一代人可以扳过来。毁掉的财产，两代人可以复原。生活摧毁了情与义，下一步就是消灭羞耻感。蒙元、满清，尚且明白这事干不得，干了不得了。"

他加重语气："因为那只能是个动物世界。最后所有的人都返祖成了动物，包括他们自身。"

田懿语气一样地冷："你只管讲，不要顾忌我听了会刺耳。"

"我听说了一个词，崖山之后，无中国。明亡之后，无华夏。我看这个社会主义之后，只恐苦苦挣扎的楚魄湘魂，也将归无。三千年不灭的上下求索，走到了尽头。"

"你往下讲。"

"屈子生在今天，早就投了汨罗江。"

一阵可怕的沉默后，张汉泉再道："所以，现在不是望楚楚成材的问题，是保证他活下去和不堕落的问题。"

田懿很痛苦地点点头。

张汉泉另告："丽丽出事了。明天，你去看看他们俩口子，不管起不起作用，去安慰几句话。"

"丽丽不去外面惹事啊，出什么事？你怎么知道的？"

张汉泉说了近段时间去了七八次生活区，再道："前天从生活区回镇上，路上碰见陶岚从城里看守所回来，她告诉我的。说丽丽写了反动诗词，对现实不满，被邻居的小子揭发，抓走了。陶岚伤心，现在人瘦得不成样子。"

田懿愈惊："我一点都不知道啊。"

"你不出门，当然不知道。"

"二十多岁的大姑娘，没工作，父亲入了另册，如何会没想法……但不能留下文字啊。"

"听陶岚说，俩兄妹都恨父亲，为什么要回来？强强内向，话少。丽丽话多，常呛父亲。他们回国时，已经好几岁了，记事了，一比较，就坏事。"

张汉泉续告："两夫妻差点大吵了一架。成贵怪陶岚不该惯孩子，陶岚说孩子心里苦，我怎么能让他们更加伤心？当初回国，毕竟是你作的决定。成贵说，没你怂恿，我不一定回来。"

"不说了，不说了。明天，我去一趟他们家。"

临别时，田懿说："你说的对，先要保证楚儿活下去，不堕落。其实我已经想到了这一点，不如你说的透彻。但说起来容易，做起来难，安排楚儿去哪里呢？过去民国时期，年轻人还有个地方可躲，或去外地投亲，或象你一样出海去踫运气。现今铁桶一样，不满现实的人，要么夹紧尾巴，要么去蹲班房。现在中国只有一个地方年轻人吃饭有保障，去当兵。我不愿意让他走我那条路去当兵，他的志向也不是当兵，可是实在无法可想。我只能给韩军长写封信，先备个案，必要时，送楚儿去他那里当兵。他的部队在守边疆，那里不会象内地这样搞运动，他远离北京是非中心，相对安全。韩军长两口子不会亏我们的孩子，你看呢？"

"这话我不便说，你安排。"张汉泉马上表示支持。稍顷，他补充，"你抓紧。"

田懿嘶声道："过几天，我把一切都告诉他，到了告诉他真相的时候。"

第二十八章

　　大范围大规模的武斗渐告平息，清理阶级队伍的运动又来了。

　　张汉泉在镇上首当其冲，再次被勒令不得给任何人行医，理由是须防止他以诊病为名行谋杀革命群众之实。他只能老老实实接受群众监督，清扫街面，每月去居委会领取十五元生活费。对于胸前那块白布条，他已视若无睹。他相信，无休止的运动除了重复侮辱他的人格外，从他身上也榨取不出任何油水。但他错了。

　　每年梅雨时节，仍旧是张汉泉极为痛苦时刻，关节炎使他几乎挪不开步，常常一抬脚便痛得冷汗直冒。然而，这不能成为他逃避劳动改造的理由。他就是爬，也要去扫街，去接受批斗和可能的传讯。

　　一天上午，张汉泉被叫去了镇上的革命领导小组办公室，办公室里坐着俩个三十来岁的现役军人，一个高个儿军人见着张汉泉便面向领导小组组长，不屑地问："就是这个人？"得到肯定回答后，他示意张汉泉随他们去了一间小屋。

　　另一个军人态度和气，不但让张汉泉坐下，而且给张汉泉倒了一杯水，之后言归正传。

　　"从你的档案和你每次写的交代材料看。"他说一口标准的普通话，"结合我们掌握的情况，你抗战初期在新四军确山留守处医院干过七个来月，是不是这样？"

　　"是的。"

　　"你应该是国民党那边派过来的？"

　　"当时我是南洋支援祖国抗战的志愿人员，要求不过问党派政治，只要是抗战队伍都可以去效力，所以不能说我是国民党派来的。"

　　"你到底承认了，你回国就去了国民党那边。"

　　"当时，各行各业都在共赴国难，我们华侨回国参战，只能先向政府报到，由政府安排。况且，当时红军也改编成了八路军、新四军，延安宣布了四项诺言……"

　　但没容张汉泉说完话，脸上便挨了重重两巴掌，差点倒在地上，嘴角也流出了血。高个子怒吼："放肆，你他妈的找死啊。"他又要挥手时，另一个军人站了起来。

　　矮点的军人道："你知道你是什么人吗，太不自量力，轮得到你跟我们提四项诺言"？

　　张汉泉揩一下嘴角的流血，强自镇定，低下头，望住地面。

　　高个子又喝："老老实实回答问题，你是那边的少校军医，怎么解释？"

　　张汉泉哀声告道："这事一两句话讲不清楚。当时属于特殊时期，有些事办得连我都感觉有点离谱，似不合规章。我确有一张国民革命军的少校军医委任状，但是我没在那边的军队干过一天。相反，我在新四军部队志愿工作了七个月。这样行不行，两位领导，请你们去问一问王明山，当时他是十八旅司令员，我的情况，他很清楚。"

高个子再喝："不许你跟我们讲条件。"

"露出狐狸尾巴了吧。"矮个子插话。

张汉泉隐隐一惊，敏感到了王明山栽了跟头。但是，此事若无王明山作证，他相信他讲不清楚，讲清楚了对方也不会相信。他不知如何办了。另有他做梦也没有想到的事儿，原来，王明山不但栽了，而且罪行极严重。他被人举报，说张汉泉从重庆去寻找他，负有特殊使命，两人一拍即合。王明山安排张汉泉去确山新四军留守处，目的是用医生身份作掩护，刺探重要军情，因为留守处乃是中原局驻地。当时化名为胡服的刘少奇既是新四军政委，又是中原局书记，俩位军人相信，张汉泉受国民党特务机关委派，受王明山直接指挥，不准刺探到了刘少奇很多攻击延安的秘密。这条线索是如此重要，打开了缺口一定会有惊人发现。

矮个子又道："现在你知道我们来找你是怎么回事了吧。"

高个子说："想必你已经知道了，这个胡服就是刘贼刘少奇。把你所知道的刘贼的情况，包括他左一个老婆，右一个老婆的丑恶行为，都写出来，越详细越好。"

张汉泉脑瓜里已是嗡嗡作响。

俩军人走后，领导小组长马上走进来，也变得态度和气。

　　"还有一件事，"他说，"你和江东厂田懿的婚姻情况，包括那个孩子的来历，你过去的材料都交代得不清楚。你们到底离没离婚，在哪里办的离婚手续，为什么一直在来往？这事不只一两个人可作证，这次你都要交代清楚。当然，首先是写好解放军同志交给你的任务。我可是一片好心。我给你提个醒，解放军同志还要找很多人了解情况，你不交代只会罪上加罪。不是说好汉不吃眼前亏吗。我再告诉你个情况，解放军同志讲了，田懿的历史并不干净，她土匪出身，手上有血债，属于混进共产党队伍的阶级异己分子。你懂我的意思吗？"

　　张汉泉不但脑瓜里嗡嗡作响，而且眼睛都冒金花了。

　　张汉泉临出门时，领导小组长忽说："这两天，你不要上街扫地，就在家里好生写材料。写累了，也可以出门走走，不可以走得远。"又补一句，"别打什么逃跑的歪主意。当然，你连一公里都跑不出去。"

　　张汉泉回到家里就呆呆地坐着，一坐就是一个多钟头，终于理出了头绪。他明白不写是不行的，但怎么写可是个大问题。为使脑子清醒，他索性睡了一下午。晚上，他开始写，但写到夜深，仍没写出几个字，因为写一页纸撕一页纸。窗外南风拂面，月光皎洁。他忽然把笔一扔，搬张小竹椅坐在后门外，迎着南风，望着那娘儿俩居住的地方。

这几天，田懿一直在寻找合适的机会，要把家世真相告诉张楚楚。她还真找到了合适的时机。

这是一个午后，田懿刚躺下来想小睡会儿，张楚楚便奔进里屋，惊道："妈，来了个讨米的。"

"你拿一角钱给他，不就行啦。"

"他不要，他要见你，他说他认识你，你过去是他的首长。"

田懿悟出了什么，马上来了外屋。

来人快五十岁了，与乞丐无异，他一见田懿，果然很激动，大声道："首长，你还认得我么？"

原来，客人姓黄，在田懿做二十旅代政委时，他是一个排长。中原突围时，他所在的这个连队几次掩护过后勤部的撤退，保护过辎重，因工作认真，得过田懿几次表扬。后来，他掉队了，不巧又被国军队伍捉住，为活命便做了国军一名伙夫。一年多后，刘邓大军渡过黄河进军大别山。一次，他瞅住机会，回了解放军队伍。队伍过长江后，他是个连长了，恢复了党籍，但负了伤，又放心不下老家的老婆孩子，再说自己明白难得有出息，便复员了。十几年来，日子过得虽苦也还算安宁，还做了一任生产队长。没料到这次清理阶级队伍，他成了大队、公社的重点清查对象，被开除了党籍，三天两头挨斗争，全因他干过一年多国民党的兵。他这次是偷偷儿跑出来的，比做了贼还心虚，被抓住可不得了。他来见田懿，是恳求老首长为他证明，他在二十旅时就是要求进步的人，没丢过共产党的脸，后来掉队被俘，非他所愿……

田懿说："你不要再喊首长，我听了很不自在，喊我田大姐吧。中原突围前你的情况，我基本上清楚，给你作这个证明不难，也应该。你以后的情况，我就不知道了。如果你说的是事实，是自己归队的，这个过程应该得到谅解。但你最好找你归队后的部队领导，连长、营长都行，请他们再证明一下。"

客人答："我去找过他们，证明已经有了。"又叹，"难找啊，我跑了好几个省……不能证明自己，回去后日子怎么过？老婆就不去说了，孩子的前途……"

田懿很快便替客人写了证明，证明上肯定了客人当年的工作成绩，落款上不但注明了自己的二十旅代政委的职务，而且很郑重地盖上了自己的印章。

张楚楚一直守着妈妈，希望多听一点学校里听不到的事儿。客人一走，他说："我不喜欢这号人，他掉队了，就躲起来呗。干了一年多国民党的兵，当然是污点。"

未料他的妈妈冷冷地道："你不懂。"

"我怎么不懂，这叫变节。"

田懿语气更冷："不管哪边的兵，都是老百姓的子女，都是为了吃粮活命，唱什么高调？我当过兵，带过兵，但我现在最希望的是，这个世界上再也没有什么军队。"

张楚楚道："妈妈呀，你怎么啦？"

　　第三天半上午时分，田懿去科里看了看，刚回家里，楚楚就告诉她："妈，又来一个，要见你。"

　　"人呢？"

　　"他说他马上就来。"

　　这个客人穿的更褴褛，衣服上扣子掉了大半，用根细草绳扎着腰，模样儿也快五十岁了，刚才去找了个地方洗了脸，但耳根边和脖颈上仍是煤灰，看的出来是扒乘货车赶来的。他一见田懿就带着哭音喊："首长啊，我总算见着你了。"

　　田懿倒是一眼便认出了客人。原来，客人姓杨，家在鄂北乡下，是田懿在二十旅的通讯员。那时的他，很吃得苦，很崇拜田懿，招田懿喜欢。后来，他在战场上负过几次伤，尤其去朝鲜后被冻伤了手脚，不得不复员，评了个二等甲级残废军人。现在，当地领导都不承认他是复员军人，因他婆娘和小女儿得水肿病死了，他想不通就跑去大队和公社骂领导，说早晓得是这样，流血拼命换来你们这些龟孙当道，当初干嘛拥护共产党。又说什么，怪不得去了朝鲜的那么多人被俘后要去台湾。他真是昏了头，这话能随便说么，他只差没被打成反革命。他来找田懿，是求老首长出份证明，证明他未满十四岁就参了军。如今人都变了，但他信赖老首长的为人，证明上会为他讲公道话。

　　田懿今天像是见了亲人一样，马上吩咐张楚楚："快去烧壶热水，让杨叔叔洗个澡。我来弄饭菜。"又朝客人道，"证明的事，好说。起不起作用，我就拿不准了。你在这里吃午饭，咦，我先找几粒扣子，帮你把衣服缝上。”

午饭后，田懿问客人：“这么说，你也是偷偷儿跑出来的，若被抓获，马上会被关起来？”

客人答：“可不是，幸亏家在山区，不容易被发现。我跑了一夜，才赶到城里火车站，城里人一看我这模样，明明是个乞丐，都懒得搭理我。”

“这些年，没碰上个女人愿意跟你过日子？”

“家里太穷，不好提这个事。”

“在生产队出一天工，年终结算可得多少钱？”

“一毛九分一。”

“连两角钱都不到？”

“就是。劳动力少的人家，都要倒欠队上钱，分到的粮食要算钱啊，我好多年没摸过五块钱了。”

张楚楚惊而道：“那你们怎么活啊？”

客人苦笑，不答。

田懿又问：“我记得你家虽在山区，也有水稻，山坡上可以种红薯和玉米，自然条件不算恶劣啊？”

“是政策的问题。”客人答。“山区田冷，产量低，但山区也有土特产，除了可以种红薯和玉米，还可以种果树，但是……平原地区的农业社，一个工能值四角钱，是相当好的了。”

楚楚又惊道：“多弄点土特产去换钱，多种点果树，不行吗？”

客人望着田懿，有点不敢答。

田懿说："在我家里，你不用怕。"

客人道："不敢啊，这两年政策又变了，这叫资本主义，会被抓起来。"

楚楚再道："早就打倒了地主资本家阶级，谁抓你们？"

客人小声道："反正，你去农村待上一年半载，你就知道厉害了。你别误会，毛主席伟大，共产党英明，是下面龟孙太坏。"

田懿再问："那些公社干部没有受到运动冲击？"

客人答："老的过去狠毒，六零年有些地方连逃荒都不准，派民兵守住路口，所以饿死那么多人。新的一样狠毒，运动，是他们的事，他们吃国家粮。农民不作田，吃什么？没几个农民真正关心运动，也看破了。首长啊，旧社会若不跑兵，打仗，日子比现在强，还有个盼头啊。"

田懿不再问了。

午后两点多钟，客人告辞了。田懿掏出十元钱，要求客人无论如何收下。客人接钱在手便哭道："首长啊，你也不容易。我一直以为，你早进了北京，因为要找你，四处打听，我才知道你回了老家……"

客人走后，田懿就傍着小饭桌坐着出神。

张楚楚一下子懂事了很多，傍着妈妈坐下来，忍不住道："这个杨叔叔说了，有很多志愿军被俘后要求去了台湾。妈妈，真有这号事，造谣吧？。"

田懿不答。

张楚楚摇着妈妈的手，催道："妈妈，告诉我。"

"暂且你可不能告诉同学，切记。"

见儿子连连点头，田懿道："这事是真的。那几年，被美韩军队俘虏的志愿军官兵，加起来没有一个军也有两个师，被俘虏的北朝鲜人民军官兵，就更多了。恐怕十万人不止。多数志愿军士兵不肯回来，要求去了台湾。那阵子，妈妈的官不小了，所以知道这些情况。这些情况，至今仍保密，保密级别高。那时候，我也不能理解这种行为。现在我一听就知道，这个小杨也是气昏了头……"

"为什么要去台湾啊？"

田懿又不答。

楚楚再问："我们这边抓的俘虏，一定更多？"

"也有一两万人吧，多数是南朝鲜的兵，美国兵不多。"

楚楚更惊："我们这边不就亏大了？"

田懿仍不答。

"怪不得杨叔叔这么说。我以为他在胡说一气，造谣。因为照他说的，旧社会爸爸出海当劳工，也比新社会的农民强多了，那时候爸爸给你寄钱嘛。可是我左看右看，杨叔叔是个老实人。"

"大老实人。正因为他老实，早先被妈妈轻易地给骗了。"

　　"你怎么骗了他？"张楚楚也学起霸蛮了。门外跑来一个同学，喊他去打篮球，他也不去了。

　　田懿久久看住儿子，豁出来似地道："他是个孤儿，几岁就没了爹娘，一直帮东家放牛、砍柴，没念过书。东家就是地主，待他不算孬，但谁不想有个小前途。他参军是我特批的，因为个子矮小，只我肩膀高，远看是个孩子。他喊我首长，是部队规定，其实我看得出来，他心里更想认我是大姐，甚至认我是他娘。那时候，妈妈经常找他们谈话，鼓励他们好生干，革命胜利了，好日子就来了。他算命大，在朝鲜没冻死也没重残废。那时候的人，哪里知道后来。这难道不是骗了他们？我骗了小杨几十年，这个债怎么还？"

　　张楚楚仿佛才认识妈妈，说："这是怎么回事啊？"

　　"楚儿，"田懿很严肃，"这两天你静下心来，很多事情，妈妈要讲给你听，你该知道真相了。"

　　昨天起田懿便很激动，心思全在楚楚身上。昨天下午，她喊上楚楚去了江边，从田梅生的身世讲起，包括栾和文的故事，把一家人的经历全讲了出来。楚楚先不肯尽信，看着妈妈泪流不止，终忍不住大哭了。

　　今天上午，田懿收到了韩军长的电报，韩军长已派出人来接张楚楚。电报上的"姐，你放心"四个字，让田懿百感交集。生死战友的情谊，固然从来不同寻常，但韩军长的一诺千金，仍然令她激动不已。她明白，韩军长是要担风险的，而他的一生一样是苦辣酸甜。

心情好，田懿想着儿子马上要离开自己了，该做两餐可口的饭菜给儿子吃，便很早进了厨房。才把饭煮熟，保卫科一位干事进了屋，冷冷地道："田科长，张楚楚现在保卫科，你去一趟。"

田懿脱口而出："他一早出门说去看看几个同学，怎么回事，他在外面打架了？"

来人说："你去了就知道了。"

田懿急匆匆赶到保卫科。保卫科新的负责人是个造反派头头，告道："麻烦不小，张楚楚参加过一个学习小组，那是个打着红旗反红旗的反动组织，两个小头目，现在被公安抓走了。公安要求我们，把所有参与者的情况调查清楚。所以我们把张楚楚叫了过来。"

田懿道："这很可怕啊。不过就我所知，这是差不多两年前的事。当时，他们去北京接受了毛主席的检阅，回来后自发组织的学习小组，是为了更好地听毛主席话，跟共产党走。其实就是几个中学生，不懂什么，后来学习小组不了了之。这事怎么啦？"

"不是你说的这么简单。"保卫科领导说，"被抓的人自己都承认了，他们发起学习小组的目的，是要使马克思主义，社会主义，共产党，更纯洁。要干什么，难道共产党不纯洁，这不是打着红旗反红旗是什么？"

田懿已平静："你们把张楚楚弄来，要怎么办他？"

"田科长，说话注意点。"

"对不起啊，我激动了点。我的意思，他不学好，该怎么办他，我都拥护。"

"这得看他的交代。他不是头目，如果态度好，没有具体反革命活动，当然会宽大处理，以教育为主。但是……"

"我能见见他么？"

"要你过来，就是希望你配合我们。你去跟他说，放下思想包袱，要相信党，有什么事都要交代出来，如果人家都交代了，他不交代，性质就变了。田科长，你懂这些。"

"应该的，应该的。"田懿忙答，"我一定配合你们。我有个小小请求，能否让他回家写材料。毕竟事情过去很久了，他不一定记得很清楚。他在家里写，我来开导他，效果会好点。"

"你要为他担保，不能玩花样。"

楚楚就在隔壁一个小房间写交代材料。他不知道该怎么写，直发呆，见保卫科领导和妈妈走了进来，又委屈又羞愧地看着妈妈。

田懿大声说："这里的叔叔在好心好意帮助你，你要端正态度，现在你跟我回家去，回去后用两天时间把材料写出来，认真写，听见了吗？"

回家路上，楚楚诉苦："妈妈，那是个恶棍，差点打了我，骂我们家没一个好东西。你干嘛给他陪笑脸？什么叔叔，呸。"

田懿喝道："闭嘴。"

饭后，楚楚又问："妈，材料还写不写？我好怕，反革命组织，不得了啊。是冤枉我，那阵子，我们是真心要干革命。"

田懿说："不写了。那边来电报了，来了人接你，不是明天就是后天，你快走。晚上，我们去诊所一趟，你跟爸爸告个别。你只管放心去，这里我来应付。"

又告诫："如今睁眼睛就会撞见鬼，你要吸取妈妈陷入与鬼为伍的教训。"

这天下午，张汉泉又被叫去了镇上的革命小组办公室。那两个军人又来了。

"材料写好了吗？"高个子问。

张汉泉双手呈上材料，只有三页纸。内容仍是上次的谈话。

高个子快速地看过材料，递给了矮个子。

矮个子看得仔细一点，很恼怒地叫道："你这叫什么揭发材料，他妈的让你揭发刘贼，你揭发了什么？"

高个子逼近张汉泉："你听清楚了吗？"

张汉泉很恭敬，小声答："我实在不知道这个刘贼干过什么。人家是大人物，我一个普通医生，长期在海外……"

　　他又一次未能说下去，高个子的拳头便挥了过来。这一次他被重重击倒在地。

　　矮个子也大步走来，不唱白脸了，朝张汉泉腰部就是几脚，边踢边骂："不识抬举，老子先整死你。"

　　张汉泉蜷缩在墙角，闭着眼，似乎作出了被活活打死的准备。

　　但两个军人未再动手，矮个子把材料揉成一团，甩在张汉泉脸上，冷冷地道："重写。"

　　高个子补充："再给你几天时间。可以明白地告诉你，你不想进号子去写，就别在我们面前玩马虎眼。"

　　张汉泉回到诊所就倒在床上，身痛，心更痛。

　　夜幕降临了，张汉泉下了床，胡乱吃了几口温水泡的剩饭，之后坐回桌子边，找出纸笔，但他起了个头，就写不下去了，实在不知道从哪儿下笔，他又发了呆。

　　天气好，窗外再次南风拂面，月光也来了窗边。张汉泉脑海里浮现了他这一生的几个重要时段。他一生没有动手打过人，却挨过很多次打，在珠江边，在日军宪兵队，在公安局，但都没有这一次挨拳打脚踢让他不能释怀。他看不见生活还有什么可留恋之处，哪怕他愿做猪狗都不行。他更不堪想象，他只要活着，于田懿和楚楚便是一个牵连，他相信他已经牵连那娘儿俩很多了。

　　一串泪水从张汉泉眼角涌出，他拉开抽屉，找出田懿那张戎装照和全家福照，久久看着，任由泪水滴在照片上。约摸半个钟头，他把照片放入抽屉，决然站了起来。他下了决心，去见田懿，告知白天的情况，再催促田懿尽快办好楚楚的事情。他有七八天没见着那娘儿俩。

就在半路上，这一家人见面了。随后，夫妻俩去了一个隐蔽地点坐下来，楚楚在旁边放风。

田懿问："你还好吧？"

张汉泉答："我没什么，你们怎么样？"

田懿告道："这段日子一连来了两个客人，弄得我心情特别烦躁，几天不想出门。似乎又是个好事，告诉你啰，楚儿开始懂事了，我把一切真相都告诉了他，他听进去了，这是我最欣慰的。"

"是吗？"

田懿说了一连来了两个客人的经过，尤其今天保卫科发生的事情。末了道："太有意思了，你，人民的敌人，我，三反分子，现在楚儿也出了事，这号事可大可小，这个鬼世界。"

"楚楚那事，那边有回信么？"张汉泉岔开话。

"有回信了。"田懿回话，"昨天上午收到电报，本来中午我就想来告诉你，韩军长派人过来了，已出发几天，估计已经到了，明天就会上门，接楚儿过去。宝生兄弟说，他过不来，叫我们放心，他会保护楚楚。"

"还说了什么？"

　　"电报上只能讲这多话，很多是隐语，只我懂，意思很明白啦。"

　　"楚楚的意见呢？"

　　"他开始不同意去，放心不下我们。他没有想到，他另有亲生父母。他哭了又哭，我看得出来，他不是哭那两口子，是哭我们。"说到这里，田懿鼻子酸了，"他同意去，另与一个姓陈的女同学有关，上次我没有告诉你实情，不想让你心里难受。他们之间早就有了点那个意思，女孩子找过他两次。女孩子性格温柔，很怕事。他们相好不了，是因为女孩子后来知道了你的可怕身份，我也不比你强多少，三反分子呗。她的父母威胁她，再和张楚楚来往，就打断她的腿。"

　　田懿继续说："我对他说，失恋不要失志。你爸爸十八岁就出海，你也要拿勇气出来。我明确告诉他，我们家的男子汉，从来不信大人物口里的天国天堂，无非是个装神弄鬼。你要记住这一点，这点很重要，是自己把自己当人的前提。"

　　田懿顿了顿，泣道："我告诉他，妈妈、爸爸都舍不得他。这么多年，他给妈妈、爸爸带来了很多安慰和欢乐，但只能这样。现在根本不提高考，招工的事情，谁也不知道城里的孩子以后会怎样？有的工人家一月就四十来块钱，要养五六个人，还有那么多没工作的人家，如果不招工，以后日子怎么过？有消息说，会把你们都赶往农村、边疆去。妈妈总算还有一个门路。再说你不同于别人，非要把你和你的亲生父母扯上关系，爸爸妈妈都救不了你。所以，你没个着落和安全地方，你爸爸心里更苦。他呢总担心我们会挺不住，我要他放心。他不成长为一个男子汉，我会死不瞑目。今天又出了这号怪事，他还待得下去吗？好啦，说说你那边的事，当真没有人找你麻烦"？

张汉泉讲了近来的奇闻，但没说自己挨了打，末了道："这一关我恐怕过不去了。这个什么胡服，刘贼，刘少奇，他给中国人带来了多少故事。"

田懿道："我早知道胡服是刘少奇，毛泽东思想就是他在延安带头喊出来的。是呀，他作茧自缚，只缚了他一个人他一家人吗？听科里人讲，现今花明楼凡与刘家沾亲带故的人，都要检举揭发刘贼。有些人生下来就没见过刘少奇，怎么个揭发？"

她接着说："这个事，你怎么应对啊，那帮人要立功升官，什么事干不出来？你不顺从，他们会整死你。你知道什么就写什么吧，千万莫顶嘴啊，但求能过关。至于我们婚姻，你不妨明说，我不肯离婚的，推我身上来，反正楚儿明天就走了。但你不能透露是去了宝生兄弟那里。宝生兄弟不过来，是有难言之苦。我这边，你放心。说我是土匪有血债，似乎也沾了边，大不了再说我是打入新四军的特务，还可以说我是苏联特务，是东欧特务，我跟那边的人也打过交道嘛，随他们的便。"

不能不分手了，田懿说："我实在是受够了。待楚儿安顿下来，给我们报了平安，我马上搬家，看他们怎么样我？难不成把我们老两口子，从床上拖下来？真个那样，也好，丑陋的不是我们。"再补上一句，"实在要逼我们死，就让我们死在一起。"

张汉泉忙劝："说什么呀，你让楚楚发狂呀？"又强调，"明天夜里，我们在这里再碰个面。楚楚走没走，我得有个准信。"

随后，他把张楚楚唤来面前，说："爸爸送你两句话。一、别忘了有个疼你的好妈妈。她第一眼看见你，就很喜欢你，把你当亲生的看。二、跟韩叔叔学习怎样做人，一边学做人，一边学做事。另外，如果你这辈子能见到亲生父母，要认他们，他们一样心里悲苦。他们不是歹人。"

张楚楚含泪道："我对不住爸爸，恨过爸爸。"

张汉泉目送着娘儿俩远去后，返身回了镇上。

第二夜里，夫妇俩如约又来了这里。他们在一片草地上坐了下来。

"宝生兄弟写了封信带了来，让我代他向你问好。"

张汉泉激动不已："谢谢，谢谢韩军长，楚楚什么时间走的"？

田懿答："来的是两个年轻参谋，趁吃午饭时分外面人少进的门，打的是外调招牌。待我看过信，他们小声告诉我，是他们首长的指示，为防节外生枝，请一切从简，抓紧时间。他们听了我说的情况，也担心保卫科变卦，突然来人提楚儿走，说万一出现那号情况，他们就唱红白脸。反正一定要带张楚楚走，理由都想好了：有个事涉及军事秘密，地方必须配合对张楚楚调查，不得打听案情。本来楚儿想来镇上一趟，再和你说几句话。我说，算啦，你爸不会计较。确要抓紧时间。我总要给他准备一套换洗衣裳，让他带点钱和粮票上路，嘱咐他几句话，我强调以后非迫不得已，他不要给韩叔叔、苏阿姨添麻烦。我还要给宝生兄弟写几句话，请他保护自己。他呀，如果不是一直守边疆，也会栽。我了解他，他做不来昧良心的事。"

田懿接着说："有惊但无险。吉普车才发动，保卫科果然来人，要提楚儿走。我猜保卫科新头头业务不行，后悔了不该放楚儿随我回家。他带了两个人来，进门就问我要人，说情况有了变化，张楚楚的问题很严重。我感觉他们又可恶又可笑，反问他们：你们专政机关才把人提走了，怎么又来要人？他们发了愣，我又说你们看见了的，车子才走。他们问我来的是什么人？我告他们是部队的人，有没有假我就不知道了。难道我敢盘问他们，不放张楚楚走吗？保卫科几个人无话可说了。"

田懿继续说："那阵子我好高兴，儿子平安走了。不然呐，他也不免牢狱之灾，但我没高兴多久又伤心了，不知何年何月才能看见他。因为那时候你去躲难，说是顶多三两年就会回家，结果是……"

张汉泉劝慰道："别想太多，这样安排，是很好的局面。"

　　"另有个事我自作了主张。"田懿说："我把飞飞妈在美国的地址告诉了楚儿。我要求他，有朝一日，不但要认亲生父母，而且兄弟俩也要相认。如果他心里真有我这个妈妈，就要记住这句话，我们是人，要多想想人字该怎么写。"说完这话，田懿心情好了许多。

　　"你有没有请求韩军长，让楚楚学点技术？"

　　"你莫操心，我这样做了。"

　　张汉泉不说话了，捉住田懿一只手，久久不放，不时望一眼田懿。许久，他们依偎着，似乎十几年来从未如此心情放松。满天繁星，日夜北去的江水就在不远处，天地人间，一时浑然一体，他们却明白，这是两个世界。

　　田懿再告："我看过信就把它烧了，这是学你的，谨慎点好。信上讲，半年前王明山就进了秦城监狱，罪名不比我的轻。他呀，总是把大局挂在嘴上，还是让大局给带进去了。我没想到的是，王明山进监狱与他老婆脱不了干系。有些事，人家真正做得出来。他老婆，早是大学的副校长，人家要保官位，保党籍，揭发了男人很多反毛，反党的话。连儿女们也跟父亲划清了界限。也好，现在他在牢里有时间了，但愿他能够品味要党性不要人性的滋味。今天你怎么啦，像不认得似地总是看我？你看你，手这么凉？"

　　张汉泉的眼光从天穹移向江面，岔开话道："我小时候很喜欢这条湘江，时常和镇上小玩伴去江里游泳，看大叔们网鱼虾，看大姊们洗衣裳，最难忘的是阳光下一条条江豚翻转着胖乎乎的白肚皮，很可爱。后来学做泥木活，王师父告诉我，你是老爹爹从江边抱回去的，我就对江边上的一切有了看法，因为你成了我的亲人。这是我的不对，我错怪了养育了我们的湘江。你还记得么，我们初见面，你朝我做鬼脸，又笑。"

田懿道："四十多年了，仿佛昨天。"忽哀哀补一句，"你这一说，我又想起了铁匠叔。"

"我姐姐走后，我两眼茫然，当时就知道趴在坟上哭，一点也不知道以后会怎样。第一眼看见老爹爹，我就感觉到了我有救了。你朝我做鬼脸，我好心慌，你一笑，我就放心了。"

一会儿后，他又道："生活没有亏负我，我一生交过几个朋友，都不失为正直的人，让我常常想起他们。劳工里的阳大哥，小阿贵，公司的美国女翻译，肖医生等等。还有，飞飞现在不知怎么样了？我估计他比楚楚的处境好。我最大的幸运，是你一直元神依旧，湘魂不散，支撑我活到了今天。"

田懿又惊道："今天你的话有点怪。你看你，说些什么话啊？"

"没什么，不过是随便说说。"张汉泉语气轻松，把田懿的手抓得更紧，又补上一句，"楚楚有了着落，我心里卸下了一块石头呗。"再补上一句，"楚楚有了着落，他心里又只认你这个妈妈，我理当高兴。"

田懿把张汉泉看了又看，忽道："我得走了。好像楚儿抽屉里还有个日记本忘了拿，千万莫留下什么不利于他的把柄。"她说走就走，却疏忽了张汉泉的反常，以为张汉泉抓紧她的手是鼓励她挺住，是为儿子有了着落而精神放松。没想到这是他们最后一次说话。

就在这天夜里，张汉泉吞服安眠药自尽了。

田懿是午后得知凶讯的。革命小组长前往张家催赶材料，怎么都喊不开门，终觉不祥，便喊来人撬开门，张汉泉尸体已经发凉。没有遗书。遗物是二十一块钱和两张照片。终究得有人料理后事，革命小组为了省事，不得已派人通知了田懿。

田懿赶来了，脸色铁青，没有哭，进门后就坐在床边，仿佛凝固了一般，目光没有离开过死者遗体。是因镇上的革命领导小组把全镇的人都召来，到了死者门外，召开现场批判大会，批判历史反革命分子和特嫌犯畏罪自杀。这个革命小组长可不是例行公事，是因历史反革命分子一死，那两个解放军同志便要不到需要的材料，他可是向人家作了保证的，保证他有办法让张汉泉就范，事情至此便恼怒不已。参会者几乎都是应付差事，不来于自己不利，但也没几人表示同情死者，全都麻木了，关自个什么事呢？一个时辰后，批判会结束了，外面人都走了，革命小组长安排了两个四类分子，协助田懿把尸体送去了火化。

第五天，田懿把骨灰盒埋在几天前他们坐过的草地上，赶工立了一块碑，上书：张汉泉之墓，妻田懿子张楚楚立。这八个字格外大，分明是有意这么做。这天，陶岚借口去镇上办点事，躲着熟人也赶来了。焦成贵没来，因他头上又多了顶美国特务的帽子，去了学习班。陶岚猜测，田懿把丈夫葬在这里，或许是临时性的安排，是为了就近随时过来看上几眼。因为田懿谢过请来挖墓坑的三位菜农，便对陶岚道："你回去吧，我一个人再陪陪老张。"

陶岚泣劝："想开点啊，楚楚还没报来平安。"

田懿语气出奇地平静："我怪过他，他答应过我会陪着我，到头来还是把我丢下了，为什么不肯等到我楚儿报来平安……但我现在想开了，他先走一步也好，应该走。"

第二十九章

　　清理阶级队伍的运动仍旧继续，田懿逃避不了。与此同时，军宣队进驻了工厂，从北京到各地的革命元老几乎都落了水，成了风水轮流转，很多人要比阶级敌人的待遇更不如。应了一句俗语："看昔日，捕鼠的猫儿雄似虎，观今朝，落毛的凤凰不如鸡。"此举还带来了一个另类大民主，除了毛主席，谁也别对办案人员摆资格。

　　丈夫下葬十来天后，两个年轻的保卫人员进了田懿家，把田懿押去了清理阶级队伍办公室，是从厂部大楼原保卫科腾出来的一间屋子。保卫科头儿又换了人，是个新面孔，姓杨，三十来岁，从部队转业来工厂不久。难怪这些天没人来查问张楚楚的去向。他对田懿的态度算不得凶狠，基本上是公事公办。他让田懿坐下，打量着已十几天没梳理过头发的田懿，似有什么疑惑。

　　他开口了："你叫田懿？"

　　田懿冷冷地答："是我。"

　　"你的家庭情况，参加工作后的经历，疑点重重。你是犯下了反党罪行下放江东厂的，你适不适合继续留在革命队伍，全看你的态度和表现。你的态度和表现是通不过的。你的儿子参与了一个反革命组织，你欺骗我们，把他领回了家，再把他藏在了什么地方？什么来了部队的外调人员，提走了张楚楚，我们查了登记，没这回事。这个账一起算。给你几天时间，重写一份交代材料。写家庭情况要上溯三代，重点当然是个人经历。今天就谈这些。"

田懿走了。

第五天，田懿又被叫来了办公室，手上空空如也。不过，今天她梳拢了头发，没再让乱发遮没眼睛。她的脸消瘦得可怕，走路也显得吃力了，从来乌青的头发白了一半。

杨组长可没有上次的耐烦："你一个字都没写，你想抗拒组织审查，你知道这是什么性质的问题吗？"

田懿不语，冷冷地望住墙壁。

杨组长又道："不管怎么说，现在共产党仍旧把你留在革命队伍里，你该明白，任何人都不可以对抗组织。写个材料那么难吗？你上班就是打个照面，走人。五天了，我看你是不想写。"

田懿一动不动。

"你是不想写呢，还是不敢写？"

田懿忽道："这样的材料，我写过很多次了，从二十几岁写起，到底要写到什么时候？"

"这是组织的事，你没有权力向组织发问。"杨组长还待说下去，一个年轻的女办事员在门口喊道，"杨组长，你老爷子看你来啦，提好多东西，在楼下等你。"

杨组长烦道："现在送什么东西来，我忙着哩。"

女办事员笑道："杨局长肯定是顺路，车子停在下面。"

"叫他等个十来分钟。"杨组长说罢又看住田懿，"两条路：一、回去写，可以再给你几天时间。照我说的写，家庭情况上溯三代，重点是个人经历。哪些人领导过你，你们有哪些见不得人的活动，都写上去。二、去学习班写，那就不是现在这号气氛了，有些事情由军宣队直接过问。你自己考虑吧？"

他的话才了，走廊上响开了脚步声，伴着骂骂咧咧声："你他娘的做了好大的官，架子特大。你办案子，老子就不是办公事……"不过，来人到了门口住了口。

杨组长迎上前，接过了他父亲提的大包。

来人身穿公安服，头发后梳，红光满面，模样儿显得也就五十来岁。他换上了笑脸，小声道："我马上要走，车子没有熄火。这些东西，是下面农场按规定送给局里的。里面有两条中华烟……"

杨组长努努嘴，示意父亲停口，转身朝田懿道："好好考虑一下，不准走啊。"

田懿却把眼光望住了来人，似乎面熟，声音也有点熟。与此同时，来人也打量起了田懿。

杨组长朝父亲道："我送送你。"

屋里剩下田懿一人。她怎么会走呢，如今没有证明或介绍信，休想出得了一座城市。另外，没有粮票，有钱也买不到食物。但她站起了身，走向窗口，果然看见了一部绿色吉普，一个司机穿的也是公安服。

　　杨组长回到了屋里，道："考虑好了吗？"

　　田懿道："不写。随你们的便。"

　　"你想清楚啊。"杨组长瞪圆了眼睛。

　　田懿怒道："我早想清楚了。现在，我还有什么丢不开的？不是还有个什么党籍吗，不要再拿它来威胁我，讹诈我，拿去吧，快点拿去，我巴不得身上干干净净。"

　　杨组长双眼瞪得更圆，突吼："你，你罪大恶极，再说一遍。"

　　田懿愈怒："你听好，不要再拿什么党什么领袖来威胁我，讹诈我，统统见鬼去吧。"

　　"来人！"杨组长大喊。

　　田懿一身颤栗，声音更大："我恨我一次又一次瞎了眼睛，总把个鬼世界认作人世界。"

　　学习班设在一栋三层楼的二楼上，一楼是军宣队使用，三楼是审讯室和看守人员宿舍，一间会议室。二楼的所谓学习班，就是囚室，每间囚室放置一张或两张单人床，窗户已焊死。每层楼端部有洗漱间带卫生间。

　　田懿进入囚室就和衣倒在床上，楼上楼下乃至那些年轻的军宣队员，她全都不屑一顾。她仍在悲伤之中，一样想告别这个世界了，但暂且不忍心让儿子得知双亲俱亡后可能的思想走极端，认为儿子尚未成熟。

　　现在，田懿独处时就是昏睡，很想昏睡不醒就好。但每次昏睡上个把钟头就醒了，一醒过来就不容她不想事儿。这天照例如此。半夜时分，她再次醒来，忽地眼前浮现了白天的一幕。她想起来了，那个杨局长，不就是当年那个纠察队杨副队长。她还想起一件事，当年她去农场探视丈夫，丈夫说过有个法官酷似这个杨局长。田懿渐渐理出头绪。她猜测此人现在多半是个劳改劳教工作局的头儿或公安厅的头儿，善于见风使舵得以保全了职位。当年他明明反水了，栾和文报的信上说他检举了张汉泉不会假。他应该是随湖南和平起义转而效力新朝的留用人员。至于他是怎么由法官又变成公安高官，田懿觉得不奇怪，新社会的公检法本来是一家子，随时可以变换马甲……不过，田懿很快就不再回首往事，没心情关注当年的杨队长，如今的杨局长的乱世沉浮。

然而，田懿没心情搭理杨局长，杨局长却起了心要为难田懿。

整整三天，没人来关照田懿。

这天下午，由于楼上审讯室正在提审一个学员，两名看守人员奉命把田懿押送去了杨组长办公室，里面已经端坐军宣队队长和杨组长。杨组长开门见山："现在，党仍旧在挽救你。如果你继续对抗组织审查，那就不是党籍不保的问题，而是你反党、叛党，与党为敌的问题。"

田懿不语，哑了一般。

杨组长又道："你不要以为你挺得过去，拖得过去，来个死猪不怕开心烫，我们就拿你没有办法。我劝你识相点，早交代，早立功赎罪。我们有的是时间奉陪，你就在学习班待下去吧。"

军宣队队长接过话："我们的耐心是有限的，时间也是有限的。马上要成立革命委员会，向党献礼。如果你抗拒审查，影响了清理阶级队伍工作，就只能按有关章程对你进行处理。"

田懿仍如哑了一般。

军宣队队长再道："其实是给你一次机会。你的问题，我们已经掌握，你没有什么资格可摆。你跟一个反革命分子从来不划清界线，在单位你来往密切的人是个右派，现在你又放跑了参加反革命组织的儿子，就凭这三点，你就属于阶级敌人。通过这段时间的内查外调，你必须回答这几个问题。一、你参加的那支土匪队伍，是怎样被一个军阀头子收编的，这期间你屠杀过多少人民群众？二、你在朝鲜战场上跟反党头子彭德怀有过哪些见不得人的活动，当时你指挥了成千上万人马，神气得很，经常去志愿军司令部。你跟彭德怀只是工作关系吗？五九年，那么多省委委员都表态与彭德怀划清界线，就你不表态，说明了什么？三、你在苏联和东欧跑了一大圈，从没见过你写的材料上，对这些修正主义国家进行过批判，你内心里是怎么想的？四、你长期在王明山这个军阀头子手下工作，五九年他还包庇了你，让你只是降级，保留了党籍，他的三反罪行很多，你不会不知道一点，为什么不揭发？我警告你，比你官大资格老的角色多的是，照样进号子，上脚镣手铐，天天生不如死。"

　　田懿仍旧不开口。那些时尚话语，她不愿听，心里只想儿子，想象着韩宝生给儿子分配了什么工作。她给韩宝生的信上，明白告知老战友，千万莫让儿子进机关，热衷于唱高调。

　　屋子里桌上响起了重重的巴掌声，田懿方始眼睛转动。军宣队队长不见了，杨组长很鄙夷地怒视着她。田懿以为杨组长要动粗，但杨组长只是用手指着她的脸，恶狠狠道："你把儿子藏到哪里去了，说。"

　　田懿一下子揪紧了心，脱口而出："我的儿子哪里去了？你们问我，我去问谁？他被两个军人提走了，邻居可以作证。现在他是死是活，我一概不知。再说，我的事情，与我的儿子有什么关系？"

　　"怎么没有关系？"杨组长冷笑道。"你的家庭够肮脏了。你的爹，并不是个好东西。国民党军队为什么给你家无偿盖房子，就是铁证。你敢说不是这样？你的儿子，不是你生的，是你抱养的。你为什么不去抱养一个贫下中农的孩子，非要抱养一个国民党反动军官的儿子，你和那个反革命分子安的什么心？这是你们的阶级本性，难道不是这样？现在，你把这个反革命小崽子藏起来，想叫他以后对共产党反攻倒算吗？"

　　田懿呼起了粗气，紧盯杨组长。但是一会儿后，她眼角涌出一滴泪水，竟哀求道："我的经历，我可以再写一次，请你们给我几天时间。我的家庭情况，不是你们说的那个样子。我爹，真正是个很好的人，人都走了快半个世纪，何苦还去糟蹋他？我的丈夫，我只能这样说他，他最大的过错是不该重情义守承诺。他已经走了，是非恩怨，也该了结了。我年轻时有个亲生儿子，那是民国二十七年，他才两岁就被日本人飞机打死了，背上几个机枪枪眼，他还在的话，今年该三十二岁了。我投新四军不久，遭汉奸陷害，被打得死去活来，从此不能生育了。这个儿子，几个月就没有了爹娘，从小就逗我喜欢。什么国民党，什么阶级本性，那阵子他还在吃奶，扯得上吗？人心都是肉长的，儿子跟我十几年，天天喊妈，这么深的感情叫我怎么丢得开？你们说他参加了反革命组织，他一个中学生，懂个什么？所以，请你们不要把什么事都扯在一起。不要伤害我的儿子，要整就只管整我。"

杨组长口气软了点："先把军代表要求的几条写出来，写清楚，抓紧时间。"

田懿开始了写材料，三天就把材料写了出来。那些事情并不复杂，却被军宣队队长弄得让她摸不着头脑。她只能照实写。她甚至理解军宣队队长和杨组长，他们未曾经历那段血与火岁月，只根据被严重扭曲的官样文章和宣传口号想当然，无知不是无耻。她盼着能交差，杨组长也能交差，不再用儿子的去向问题来敲诈她。她不能让儿子的事影响到韩宝生。

隔壁新关进来一个女犯，也转移了田懿一点点眼光。新学员便是那个组织部女干事，她的靠山早就倒了，她又矢口否认与靠山有过男女关系，害怕承认了会过不了丈夫那一关。现在，她和田懿偶尔在卫生间打照面时，脸色很羞愧。田懿相信杨组长的凶狠也会是暂时的，对他们的恨意便消了点儿。

田懿不知道，也不想知道，她已经成了重要案犯。那次她的狂怒呼喊，没过几天，便由杨组长报告给了去外地开会归来的军宣队队长，这位军宣队队长听得简直不敢相信自己的耳朵，把这样嚣张的现行反革命罪犯马上捆绑起来，押送看守所，既是他的职责，也不过举手之劳。他明示杨组长："竟敢把共产党天下恶毒攻击成鬼世界，这臭女人公然反党，叛党，她死定了，立即采取措施。"但几乎是同时，他改变了了主意，"先不急上报，马上成立她的专案组。你的任务，是增加人手，看紧她。你多动点脑筋，我们的策略灵活点，话说活点，让她先把历史罪行，现行罪行交代出来。她算不得很大的鱼，但也不是一条小鱼，现在上报，上面就会来人提她走，我们就够不着了，明白吗？"

于是，田懿写的材料更加通不过了。

田懿专案组成立的第二天晚上，杨局长进了儿子的家，明白告知道："那天在你办公室见到的那个女人，我认识，错不了，就是她。"

杨局长告诉儿子：当年，田梅生是一方恶霸。田懿继承了乃父的恶霸禀性，十几岁就在街上蛮横惯了。她嫁的张汉泉是个贼，偷了工人纠察队的活动经费。他上门去理论，被反咬一口，说他诬告良家百姓。他呢，因没有抓获现场证据不足，有苦难言，末了自己掏钱填空才平息事态。几十年来，他一想起这事就窝火。对田懿这号下放劳动的反党分子怎么办，他不发表自己意见，他相信党。他认为从党性出发，有义务把杨组长没掌握的情况讲出来。

"还有这号事。"杨组长很惊讶，又说，"怪不得她嚣张。"

这天午后，杨组长领着两名专案组员和一名看守进了田懿囚室，厉声道："你的材料重写。军宣队看了一半就不看了，你一点新的认识都没有，你糊弄谁？"

田懿答："可是我也不能瞎编啊。"

杨组长跨前一步，逼住田懿："谁让你瞎编，你想干什么，又要耍泼，反咬一口？"突破口骂道，"果然不假，你蛮横了一辈子。"话音一落，便是重重两记巴掌搧在田懿脸上。

田懿猝不及防，倒在地上，领教了如今的革命时尚。其实，她已经很幸运了。现今受审讯者当场被打得死去活来，乃至当场被打死，太多了。

那个看守的大头皮鞋踢在了田懿的腰上，怒骂："装什么死狗，起来。"

田懿不动弹。

杨组长再骂："明确告诉你，你把你的狗崽子藏了起来，别以为我们查不出来。"话未了，他眼里闪过一丝快意又诡异的笑。

田懿看见了杨组长这一笑，深为恐惧。

　　田懿望着囚室的天花板近乎发了呆，思维完全走向了极端，眼光仿佛穿透了一切黑暗。她得出结论，即使她把曾经的几个上级乱咬一通，这个杨组长仍不会放过她。她认定杨组长非要在张楚楚的去向上做文章，不仅仅是简单的以此来要挟她。她相信杨组长有能力查出儿子的去向，下一步就是把韩宝生牵扯进来。轻则把儿子赶出部队，重则让韩宝生下不了台。杨组长这么干，十有八九是杨局长的主意。那个当年被她甩出丈把远的角色，肯定认出了她，从杨组长口里获知了她现在的情况，要报复她。

　　田懿的嘴角流出了血，那是紧咬牙关咬破了舌头流出的血。她一天都不想活了。残存的理智告诉了她，她注定了要被这个时代毁灭。谁要把她的儿子逼得无路可走，她就同谁拼命。她象当年杀死那个鬼子一样，什么后果，她连想都不想了。已走上极端的神智也不容她去想那一套，她早有了感觉，那天夜里丈夫总是看她，明明是不忍心离她而去，但他又没有办法，只能先解脱自己。十几年来，丈夫是她的半个魂，儿子是她的半条命。她不堪想象夺去了她的半个魂后，又来夺她的半条命。

　　田懿有一着杀招，便是徒手劈颈。实施这一招有几个条件，一是须趁对方不备，二是对方气血运行的时间选择，三是看准穴位后聚全力方能一击致命。现在她最无把握的是年岁已高，年复一年的心灵创伤常使她茶饭不思，睡眠不足，体力由此大大下降，不知道这法子还行不行得通。况且她毕生未曾尝试过她爹教授她的此杀招，她只是再无徒手拼命的其他手段了。

田懿又写起了交待材料。

田懿静候杨组长来提审。

这天下午约四时，杨组长进了田懿囚室。他此来不是提审，只是来取材料，开门的看守便在门口等着他。

"写出来了吗？"

田懿很恭敬地用双手把那一页纸递上前。

杨组长接过材料，就势坐在一张靠背木椅上。这把木椅子是给学习班成员写材料坐的，为防万一，椅子脚与桌子脚用铁链子拴在了一起。他看了几眼，抬头看两眼田懿，又看起了材料，再抬起头，眼中出现狐疑。

"没写具体内容啊？"

"时间久了，我在回忆。"

"这样写不行，得有具体内容。时间啦，地点啦，当时什么人在场，等等，得写清楚。"

"我拿不准，有些揭发内容事关重大，可不可以写？另外很多内容是机密，一般人不知道。"

"怎么不能揭发，"杨组长语气非常肯定。"你这叫将功赎罪，你只管写，我们会保护你。"

杨组长把那页纸丢在桌上，站起身道："抓紧。"

第二天也是这时候，杨组长又来了，身后跟着军宣队队长。开门的看守一见架势就知道了不会是三五分钟，走到一边去了。

　　杨组长问："写出来了吗？"

　　田懿忙答："请再宽限一两天，实在年岁久了，又要回忆准确，所以……"

　　"你不会是玩我们吧？"

　　军宣队队长接话："关于刘贼刘少奇的材料，一定要在这两天内写出来。其他材料，可以考虑让你回家去慢慢写。听清楚了吗？"

　　田懿直点头。

　　军宣队队长面向杨组长，说："辛苦你两天，守着她写。今晚上开始。"

　　"保证完成任务。"杨组长大声道，他听话听音，虽猜不出军宣队急要材料的目的，但听得出来军宣队队长没了耐心。原来，伟大领袖要给他曾经的接班人定性定罪，北京的专案组急需各地呈送不利于刘少奇的材料。

　　军宣队队长很鄙夷地扫一眼田懿，走了。杨组长跟在他的身后，朝田懿一样很鄙夷地扫去一眼，丢下一句话："什么时候了，还玩小聪明。告诉你，我们查得出你儿子的去向，十有八九你与部队的老关系，演了一出戏。我们不想动他，是给你最后一次机会。"

　　田懿的舌头又咬出血了，不再抱任何幻想，眼前浮现的全是可怕的画面，杨组长、杨局长、军宣队长，皆现出了厉鬼狰狞的面目，恍如当年从她怀里夺走小毛头的鬼子兵。这些厉鬼追逐着她的儿子，儿子被赶出军营后，身无分文、举目无亲、无处容身……

晚八时不到，杨组长就来了，他先吩咐看守去拿纸和笔，再喝令田懿："准备工作。"

田懿坐在桌子边，每写上几个字，便眼望窗外，作回忆思索状，杨组长就坐在床边上，相距也就两米来远。看守时不时走来门口看上两眼，渐渐来的次数少了，停留时间短了。

杨组长不停地吸烟，不时扫一眼拿着笔似写非写的田懿，很恼怒的样儿，但隐忍着没发作。他压根儿没想到田懿要拼命，他的父亲害了她。父亲不敢说出当年的实情，便不曾告知他田懿的掌功了得。主要是杨局长深信今天的田懿只有跪地求饶的份儿。时间过去了不少于两个钟头，他疲倦了，打起了呵欠。

看守再一次出现在门外，但很快就走了。听着渐远的脚步声，田懿站起身。

杨组长仰起脸。

田懿忙把一张纸递上前，大标题就醒目："我知道的原二野政委，党内第二号走资派邓小平的几件事。"杨组长当然知道邓小平大名，却不识此公历史，尤其不识此公如何具体领导反右的。他看了几眼，不满道："怎么又是只有标题，没有内容。"但他的眼睛仍停在纸上，一只手去拿烟盒。就在这时，已运足气的田懿，手掌朝他的后颈项猛地劈了下去。

杨组长口里轻轻的啊了一声，身子朝一边歪去，倒在了地上，四肢齐抽搐。与此同时，田懿也瘫坐地上了，喘着粗气。突然，她笑了，又哭了，再又笑。哭声、笑声，皆如鬼嚎。她疯了。

疯子的歇斯底里迅速召来了看守，紧接着，又有几个看守和军宣队员冲进了房间，先前的看守明白自己会要因失职被追责，怒从心头来，对疯子就是拳打脚踢，其他人则忙着把杨组长送医院。军宣队队长也赶了来，马上命令手下："报公安局。"

公安局来了三个人，案情马上定性为现行反革命分子故意杀人，应予立即逮捕。但事态很快逆转，市军管会主管保卫工作的一位副主任听见汇报后迅速赶来了，他口里喊着"反革命反天啦，这还得了"，却又提出这个杀人犯是真正疯了，暂且应由工厂送往精神病院。如果杀人犯不全是真疯，再予以逮捕。这位副主任又朝军宣队队长耳语了几句话，原来公检法已被军管，军管会接到了举报，杨局长早年叛变的事儿给揭发了出来，军管会一样要调查杨局长、杨组长父子。真是谁也别想跳得出劫数。

翌日，从医院传出消息，杨组长脱离了生命危险。他体质强，更亏了杀人犯因体力不够使得那一掌不足以致命。不过，杨组长极可能也将留下终身缺陷，一辈子都得偏着脸生活。军宣队和医院决定，送伤者去上海治疗，希望能完全治愈伤者受到重创的后颈骨，因为颈骨连着脑部神经。

田懿完全失去了神智，看守丢一碗饭在她面前，她就手抓着吃，不给她饭，她就坐在地上，望着远方，一动不动，偶尔开口，就是两个字："楚儿。"

军宣队不再怀疑田懿装疯后，把这个包袱甩给了新成立的革命委员会。革命委员会的实权仍操在重新启用的老干部手里，本来要送疯子去精神病医院，但如今一切都乱套了，那里已不收治疯病人。那位组织部长这次也被结合进了革命委员会，一再说没必要在一个疯子身上做文章，因为还有更重要的革命工作要做。此外革命委员会里的造反派对田懿很少恶感，便都同意释放田懿回家。他们查询了疯子在厂里的所有人脉，最终把护理疯子的任务交给了陶岚，说明了是半护理，出了任何事不由陶岚负责。由于田懿自进学习班便停发了工资，现由工厂财务每月额外支出十五元钱作为护理费。另者，革命委员会答应出面，让公安局宽大处理丽丽，前提是丽丽只能是资产阶级思想严重，没有明显的反动言论。

陶岚把田懿领回家。田懿已经不识得陶岚，却又很听陶岚的话。陶岚叫她吃饭，她说，"好，我吃饭。"陶岚叫她睡觉，她说，"好，我睡觉。"

两个月后，疯子精神状态似乎好了点点，虽说看人的眼睛总是直直的，但有些个人生活也能自理，这让陶岚放了一点心。疯子不能看见焦成贵，一见焦成贵一会儿就会冷不丁说："我害了你。"这话，曾经让陶岚和焦成贵很久都回不过神来。焦成贵运气好，中国和苏联在珍宝岛打仗了，工厂奉严令要研发出一种武器，对付苏军坦克，他便从学习班出来了，叫立功赎罪。他不能不来看田懿。也许是在国外待得太久受了洋教影响，工程师朝妻子叹气道："我感觉她是寄存在人间的天女，她适应不了人间的生活，上帝快点接她回去吧"

天气好一点时，每当黄昏，疯子就会从生活区走到镇上，再从镇上回到生活区，每走上一小段路，她就会念叨着那两个字"楚儿"。路过那块葬着张汉泉的草地时，她会停住步茫然四顾一下。对此，陶岚理解为条件反射。

从此，生活区的人皆知疯子的出行时间和路线，每每听着疯子念叨着楚儿，偶尔也有人会触动惋惜情和怜悯心，多数议论是："也可怜哩。"

"听说她带过几千兵，做过副省长，本来还可以做省长，再进北京……"

"她吃亏就在于她不肯跟一个反革命分子划清界线，五九年太不识时务……"

"活该。谁要她不自量力，一根筋……"

共产党的九大召开后不久，一天，疯子失踪了。自此，生活区很多人反倒感觉生活中少了点什么。

尾声

田懿没有失踪，她被亲自过来的韩军长和伤心欲碎的张楚楚接走了。原来陶岚护理田懿时，一连收到张楚楚两封信。她拿信给田懿看，田懿伸手就撕。陶岚没奈何，只能拆开信。之后与焦成贵商量决定，如实把情况告诉张楚楚。

那是田懿疯后六个月的一天黄昏，两部军用吉普驶进了小镇，就在路上截住了一路走一路念叨着楚儿的疯子。疯子的病情开始转重，连陶岚都不理会了。老将军和张楚楚急忙跳下车，儿子认得妈妈，妈妈已不认得儿子。韩军长当场决定，让一个女医护陪伴张楚楚就地把田懿弄上车，先送飞机场。他带上卫兵去了工厂革命委员会。他亮明身份后，请来三个头儿和那位军宣队队长，另加焦成贵夫妇，开了一个会。他要求地方官放行，他带走田懿去治疗。为此，他略略回顾了一番当年田懿是怎么半疯癫的，怎么找到他的往事，不由人听了不唏嘘。他没有指责任何人，但也丢下一句重话："当年那样的恶劣环境，只把我姐逼成半疯，今天把她完全逼疯，这是干什么啊？"那几个掌权的人当然乐意放行，彻底扔掉一个麻烦，且争着表白了一番自己在田懿疯后并未再落井下石。那位军宣队队长却不爽快，强调罪犯疯前便已走上了不可宽恕的叛党之路，未将她投入监狱已然是便宜她了。老将军未与他争论，而是当着众人面拨通了市军管会电话。仍是那位副主任，电话里明确地指示军宣队队长，应配合韩军长对疯子实行革命的人道主义。因为疯子属于北京管的老干部，对她如何定性，是上面说了才能算数的事。再说杨组长的汇报不准是诬告，现已查明，乃父不是个好东西，儿子也好不了。那位军宣队队长又一次强调：疯子叛党和恶毒攻击伟大领袖的犯罪证据确凿，已属死有余辜，为这种人治病，他保留意见。多年后，张楚楚才知内情。原来这位副主任"支左"前官拜师政治部主任，属于镇守南方的"四野"序列，韩军长被迫走了关系，几番人托人，副主任才买账，答应了适当关照在他辖区内的田懿。老将军特意谢了工程师夫妇一番。

红朝三十年，一个秋高气爽日子，张楚楚出现在江东厂，随身带来了母亲的骨灰盒。此前，田懿的疯病不但没有好转，而且越来越重，终于万岁爷驾崩几天后去世了。据护理她的小护士讲，当医院里响起皇上驾崩的哀乐，有两个医护人员哭着呼喊毛主席时，疯子忽从病床上坐起，两眼放光，形如常人。此情景持续约五分钟，军医说此为回光返照，小护士却坚信是个灵异事件，认为伟大领袖的英灵起了作用。

张楚楚复员已一年多，当了十年兵，汽车开得好，修理汽车也在行。自把妈妈接来军部医院治疗，他变了一个人，常独处。他所在的步兵团地处山区，开车去军部，来回得几天。汽车连附近有条小河沟，他常去河边，或远望群山，或凝视天穹，或久久看着那张全家福照。往事历历，宛如眼前，却是椎心般痛。因他不突出政治，入不了党。入不了党，便提不了干，是因军队里不入党连个小排长都没份。林彪事件后，一次，他去医院看妈妈，当年的苏护士，现在的苏院长特意把他叫了去，希望他进步，明言不当干部就甭想要待遇，只恐以后连个媳妇都讨不起。张楚楚答："有你苏姨和韩叔保护我妈妈，我放得心。我呢这样好，一人吃饱，全家不饿。"苏院长便训他："强词夺理。"这事，韩宝生也知道了，什么都没有说。韩宝生已离休，算得上少有的平安着陆。他也被内部秘密审查过，幸亏远离了权力中心那座迷宫，未被漩涡吞噬。此前此后，他一再关照张楚楚，不可丢掉所学基础，要为妈妈争口气，鞭策张楚楚如愿考上了大学。张楚楚是幸运的，自从他妈妈疯后，便没人关心他的事了。也是因为这号事儿太多，纵然天罗地网，仍不免漏掉几只小鱼小虾。主要是军队乃国中之国，向来享有另类治外法权。他当兵躲过了知识青年上山下乡，不用为吃饭穿衣发愁，复员后读大学又远离了与越南的战争。韩家几个兄妹也没有看不起张楚楚，是因他们的父母一直思念与田懿的友情。现在，政府发来通知，要为张楚楚的父母平反。此为杀伐太重的王朝欲重拾人心的故事再现，不免为时已晚，但也仍属善举，终使神州惨雾愁云暂且消散。此事归功于胡耀邦的霸蛮，却是一曲湖湘黑马的绝唱。黄兴刮起了新湘风，它吹皱了一江春水，一度波涌洞庭，浪逐长江，却磨洗不去自身的沉渣，撼不动黄河两岸与长城内外的皇天后土，注定了庙堂仍旧光大中国精神。条件已成熟，张楚楚决定为父亲迁坟。他只能自己拿主意，相信没有违背父母心愿，要把父母合葬一处。他很感谢陶岚伯妈照顾了他的妈妈，一如他感激韩宝生夫妇庇护了他一样。但这样的人还剩下多少呢？况且他们老了，身心透支太多，都将不久人世。张楚楚还从已改正的焦成贵手里读到了栾和文写来的一封信。信上说，自中共政权与美国建交，可以通邮了，他便向老朋友夫妇写信，不见回音，赶紧再写了两封信，拜请大陆政府有关部门把信转交老朋友夫妇及表弟。人事沧桑，往事仍记忆犹新。他们夫妇早信奉了基督，见上帝前将尽快动身，但愿能面见老朋友夫妇和楚楚，面见表弟一家人。信上又说，三十年了，何玉兰哭儿子哭过很多次，不知楚楚在不在人世？在的话，情况怎么样？因他们多少知道大陆几十年的一言难尽。再告，楚楚有了两个妹妹和一个弟弟，大妹妹经商有所成就，二妹妹取得律师资格不久，弟弟仍在念大学，他们都想见哥哥一面，张楚楚对他们从无具体印象，虽读得出其情殷殷，想象得出那对夫妇当见着父母的坟墓时，想起父母后来的遭遇，一定会大动真情，说不准会老泪纵横，但对他们仍谈不上好感也谈不上恶感。毕竟，那一代民国旧人已成过去，天道恒常，他们丢掉了大陆，大陆于他们便成了一本旧像册，一如他们成了大陆人的旧像册一样。

　　张楚楚已到而立之年，仍未婚。原因有二：他继承了田梅生和张汉泉的部份禀赋，未敢忘记田懿的多次含泪教诲，便不肯人云亦云。而今全民松绑，海禁复开，世界大变，尤以东邻变化发人深思，他一时还适应不了新的改革时代。他以为又一轮洋务运动来了。上一轮洋务运动，好歹催生了一个民国，这次又会怎样呢？而他欲觅一个他妈妈那样的率真女子，一直不能如愿。他有了感觉，此愿会要落空。是因时代已变，只恐女娲也不敢再临凡间，识不得她苦心创造的人间。他由此隐约悟出，大海啸过后，已是极目狼籍，日后滚滚而来的只恐更多的是八仙过海，各显神通。因他通过与韩家几个哥姐的关系，于京城读书时见识了现今很多权贵，还被韩家姐姐拖着面见了一次已复出又位高权重的王明山，但又后悔去打扰了人家。总的感觉是他们皆不愿多提过去，莫不强调一生付出太多，与回报不相称，又受了无端的迫害，对不住受到了株连的子女，当然罪魁是党内奸佞，决不是共产党。应该向前看，必须如此。世事变幻太快，令人眼花缭乱。但是，特殊的家世也给了张楚楚太大影响，拂之不去，便大体上明白种种廉价的戏法不过是一阵风，但凡王朝走向中世、下世的路途上，怪象必迭出，主演会是谁。他相信一句俗语，长夜漫漫，终将云开日出。他在城里陵园觅得一小块地，安葬了父母，撰写了一篇祭文，其中有这样两句话：

　　"百年纷纷，天堂梦碎，梦醒，天神安在？却见黄钟毁弃，瓦釜雷鸣。黄钟既毁弃，世间再现真性情，需要等上一百年。"